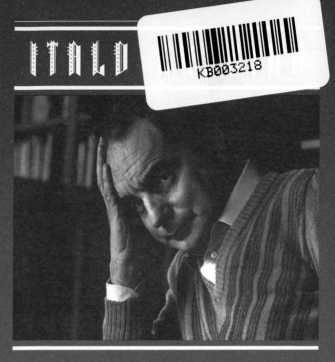

이탈로 칼비노

1923년 쿠바에서 농학자였던 아버지와 식물학자였던 어머니 사이에서 태어나 어린 시절부터 자연과 가까이하며 자랐다. 토리노 대학교에 입학해 공부하던 중 이탈리아 공산당에 가입해 레지스탕스 활동에 참여했다가, 2차 세계 대전이 끝난 뒤 조셉 콘래드에 관한 논문으로 졸업했다. 1947년 레지스탕스 경험을 토대로 한 네오리얼리즘 소설『거미집으로 가는 오솔길』을 발표해 주목받기 시작했다.『반쪼가리 자작』,『나무 위의 남작』,『존재하지 않는 기사』로 이루어진 '우리의 선조들' 3부작과 같은 환상과 알레고리를 바탕으로 한 철학적, 사회참여적인 작품,『우주 만화』같이 과학과 환상을 버무린 작품, 이미지와 텍스트의 상호 관계를 탐구한『교차된 운명의 성』과 하이퍼텍스트를 소재로 한『어느 겨울밤 한 여행자가』같은 실험적인 작품, 일상 가운데 존재하는 공상적인 이야기인『마르코발도 혹은 도시의 사계절』,『힘겨운 사랑』등을 연이어 발표하면서 이탈리아뿐만 아니라 세계 문학계에서 독보적인 위치를 차지하게 되었다. 1972년 후기 대표작인『보이지 않는 도시들』을 발표해 펠트리넬리 상을 수상했다. 1981년에는 프랑스의 레지옹 도뇌르 훈장을 받았다. 1984년 이탈리아인으로서는 최초로 하버드 대학교의 '찰스 엘리엇 노턴 문학 강좌'를 맡아 달라는 초청을 받았으나 강연 원고를 준비하던 중 뇌일혈로 쓰러져 1985년 이탈리아의 시에나에서 세상을 떠났다.

힘겨운 사랑

힘겨운 사랑

이현경 옮김

GLI AMORI DIFFICILI

민음사

ITALO CALVINO

GLI AMORI DIFFICILI
by Italo Calvino

힘겨운 사랑

어느 군인의 모험

칸막이가 처진 기차 객실에 앉아 있는 보병 토마그라 옆에 키가 크고 균형 잡힌 풍만한 몸매의 부인이 와서 앉았다. 차림새나 쓰고 있는 베일로 보아 어느 지방에서 온 미망인이 틀림없었다. 옷은 상복으로 오래 입기에 적합한 검은색 실크였지만 불필요한 장식과 주름이 많이 달려 있었다. 투박한 구식 모자챙에 달린 베일이 아래로 늘어져 그녀 얼굴이 보이지 않았다. 객실에 다른 빈자리가 있는데, 보병 토마그라가 생각했다. 그래서 그는 그 부인이 당연히 빈자리에 앉으리라 생각했다. 그의 생각과는 달리, 그녀는 투박한 군인인 그의 옆에 앉는 게 불편할 텐데도 옆에 와서 앉았다. 여행할 때 뭔가 편한 게 있어서겠지. 바람이라던가, 기차가 달리는 방향이라던가. 토마그라가 재빨리 생각했다.

결혼한 여자들이 그렇듯 몸의 곡선이 완만해지기는 했지만 탄탄한, 아니 어찌 보면 약간 각진 그녀의 건강한 신체로 보아 서른을 갓

넘긴 여자 같아 보였다. 그러나 얼굴을 보면 대리석 같으면서도 부드러운 그 피부나 도톰한 눈꺼풀 밑의 잘 보이지 않는 눈, 그리고 어울리지 않는 붉은색 립스틱을 급히 바른 꽉 다문 입술이 마흔을 훌쩍 넘긴 듯한 분위기를 자아냈다.

첫 휴가를 나온(부활절이었다.) 보병대의 젊은 병사 토마그라는 그렇게 풍만하고 키 큰 여인이 자리에 제대로 앉지 못할까 봐 걱정스러워 몸을 웅크렸다.

여인은 차분하게 자리에 앉았는데 서 있는 모습을 보고 그가 생각한 것만큼 그리 큰 체격은 아니었다. 여인은 광택이 나는 핸드백과 재킷을 무릎 위에 놓고 꽉 끼는 검은 반지들을 낀 통통한 손을 그 위에서 맞잡았다. 재킷을 벗자 통통하고 하얀 팔이 드러났다. 재킷을 벗을 때 토마그라는 두 팔을 편히 뻗을 수 있는 공간을 만들어 주려 옆으로 몸을 피했지만 여자는 꼼짝을 하지 않은 채 어깨와 상체만 살짝 움직여 소매를 빼냈다.

그러니까 기차 좌석은 두 사람이 편히 앉을 수 있을 정도로 넉넉했다. 토마그라는 여인과 몸이 닿아 여인을 불쾌해 할까 봐 걱정할 필요 없이, 여인을 아주 가까이에서 느낄 수 있었다. 이 여인이 숙녀이기는 하지만 그와 그가 입은 조악한 군복에 거부감을 보이지는 않는다고 생각했다. 만약 그랬다면 좀 더 멀찍이 떨어져 앉았을 테니까. 이런 생각을 하자 수축되고 긴장되어 있던 근육들이 이완되어 편안해졌다. 뿐만 아니라 그가 움직이지 않는데도, 근육이 최대한 넓게 이완되려 애를 써서, 조금 전까지는 힘줄이 팽팽하게 수축되어 바지가 헐렁해 보였다면 이제는 다리가 두꺼워져 바지가 꽉 조일 정도였다. 바지가 여인의 검은 실크 옷을 스쳤다. 그러자 군복의 천과 실크를 사이에 두고 마치 상어들끼리 가볍게 스치듯이 군인의 다리가 부드럽게 찰나적으로 움직여 여인의 다리에 닿았고, 그는 자신의 혈관의 파동을 그녀의 혈관으로 보내듯 움직였다.

그렇기는 해도 그건 아주 가벼운 접촉으로 기차가 흔들릴 때마다 반복되었다가 사라지곤 했다. 여인의 무릎은 튼튼하고 통통했는데 토마그라는 기차가 흔들릴 때마다 그녀의 무릎도 천천히 움직이는 걸 자신의 무릎 뼈를 통해 감지했다. 종아리는 비단결처럼 부드러운 뺨 같아서 그 종아리에 닿으려면 자신의 종아리를 상대가 눈치채지 못하게 그쪽으로 밀어야 했다. 이런 종아리끼리의 접촉은 값진 일이었지만 잃는 것도 있었다. 실제로 체중이 다른 쪽으로 실려서 앉아 있는 게 조금 전처럼 그렇게 자연스럽고 편안하지가 않았다. 자연스럽고 만족스러운 위치를 찾으려면 기차가 구부러진 선로를 지날 때, 그리고 이따금 몸을 움직일 수 밖에 없다는 게 양해되는 상황을 이용해 의자에서 살짝 몸을 움직여야 했다.

부인용 모자 아래 여인의 얼굴은 무표정했는데 도톰한 눈꺼풀 밑의 두 눈은 움직임이 없었고 두 손은 무릎 위 핸드백에 가만히 놓여 있었다. 자신의 몸이 아주 오랫동안 남자의 몸에 기대어져 있는데도 말이다. 그녀는 아직도 그 사실을 알아차리지 못한 걸까? 아니면 도망치거나 저항할 준비를 하는 걸까?

토마그라는 어떤 식으로든 메시지를 보내기로 결심했다. 불끈 쥐어 각이 진 단단한 주먹처럼 종아리 근육을 수축시킨 뒤, 마치 그 종아리 안에서 주먹을 펴듯, 이 종아리-주먹을 재빨리 미망인의 종아리 쪽으로 밀어 여자의 종아리에 신호를 보냈다. 물론 이런 움직임은 순간적이어서 힘줄을 겨우 수축시켰다 이완시킬 정도의 시간밖에 걸리지 않았다. 어쨌든 여인은 몸을 뒤로 빼지 않았다. 적어도 그가 아는 한에서는! 토마그라가 자신의 행동을 변명하려는 듯 금방 다리를 떼고 무감각해진 다리를 쭉 펴는 듯한 행동을 했다.

이제 처음부터 다시 시작해야 했다. 인내심을 가지고 더없이 조심스레 시도했던 접촉은 물거품이 되었다. 토마그라는 더 용기를 내보기로 작정하고는 뭔가를 찾기라도 하듯이 주머니에 한 손을 집어넣었다. 여인이 있는 쪽의 주머니였다. 그리고 멍하니 그 손을 빼지 않고 그대로 있었다. 워낙 재빠르게 손을 찔러 넣다 보니 토마그라 자신도 그녀의 몸에 손이 닿았는지 아닌지 알 수가 없었다. 아무 소득도 없는 행동이었다. 어쨌든 이제 그는 진도를 나가는 게 얼마나 중요한지, 그리고 자신이 이미 얼마나 위험한 게임에 빠져들었는지를 알게 되었다. 이제 그의 손등이 검은 옷을 입은 여인의 엉덩이를 누르고 있었다. 그는 손가락 하나하나에서, 마디마디에서 그녀의 무게를 느꼈다. 그가 손을 어떻게 움직이든 여인에 대한 믿기 어려울 정도의 은밀한 동작이 될 수 있었다. 토마그라는 숨을 죽이고 주머니 속에서 손을 뒤집었다. 그러니까 여인의 몸 쪽으로 손바닥을 향하게 하고 주머니 속에서이기는 하나 손을 쫙 폈다. 손목을 비틀어야 하는 무리한 자세였다. 그래도 이제 결정적인 동작을 시도해 볼 만했다. 그렇게 손목을 비튼 상태에서 대담하게 손가락을 움직여 보았다. 이제 더 이상 의심의 여지가 없었다. 미망인이 그런 꼼수를 눈치채지 못할 리가 없었다. 그러니 그녀가 몸을 움직이지 않고 여전히 태연한 척, 신경을 쓰지 않는 척한다면 그건 토마그라의 접근을 거부하지 않는다는 뜻이었다. 그런데 다르게 생각하면 그녀가 그렇게 토마그라의 손놀림에 무심한 건 정말 주머니 속에서 뭔가를 찾고 있으나 찾지 못하는 중이라고 생각한다는 뜻일 수도 있었다. 가령 기차표라던가, 성냥이라던 가……. 그렇다. 병사의 손가락 끝에 갑자기 투시력이 생기기라도 한 듯이 각기 다른 두 옷감을 통해 여러 겹 속옷의 가장자리를, 그리고 심지어는 살짝 까칠한 피부, 모공과 점을 추측할 수 있다면, 내 말은 그러니까 그의 손가락 끝이 이런 부분에 도달했다면 어쩌면 그 차갑고 둔감한 그녀의 피부가 손가락이나 마디가 아니라 바로 그 손가락 끝을 감지했을 수도 있었다.

그래서 주머니에서 슬며시 나온 토마그라의 손은 어쩌지 못하고 잠시 그대로 있다가 느닷없이 바지의 옆쪽 솔기를 급히 매만지며 무릎까지 내려갔다. 길을 만들었다고 말하는 게 더 맞는 말일 게다. 그와 여자 사이에 손을 살짝 밀어 넣어야만 그런 동작을 계속할 수 있었으니. 그렇게 급히 서둘러 그 길을 내려가기는 했지만 초조함과 달콤한 흥분에 흠뻑 젖은 여정이었다.

토마그라가 의자 등받이에 고개를 뒤로 젖힌 채 머리를 기대고 있었다는 이야기를 해 둘 필요가 있을 듯하다. 잠들었다고 말할 수도 있는 그런 자세였다. 이건 자신에게라기보다는 여자를 위한 핑계가 되어 주었다. 이런 집요한 행동이 의식과 분리되었으며 깊은 잠에 빠져 본인도 모르게 행했다는 걸 알게 되면, 여자가 불쾌해하지 않을 구실, 그러니까 불편함을 느끼지 않을 방법이 생기는 것이다. 그런 식으로 용의주도하게 잠든 척하던 토마그라가 무릎을 꽉 쥐고 있던 한 손 손가락 하나를, 그러니까 새끼손가락을 무릎에서 떼서 주위를 염탐하게 만들었다. 새끼손가락은 침묵을 지키며 가만히 앉아 있는 그녀의 무릎을 스쳤다. 토마그라는 가느다랗게 실눈을 뜬 채 밝은 색상과 무릎 곡선만 어렴풋이 보이는 그녀의 실크 스타킹 위로 새끼손가락을 부지런히 움직일 수 있었다. 하지만 이런 대담한 게임에 아무 보상도 없다는 걸 알아차렸는데 새끼손가락에 살이 별로 없고 움직이기가 불편해서 부분적인 감각만 살짝 전해 줄 뿐, 그 손이 닿은 부분의 형태나 실체를 감지하는 데 도움이 되지 않았다.

그래서 새끼손가락을 다시 다른 손가락과 나란히 두었는데 원래 위치에서 철수시킨 게 아니라 넷째, 셋째, 둘째 손가락을 새끼손가락 옆에 갖다 붙였다. 이제 그의 손이 여인의 무릎에 힘없이 놓여 있었고 기차의 움직임에 따라 부드럽게 흔들렸다.

토마그라가 다른 사람들을 떠올린 건 바로 그때였다. 이 여인이 그의 뜻을 받아들여서, 아니면 불가사의한 이유 때문에 자신의 이런 대담한 행동에 반응을 하지 않는다 해도 맞은편에 다른 사람들이 앉아 있으니, 군인답지 못한 이런 행동을 하는 그와 묵인하듯 조용히 있는 여인에게 분개할 수 있었다. 무엇보다 그런 의심으로부터 여인을 지켜 주려고 토마그라는 손을 뺐다. 아니 마치 그 손 혼자 나쁜 짓을 한 것처럼 숨겨 버렸다. 하지만 손을 숨기다가 이건 위선적인 핑계에 불과하다는 생각을 했다. 실제로는 의자에 손을 내려놓으면서 그는 넓게 자리를 차지하고 앉아 있는 여인에게 그 손이 더 은밀히 닿게 만들려 했으니까.

사실 손이 주위를 더듬었고 어느새 손가락들에 나비가 내려앉듯 그녀의 몸이 느껴졌다. 이제 손바닥 전체를 부드럽게 밀기만 하면 되었다. 그녀의 시선은 여전히 불가해했고 숨을 쉴 때마다 가슴이 보일 듯 말 듯 살짝 달싹였다. 안 돼! 토마그라는 어느 새 달아나는 생쥐처럼 손을 빼냈다.

'미동도 하지 않네. 어쩌면 바라고 있는지도 몰라.' 토마그라는 이렇게 생각했지만 또 한편 이런 생각도 들었다. '조금만 더 머뭇거렸으면 때를 놓쳤을지도 몰라. 어쩌면 망신을 주려고 가만히 앉아 날 유심히 보는 중일 수도 있어.'

그래서 토마그라는 무엇보다 신중하게 확신을 얻으려고 손등을 의자에 대고 기차가 흔들릴 때를 기다렸다가 눈치채지 못하게 자신의 손가락이 여인에게로 미끄러지게 만들었다. 기다렸다는 말은 적절하지 않다. 사실 그는 손가락 끝을 눈에 띄지 않게 움직여서 의자와 그녀의 몸 사이로 쐐기처럼 밀어 넣었는데 달리는 기차 때문에 벌어진 일로 이해될 수도 있는 상황이었다. 갑자기 그가 동작을 멈춘다면 그건 그녀가 어떤 식으로든 거부의 표시를 해서가 아닐 거라고 토마그라는 생각했다. 오히려 그녀가 그의 뜻을 받아들인다면 근육을 반쯤 움직여서, 그에게로 몸을 돌리는 게, 말하자면 기다리고 있는 그 손에 자신의 몸을 싣는 게 그녀에게 훨씬 더 쉽기 때문일 거라는 생각이 들었다. 토마그라는 이런 지속적인 행동에 담긴 우호적인 의도를 그녀에게 보여 주기 위해 여인의 몸 아래에 있는 손의 손가락을 옴질거려 보았다. 여인은 창밖을 내다보고 있었다. 그리고 핸드백의 잠금 고리를 느릿느릿 만지작거리며 닫았다 열곤 했다. 동작을 중단해야 한다는 걸 알리는 신호였다. 그녀가 승낙한다는 걸 알리는 최후의 답변일까, 아니면 그녀의 인내심도 이제 한계에 달해 이렇게 긴 시도를 더 이상 참아 낼 수 없다는 경고일까? 이걸까? 저걸까? 토마그라는 자문해 보았다.

자신의 손이 뭉툭한 문어처럼 그녀의 살을 꽉 잡았다는 걸 알아차렸다. 이제 모든 게 결정되었다. 토마그라는 물러설 수가 없었다. 하지만 그녀는, 그녀는, 그녀는, 스핑크스 같았다.

토마그라의 손이 이제 게걸음을 치듯이 비스듬히 허벅지로 올라 갔다. 다른 사람들의 눈에 띄었을까? 아니다, 미망인이 바로 그때 무릎 위에 올려놓은 재킷을 매만졌다. 재킷 자락이 옆으로 흘러내렸다. 그의 손을 가려 주려는 걸까, 더 이상 올라오지 못하게 차단하려는 걸까? 이렇게 됐다. 이제 손은 다른 사람의 눈에 띄지 않은 채 자유 롭게 움직였다. 그녀의 살을 꼭 잡은 뒤, 불어왔다 금방 사라지는 바람처럼 살며시 재빠르게 애무를 했다. 하지만 미망인의 얼굴은 여전히 차창 너머 먼 곳을 향해 있었다. 토마그라는 탐스럽게 올린 머리카락 아래 목덜미와 귀 사이의 맨살에서 눈을 떼지 않았다. 귓바퀴 뒤쪽 오목하게 들어간 곳의 혈관이 고동치는 게 보였다. 그게 그녀가 주는 유일한 대답으로, 분명하면서도 고통스럽고 찰나적이었다. 갑자기 그녀가 당당하면서도 대리석같이 차가운 얼굴을 돌렸다. 모자에서 늘어진 베일이 커튼처럼 흔들렸다. 무거운 눈꺼풀 밑의 두 눈은 당황한 듯했다. 하지만 그 눈은 토마그라를 지나쳤다. 그에게는 눈길조차 주지 않은 채 그 너머의 무엇인가를 바라보는 듯했는데 어쩌면 아무것도 보지 않았거나 어떤 생각에 매달려 있는지도 몰랐다. 뭐가 됐든 토마그라보다는 중요한 게 분명했다. 이런 여러 생각이 떠오른 것은 잠시 뒤였다. 처음에는 그녀가 움직이는 것을 보자마자 즉시 뒤로 물러나서 잠을 자듯 눈을 꼭 감은 채, 얼굴 전체가 상기되어 가서 그걸 막아 보려 애썼기 때문이었다. 그래서 처음으로 섬광처럼 스쳐간 그녀의 시선에서 방금까지 품었던 여러 가지 의문에 대한 답을 찾아 낼 기회를 놓치고 말았다.

여인의 검은 재킷 밑에 숨겨져 있던 그의 손은 마치 그의 몸에서 떨어져 나간 듯했고 마비가 되어 버렸으며 손목 쪽으로 오므라들어

진짜 손 같지가 않았다. 이제 나무토막 같은 느낌 말고는 아무 느낌조차 없었다. 하지만 미망인이 무표정하게 정확히 어디라 할 것 없이 주위를 둘러보느라 그에게 찾아왔던 그 휴식이 끝났기 때문에 손에 다시 피가 돌고 용기가 났다. 부드러운 허벅지를 다시 만지다가 끝에 도달했다는 걸 느낀 건 바로 그 순간이었다. 손가락이 치마의 가장자리를 따라 달렸다. 거기서 조금 더 위로 올라가자 무릎이 갑자기 나타났고, 그 뒤는 허공이었다.

이 은밀한 축제는 이제 끝났어, 보병 토마그라가 생각했다. 그리고 이제 다시 생각해 보니 그 축제는 그의 기억 속에서 아주 초라한 무엇인가로 비춰졌다. 그런 행동을 하는 순간에는 탐욕스러울 정도로 그에게 중요하게 생각되었지만 말이다. 실크 옷 위로 하는 애무가 꼴사납기 짝이 없지만 그가 군인이라는 연민을 불러일으키는 처지였으므로 그 정도는 용인할 만해서 여인도 신중하게 아무 내색도 하지 않고 그에게 허락을 해 주었을 터였다.

절망하며 손을 빼내려던 그는 그녀의 무릎 위의 재킷을 보고는 동작을 멈추었다. 재킷은 이제 단정하게 접혀 있지 않았을 뿐만 아니라(하지만 처음에는 분명 그렇게 보였다.) 대충 무릎에 걸쳐져 있어서 옷자락이 다리 앞으로 늘어졌다. 그의 손은 그래서 꽉 막힌 굴 속에 들어가 있었다. 어쩌면 병사 신분인 그와 자신이 어울리지 않아 이 기회를 그가 이용하지 못한다고 확신한 여인이 그에게 주는 마지막 신뢰의 표시 같은 것일 수도 있었다. 그래서 병사는 지금까지 미망인과 자신 사이에 일어났던 일을 애써 떠올려 보았다. 그와 동시에 그녀의 태도를 기억해 보면서 그 속에서 자신의 행동 이상을 허용해 줄 만한 힌트 같은 것을 찾아 보았다. 그리고 때로는 사소하고 무의미했던 몸짓들, 또 가끔은 결정적이고 은밀했던 우연한 스침이나 부딪힘 들을 다시 생각해 보니 그는 더 이상 뒤로 물러설 수가 없었다.

그의 손은 마지막으로 떠오른 기억을 따른 게 분명했다. 그가 돌이킬 수 없는 행동을 깊이 생각해 보기도 전에 이미 경계를 넘어 버리고 말았으니 말이다. 그럼 여인은? 자고 있었다. 그녀는 화려한 모자를 쓴 채 머리를 한쪽 구석에 기대고 눈을 감고 있었다. 그, 토마그라는 진짜 잠들었는지 잠든 척하는지 모를 이 상황을 존중해서 방해하지 않고 물러나야 하는 걸까? 아니면 그가 이미 눈치챘어야 했는데, 공모를 위한 여인의 작전이니 어떤 식으로든 감사의 표시를 해야 하는 걸까? 이미 그가 도달한 지점에서는 더 이상 머뭇거릴 수가 없었다. 그에게는 앞으로 나갈 일만이 남았다.

보병 토마그라의 손은 조그맣고 짧았다. 단단한 부분과 굳은살이 근육으로 변해서 손은 유연하고 매끈했다. 뼈가 느껴지지 않아서 꼭 뼈마디가 아니라 신경들이 움직이는 듯했으며, 그 움직임은 부드러웠다. 뜨겁고 생생한 완벽한 접촉을 위해 이 작은 손이 때로는 대충 어림잡아서, 때로는 섬세하게 쉬지 않고 움직였다. 그러나 마침내 수중의 비밀 물길을 따라 먼 바다의 물결이 밀려오듯, 최초의 떨림이 미망인의 부드러운 몸을 관통했을 때 병사는 어찌나 놀랐던지 급히 손을 빼고 말았다. 정말 미망인이 그때까지 아무것도 눈치채지 못하고 잠이 들었을 거라 상상이라도 했던 것처럼.

이제 그는 두 손을 자신의 무릎 위에 올려놓은 채, 그녀가 객실에 들어올 때처럼 몸을 움츠리고 앉아 있었다. 그는 어리석은 행동을 했고 그걸 잘 알고 있었다. 발꿈치로 바닥을 툭툭 쳐 대고 허리를 쭉 펴기도 하는 게 다시 접촉을 하고 싶어 안달이 난 듯이 보였지만 그런 신중한 태도 역시 어리석었다. 끝없는 인내심이 필요한 그 행동을 처음부터 다시 하고 싶어 하는 것 같기도 하고, 이미 목적을 달성했는데도 그에 대해 확신하지 못한 듯해서였다. 그런데 정말 목적을 달성한 걸까? 아니면 그냥 꿈이었나?

갑자기 터널이 그들을 향해 달려와서 점점 어둠이 깊어졌다. 그래서 토마그라는 처음에는 소심한 동작으로, 정말 처음 접근해서 자신의 대담함에 놀라기라도 한 듯이 가끔 뒤로 물러서기도 하다가 차츰 이 여인이 자신에게 극도의 친밀감을 느낀다고 스스로를 납득시켜 보려 애쓰며 암평아리처럼 조심스레 풍만한 데다가 그 무게 때문에 약간 늘어진 여자의 가슴 쪽으로 한 손을 내밀었다. 그리고 숨 가쁘게 가슴을 더듬으며 보잘것없는 자신의 처지와 누를 수 없는 행복감을 그녀에게 전하려 애썼다. 그리고 그녀가 이런 신중한 태도를 버리는 게 다른 무엇보다 자신에게 필요하다는 것을 전해 보려 했다.

사실 미망인이 반응을 보이긴 했는데 갑작스레 방어를 하며 그를 뿌리쳤다. 그 동작만으로도 토마그라는 자기 좌석의 구석 쪽으로 물러나서 손을 비틀었다. 그런데 아마 통로에 비친 빛 때문에 터널이 갑자기 끝났다고 생각해 겁이 난 미망인이 잘못된 경고를 한 것 같았다. 아마도. 아니면 그가 도를 넘어서 이미 한없이 관대한 그녀에게 끔찍한 실수를 한 건 아닐까? 아니다, 이제 두 사람 사이에 금지된 일 같은 게 있을 리 없었다. 뿐만 아니라 그녀의 동작은 모든 게 사실이고 그녀가 묵인하고 동참하겠다는 표시였다. 토마그라는 다시 다가갔다. 이런 생각을 하느라 시간 낭비를 많이 했지만 터널이 이제 곧 끝나갈 게 분명했다. 갑자기 쏟아지는 빛 속에서 사람들의 눈에 띄는 건 현명하지 못했다. 토마그라는 벌써 터널 벽이 서서히 회색으로 보이게 될 최초의 순간을 초조하게 예상했다. 그러한 예상을 하면 할수록 점점 더 뭔가를 시도하려는 위험한 유혹에 사로잡혔다. 그런데 터널이 상당히 긴 게 틀림없었다. 예전에 몇 번 지날 때 아주 길었던 기억이 났다. 당장 그 기회를 이용했더라면 그에게 꽤 시간이 있었을 테지만 지금은 터널이 끝나기를 기다리는 게 더 나았다. 그런데 왜 이리 터널이 긴 걸까? 어쩌면 이게 그에게는 마지막 기회일 수도 있다. 드디어 어둠이 옅어졌고 이제 터널이 끝났다.

지방을 운행하는 기차가 마지막 역을 지났다. 기차는 텅 비었고 객실에 있던 승객들 대부분이 하차했다. 마지막 남은 승객들도 가방을 내려 입구 쪽으로 갔다. 마침내 객실에는 병사와 미망인 단 둘만 남았다. 두 사람은 팔짱을 낀 채 말없이 허공을 바라보았는데 바짝 붙어 앉아 있으면서도 한없이 멀리 떨어져 있는 느낌이었다. 토마그라는 여전히 생각을 해야 했다. '이제 좌석이 모두 다 비었어. 조용히 편안히 가고 싶다면, 나 때문에 짜증이 나면 자리를 옮기겠지…….'

뭔가가 그를 제지했고 아직도 두려운 마음이 남아 있었다. 혹시 통로에 모여 담배를 피우는 승객들이 있을 수도 있고 밤이 되니 불이 켜질지도 몰랐다. 토마그라는 잠을 자고 싶은 사람마냥 통로 쪽의 커튼을 내려야겠다고 생각했다. 그는 일어서서 육중하게 몇 발짝을 걸어 아주 세심하게 느릿느릿 양쪽 커튼을 풀어 잡아당긴 뒤 둘을 묶었다. 그러고 나서 돌아보니 여인이 누워 있었다. 잠을 자려는 듯이. 그러나 눈을 뜨고 한 곳을 뚫어지게 응시했으며 기혼 여인다운 침착한 자세를 흐트러뜨리지 않으며 그 훌륭한 모자를 벗지 않은 채 팔걸이를 베고 있었다.

토마그라는 그녀를 내려다보고 섰다. 그는 다시 이렇게 잠든 척하는 그녀를 보호해 주기 위해 차창 쪽도 어둡게 해 주고 싶었다. 그는 커튼을 풀려고 그녀의 위쪽으로 몸을 뻗었다. 하지만 무표정한 미망인의 위쪽에서 어색하게 움직일 도리밖에 없었다. 그래서 커튼 고리와 씨름하는 일을 그만두어 버렸다. 그는 자기가 할 일은 이게 아니라, 더 이상 주체할 수 없는 자신의 욕망을 그녀에게 남김없이 보여 주는 것이라는 걸 알아차렸다. 그녀의 오해를 풀어 주기만 하면 되었다. 이런 말로써. '보십시오, 부인은 우리 외롭고 가여운 군인들이 사랑을 필요로 하지만 사랑과는 너무나 멀리 떨어져 있다고 생각해서 제가 하는 행동을 그냥 눈감아 주셨습니다. 하지만 지금 제 모습은 이렇습니다. 당신의 호의를 제가 어떻게 받아들였는지 봐요. 자, 당신이 보다시피 불가능한 욕망을 품고 말았습니다.'

이제 어떤 행동을 해도 미망인이 놀라지 않을 게 분명했으므로, 아니 어찌 보면 그녀가 이 모든 걸 예측하고 있었을 테니 보병 토마그라는 더 이상 아무 의심도 할 필요가 없고, 마침내 그의 발작적인 광기가 그 소리 없는 대상인 그녀까지도 휘어잡을 수 있으리라는 생각만 하면 되었다.

토마그라가 일어서자 여전히 베일로 장식된 모자를 쓴 미망인이 맑고도 진지한 눈을 뜬 채(그녀의 눈은 푸른색이었다.) 그의 밑에 누워 있었다. 시골 들판을 달리는 기차는 쉬지 않고 날카로운 경적을 울렸다. 차창 밖으로는 줄줄이 늘어선 포도나무들이 끝없이 나타났다. 여행 내내 지칠 줄 모르고 차창에 흘러내리던 빗물이 다시 거세게 유리를 두드렸다. 자신이 벌인 대담한 행동을 생각하자 보병 토마그라는 다시 겁이 났다.

어느 도둑의 모험

당장 체포되지 않는 게 중요했다. 짐은 문 뒤의 공간에 몸을 딱 붙였다. 금방이라도 들이닥칠 것 같던 경찰들이 돌연 되돌아나가 골목으로 향하는 발소리가 들렸다. 짐은 밖으로 달려 나가 날렵하게 뛰었다.

"서라, 안 서면 쏜다, 짐!"

'무슨 소리야, 좋아, 쏴 보던지!' 그가 생각했다. 그는 벌써 사정거리를 벗어나서 자갈이 깔린 계단 가장자리로 뛰어올랐다가 구도시의 경사진 거리로 내려갔다. 분수 위쪽에서 계단 난간을 뛰어넘어서 길게 늘어선 아치들 밑으로 들어가자 그의 발소리가 크게 울렸다.

그는 머릿속에 떠오르는 경로는 모두 피해야 했다. 롤라, 닐데, 르네의 집 모두 안 된다. 얼마 안 있어 경찰들이 사방에 들이닥쳐 문을 두드릴 테니. 따뜻한 밤이었고 골목에 높이 솟은 아치들 위로 낮이라고 해도 좋을 정도로 맑은 구름이 떠다녔다.

신시가지의 넓은 길로 나오자 짐 볼레로라는 별명의 마리오 알바네시는 달리는 속도를 조금 늦추었고 관자놀이 위로 흘러내린 머리카락들을 귀 뒤로 넘겼다. 발소리는 들리지 않았다. 그는 망설이지 않으면서도 조심스럽게 길을 건너 아르만다의 집 앞에 도착해서 위로 올라갔다. 이 시간쯤이면 그녀의 집에는 아무도 없을 테고 그녀는 잠들어 있을 게 분명했다. 짐이 힘껏 문을 두드렸다.

"누구요?" 잠시 후 약간 짜증스러운 남자 목소리가 들렸다. "다 자는 시간에……." 릴린이었다.

"잠깐 문 좀 열어 봐, 아르만다, 나야, 짐." 그가 크지 않게, 그러나 단호하게 말했다.

아르만다가 침대에서 뒤척였다. "응, 짐이라고, 웬일이야, 금방 열어 줄게, 응, 짐이네." 그녀가 침대 머리맡에 늘어진 문 여는 끈을 잡아서 당겼다.

문이 얌전히 열렸다. 짐이 손으로 더듬어 복도를 지나 방으로 들어갔다. 시트에 덮인 채 울룩불룩 솟은 아르만다의 몸이 넓은 침대를 다 차지한 듯이 보였다. 베개 위에서 앞머리를 내린 검은 단발머리에 화장기 없는 얼굴이 보였는데 살이 축 늘어지고 주름이 고스란히 드러났다. 그 옆으로, 침대 한쪽 구석에 담요를 구겨 놓은 것마냥 그녀의 남편 릴린이 누워 있었다. 릴린은 불청객 때문에 깨어 버린 잠을 다시 청하기 위해 그 푸르딩딩한 작은 얼굴을 베개에 푹 파묻고 싶어 하는 듯했다.

릴린은 이 마지막 손님이 어서 가서 다시 침대에 누울 수 있기를 기다려야 했다. 그의 나른한 나날에 쌓인 피로를 잠으로 풀 수 있기를. 릴린은 이 세상에서 할 줄 아는 일도, 하고 싶은 일도 없었다. 그저 담배를 피울 수만 있으면 평화로웠다. 그는 아침이면 담배 한 갑을 들고 외출했다. 구두 수선공 가게나 고물상, 아니면 배관공 가게에 가서 앉아 작은 종이에 담배를 차례로 말았다. 그리고 가게의 작은 걸상에 앉아 흐릿한 눈에 힘든 일을 하지 않은 사람처럼 매끈하고 긴 손을 무릎에 올려놓고 눈으로 담배를 피우며 첩자처럼 사람들의 이야기를 빼놓지 않고 다 들었으며 짤막한 몇 마디 말이나 뜻밖의 일그러진 웃음을 소심하게 짓는 것 말고는 대화에 끼어드는 법이 거의 없었다. 밤이 되어 마지막 가게가 문을 닫고 나면 와인 바로 가서 와인 1리터를 비우고 남은 담배를 피웠다. 바가 셔터를 내릴 때까지. 바가 문을 닫으면 그는 밖으로 나왔다. 그의 아내는 아직도 몸에 딱 붙는 옷을 입고 부은 발에 꽉 끼는 구두를 신은 채 대로에서 서성이는 중이었다. 릴린은 길모퉁이에서 나가서 그녀에게 나지막이 휘파람을 불었고 몇 마디 웅얼거렸다. 이제 시간이 너무 늦었으니 자러 가자고 말하려는 것이었다. 그녀는 릴린을 쳐다보지도 않은 채 무대 앞에 서듯 차도보다 한 단 높은 보도에 서서 싫다고, 아직 지나가는 사람이 있으니 먼저 들어가서 자라고 대답했다. 그녀의 가슴은 와이어와 스판덱스로 만든 갑옷에 꽉 눌려 있었고 중년의 몸매에 젊은 여자 옷을 입고 두 손으로 핸드백을 초조하게 움직였다. 하이힐로 보도에 원을 그리기도 했고 느닷없이 흥얼흥얼 노래를 하기도 했다. 그들은 매일 밤 그렇게 애정 표현을 했다.

"무슨 일이야, 짐?" 아르만다가 눈을 비비며 물었다.

그는 벌써 침대 옆 협탁에 있는 담배를 찾아내서 불을 붙였다.

"오늘 밤에 여기서 신세를 좀 져야겠어."

그러더니 어느새 상의를 벗고 넥타이를 풀었다.

"그래, 짐, 침대로 와. 릴린, 당신은 저기 소파로 가요, 릴린, 자기는 좀 비켜 줘. 짐이 여기 눕게."

릴린은 돌처럼 잠시 그대로 누워 있다가 뭐라고 웅얼웅얼 불평을 하며 일어났다. 침대에서 내려가서 자기 베개와 이불, 협탁 위의 담배와 담배 종이, 성냥, 재떨이를 챙겼다. "소파로 가, 릴린, 어서, 가라구." 조그만 몸집의 릴린은 짐을 들고 구부정하게 복도의 소파로 갔다.

짐은 담배를 피우면서 옷을 벗었다. 바지를 반으로 잘 접어서 걸어두고 상의는 침대 머리맡 의자에 올려놓았다. 협탁 서랍에서 담배와 성냥과 재떨이를 꺼내서 침대로 올라갔다. 아르만다가 스탠드의 불을 끄더니 한숨을 쉬었다. 짐은 담배를 피웠고 릴린은 복도에서 잤다. 아르만다가 몸을 뒤척였다. 짐이 재떨이에 담배를 끄려는데 누군가 문을 두드렸다.

짐은 벌써 한 손으로 상의 주머니의 리볼버 권총을 쥐고 다른 손으로는 조심하라는 듯 아르만다의 팔꿈치를 잡았다. 아르만다의 팔은 굵고 부드러웠다. 두 사람은 잠시 그 자세로 있었다.

"누구냐고 물어봐, 릴린." 아르만다가 천천히 말했다.

릴린이 복도에서 성을 냈다. "누구요?" 그가 거칠게 물었다.

"이봐, 아르만다, 나야, 안젤로."

"안젤로가 누구지?" 아르만다가 물었다.

"안젤로 경사라고, 아르만다, 지나가다가 생각이 나서 당신 집에 들렀어……. 잠깐 문 좀 열어 주면 안 될까?"

짐은 벌써 침대 밖에 있었다. 그리고 릴린과 아르만다에게 입 다물고 있으라는 신호를 했다. 그가 문을 열고 화장실을 열더니 자기 옷을 걸어 둔 의자를 화장실로 옮겼다.

"아무에게도 들키면 안 돼. 저 녀석은 빨리 보내." 그가 작게 말하고 화장실 문을 닫고 들어갔다.

"이리 와요, 릴린 자기, 다시 침대에 누워, 어서, 릴린." 아르만다가 누운 채로 릴린이 원위치로 이동하게 지휘했다.

"아르만다, 날 기다리게 할 작정이군그래." 문밖에서 안첼로가 말했다.

릴린이 이불, 베개, 담배, 성냥, 담배 종이, 재떨이를 가지고 침착하게 침대로 돌아와서 침대에 누운 뒤 시트를 눈까지 끌어올렸다. 아르만다가 끈을 잡아당겨 문을 열었다.

주름살투성이의 늙은 사복 형사 같은 분위기의 소투가 들어왔다. 뚱뚱한 얼굴에 회색 콧수염을 기르고 있었다.

"늦은 시간까지 산책을 다니는군요, 경사님." 아르만다가 말했다.

"아, 그냥 좀 돌아다녔어. 그러다 보니 당신을 좀 보고 가야겠다는 생각이 들더군." 소투가 말했다.

"무슨 일 있어요?"

소투가 침대 머리맡에 서서 손수건으로 얼굴의 땀을 닦았다.

"아무 일도 없어. 그냥 잠깐 들른 거야. 뭐 새로운 소식 있나?"

"새로운 소식이라니, 무슨?"

"혹시 알바네시가 찾아오지 않았나?"

"짐이요? 걔가 무슨 일 저질렀나요?"

"아무 일도. 이봐……. 그냥 짐에게 뭘 하나 물어보고 싶은 게 있어서. 봤나?"

"사흘 전에 봤어요."

"아니. 지금 말이야."

"난 두 시간 전에 잠자리에 들었어요, 경사님. 그리고 짐이 왜 나한테 오겠어요? 걔 애인들에게 가 봐요. 로지, 닐데, 롤라……."

"쓸데없어. 짐은 곤경에 빠지면 자기 애인들은 피하거든."

"여긴 안 왔어요. 다음에 와요, 경사님."

"아, 그래, 아르만다, 그냥 물어본 것뿐이야. 그러니까 이렇게 당신을 만나게 돼서 반가웠다는 뜻이라고."

"잘 가요, 경사님."

"그래, 잘 있어."

소투는 돌아섰지만 나가지 않았다.

"생각해 보니, 어느새 날이 밝았으니 이제 그만 돌아다녀야겠어. 간이침대로 돌아가서 눕고 싶지는 않아. 기왕 왔으니 당신하고 잠깐 있다 가고 싶은데, 응, 아르만다?"

"경사님, 당신은 정말 좋은 분이에요. 그렇기는 해도 솔직히 말하면 지금 이 시간에는 손님을 받지 않아요. 일은 일이니까요, 경사님. 각자 자기 일하는 시간이 있잖아요."

"아르만다, 나 같은 친구에게." 소투는 벌써 상의와 스웨터를 벗었다.

"당신은 좋은 분이에요, 경사님. 내일 밤 만나면 안 될까요?"

소투가 계속 옷을 벗었다. "빨리 아침이 오게 하려고 그래, 알겠지, 아르만다. 그러니까, 내 자리 좀 만들어 줘."

"릴린이 소파로 가야 된다는 말이네요. 일어나, 릴린, 어서, 릴린 자기, 저리 가."

릴린이 긴 손가락을 허공에서 움직여서 작은 탁자 위에서 담배를 찾았다. 투덜거리며 몸을 일으켜서 눈도 제대로 뜨지 않은 채 침대에서 나가 베개와 이불과 담배 종이와 성냥을 집었다. "가, 릴린, 자기." 릴린이 이불을 바닥에 질질 끌며 갔다. 소투는 벌써 시트 속에서 몸을 이리저리 움직였다.

그 옆 화장실에서 짐은 초록으로 변하는 하늘을 작은 창으로 바라보았다. 모르고 협탁 위에 담배를 두고 왔는데 이게 정말 낭패였다. 이제 저 남자가 침대에 들어가 버렸으니 그는 담배 한 대 못 피우며 비데와 탤컴 파우더 통들 사이에서 날이 밝을 때까지 갇혀 있어야만 했다. 그는 조용히 옷을 입었고 세면대 선반 뒤의 거울을 보며 깔끔하게 머리를 빗었다. 향수와 안약 병, 관장기, 상비약, 살충제가 선반에 빼곡하게 늘어서 있었다. 그는 창으로 들어오는 불빛에 상표 몇 개를 읽어 본 뒤 알약 통 하나를 슬쩍했다. 그리고 계속 화장실을 둘러보았다. 새로 구경할 게 별로 없었다. 빨래 통에 세탁할 옷들이 들어 있었고 빨랫줄에 널린 옷도 있었다. 그는 비데의 수도꼭지를 시험 삼아 틀어 보았다. 쏴 소리를 내며 물이 쏟아졌다. 소투가 들었으면 어쩌지? 소투도 교도소도 모두 지옥에나 떨어지라지. 짐은 따분했다. 다시 세면대로 와서 오드콜로뉴를 상의에 뿌리고 포마드를 발랐다. 물론 오늘 체포되지 않는다 해도 내일이면 잡히고 말 것이다. 그러나 현행범은 아니므로 일만 잘 풀리면 금방 석방될 수 있었다. 이 화장실에서 두세 시간 담배 없이 기다리기……. 왜 이렇게 따분하게 있어야 하지? 그렇다. 아마 그를 당장 풀어 줄 게 분명하다. 그가 옷장을 열었다. 삐거덕 소리가 났다. 옷장이고 뭐고 지옥에나 떨어지라지. 옷장에는 아르만다의 옷이 걸려 있었다. 짐은 모피 코트 주머니에 자신의 리볼버 권총을 집어넣었다. '나중에 들러서 가져가야지. 올 겨울까지는 이 코트를 입지 않을 테니까.' 그가 생각했다. 손을 빼내자 나프탈

렌 때문에 손이 하얬다. '더 좋아. 권총에 좀이 슬진 않겠군그래.' 그가 웃었다. 다시 손을 씻으러 갔다. 그리고 아르만다의 수건은 비위가 상해서 옷장에 있는 외투에 손을 닦았다.

침대에 누워 있던 소투가 옆방에서 나는 소리를 듣고는 한 손을 아르만다에게 올려놓았다. "뭐지?" 그녀가 소투 쪽으로 몸을 돌려 그에게 바짝 다가가며 굵고 부드러운 팔로 그의 목을 감쌌다. "아무것도 아니에요……. 뭐가 있겠어요……." 소투는 그녀에게서 떨어지고 싶지 않지만 옆에서 움직임을 느꼈고 그래서 장난을 하듯 계속 물었다. "……뭐지, 응? ……응, 뭘까?"

짐이 문을 열었다. "갑시다, 경사님. 바보 같은 짓 그만하고, 날 체포해요."

소투가 걸어 놓은 상의에 든 리볼버 권총 쪽으로 한 손을 뻗었지만 아르만다에게서 떨어지지는 않았다. "누구냐?"

"짐 볼레로."

"손 들어."

"난 무기가 없어요, 경사님. 바보 같은 짓 그만해요. 자수합니다."

짐은 어깨에 상의를 걸치고 두 손을 허공에 든 채 침대 머리맡에 서 있었다.

"오, 짐." 아르만다가 말했다.

"며칠 뒤에 다시 들를게, 아르만다." 짐이 말했다.

소투가 투덜거리며 일어나서 바지를 입었다. "지긋지긋한 형사 노릇…… 한시도 날 놔두지 않는군……."

짐이 협탁에서 담배를 집어 불을 붙이고 담뱃갑을 주머니에 넣었다.

"나도 한 대 줘, 짐." 아르만다가 말했다. 가슴이 축 늘어진 상체를 세우고 몸을 뻗었다.

짐이 그녀의 입에 담배를 한 대 넣어 주고 불을 붙였다. 상의를 입는 소두를 도와주었다. "갑시다, 경사님."

"다음번을 기약해야겠는걸, 아르만다." 소두가 말했다.

"잘 가요, 안젤로." 아르만다가 말했다.

"잘 있어, 음, 아르만다." 소두가 다시 말했다.

"잘 가, 짐."

그들이 떠났다. 릴린은 복도의 낡은 소파 가장자리에 누워 잠들어 있었다. 그는 꼼짝도 하지 않았다.

아르만다는 넓은 침대에 앉아 담배를 피웠다. 어느 새 희끄무레한 새벽빛이 방 안에 스며들어 와서 스탠드를 껐다.

"릴린." 그녀가 불렀다. "이리 와요, 릴린, 침대로 와, 어서, 릴린, 자기, 이리 와요."

릴린은 벌써 베개와 재떨이를 들고 있었다.

어느 해수욕객의 모험

　　○○ 해변에서 해수욕을 하던 이조타 바르바리니 부인에게 불행한 사고가 생겼다. 부인은 해변에서 멀리 떨어진 곳에서 수영을 하고 있었는데 돌아갈 시간이 된 듯하여 해변 쪽으로 방향을 돌리다가 수습할 수 없는 사태가 발생했음을 알아차렸다. 수영복이 사라진 것이었다.

　　바로 그 순간 어디로 사라진 건지, 아니면 벌써 한참 전부터 수영복 없이 수영하고 있었는지도 정확히 알 수가 없었다. 그녀는 새로 산 비키니 수영복을 입었는데 수영복은 상의만 남아 있었다. 엉덩이를 움직일 때 단추 몇 개가 떨어져 나간 게 틀림없었다. 그러니까 볼품없는 천 조각으로 변한 '팬티'가 한쪽 다리로 흘러내려 빠져나간 것이다. 어쩌면 아직은 그녀 아래쪽, 손을 뻗으면 되는 곳에 가라앉아 있을지도 모를 일이었다. 그래서 그걸 찾으러 잠수를 해 보았지만 곧 숨 쉬기가 힘들었고 초록 그림자들만이 어지럽게 그녀의 눈앞에서 어른거렸다.

마음속에서 점점 커 가는 불안감을 누르고 침착하게 생각들을 정리해 보려 애썼다. 정오였고 주위에 카누나 보트를 타는 사람들과 수영을 하는 사람들이 보였다. 그녀가 아는 사람은 한 명도 없었다. 그녀는 전날 이곳에 남편과 도착했는데 남편은 도착하자마자 도시로 돌아갔다. 이제 다른 방법이 없다고 이조타 부인은 생각했다. 그녀는 이렇게 분명하고 침착하게 이성적으로 생각하는 스스로가 놀라웠다. 그러니까 카누나 보트들 틈에서 어딘가에 분명히 있을 수상요원의 배나 어찌되었든 신뢰할 수 있을 만한 사람의 배를 찾아서 그 배에 소리를 쳐야 했다. 아니 배로 가까이 가서 도움을 청하고 부탁하는 게 더 나을 것 같았다.

이조타 부인은 거의 몸을 웅크린 채 물에 떠서 숨을 헐떡이며, 감히 주위를 둘러보지도 못하며 이런 생각을 했다. 머리만 물 밖에 떠 있었고 무의식적으로 수면 위에서 고개를 숙였는데 이미 신성불가침이 되어 버린 비밀을 파헤치기 위해서라기보다는 한밤중 문득 어떤 생각이 떠올라 눈물을 흘린 사람이 눈물을 닦으려 베개나 시트에 눈꺼풀과 뺨을 비빌 때의 심정과 비슷했다. 정말 금방이라도 눈물이 쏟아질 것같이 눈꼬리 쪽에 묵직하게 눈물이 고였다. 어쩌면 본능적으로 그렇게 고개를 숙인 건 바로 바닷물에 눈물을 씻기 위해서인지도 몰랐다. 그녀가 너무나 당황했기 때문이기도 했고, 이성과 감정 사이의 거리가 그렇게 멀었기 때문이기도 했다. 그러니까 그녀는 침착한 게 아니었다. 절망하고 있었다. 긴 간격을 두고 파도만 살짝 일렁일 뿐거의 움직임이 없는 바닷물 속에서 그녀 역시 꼼짝을 하지 않았다. 이제 느릿느릿 팔을 젓지 않고 물 한가운데에서 애원하듯 두 손을 움직일 뿐이었다. 어쩌면 그녀 자신은 직감하지 못했을 수도 있는데 그녀의 상황이 위급하다는 신호는 그녀가 자신의 힘을 관찰하고 그것에 지나치게 집착한다는 데서 나타났다. 마치 기운이 다 빠질지도 모를 길고 긴 시간을 예측이라도 하듯이 말이다.

비키니 수영복은 그날 아침 처음 입었다. 그런데 해변으로 나와 여러 낯선 사람들 속에 있자니 약간 불편했다. 그러나 물에 들어가자마자 만족스러웠고 움직일 때 매우 자유로워서 수영을 하고 싶은 마음이 더 생겼다. 이조타 부인은 해변에서 멀리 떨어진 곳에서 오랫동안 수영하는 걸 즐겼지만 사실 그녀는 다소 뚱뚱하고 게으르기 때문에 운동할 때의 쾌감을 즐기는 건 아니었다. 그녀가 좋아하는 것은 물과의 친밀감, 자신이 그 잔잔한 바다의 일부가 되는 듯한 느낌이었다. 새 수영복은 바로 그런 느낌을 주었다. 뿐만 아니라 수영을 시작하자마자 이런 생각이 제일 먼저 머리에 떠올랐다. '아무것도 안 입은 것 같아.' 다만 해변에 북적이는 사람들을 생각하면 신경이 쓰였다. 무엇보다 그 수영복을 입고 해변에서 사귀게 될 사람들이 어쩌면 그녀에 대해 어떤 고정관념을 갖게 될 수 있으니. 어떤 식으로든 나중에 바뀌어야만 하는 그런 생각 말이다. 이미 많은 여자들이 비키니 수영복을 입고 바다에 오기 때문에 역시 그런 차림인 그녀가 신중한 성격이라고 판단하는 게 아니라, 말하자면 그녀가 스포츠를 즐기거나 유행에 민감한 여자라고 믿어 버리는 것이다. 하지만 실제 그녀는 정말 얌전한 가정주부였다. 그리고 어쩌면 이미 평상시의 자신과 다르다는 느낌을 가지고 있어서, 그 일이 일어났을 때도 전혀 눈치채지 못했을지도 모른다. 해변에서 경험했던 그 불편함과 맨살에 닿는 신선한 물의 느낌, 그리고 해수욕객들에게로 돌아가야만 한다는 막연한 걱정이 지금은 새롭고도 몹시 심각한 공포로 인해 훨씬 더 확대되었고 그녀는 그 공포에 빨려들어 갔다.

그녀가 제일 바라보고 싶지 않은 곳이 해변이었다. 그래데도 보지 않을 수가 없었다. 정오를 알리는 종소리가 들렸다. 모래밭에 펴 놓은 검은색과 노란색 동심원들이 그려진 파라솔이 검은 그림자를 드리웠고 그 아래 누워 있는 사람들이 보였다. 바다는 해수욕객들로 북적였다. 해변 쪽에는 보트가 한 척도 없었다. 보트가 육지로 돌아오기가 무섭게 다른 사람이 차지해 버렸다. 푸른 바다가 끝나는 거무스름한 해안은 계속해서 보트가 만들어 내는 하얀 물보라들 때문에 정신이 없었다. 특히 밧줄들을 쳐 놓은 곳은 더 심했는데, 그 뒤쪽에서 아이들이 바닷물을 휘저으며 놀았다. 잔잔한 파도가 밀려올 때마다 사람들은 함성을 질렀고 그 소리는 금방 보트의 날카로운 굉음에 빨려들어 갔다. 그녀는 그런 해변에서 멀리 떨어져 알몸으로 물속에 있었다.

물 밖으로 나와 있는 그녀의 머리와 가끔씩 젓는 팔과 가슴만 겨우 보였기 때문에 아무도 그녀를 수상하게 보지 않았겠지만 그녀는 절대 몸을 수면 위로 드러내지 않은 채 조심스레 수영을 했다. 그렇게 그녀는 지나치게 자신을 노출시키지 않고 도움을 구할 방법을 찾아볼 수 있었다. 이조타 부인은 다른 사람들의 눈에 자신의 모습이 얼마나 보이는지 확인하려고 이따금 동작을 멈추고 거의 수직으로 물에 뜬 채 스스로를 내려다보려 했다. 그리고 수면에 일렁이는 햇빛이 바닷속에서 만들어 내는 투명하게 반짝이는 빛을 불안스레 바라보았다. 그 빛이 물에 떠 있는 해초들이며 쏜살같이 헤엄치는 작은 줄무늬 물고기들을 환히 비춰 주었는데 그 물고기들 밑의 언덕 같은 모래들이나 그 위에 있는 자신의 몸도 마찬가지였다. 그녀는 다리를 오므리고 몸을 돌려 스스로의 시선에 뜨이지 않게 몸을 숨겨 보려 했으나 부질없는 짓이었다. 말끔한 아랫배 피부가 갈색 가슴과 허벅지 사이에서 유난히 희게 두드러져 보였다. 파도가 일렁여도 물속에서 해초가 이리저리 흔들리며 떠다녀도 배의 음영은 뚜렷하게 남아 있었다. 이조타 부인은 가능한 한 몸을 낮추고 다시 여러 동작을 섞어서 수영을 하기 시작했다. 그러다 동작을 멈추지는 않은 채 고개를 돌려 곁눈질로 자기 뒤쪽을 보았다. 그리고 팔을 저을 때마다 그녀의 희고 풍만한 몸은 금방 알아볼 수 있는, 그리고 비밀스러운 그 윤곽을 대낮의 태양 앞에 드러냈다. 그러면 그녀는 온갖 노력을 기울여 수영 동작과 방향을 바꿨다. 그리고 물속에서 몸을 돌리며 여러 각도와 빛을 관찰하고 몸을 비틀었다. 그러나 어떻게 하든 치욕스러운 알몸이 그녀를 쫓아다녔다. 그녀가 지금 시도하는 일은 자신의 육체로부터 달아나는 일이었다. 그녀, 이조타 부인이 곤경에 처해 있는 사람을 구해 내지 못하고 운명에 맡겨 둔 채 그 사람으로부터 달아나기라도 하듯이 말이다. 하지만 그렇게 풍만하고 숨길 수 없는 그 육체는 그녀의 자랑이었고 자기만족의 원천이었다. 다만 겉으로 보기에 아무 문제 없는 이런 상황들이 모순되게 연속되어 이제 그 육체가 수치심의 이유가 될 수도 있었다. 아니 그렇지 않을지도 몰랐다. 아마 그녀의 인생은 옷을 입은 부인으로서만 존재했고 매일 옷을 입고 있었다. 그러므로 알몸 상태는 그녀와 별 상관이 없었다. 그것은 무분별한 자연의 상태로 종종 인간들은, 특히 제일 먼저 그녀는 그런 상태가 드러나면 깜짝 놀라곤 했다. 지금 이조타 부인은 혼자 있던 남편과 단둘이 있던 알몸으로 있으면 공모의 분위기, 거북함과 교태가 뒤섞인 묘한 분위기가 항상 따라다녔던 기억이 났다. 부부간의 비밀스러운 카니발을 위해 잠시 유쾌하지만 지나친 변장을 한 것처럼. 신혼 초 몇 년 동안 낭만에 젖어 있었지만 곧 실망을 맛보고 난 뒤 부인은 자신이 육체를 소유하고 있다는 사실에 겨우 익숙해졌다. 그리고 오래전부터 갈망하던 것을 소유할 수 있음을 알게 된 사람처럼 육체와 밀착이 되었다. 지금, 자신의 육체에 대한 권리가 있다는 자각은 소란스러운 해변이 자꾸 다가오면서, 오래된 두려움들 속으로 다시 사라져 버리고 말았다.

정오가 지나자 넓은 바다에 흩어져 있던 해수욕객들이 물을 거슬러 해변 쪽으로 돌아가기 시작했다. 이제 숙소에서나 탈의실 앞에서 점심을 먹을 시간이었다. 그리고 정수리에 내리쬐는 태양 아래에서 어느 때보다 뜨겁게 달아오른 모래를 즐길 시간이기도 했다. 배와 보트들이 부인 곁으로 지나갔다. 그녀는 배에 탄 남자들의 얼굴을 유심히 살펴보았다. 때로는 그들에게 가려고 마음을 먹기도 했다. 하지만 매번 그들의 속눈썹 사이로 번득이는 눈빛이나 갑작스레 움찔하는 각진 어깨나 팔꿈치의 동작을 얼핏이라도 보게 되면 그녀는 일부러 태연한척 팔을 저으며 그 자리에서 달아났다. 이제 견딜 수 없을 정도에 이른 피로를 그런 태연함으로 가렸다. 배에 탄 남자들, 그러니까 신이 나서 한시도 가만히 있지 않는 젊은 청년들과 교묘한 허세와 집요한 시선의 신사들이 홀로 혹은 무리를 지어 있다가 넓은 바다에서 어쩔 줄 모르는 그녀, 두려움과 간절함이 뒤섞인 불안한 기색을 감추지 못하는 지친 얼굴에, 살짝 신경질적인 인형 같은 분위기를 자아내는 수영 모자를 쓰고 허둥대듯 부드러운 어깨를 자신 없이 움직이는 그녀와 마주치자, 깊이 빠져 있던 열반의 상태, 혹은 들떠 있던 무아의 상태에서 당장 벗어났다. 그리고 친구들과 어울려 턱으로 그녀를 가리키거나 윙크를 하는가 하면 혼자 노를 저어 가다가 동작을 멈추고 일부러 뱃머리를 돌려 그녀의 길을 가로막기도 했다. 신뢰가 필요한 이조타 부인 앞에 짓궂음과 암시의 울타리가 우뚝 솟아났고 애매한 웃음 속에 드러난 예리하고 날카로운 시선들과 수면을 스치며 의아한 듯 멈춰 있는 노들이 가시덤불마냥 앞을 가로막았다. 그녀가 할 수 있는 일이라고는 그 자리를 피하는 것뿐이었다. 얼굴을 물속에 집어넣은 채 수영을 하다가 가끔 물 위로 나와 눈을 들지도 않고 물을 뿜어 낸 뒤 다시 물속에 얼굴을 집어넣으며 그녀 곁을 지나가는 남자들도 몇 명 있었다. 하지만 이조타 부인은 그 남자들도 믿을 수가 없어서 피했다. 사실 그런 남자들은 그녀에게서 멀리 떨어져서 지나가기는 했으나 갑자기 피곤해지면 그냥 물결에 자신의 몸을 맡긴 채 두 다리를 쭉 펴고 물장구를 치며 가만히 떠 있었다. 그리고 그렇게 주변을 맴돌아서 이조타 부인은 불쾌함을 드러내며 다른 곳으로 갈 수밖에 없었다. 이제 피할 수 없는 암시의 그물이, 잠복해서 그녀를 기다리기라도 했다는 듯, 그녀의 주위에 던져지고 말았다. 마치 이 남자들이 모두 몇 년 전부터 지금 자신에게 일어난 일을 어떤 여인이 당하리라 상상해 오다가 적절한 기회에 그 현장을 목격하리라는 기대를 품고 바다에서 매년 여름을 보내는 것 같은 생각이 들었다. 도망칠 방법이 없었다. 남자들이 미리 예상해서 만들어 낸 암시의 전선이 모든 남자에게로 확장되어 돌파구를 뚫을 가능성이 없었다. 그리고 이 세상에서 가장 익명성을 띤 존재, 거의 천사와 같은 존재로 그녀가 고집스레 꿈꿔 온 구원자, 수상 요원이라던가 뱃사람은 이제 존재조차 할 수 없는 게 확실했다. 그녀는 지나가는 수상 요원을 보았는데, 이렇게 잔잔한 바다에서 혹시 모를 불행한 사태를 미연에 방지하기 위해 배를 타고 순찰하는 유일한 남자인 그는 입술이 굉장히 두껍고 근육은 신경과 구별이 되지 않을 정도여서 그녀는 그에게 자신을 맡길 용기가 절대 나지 않을 것만 같았다. 어쨌든 탈의실 문을 열어 주거나 파라솔을 설치해 달라는 부탁은 할 수 있을지도 모르겠다고 그녀는 이 긴박한 상황에 생각했다.

절망적인 상상 속에서 그녀가 도움을 청할 수 있으리라 기대하는 이들은 늘 남자였다. 여자들은 생각조차 하지 않았지만 어쨌든 여자들이 있다면 훨씬 일이 수월했을 것이다. 이런 심각한 위기에서, 여자라면 누구든 한 사람쯤은 속속들이 이해하고도 남을 이런 불안한 상황에서 여자들끼리의 연대감이 분명 작동을 했을 테니. 하지만 동성과의 소통 기회는 흔치 않았고 불확실했다. 그리고 남자들과의 만남이 쉬우면서도 위험한 반면 여자들끼리의 상호 불신은 소통에 걸림돌이 되었다. 여자들은 모두 남자와 짝을 지어 보트를 타고 지나갔는데 질투심을 노골적으로 드러내서 접근할 수가 없었다. 그녀들은 넓은 바다로 나가려 했는데, 이조타 부인에게 저항할 수 없는 수치심만을 안겨 주는 고통스러운 육체가 그 바다에서 그 여자들에게는 공격적이고 치밀한 계산을 통한 전투의 무기가 되어 주었다. 이따금 얼굴이 발그레해져 재잘거리는 젊은 아가씨들로 만원인 배들이 다가오기도 했는데 부인은 너무나 보잘것없는 일로 고통에 시달리는 자신과 근심 걱정 없이 유쾌한 그 여자들 사이에 건널 수 없는 강이 놓여 있는 기분이 들었다. 한 번 불러서는 그 여자들이 자신의 목소리를 알아들을 수 없을 게 분명하므로 여러 차례 불러야 한다고 생각했다. 이 사실을 알고 그 여자들의 얼굴이 어찌 변할지 생각하니 그 여자들에게 도움을 청하는 게 옳은 건지 결정을 내릴 수가 없었다. 갈색으로 피부를 태운 금발머리 여자 혼자 스컬[1]을 타고 지나가기도 했는데 그 여자에게서는 오만함과 이기심이 뚝뚝 떨어졌다. 그녀는 나체로 일광욕을 하러 육지에서 멀리 떨어진 바다로 나가는 중인 게 틀림없었다. 그러므로 나체가 누군가에게 재난이나 고통이 될 수 있다는 생각은 추호도 하지 않을 게 분명했다. 이조타 부인은 이제 왜 여자들이 그렇게 외로운지, 왜 여자들끼리 연대감과 자발적인 선의를 찾기가 쉽지 않은지를(어쩌면 남자와의 긴밀한 계약으로 인해 깨졌을 수도 있는데) 알게 되었다. 남자가 이해하지 못하는 비밀스러운 재난에 빠진 순간에 도움을 청하고 알았다고 신호하며 함께해 줄 수 있는 그런 선의를. 여자들은 같은 여자를 구해 본 적이 없을 것이다. 여자들에게는 남자가 필요했다. 이조타 부인은 이제 힘이 바닥나 버렸음을 느꼈다.

그때까지 다이빙하는 사내아이 무리에게 공격을 받던 적갈색 부표가 갑자기, 정말 갑자기 그냥 버려져 있는 게 눈에 띄었다. 그 위에 갈매기가 한 마리 내려 앉아 날개를 흔들다가, 이조타 부인이 그 가장자리를 잡자 날아가 버렸다. 제때 그 부표를 잡지 않았다면 물속에 가라앉아 버리고 말았을 것이다. 그렇지만 죽을 수는 없는 일이었다. 이렇게 받아들이기 힘들고 극단적인 구제 방법이라도 그냥 놓칠 수는 없었다. 이미 기운을 잃고 있어서 자꾸 물 쪽으로 기울어지는 턱을 다시 들 수도 없었으니까. 그때 주변 배에 있던 남자들이 급히 일어나서 그녀를 도우려 물에 뛰어들 준비를 하는 모습이 보였다. 그들

---

1 좌우의 노를 한 사람이 젓는 가벼운 보트.

은 오로지 알몸으로 기절한 그녀를 호기심 어린 수많은 사람들의 시선과 쏟아지는 질문 속으로 끌어다 놓기 위해 거기 있을 뿐이었다. 그녀가 죽음의 위험을 무릅쓰고 버텨도 우스꽝스럽고 굴욕적인 결과만 남게 될지도 몰랐다. 그런 결과를 피하려 그토록 발버둥 쳤지만 물거품이 되어 버릴지도.

서서히 해변에 다시 빨려들어 가는 듯이 보이는 해수욕객들이나 노를 젓는 사람들을 부표에 매달려 바라보니 그렇게 돌아갈 때면 느끼던 기분 좋은 피로감이 떠올랐다. 이 배 저 배에서 서로 외치는 소리들이 들려왔다. "해변에서 보자!" 혹은 "누가 먼저 가는지 내기하자!" 같은. 그런 소리들을 듣자 그녀는 끝도 없는 질투심에 불탔다. 그래도 그녀는 약간 긴 반바지를 입은 호리호리한 남자를 알아볼 수는 있었다. 바다에 남아 있는 사람은 그 남자뿐이었는데 정지한 모터보트 위에 똑바로 서서 물속의 뭔가를 바라보고 있었다. 해변으로 돌아가고 싶다는 갈망은 그 사람의 눈에 뜨였을지도 모른다는 두려움과 부표 뒤에 몸을 숨기고 싶다는 불안감에 빨려들어가 버리고 말았다.

이조타 부인은 이제 자신이 언제부터 거기 있었는지 더 이상 기억이 나지 않았다. 어느새 해변에는 사람들이 별로 보이지 않았고 보트들은 육지에 일렬로 정렬해 있었다. 파라솔들은 하나하나 접혀져 무덤의 묘비처럼 짧은 우산대만 꽂혀 있었다. 갈매기들이 수면을 스치며 날았다. 호리호리한 남자가 정지한 모터보트 속으로 사라졌고 그 대신 곱슬머리의 사내아이가 놀란 얼굴을 배 밖으로 내밀었다. 방금 불기 시작한 바람에 실려 가던 구름 하나가 태양 앞을 지나 산 위에 모여 있는 다른 구름 쪽으로 흘러갔다. 부인은 그 시간쯤 뭍에서 즐기던 생활을 떠올렸다. 품위 있는 오후들, 적당히 예의를 지키고 정중하게 기쁨을 누리던 운명을. 그녀는 그런 운명이 자신을 위해 준비되었다고 믿었다. 그리고 마치 저지르지 않은 죄에 대한 형벌처럼, 그런 운명과 모순되게 갑자기 벌어진 한심하기 짝이 없는 부적절한 일을 생각했다. 저지르지 않았다고? 그런데 해수욕에 몰두한다거나, 혼자서 수영하고 싶어 하던 바람, 지나칠 정도로 대담한 마음으로 고른 비키니 수영복을 입었을 때 그녀의 몸이 느낀 기쁨, 이런 게 혹시 오래전에 시작된 도주의 신호거나 죄로 이어지기 쉬운 도전이거나, 지금은 완전히 참담하고 당혹스러워 보이는 알몸의 상태를 향한 미친 경주의 여정 아니었을까? 그녀는 공범자 흉내를 내며 인형처럼 무표정하게 남자들 무리 한가운데를 커다란 나비가 날아가듯 유유히 지나왔다고 생각했는데 그것은 그녀의 본질적인 잔인함, 악마와 같은 이중성을 드러냈을 뿐이었다. 그러니까 본인이 충분히 저항하지 못했던 악의 존재가 되는 동시에 스스로가 그 악이 내린 형벌의 도구가 되어 버리는 이중성 말이다.

물속에 너무 오래 있어서 울룩불룩 불어 버린, 핏기가 하나도 없는 손가락 끝으로 부표의 볼트들을 움켜쥔 채 리조타 부인은 온 세상으로부터 추방당한 기분을 느꼈다. 아주 오래전부터 모두가 벌거숭이 상태였는데 지금 유독 그녀만이 세상에 알몸으로 있는 사람마냥, 하늘 아래 알몸으로 있는 단 한 사람인 것처럼 추방을 당해야 하는지 그 이유를 이해할 수가 없었다. 보터보트 쪽으로 눈을 들어 보니 이제 남자와 소년 둘 다 보트에 선 채로 그녀를 향해 그 자리에 가만히 있으라고, 허우적거려 봐야 소용없다고 손짓하는 게 보였다. 두 사람은 이전 사람들과는 달리 진지하고 침착해서 꼭 그녀에게 심판을 내리는 사람들 같았다. 포기해야만 한다고, 다른 이들의 속죄를 위해 그녀가 선택되었다고 말이다. 게다가 손짓을 하면서 일종의 미소 같은 것을 지어 보려 애썼는데 거기에는 악의가 전혀 담기지 않았다. 아마도 의연하게 형벌을 받아들이라고 그녀에게 권하는 모양이었다.

보트가 곧 출발했는데 생각보다 훨씬 속도가 빨랐다. 두 사람은 보트와 항로에 신경을 썼고 부인 쪽은 돌아보지도 않았다. 부인은 자신이 누구에게나 사랑받고 부러움을 사게 태어난 게 비난받아야 할 죄라면, 바로 그녀가 약간 우스꽝스럽고 사랑스러운 이런 모양으로 우리의 죄를 속죄해야만 한다면, 그 모든 짐을 기쁘게 받아들이겠다는 것을 보여 주기라도 하듯 그들에게 미소를 지어 보려 애쓰는 중이었는데 말이다.

이상하게 움직이는 보트와 혼란스레 뒤얽힌 이런 추리들로 인해 그녀는 불안하면서도 놀라운 상태에 빠져 있어서 한참이 지난 뒤에야 엄습해 오는 추위를 느꼈다. 적당히 통통한 몸이어서 이조타 부인은 오랜 시간 차가운 물에서 수영을 할 수 있었고 남편과 가족들, 마른 사람들은 그걸 보고 깜짝 놀라곤 했다. 하지만 이제 물속에 너무 오래 있었다. 해도 구름에 가려졌다. 그녀의 매끈한 살에는 소름이 돋았고 얼음같이 차가운 기운이 그녀의 피를 서서히 점령해 갔다. 바로 그 순간, 이조타 부인은 온몸을 부들부들 떨면서 자기가 살아 있으며 죽음이 위협하는 순간에 자신은 결백하다는 것을 깨달았다. 성장을 하듯 갑자기 알몸이 된 이런 상태를, 그녀는 죄로 받아들이는 게 아니라 결백으로 생각했고 다른 사람과의 비밀스러운 형제애로, 세상에 존재하는 자신의 육체와 뿌리로 용인했기 때문이다. 하지만 보트에 있던 영리한 남자들이나 파라솔 밑의 대담한 여자들은 이런 상태를 받아들이지 않고 범죄로, 비난받아야 할 일로 은근히 암시했다. 그들이 바로 유죄였다. 그녀는 그 사람들을 위해 속죄하고 싶지 않았다. 그래서 이를 덜덜 떨며 부표에 매달려 몸을 꿈틀했다. 뺨을 타고 눈물이 흘러내렸다……. 그런데 항구 쪽에서 모터보트가 아까보다 더 빠른 속도로 돌아왔다. 뱃머리에서 소년이 작은 초록색 돛을 높이 들었다. 그것은 치마였다!

보트가 그녀 곁에 서자 호리호리한 남자가 그녀가 배에 오를 수 있게 한 손을 내밀었고 다른 손으로는 눈을 가리고 웃었다. 부인은 누군가에게 구조된다는 희망을 버린 지 이미 오래였다. 여러 곳을 헤매던 그녀의 생각이 너무나 멀리 가 있어서 잠시 동안 이성과 행동을 연결할 수가 없을 정도였다. 자신의 상상이 아니라 실제로 모터보트가 자신을 구하러 왔다는 사실을 이해하기도 전에 남자가 내민 손 쪽으로 자신의 손을 뻗었다. 그리고 사태를 이해하게 되었다. 갑자기 모든 게 완벽하고 확실해지자 생각과 추위와 공포는 잊었다. 파랗게 질린 그녀의 얼굴이 서서히 불꽃처럼 새빨갛게 달아올랐다. 남자와 소년이 수평선 쪽으로 돌아서서 갈매기를 바라보는 사이 이제 그 옷을 입고 보트에 섰다.

남자와 소년이 보트를 움직였고 오렌지 꽃들이 그려진 초록 치마를 입고 뱃머리에 앉아 있던 부인은 바닥에서 수중 낚시를 할 때 사용하는 마스크를 발견했다. 그리고 두 사람이 자신의 비밀을 어떻게 알게 되었는지를 알아차렸다. 소년이 마스크를 쓰고 작살을 들고 바다 속을 헤엄치다가 그녀를 보게 되었고 남자에게 알리자 남자도 바다 속으로 내려와 그녀를 보았던 것이다. 그리고 나서 두 사람은 그녀가 이해하지는 못했지만 기다리라는 신호를 보낸 뒤 항구로 가서 어부 아낙의 옷을 구해 왔다.

　남자와 소년은 무릎에 두 손을 가지런히 올려놓고 뱃전에 앉아 미소를 지었다. 여덟 살가량의 곱슬머리 소년은 놀란 망아지처럼 웃으며 그녀를 뚫어지게 보았다. 늘씬한 근육질의 구릿빛 몸에 뻣뻣한 회색 머리칼의 남자는 꺼진 담배를 입에 물고 왠지 쓸쓸해 보이는 미소를 지었다. 이조타 부인은 어쩌면 이 두 남자가 옷을 입은 자신을 보면서 바닷속에서 본 그 모습을 떠올리려 하는지도 모르겠다는 생각을 했다. 하지만 불편하지는 않았다. 간단히 말해서 누군가에게 그녀의 알몸을 보여야만 했다면 여기 있는 이 두 남자의 눈에 띄었다는 게 다행스러웠다. 그리고 이 두 사람이 호기심과 즐거움을 느꼈다는 것도 기뻤다. 남자는 해변으로 가려고 방파제와 항구 지역들과 바닷가 채소밭을 따라 모터보트를 몰았다. 뭍에서 누군가 보았다면 그 세 사람이 매일 저녁 그렇듯이 고기잡이를 마치고 돌아가는 가족으로 생각했을 게 틀림없었다. 어부들의 회색빛 집들이 부두 쪽을 향해 서 있었다. 키가 작은 말뚝에 붉은 그물들이 펼쳐져 있었다. 정박한 배에서는 청년 몇몇이 납빛 생선들을 들어 올려 높이가 낮은 사각 바구니를 옆구리에 걸쳐 놓은 채 가만히 서 있는 처녀들에게로 던졌다. 조그만 금 귀걸이를 한 남자들이 땅에 책상다리를 하고 앉아 한없이 길기만 한 그물들을 꿰맸고 움푹 들어간 곳에 놓인 통에서 그물을 다시 염색하는 데 쓸 타닌이 끓었다. 야트막한 돌담들이 작은 채소밭과 바다를 갈라놓았다. 모판의 풀들 옆에 배 몇 척이 정박되어 있었다. 입에 못을 잔뜩 문 여자들이 용골 밑에 누워 물이 새는 곳을 수리하는 남편들을 도왔다. 장밋빛으로 물든 집들의 낮은 지붕 처마마다 건조시키기 위해 반으로 갈라 소금을 뿌려 삿자리에 올려 놓은 토마토들이 그득했다. 아이들은 아스파라거스 밑동에서 지렁이를 찾았다. 풀무로 비파나무에 살충제를 뿌리는 노인들도 있었다. 땅으로 뻗어 나가는 이파리들 밑에서 노란 멜론이 익어 갔다. 나이 든 여자들이 프라이팬에 작은 오징어나 문어, 혹은 밀가루를 묻힌 호박꽃을 튀겼다. 갓 대패질한 나무 냄새가 나는 조선소 안의 어선들의 뱃머리가 위로 올라갔다. 누수 방지 작업을 하던 청년들끼리 싸움이 붙어서 시커먼 역청이 묻은 솔을 들고 서로를 위협했다. 거기서부터 아이들이 놀다 버리고 간 작은 모래성과 모래 화산들이 여기저기 보이는 해변이 시작되었다.

초록색과 주황색이 알록달록 뒤섞인 옷을 입고 두 남자와 함께 모터보트에 앉아 있던 이조타 부인은 여행을 조금 더 해도 좋을 것 같았다. 하지만 벌써 뱃머리가 해변을 향했다. 해변 관리인들이 긴 의자들을 치우는 중이었다. 남자는 등을 돌린 채 모터에 몸을 숙였다. 척추뼈가 가로지르는 구릿빛 등을. 한숨을 쉬듯 소금기에 젖은 단단한 그 살에 잔물결이 있었다.

어느 회사원의 모험

회사원 엔리코 네이는 아름다운 여인과 하룻밤을 보내게 되었다. 아침 일찍 그녀의 집에서 나오자 봄날 아침의 신선하고 상쾌하고 새로운 공기와 빛깔들이 그의 눈앞에 펼쳐졌다. 그는 음악에 맞춰 걷는 기분이었다.

엔리코 네이가 그런 모험을 하게 된 건 주변 상황이 모두 운 좋게 작용했기 때문이라고 말하지 않을 수 없다. 친구들의 파티였고 여인이 특별하면서도 집착하지 않는 성향이었고(게다가 자제력이 뛰어나고 쉽게 행동하지 않는 여자였다.) 보기 드물게 그가 편안하게 대화를 나눌 수 있었으며 두 사람 모두 진짜였는지 가짜였는지 모르지만 알코올로 인한 약간의 흥분 상태였던 게 도움이 되었고 헤어질 때 유리한 신호들이 조합되기까지 했다. 네이의 개인적인 매력이 아니라 이 모든 게 결합되어 그날 밤 예상치 못한 결과를 가져왔다. 만일 이런 상황이 아니었다면 평범하고 다소 눈에 띄지 않는 그의 외모 때문에 중요하지 않은, 혹은 별로 나서지 않는 친구로밖에 보이지 않았을 터였다. 그는 그 사실을 잘 알았고 겸손한 성격이어서 자신의 행운을 더욱 귀하게 여겼다. 이 일 이후 더 이상의 진전이 없으리라는 것도 알았다. 그러나 그게 아쉽지는 않았는데 지속적인 관계는 익숙한 일상생활에 너무 당혹스러운 문제를 가져올 수도 있어서였다. 이 모험이 완벽한 것은 하룻밤 안에 시작되고 끝났기 때문이었다. 그러니까 엔리코 네이는 그날 아침 이 세상에서 더 이상 바랄 수 없는 최고의 것을 가졌던 남자였다.

여인의 집은 언덕에 있었다. 네이는 향기로운 초록 가로수 길을 걸어 내려갔다. 그가 보통 출근을 하러 집을 나서던 시간보다 훨씬 이른 시간이었다. 부인은 일하는 사람이 보지 못하게 얼른 그를 집에서 빠져나가게 했다. 잠을 자지 않았다는 게 별로 중요하지 않았다. 오히려 이상할 정도로 정신이 맑았고 감각이 아니라 지성이 더 흥분한 것 같았다. 불어오는 바람이나 벌레 소리, 나무 향기가 어떤 식으로든 소유하고 즐겨야 할 것들로 보였다. 예전처럼 아주 소박하게 아름다움을 즐길 수가 없었다.

그는 규칙적인 사람이어서 다른 사람의 집에서 일어나 면도도 하지 않은 채 서둘러 옷을 입는다는 게 자신의 습관을 뒤흔들어 놓은 듯한 기분이 들었기 때문에 출근하기 전에 빨리 집에 들러 면도를 하고 옷을 갈아입을까 잠깐 생각했다. 그럴 만한 시간은 있었지만 네이는 그런 생각을 당장 떨쳐 버렸다. 늦었다고 자신을 납득시키는 게 좋았다. 집이라든가 반복되는 일상의 동작들이 지금 그가 느끼고 있는 이 특이하고 풍요로운 분위기를 사라지게 할까 두려워서였다.

지난밤의 여운을 되도록 생생히 간직하기 위해 그날 하루는 완만한 곡선을 그리듯 차분하고 느긋하게 보내기로 결정했다. 지난 시간들을 매순간 재구성해 낼 수 있는 기억이 그에게 끝없는 천국을 열어 주었다. 엔리코 네이는 그런 생각들에 빠져 전차 종점 쪽으로 걸어갔다.

거의 텅 빈 전차가 출발 시간을 기다리고 있었다. 전차 운전수들이 밖에 나와 담배를 피웠다. 네이는 코트 자락을 펄럭이며 휘파람을 불며 전차에 올랐다. 약간 흐트러진 자세로 자리에 앉았다가 곧 조금 점잖게 고쳐 앉았다. 그렇게 즉시 자세를 고칠 수 있다는 게 만족스러웠기는 했지만 자연스럽게 나온 거리낌 없는 자세가 불쾌하지는 않았다.

그 지역은 사람이 그리 많이 살지 않았고 주민들이 일찍 일어나서 활동하는 곳도 아니었다. 전차에는 중년 부인 한 사람과 한창 토론 중인 노동자 둘, 그리고 행복에 잠긴 그, 이렇게 네 사람뿐으로, 모두 아침에만 만날 수 있는 성실한 사람들이었다. 그는 그 사람들에게 호감을 느꼈다. 그, 엔리코 네이는 그들의 눈에 신비하고 행복해 보이는, 지금까지 그 시간에 전차에서 한 번도 본 적이 없는 신사였다. 어디서 온 사람일까? 그들은 아마 그렇게 자문하고 있을지 몰랐다. 그는 그들에게 아무런 단서도 주지 않았다. 그는 등나무 꽃을 바라보고 있었다. 그는 등나무 꽃을 어떻게 바라봐야 하는지 아는 사람처럼 그 꽃을 바라보는 남자였다. 엔리코 네이는 이 점을 의식했다. 그는 매표원에게 돈을 주고 표를 사는 승객이었다. 그와 매표원 사이에는 승객과 매표원이라는 완벽한 관계가 있었다. 그보다 더 좋은 관계는 있을 수 없었다. 전차가 강을 따라 내려갔다. 아름다운 삶이었다.

엔리코 네이는 시내에서 내려서 카페로 갔다. 늘 가던 카페가 아니었다. 카페 벽은 모자이크로 장식되어 있었다. 이제 막 문을 연 듯했다. 계산을 하는 여종업원은 아직 출근을 하지 않았다. 바리스타가 커피 머신을 작동하는 중이었다. 네이는 주인같이 당당한 걸음으로 카페 한가운데로 걸어갔다. 카운터로 가서 커피를 주문하고 케이크와 비스킷 진열대에서 비스킷을 하나 골랐다. 처음에는 배가 고픈 듯 비스킷을 덥석 물었다가 곧 불규칙적으로 밤을 새곤 해서 입이 깔깔한 사람 같은 표정으로 먹었다.

카운터에 신문이 펼쳐져 있었고 네이는 그것을 보았다. 그날 아침 네이는 신문을 사지 않았다. 사실 그는 집에서 나설 때 제일 먼저 신문을 사곤 했다. 그는 습관적으로 꼼꼼하게 신문을 읽는 독자였다. 한 페이지도 그냥 넘기지 않고 작은 기사까지 모두 읽었다. 하지만 그날은 눈으로 대충 제목만 훑어보았는데 그마저도 생각으로 연결되지 않았다. 네이는 신문을 읽을 수가 없었다. 비스킷 때문인지, 뜨거운 커피 때문인지 그도 아니면 아침 공기의 효과가 가라앉아서인지는 모르지만 다시 정신이 들자 간밤에 느꼈던 감각들이 파도처럼 그에게 밀려들었다. 그는 눈을 감고 턱을 든 채 미소를 지었다.

신문의 스포츠 기사를 보고 흐뭇해서 그런 표정을 짓는다고 생각한 바리스타가 그에게 물었다. "일요일에 보카다세가 경기에 복귀해서 기쁘신가 봅니다?" 그러더니 센터 하프가 부상에서 완쾌되었다는 소식을 알리는 기사의 제목을 가리켰다. 네이는 그 기사를 읽었고 다시 정신을 차렸다. '보카다세는 무슨, 보카다세라니 무슨 말이야, 친구!'라고 외치고 싶었으나 이렇게만 말했다. "……그래요, 아, 그렇지……." 그는 다음 경기에 관한 대화로 인해 충만한 그의 감정의 흐름이 다른 길로 빗겨 가는 걸 원치 않아서 계산대 쪽으로 돌아섰다. 권태로운 표정의 젊은 계산원이 어느새 거기에 자리를 잡고 있었다.

"자, 커피 한 잔하고 비스킷 하나 계산해 줘요." 네이가 친근한 말투로 말했다. 계산원이 하품을 했다. "졸려요, 이른 아침인데?" 네이가 말했다. 계산원은 미소도 짓지 않은 채 고개를 끄덕였다. 네이가 공범자 같은 표정을 지었다. "아, 아! 간밤에 잠을 별로 못 잤나 보군요, 그렇죠?" 잠시 생각을 해 보더니 이 계산원이 자신을 이해해 줄 사람이라 확신하며 한 마디 더 했다. "난 가서 잠깐 눈을 더 붙여야겠어요." 그러더니 입을 다물었고 알쏭달쏭하며 의미심장한 표정을 지었다. 돈을 내고 모두에게 인사를 한 뒤 카페를 나섰다. 이발소로 갔다.

"안녕하십니까, 손님, 앉으시지요, 손님." 이발사가 직업적으로 몸에 밴 가성으로 말했는데 엔리코 네이에게는 이발사가 윙크를 하는 것 같은 기분이 들었다.

"음, 음! 면도를 해 줘요!" 네이가 거울에 비친 자신의 모습을 보면서 정중히 대답했지만 왠지 미덥지 못한 기분이었다. 목에 수건을 두른 그의 얼굴은 자신과 별개인 하나의 물체처럼 보였다. 그의 전체적인 분위기로도 더 이상 지워지지 않는 피로의 흔적이 역력했다. 어쨌든 새벽에 기차에서 내린 여행자라던가 밤새 카드게임을 한 도박꾼의 얼굴처럼 아주 평범한 얼굴이었다. 다만 그의 피로는 특별한 성질로 인해 그런 이들과 구별이 되었는데, 그것은 바로 이미 자신의 몫을 다 가졌고 최상의 일이나 최악의 일을 준비하는 남자에게서 볼 수 있는 약간 느긋하고 너그러운 어떤 분위기였다. 네이는 뿌듯한 마음으로 이런 생각을 했다.

'네 애무는 너무 달라, 너무 달라서 네게 적응이 안 돼!' 따뜻한 거품이 묻은 면도솔이 닿자 네이의 뺨들이 이렇게 말하는 것 같았다.

'면도를 해, 면도기야, 내가 느꼈던 것과 아는 걸 깎아 내버리면 안 돼!' 그의 피부가 말하는 듯했다.

네이는 자신과 이발사 사이에 암시로 가득 찬 대화가 진행되고 있다고 생각했지만 이발사는 아무 말 없이 열심히 면도 도구만 움직였다. 젊은 그가 말수가 적은 것은 신중한 성격 때문이 아니라 상상력이 부족해서였다. 실제로 대화를 시작하고 싶어서 이렇게 말했다. "올해는, 아? 벌써 날씨가 좋아서, 아? 봄이……."

더듬거리는 말이 상상의 대화에 푹 빠져 있는 네이의 귀에 들렸다. '봄'이라는 말에 여러 가지 의미들과 암시가 담겼다. "아아아! 봄이라……." 네이는 비누 거품이 잔뜩 묻은 입가에 의식적으로 미소를 지은 채 말했다. 그리고 여기서 대화는 중단되었다.

하지만 네이는 말을 하고 표현을 하고 의사소통을 하고 싶은 욕망을 느꼈다. 그러나 이발사는 더 이상 아무 말도 하지 않았다. 네이는 두세 번 이발사가 면도기를 뗐을 때 입을 열어 보려고 했지만 적당한 말을 찾지 못했다. 곧 면도기가 다시 그의 입가와 턱 위에 놓였다.

"뭐라고 하셨습니까?" 아무 소리도 내지 않은 채 입술을 움직이는 네이를 보자 이발사가 물었다.

네이가 몹시 흥분해서 물었다. "일요일에 보카다세가 팀에 복귀한답니다!"

그가 거의 외치듯이 말했다. 다른 손님들이 비누 거품이 반쯤 묻은 얼굴로 네이를 돌아보았다. 이발사는 면도기를 허공에 든 채 가만히 있었다.

"아, 손님은 ○○○ 팬이시군요?" 약간 불쾌한 듯이 말했다. "그런데 저는 △△△ 팬입니다." 그가 다른 도시 축구팀 이름을 댔다.

"아, △△△ 팀이요, 일요일 경기는 쉬울 겁니다, 틀림없어요……." 그의 흥분은 이미 가라앉았다.

면도를 마친 그가 이발소에서 나왔다. 도시는 활기에 넘쳤고 여러 소리들이 울려 퍼졌다. 진열장의 유리창들이 금빛으로 빛났고 분수들이 가볍게 물을 뿜어냈다. 전차의 집전기에서 전선 위로 불꽃이 튀었다. 엔리코 네이는 높이 솟구치는 파도 같이 힘차게 걸어갔는데 격정과 무기력이 번갈아가며 마음속에 모습을 드러냈다.

"이거 누구야, 네이 아냐!"

"바르데타!"

네이는 같은 반이었던 친구를 십이 년 만에 만났다. 시간이 이렇게 흐른 줄 몰랐다느니, 변한 데가 하나도 없다느니 등 틀에 박힌 말들을 나누었다. 사실 바르데타는 흰머리가 희끗희끗 보였고 얼굴 표정은 여우 같기도 하고 약간 사악해 보이기도 했다. 네이는 바르데타가 사업을 했는데 정확히 알 수 없는 어떤 잘못을 저질러서 오래전부터 외국에 산다고 알고 있었다.

"계속 파리에 살고 있나?"

"베네수엘라에 살아. 이제 돌아가려고. 너는?"

"난 늘 여기지 뭐." 그러고는 본의 아니게 당황한 듯한 미소를 지었다. 변화가 없는 자신의 삶이 부끄러우면서도 또 자신의 생활이 사실은 상상 이상으로 충만하고 만족스럽다는 걸 한눈에 보여 줄 수 없어서 화가 나기라도 하듯이.

"결혼은 했어?" 바르테타가 물었다.

네이는 첫인상을 바로잡을 기회라고 생각했다. "독신이야!" 그가 말했다. "여전히 독신이야, 하, 하! 우리가 끈질기잖아!" 그렇다, 자유 분방한 남자이며 남미로 떠날 준비를 해서 이 도시와 여기서의 소문 들과 아무런 관계가 없는 이 바르데타야말로 네이가 자신의 행복감 을 마음껏 발산할 수 있는 이상적인 사람이자, 믿고 비밀을 털어놓을 유일한 남자였다. 뿐만 아니라 그에게는 약간 과장을 해서 지난 밤 같 은 모험이 그에게는 흔히 일어나는 일이라고 말할 수도 있었다. "정말 그래. 우리들이야말로 연륜 있는 독신자들의 파수꾼 아닌가, 안 그 래?" 네이가 다시 말하면서 바르데타가 무희들을 쫓아다니며 명성을 떨쳤던 바르데타의 과거를 상기시켜 보려 했다.

그리고 다음 화제로 이어갈 문장을 벌써 궁리하고 있었다. 가령 이런. "있잖아, 예를 들면 바로 지난밤에……."

"사실 난 벌써 결혼했어." 바르데타가 약간 수줍은 미소를 지으 며 말했다. "있잖아, 난 한 가정의 아버지야, 아이가 넷이지……."

자유분방하고 쾌락적인 세상에 사는 분위기를 한껏 만들어 내 던 네이는 그 말을 들은 순간 당황해서 어쩔 줄 모르고 바르데타를 뚫어지게 보았다. 그제야 그의 행색이 초라하고 걱정 근심에 잠긴 데 다가 피곤한 기색이 역력하다는 걸 알아차렸다. "아, 아이가 넷이라 고……." 둔한 목소리로 말했다. "부럽네! 그래, 베네수엘라에서는 어 떻게 지내?"

"음…… 별로 일이 없어……. 어디나 다 그렇지 뭐……. 간신히 살 아가네……. 가족들 먹여 살리고……." 그러더니 패배자 같은 분위기 로 두 팔을 벌렸다.

네이는 이렇게 본능적으로 겸손해하는 친구를 보자 동정심과 양심의 가책을 느꼈다. 자신의 행운을 자랑하고자 이런 가여운 사내의 기를 죽일 생각을 어떻게 했단 말인가? "아, 자네도 잘 알겠지만 여기도 마찬가지야." 그가 다시 어조를 바꾸며 서둘러 말했다. "하루하루 목을 조인다니까, 이렇게……."

"그래, 좋은 날이 오길 바라자고……."

"나도 그러길 바라네……."

두 사람은 서로 행운을 빌고 인사를 한 뒤 각자의 길로 갔다. 네이에게 곧 후회가 밀려들었다. 바르데타에게, 그러니까 그가 처음에 상상했던 그 바르데타에게 속내를 털어놓을 수 있는 가능성이 무한해 보였는데 이제 영원히 사라져 버렸다. 두 사람이 과시를 하거나 잘난 체하지 않으면서 다정하게, 또 약간은 비아냥거림을 섞어서 남자 대 남자로 이야기를 나눌 수 있었으리라 네이는 생각했다. 친구가 이제 변화시킬 수 없는 추억을 안고 남미로 떠날 수도 있었으리라고 말이다. 네이는 혼란스러운 마음으로, 바르데타의 생각 속에 투영된 자신을 보았다. 베네수엘라에서 바르데타는 가난하지만 항상 아름다움과 쾌락의 숭배에 충실한 유럽을 떠올리면서 본능적으로 네이를, 오랜만에 만났어도 여전히 세심하고 자신만만한 동창을 본능적으로 생각할 것이다. 유럽을 떠나지 않고 예전의 삶의 지혜와 신비한 열정을 구현하는 간직한 남자로……. 네이는 점점 흥분이 되었다. 지난밤의 모험은 공허하고 늘 같기만 한 일상이라는 넓은 바다의 모래알처럼 사라지는 게 아니라 어떤 흔적을 남기고 결정적인 의미를 지니게 되었을 게 분명했다.

어쨌든 바르데타에게 이야기를 했어야 했는지도 모른다. 그가 딴 생각에 골몰해 있는 가여운 남자이고, 네이의 이야기를 듣고 기가 죽었을지라도 말이다. 게다가 바르데타가 정말 실패한 사람이라고 어느 누가 장담할 수 있단 말인가? 어쩌면 그냥 엄살을 떨었는지도 모를 일이었다. 바르데타는 예전에도 항상 노회한 여우였으니까……. '녀석을 쫓아가서 다시 이야기를 시작해 봐야겠어. 다 말해야지.' 네이가 생각했다. 보도로 달려가서 광장으로 방향을 돌려 회랑을 둘러보았다. 바르데타는 사라지고 없었다. 네이는 시계를 보았다. 지각이었다. 그는 서둘러 직장으로 향했다. 마음을 진정시키기 위해서 그는 어린아이처럼 자신의 일을 다른 사람에게 이야기하는 건 그의 성격이나 습관과 너무나 어울리지 않는다고 다독였다. 그러니까 그런 일을 하지 않으려고 몹시 애를 썼다. 그렇게 스스로와 다시 타협을 하고 자존심을 되찾은 다음 사무실 출근 기록계에 기록을 했다.

네이는 자신의 일에 애정을 가지고 있었다. 회사원들이 형식적인 서류를 습관적으로 처리하고 서신에 심드렁하게 답을 하고 장부를 정확히 보관하는 일에서 비밀스러운 기쁨을 느낄 수도 있고 격렬한 열정을 경험할 수 있다는 사실을 알게 되면, 고백하지는 않아도 금방 그런 애정 때문에 마음이 밝아졌다. 어쩌면 그날 아침의 무의식적인 희망이 사랑으로 인한 흥분과 사무원으로서의 열의를 완전히 하나로 만들고 서로 뒤섞어 버려 계속 꺼지지 않고 불타오르게 했는지도 모른다. 하지만 자신의 책상을 한 번 흘깃 본 순간, 그러니까 '미결'이라고 적힌 초록색 파일을 본 순간 방금 떨어져 나온 현기증 나는 아름다움과 늘 해 오던 일상이 날카롭게 대조되었다.

그는 자리에 앉지 않고 책상 주변을 빙빙 돌았다. 그러다가 아름다운 부인에 대한 갑작스럽고도 절박한 사랑에 압도되어 버렸다. 평정을 찾을 수가 없었다. 그는 옆 사무실로 들어갔다. 경리과 직원들이 불만스러운 얼굴로 주의를 집중해 계산기를 두드렸다.

그는 경리과 직원 모두에게 유쾌하면서도 모호한 인사를 초조하게 건네며 그 앞을 지나갔다. 경리과 직원들 속에서 현재에는 아무런 희망도 없이 기억 속에만 몸이 달아올라 사랑으로 이성을 잃은 채로. '내가 지금 당신들 속에서 이렇게 돌아다니듯이 그녀의 이불 속에서 몸을 뒤척였다고.' 그가 생각했다. "맞아, 그렇지, 마리노티!" 그가 동료의 서류를 주먹으로 치며 말했다.

마리노티가 안경을 올리며 천천히 물었다. "말해 봐, 네이, 자네도 이번 달에 4000리라 이상 공제됐나?"

"아니, 마리노티, 벌써 2월에." 네이가 말을 시작했다. 그사이 오전에 느지막이 일어나서 움직이고 있을 부인의 동작이 머리에 떠올랐다. 그러자 뜻밖의 사실을 발견한 것 같은 기분이 들었다. 아직까지 알지 못했던 사랑의 가능성이 그의 눈앞에 무한히 펼쳐졌다. "아니, 내 월급에선 벌써 떼어 갔어." 그가 한없이 부드러운 목소리로 계속 말했고 허공에서 한 손을 부드럽게 움직이며 입술을 내밀었다. "2월 월급 전부를 공제해 갔어, 마리노티."

대화를 계속하기 위해서 세부 사항들을 더 덧붙이고 설명을 더 하고 싶었지만 그럴 수가 없었다. '이건 비밀이야. 어떤 순간에도 내가 무슨 일을 하거나 말을 해도 내가 경험한 일이 모두 은연중에 드러나게 해야 해.' 그가 자기 사무실로 돌아오면서 결심했다. 하지만 그는 예전의 그로 돌아갈 수 없어서, 암시적으로도 노골적으로도 어쩌면 생각만으로도 자신이 경험했던 그 충만함을 표현하고 싶어서 안달이 났다.

전화벨이 울렸다. 부장이었다. 그가 주셉피에리 사가 불만을 표한 이유를 물었다.

"그렇습니다, 부장님." 네이가 수화기에 대고 설명을 했다. "주셉 피에리 사는 3월 자로……." 그는 이렇게 말하고 싶었다. '바로 그때 그녀가 느릿느릿 말했답니다. 지금 가려고요……? 내가 그녀의 손을 놓지 않길 바란다는 걸 알았죠…….'

"예, 부장님, 불만 사항은 이미 대금이 청구된 물품과 관련된 겁니다……." 머릿속으로는 이렇게 말하고 있었다. '우리 등 뒤에서 문이 다시 닫힐 때까지도 난 확신이 없었어요…….'

"아닙니다." 그가 설명했다. "불만 사항은 지사를 통해 접수되지 않았습니다……." 그는 이렇게 말하고 싶었다. '그제야 저는 그녀가 내가 생각했던 차갑고 거만한 그런 여자와는 완전히 다르다는 걸 알게 되었습니다…….'

그가 수화기를 내려놓았다. 이마에 땀이 송골송골 맺혀 있었다. 그는 피곤했고 졸음이 몰려왔다. 집에 들러 샤워를 하고 옷을 갈아입지 않은 게 잘못이었다. 입고 있는 옷이 불편하기 짝이 없었다.

그는 창가로 다가갔다. 발코니들이 많은 높은 건물에 에워싸인 넓은 뜰이 보였다. 하지만 뜰은 사막처럼 황량했다. 지붕들 위로 보이는 하늘은 이제 맑지 않고 희끄무레했으며 불투명한 녹청색이 서서히 하늘을 뒤덮었다. 그처럼 네이의 기억 속에서도 불투명한 흰빛이 감각의 기억들을 하나씩 지우고 있었다. 태양은 무딘 통증처럼 선명하지 않았으며 정지된 작은 빛의 자국 같았다.

어느 사진작가의 모험

봄이 되면 일요일마다 수십만의 시민이 어깨에 카메라 가방을 메고 집을 나선다. 그들은 사진을 찍고 사냥 주머니를 잔뜩 채운 사냥꾼들처럼 흐뭇한 얼굴로 집으로 돌아온다. 그리고 인화된 사진을 볼 시간을 달콤하면서도 초조한 마음으로 기다리며 하루하루를 보낸다.(어떤 사람들은 그런 초조한 마음뿐만 아니라, 가족들의 출입이 금지된, 코를 찌르는 시큼한 산(酸) 냄새가 고인 암실에서 연금술사 같은 작업을 하며 보기 드문 기쁨을 누리기도 한다.) 그들은 사진을 눈으로 직접 보게 될 때에야 비로소 지난날을 생생하게 소유한 것 같은 기분을 느낀다. 그제야 알프스 산의 시냇물, 작은 양동이를 든 아이의 동작, 아내의 다리에 비치던 햇살은 이미 존재하고 이제 의심을 품지 않아도 되는 변경 불가능한 모습을 갖게 된다. 그 이외의 것이 불확실한 기억의 그늘 속으로 사라져 버릴 수 있기는 하지만 말이다.

사진을 찍지 않는 안토니노 파라지는 친구나 동료들을 만나면서 점점 혼자만 소외되는 기분을 느꼈다. 매주 그는 필터의 감도에 감탄하거나 단² 수치들을 놓고 토론을 벌이는 대화에, 어제까지만 해도 그와 흉금을 터놓는 사이였던 누군가가 끼어드는 걸 발견했다. 사진 찍기가 별로 재미도 없고 놀랄 것도 없다고 생각하는 그와 함께 그런 활동을 함께 비웃던 사람이었다.

안토니노 파라지는 제작 회사의 분배를 담당하는 관리 직원이었지만, 친구들과 함께 크고 작은 사건들을 평하고 복잡하게 뒤얽힌 세세한 일들을 총체적인 이성의 끈으로 풀어 나가는 일에 열정을 가지고 있었다. 간단히 말해서 정신적인 태도로 보면 그는 철학자라고 할 수 있었다. 그는 자신의 경험과 아주 동떨어진 사건들까지도 고집스레 설명하는 데 골몰했다. 지금 그는 사진 찍는 남자 속에 들어 있는 본질적인 무엇인가를 자신이 놓치고 있는 것 같은 기분이 들었다. 그 비밀스러운 매력에 의해 새로운 입회자들이 계속 렌즈 애호가의 깃발 아래로 자진해서 모여들었다. 그들 중 어떤 사람들은 자신들의 기술적, 예술적 능력이 향상되고 있다고 자랑하기도 했고 반대로 어떤 사람들은 (그들이 느끼기에) 자신들이 구입한 기기가 뛰어나서 사진을 잘 찍었다고 모든 공을 돌렸다. 서툴기만 한 손으로 카메라를 조작했는데도 말이다.(그들은 이렇게 분명하게 말했다. 여기서 기계의 장점을 부각시키는 데 자존심이 달려 있으므로 주체의 재능은 그와 비례해서 보잘 것없는 것으로 받아들여졌다). 안토니노 파라지는 두 가지 모두 즐거움의 이유가 아니라는 걸 알았다. 비밀은 다른 곳에 있었다.

사진 속에서 자신이 만족하지 못하는(뭔가로부터 소외된 사람이

---

2 DIN, 독일 공업 표준 규격(Deutsche Industrie Norm)의 약자. 규정된. 필름의 감광 속도를 측정하는 단위.

느끼는 것 같은) 이유를 찾으려는 이런 노력은 부분적으로는 안토니노가 자기 자신을 속이는 일이기도 했다는 점을 말하지 않을 수 없다. 그것은 다른 과정을, 더 정확히는 친구들과 그를 갈라놓은 그 과정을 중요하게 생각하지 않기 위해서였다. 사실 지금 상황은 이랬다. 안토니노는 여전히 독신을 고수하는 반면 그의 동년배들은 하나둘 결혼을 해 가정을 만들어 갔다. 그런데 두 가지 현상 사이에 분명한 연관관계가 있다. 종종 렌즈에 대한 열정은 자연스럽게, 그리고 부성애라는 부차적인 효과로, 거의 생리적으로 탄생되기 때문이다. 자식을 세상에 태어나게 한 뒤 부모로서 갖는 최초의 본능 중의 하나는 그 자식을 사진에 담는 것이다. 자식은 눈 깜짝할 사이에 성장하므로 반드시 그 사진을 찍게 된다. 6개월짜리 젖먹이는 금방 8개월이 되고 돌이 되어 그 모습이 지워지기에 이 세상에서 가장 쉽게 변하고, 또 그만큼 그 모습을 기억하기도 힘들다. 그래서 부모의 눈에는 세 살이 된 자식은 완벽한 상태에 이른 것 같지만 곧 이어지는 네 살의 완벽한 상태가 그걸 파괴해 버리는 것을 막을 수가 없으므로, 그 상태를 사진첩에 남길 수밖에 없다. 사진첩은 이런 모든 덧없는 완벽한 상태들이 그대로 살아남을 수 있고 각자 어디에도 비교할 수 없는 절대성을 갈망하면서 나란히 놓일 수 있는 장소이다. 자식들을 움직임이 없는 흑백의 사진으로 혹은 총천연색 슬라이드로 바꿔 놓기 위해 파인더에 자식을 담고자 하는 신출내기 부모들의 열망 속에서, 사진을 찍는 사람도 아니며 부모도 아닌 안토니노는 무엇보다 그 검은 기계에 똬리를 틀고 있는 광기를 향한 질주의 양상을 보았다. 사진첩-가족-광기의 결합에 관한 그의 성찰은 간결했는데 그는 말로 표현하길 꺼렸다. 그렇지 않았다면 실제로 가장 위험한 사람은 바로 독신남인 자신이라는 것을 알았을 텐데 말이다.

안토니노의 친구들은 대부분이 대학생 때부터 지속해온 습관대로 주말이면 팀을 이뤄 도시 밖에서 시간을 보내곤 했다. 이 습관은 약혼자에게로, 그 뒤엔 배우자에게로 그리고 자식들뿐만 아니라 유모와 도우미들에게까지 확장되었다. 그리고 경우에 따라서는 친척들이나 남녀 모두의 새로운 친구들까지도 끼어들었다. 하지만 잦은 만남이 계속되고 그 습관도 절대 시들해지지 않았으므로 안토니노는 세월이 흘러도 전혀 변한 게 없는 척했고, 독신남이라고는 자신 밖에 없는 가족 모임이 아니라 여전히 예전 같은 젊은 남녀의 모임을 함께 하는 체했다.

산이나 바다로 놀러가서 가족끼리 혹은 다른 가족들과 사진을 찍게 되면서 점점 더 모임의 일원이 아닌 누군가가 사진을 찍어 줘야 할 경우가 많아졌다. 이미 원하는 방향으로 돌려놓고 초점을 맞춰 놓은 사진기의 셔터를 눌러 줄 행인이라도 말이다. 이럴 경우 안토니노는 봉사를 거부할 수가 없었다. 그가 어떤 아버지나 어머니의 손에서 카메라를 받아들면 그 아버지나 어머니는 두 번째 줄로 달려가서 두 개의 머리 사이에서 목을 쭉 내밀거나 아이들 사이에 쭈그리고 섰다. 그러면 안토니노는 사용하게 될 손가락에 온 힘을 집중해서 셔터를 눌렀다. 처음 몇 번은 팔이 어색하게 뻣뻣해져서 초점이 빗나가 버려 배의 돛대나 종탑의 끝부분만 찍기도 하고 할아버지 할머니와 삼촌 숙모의 머리를 잘라 버리기도 했다. 일부러 그랬다는 비난을 받기도 하고 심술궂은 장난이라고 원성을 사기도 했다. 사실이 아니었다. 그는 손가락을 모두의 바람을 실현시키는 유순한 도구로 사용하는 한편 그 순간의 특권적 위치를 잘 활용해서 사진을 찍는 사람과 찍히는 사람들에게 그들의 행위가 갖는 의미를 경고하려는 의도였다. 손가락 끝이 그가 원하던 대로 육체와 개성이 분리된 상태에 이르자마자 그는 논리정연하게 정리된 자신의 이론을 자유롭게 전달하면서 그와 동시에 사람들 모두를 사진에 담을 수 있었다.(몇 번인가 우연히 성공을 거두었는데 이것만으로도 그는 파인더와 노출계를 자유롭게 대하고 신뢰하게 되었다.)

안토니노가 지루하게 설명을 시작했다. "자네들이 시작했을 때는, 멈춰야 할 아무 이유가 없는 거지. 우리 눈에 아름다워 보여서 사진으로 찍은 현실과 사진으로 찍혀서 아름다워 보이는 현실 사이의 간극이 아주 좁아서 그래. 자네들이 만약 모래성을 쌓는 피에르루카의 사진을 찍는다면 모래성이 무너져서 울고 있는 피에르루카 사진을 찍지 않을 이유가 없어. 그리고 여자아이가 모래 속에서 조개껍질을 찾아 주며 그 애를 위로하는 사진도 마찬가지지. 무슨 말이든 시작하기만 하면 되는 거지. '아, 정말 아름다운걸, 당장 찍어야겠어!' 그러면 자네들은 이미 사진으로 찍어 놓지 않으면 모두 사라져 버리고 만다고 생각하는 사람들의 세계에 있는 거야. 사진으로 찍어 놓지 않으면 마치 존재하지도 않는 것 같고, 그래서 정말 살아 있으려면 할 수 있는 한 모두 사진으로 찍어야 하고 최대한 사진을 찍기 위해서는 가능한 한 사진을 찍을 수 있게 살거나 진짜 삶의 매순간을 사진으로 찍을 수 있다고 생각할 필요가 있지. 첫 번째 방법은 어리석음으로 이어지고 두 번째는 광기로 이어져."

"어리석고 미친 건 바로 자네야. 게다가 짜증스럽기까지 하고." 친구들이 말했다.

"자기 눈앞에 지나가는 거면 뭐든 되살리고 싶어 하는 사람이……." 안토니노가 다시 설명을 시작했지만 아무도 이제 그의 말에 귀를 기울이지 않았다. "일관성 있게 행동하는 유일한 방법은 아침에 눈을 뜰 때부터 밤에 잠자리에 들 때까지 최소한 일 분에 한 번씩 사진을 찍는 거야. 그렇게 해야만 몇 통의 필름들이 우리 일상을 하나도 빼놓지 않고 충실하게 기록하는 일기가 될 수 있지. 만약 내가 사진을 찍게 된다면 이성을 잃는 한이 있더라도 이런 길로 끝까지 갈 거야. 그런데 자네들은 아직도 선택을 할 수 있다고 주장하는 건가? 어떤 선택? 자연과 국가와 친지와의 평화와 위안을 위한 목가적이고 자기 변명적인 의미의 선택인가? 자네들의 선택은 그저 사진에 대한 선택만은 아니야. 삶의 방식에 대한 선택으로, 극적인 갈등이나 뒤얽힌 모순, 자유와 열정과 혐오감으로 인한 팽팽한 긴장을 배제하게 만들지. 그렇게 해서 자네들은 광기에서 구원되었다고 생각하지만 범용과 우둔함에 빠져 버리고 마는 거야."

누군가의 전처의 여동생인 비체라는 여자와 누군가의 비서였던 리디아라는 여자가 안토니노에게 자신들이 물에서 공놀이를 하는 동안 스냅사진을 찍어 달라고 부탁했다. 안토니노는 승낙을 했지만 그사이 스냅사진에 대한 이론을 정밀히 완성했으므로 두 여자 친구에게 그 이론을 서둘러 전하려 했다.

"너희들은 어떤 자극을 받았기에 연속되는 움직임들로 이루어진 하루 가운데 일 초라는 시간의 두께를 지닌 단편적인 순간을 사진으로 찍고 싶어 하는 거야? 너희들의 몸짓을 사진이 스캔하는 순간 너희들은 놀이가 즐거워서 동작을 하는 게 아니라 삼십 년 뒤에 누렇게 변한(현대의 인화 기술이 발달해서 사진이 원래대로 잘 보존되어 있다 해도 감정적으로 빛바래 보일 거야.) 작은 종이에서 자신을 발견할 기쁨에 놀이를 하는 되지. 생생함을 자연스레 포착한다는 스냅 사진을 좋아하는 취향이 자연스러움을 죽이고 현재에서 멀어지게 만들어. 사진에 찍힌 현실은 곧 시간의 날개 위로 달아난 기쁨에 대한 향수를 불러일으키지. 그제 찍은 사진일지라도 기념의 성격을 띠게 된다고. 너희들이 사진을 찍기 위해 산 삶은 벌써 삶 자체를 기념하기 시작한 거야. 포즈를 취한 사진보다 스냅사진이 훨씬 **사실적**이라고 생각하는 건 편견이지……."

안토니노는 이렇게 말하면서 바다로 들어가 여자 친구들 주위에서 이리저리 뛰면서 공놀이 동작에 초점을 맞추고 물에 반사된 눈부신 햇살이 앵글에 들어오지 않게 했다. 공을 빼앗으려고 싸우다가 이미 물에 빠진 리디아에게 달려들던 비체의 엉덩이가 파도 위로 솟구쳤는데 그 모습이 클로즈업되어 찍혔다. 안토니노는 그 짧은 순간을 놓치지 않으려고 사진기를 위로 들어 올린 채 거의 물에 드러누워서 하마터면 익사할 뻔했다.

"사진이 다 너무 잘 나왔어. 이건 특히 놀라운걸." 며칠 뒤 밀착 인화된 사진들을 서로 빼앗아보면서 두 여자가 평했다. 그들은 사진관에서 만나기로 약속을 했다. "훌륭해. 다른 사진도 찍어 줘야 해"

안토니노는 19세기의 사진처럼 포즈를 취한 인물들, 사회적인 자신의 상황과 성격을 보여 주는 자세를 취하고 있는 사진으로 돌아가야 한다는 결론에 도달했다. 사진 찍기에 대한 반론은 검은 상자 카메라 내부에서, 사진과 사진을 대조하면서 펼칠 수 있을 것이다.

"주름상자가 달린 구식 카메라를 한 대 갖고 싶은데" 그가 여자 친구들에게 말했다. "삼각대 위에 올려놓는 거 말이야. 그런 카메라 구할 수 있을까?"

"글쎄, 혹시 고물상에 가면⋯⋯."

"가 보자."

여자 친구들은 이 신기한 물건 찾는 일을 즐거워했다. 안토니노와 함께 벼룩시장을 누볐고 거리의 늙은 사진사들에게 물어보기도 하고 그들을 따라 골방으로 가 보기도 했다. 그 고물들의 무덤 속에 작은 삼각대들, 스크린, 빛바랜 풍경들이 그려진 배경 막들이 누워 있었다. 안토니노는 사진사의 구식 암실을 연상시키는 물건들을 모두 구입했다. 마침내 그는 길쭉한 배 모양의 셔터가 달린 주름상자 카메라를 손에 넣는 데 성공했다. 그 기계는 완벽하게 작동할 것 같았다. 안토니노는 카메라와 함께 건판도 샀다. 여자 친구들의 도움으로 자신의 집에 스튜디오를 차렸는데 현대적인 조명 두 개 이외에는 모두 구식 물건들뿐이었다.

이제 그는 흡족했다. "여기서 다시 시작해야 해." 두 친구에게 설명했다. "우리 할아버지와 할머니 들이 포즈를 취하던 방식과 단체 사진을 찍을 때의 습관에는 사회적인 의미와 관습, 취향과 문화가 담겨 있었지. 공적인 사진이든 결혼사진이나 가족사진, 학교 단체 사진은, 모든 역할이나 제도가 그 자체 내에 진지하고 중요하기도 하지만 위선적이고 강제적이며 권위적이고 위계적인 의미도 지니고 있다는 걸 보여 주지. 중요한 건 바로 이거야. 우리들 각자와 세계와의 관계를 분명하게 보여 주는 것. 지금 우리는 그런 관계들을 자꾸 숨기려 하고 의식하지 못하게 만들어서, 그런 식으로 사라지게 할 수 있다고 생각하지만⋯⋯."

"그런데 누가 포즈를 취했으면 좋겠어?"

"내일 와 봐. 내가 말한 대로 두 사람 사진을 찍을 테니까."

"그래도 말해 봐, 어디까지 가고 싶은데?" 리디아가 갑자기 수상한 생각이 들어서 물었다. 그제야 그녀는 스튜디오 안의 모든 게 음울하고 위협적인 분위기를 띠고 있다는 것을 깨달았다. "우리가 네 모델을 해 주러 올 거라고 꿈도 꾸지 마!"

비체가 그녀와 함께 깔깔거렸지만 그녀는 다음 날 혼자 안토니노의 집에 찾아왔다.

그녀는 소매와 주머니 가장자리에 여러 가지 색으로 수를 놓은 하얀 린넨 옷을 입고 있었다. 머리는 양 갈래로 나눠 관자놀이 부근에서 묶었다. 고개를 삐딱하게 하고 은근하게 웃었다. 안토니노는 그녀를 들어오게 했고 다소 수줍어하는 것 같기도 하고 빈정거리는 것 같기도 한 그녀의 태도를 보며 그녀의 진짜 성격을 보여 주는 특징은 어떤 건지 곰곰이 생각해 보았다.

안토니노는 그녀를 소파에 앉힌 뒤 사진기에 달린 검은 천 속으로 머리를 집어넣었다. 그것은 뒷면에 유리가 달린 상자로, 건판에 비치듯이 벌써 유리면에 상(像)이 비쳤는데 우윳빛이 도는 유령 같은 그 상은 시간과 공간 속의 모든 상황에서 완전히 분리되어 있었다. 안토니노는 비체를 그 순간 처음 보는 기분이 들었다. 그녀는 온순했는데, 무거운 눈꺼풀을 살짝 내리깔고 뭔가를 숨기려는 듯 목을 앞으로 내밀었다. 그녀의 미소 역시 웃는다는 행위 뒤에 뭔가를 숨기고 있는 듯했다.

"자, 그렇게, 아니, 고개를 저쪽으로 조금 더, 눈을 들어 봐, 아니 내려." 안토니노는 그 상자 안에서, 갑자기 너무나 소중하고 절대적으로 보이는 비체의 무엇인가를 좇고 있는 중이었다.

"이제 그늘이 생겼네, 밝은 쪽으로 나와 봐, 아니 아까가 더 낫

겠다."

　사진으로 찍을 수 있는 비체의 수많은 모습들이 있었고 사진으로 찍을 수 없는 모습들도 많았지만 그가 찾는 것은 이 둘을 다 담을 수 있는 단 한 장의 사진이었다.

　"당신을 찍을 수가 없어." 검은 천 밑에서 꽉 잠기고 서글픈 목소리가 흘러 나왔다. "당신을 담을 수가 없어, 찍을 수가 없어."

　그는 덮개를 걷고 다시 일어섰다. 처음부터 잘못되어 가고 있었다. 비체의 얼굴에서 당장 포착할 수 있을 것 같던 그 표정, 그 특징, 그 비밀은 마음과 기분과 심리라는 유사(流砂) 속으로 그를 끌고 가는 무엇인가였다. 그 역시, 달아나는 삶을 추적하는 사람들 중의 하나였고, 스냅 사진을 찍는 사람들처럼, 포착할 수 없는 것을 사냥하는 남자였다.

　그는 전혀 다른 길로 갔어야만 했다. 완전히 표면적이고 분명하고 일의적인 초상화를 겨냥해야만 했다. 관습적이고 전형적인 외면과 가면에서 달아날 수 없는 사진을 말이다. 가면은 무엇보다 완전히 사회적, 역사적 산물이므로 '사실적'이라고 주장하는 온갖 이미지보다 훨씬 더 많은 진실을 담고 있다. 그것은 서서히 드러나는 수많은 의미를 가지고 있다. 안토니노가 이런 협소한 스튜디오를 차린 건 바로 이런 의도 때문 아니었나?

　그가 비체를 보았다. 그녀 외모의 외적인 요소에서 시작된 게 틀림없었다. 옷을 입는 방법이라든가 비체의 헤어 스타일에서 약간 향수를 불러일으키기도 하고 약간은 풍자적으로 보이기도 하는, 그 당시의 유행 속에 널리 퍼져 삼십 년 전 취향을 되살려 내는 의도를 발견할 수 있다고 그는 생각했다. 사진이 이런 의도를 강조해야만 했던 것 아닐까? 왜 그 생각을 못했을까?

안토니노는 테니스 라켓을 찾으러 갔다. 비체는 겨드랑이에 라켓을 낀 채 감상적인 엽서에 나오는 표정을 하고 4분의 3 정도 몸을 숙인 채 서 있어야만 했다. 검은 덮개 속에서 바라보자 그런 포즈에 적당한 날씬한 비체의 모습과 그런 포즈로 인해 유난히 두드러지는, 아무래도 그런 포즈에 어울리지 않고 맞지 않는 비체의 모습이 몹시 흥미로웠다. 그는 라켓과 배경과 어울리는 다리와 팔의 기하학을 여러모로 궁리해 보면서 여러 차례 자세를 바꾸게 했다.(그가 그리는 이상적인 엽서에서는 테니스 코트의 네트가 있어야 했지만 너무 많은 걸 바랄 수 없었으므로 안토니노는 탁구대로 만족했다.)

하지만 아직 확신이 서질 않았다. 혹시 기억들을 아니, 머리에 얼핏 떠오르는 기억의 모호한 메아리들을 사진으로 찍으려 애쓰는 것은 아닐까? 일요일의 사진작가들처럼 미래의 추억을 위해 현재의 삶을 거부하는 것 역시 비현실적인 행위를 시도하게, 그러니까 추억에 실체를 부여해서 그의 눈앞에서 현재를 대신하게 하지 않을까?

"움직여 봐, 말뚝처럼 서서 뭐하는 거야, 라켓을 들어, 맙소사! 진짜 테니스를 치는 것처럼 좀 해 봐!" 그가 벌컥 화를 냈다. 그는 그렇게 과장된 포즈를 취해야만 객관적인 이질성을 획득할 수 있다는 것을 알았다. 반쯤 멈춘 동작을 흉내 낼 때에만 정지의 느낌, 살아 있지 않은 느낌을 전달할 수 있었다.

그의 명령이 불분명하고 모순될 때에도 비체는 명령을 순순히 따르며 수동적인 태도로 그를 도우려 애썼다. 그러한 태도는 자신은 이 놀이 밖에 있음을 명백히 드러내기도 했고 또 자신이 벌이지 않은 이 놀이에서 예측할 수 없는 동작으로 수수께끼 같은 시합을 이

끌어갈 수도 있음을 은근히 암시하기도 했다. 지금 안토니노가 비체에게 팔다리를 이렇게 저렇게 하라고 말하면서 기대하는 것은 자신의 계획을 단순하게 실행할 뿐만 아니라 자신의 요구사항을 통해 그녀에게 가하는 폭력에 대한 그녀의 반응, 그가 점점 더 그녀에게 행사하려고 하는 그 폭력에 대한 그녀의 예측 불가능하고 공격적인 대답이었다.

안토니노는 마치 꿈속과 같다고 생각했다. 어둠 속에 서서 네모난 유리창을 통해 테니스 치는 여자의 비현실적인 모습을 물끄러미 바라보는 기분이었다. 기억의 밑바닥에서 올라온 존재가 앞으로 걸어 나와서 자신을 알리다가 금방 전혀 예기치 못한 무엇인가로 변해 버리는, 변하기도 전에 이미 놀라움을 안겨 주는 그런 존재를 꿈에서 보는 듯했다.

꿈을 찍고 싶었나? 이런 의심이 들어 그는 말을 잃었고, 타조처럼 그 덮개 속에 머리만 숨기고 손에 배 모양의 셔터를 든 채 바보같이 서 있었다. 그러는 사이 비체는 혼자 몰두해서, 계속 기괴한 춤을 추듯이 백핸드나 드라이브 등의 과장된 테니스 동작을 하기도 하고 라켓을 높이 쳐들거나 바닥 쪽으로 내리기도 했다. 마치 카메라 렌즈에서 나오는 시선이 그녀가 계속 받아쳐야 할 공이라도 되듯이.

"됐어, 이게 무슨 코미디야, 내가 생각한 건 이런 게 아니야." 안토니노가 덮개로 카메라를 덮은 뒤 방 안을 서성거리기 시작했다.

모두 다 옷 때문이었다. 테니스를 치는 분위기와 2차 세계 대전 전의 분위기를 연상시키는 그 옷……. 산책용 옷차림으로는 그가 의도했던 사진을 찍을 수 없음을 시인해야만 했다. 여왕들의 공식 사진에서 볼 수 있듯이 어느 정도의 엄숙함이나 화려함이 필요했다. 이브

닝드레스만으로도 비체는 사진을 찍힐 대상이 될 수 있었다. 깊이 파인 목덜미는 하얀 살결과 반짝이는 보석들로 강조된 검은 드레스 사이의 뚜렷한 경계를, 나신 속에 들어 있는, 거의 시대를 초월하여 개성이 사라진 여성의 본질과, 알레고리적인 조각상의 휘장처럼 마찬가지로 몰개성적인 역할의 상징인 옷이 주는 사회적인 추상성 사이의 경계를 보여 준다.

그는 비체에게 다가가서 목 부분의 단추를 가슴까지 풀어서 옷이 어깨 위로 흘러내리게 했다. 19세기 여인의 어떤 사진들이 떠올랐는데 하얀 인화지에서 얼굴과 목과 드러난 어깨선이 선명하게 드러나고 나머지는 모두 흰색 속으로 사라진 사진들이었다.

지금 그가 원하는 것은 시간과 공간을 초월한 초상 사진이었다. 그런 사진을 어떻게 찍어야 할지는 몰랐지만 찍어 보기로 결단을 내렸다. 비체 옆에 스포트라이트를 설치하고 카메라를 가까이 가져갔다. 그리고 카메라 덮개 밑으로 들어가서 조리개를 조절했다. 비체를 보았다. 그녀는 알몸이었다.

그녀는 옷을 다리 아래쪽으로 흘러내리게 했는데 옷 속에 아무 것도 입고 있지 않았다. 그녀가 한 걸음 앞으로 나왔다. 아니, 한 걸음 뒤로 물러섰는데 화면에는 그녀의 몸 전체가 앞으로 나온 것처럼 보인 것이다. 그녀는 사진기 앞에 똑바로 우뚝 선 채 조용히, 그곳에 자기뿐이라는 듯 앞을 응시했다.

안토티노는 그녀의 모습이 자신의 눈으로 들어와 시야를 완전히 점령해 버리고 우연적이고 단편적인 이미지들의 흐름에서 그를 끌어내어 유한한 형식 속에 시간과 공간을 집중시켜 주는 기분이 들었다. 그래서 이 놀라운 광경과 건판의 감광이 서로 연결되는 두 개의 반사광이라도 되듯이 그 즉시 셔터를 눌렀다. 셔터를 계속 누르고 건판을 다시 끼웠다. 셔터를 누르고 다른 건판을 끼웠다. 셔터를 눌렀다. 건판을 계속 갈아 끼우면서 셔터를 눌렀고 덮개 속에서 숨이 막혀서 뭐라고 중얼거리기도 했다. "좋아, 지금 그렇지, 그렇게 좋아, 자, 다시, 지금 잘 찍히고 있어, 다시."

이제 건판이 바닥나 버렸다. 그가 덮개에서 나왔다. 흡족했다. 비체는 마치 기다리기라도 하듯 알몸으로 그 앞에 서 있었다.

"이제 옷 입어도 돼." 그가 행복에 도취되어, 그렇지만 어느새 몹시 서두르며 말했다. "나가자."

그녀가 당황스러운 얼굴로 그를 보았다.

"이제 사진 다 찍었잖아." 그가 말했다.

그녀가 울음을 터뜨렸다.

안토니노는 바로 그날 자신이 비체를 사랑하고 있었다는 걸 알게 되었다. 그들은 함께 살기 시작했다. 그리고 그는 더 현대적인 카메라들, 망원렌즈, 아주 현대적인 장비들을 샀고 암실도 마련했다. 그녀가 잠든 밤에도 그녀를 찍을 수 있는 장치들도 준비했다. 비체는 플래시가 터져서 짜증스럽게 잠에서 깼다. 안토니노는 그녀의 스냅 사진을 계속 찍어 댔다. 잠에서 깬 그녀, 그에게 화를 내는 그녀, 베개에 얼굴을 파묻고 다시 잠을 청해 보지만 성공하지 못하는 그녀, 화해하는 그녀, 이런 사진 폭력을 사랑의 행위로 인정하는 그녀의 모습을.

필름과 인화지로 장식된 안토니노의 암실의 모든 사진 속에 비체가 얼굴을 내밀었다. 마치 벌집에 똑같은 벌 수천 마리가 모습을 보이는 것과 같았다. 온갖 자세를 취한 비체, 여러 각도에서 찍힌, 다양한 차림새의 비체, 포즈를 취했거나 자기도 모르는 새 사진을 찍힌 비체의 모습으로 먼지 같은 이미지들 속에서 그 정체성이 산산이 부서져 버린 듯 했다.

"강박적으로 비체 사진만 찍는 이유는 뭐야? 다른 사진 좀 찍을 수 없나?" 계속해서 친구들에게, 심지어 비체에게서도 듣는 질문이었다.

"이건 단순히 비체에 대한 문제가 아니야. 방법의 문제이지. 당신이 어떤 사람이든 사물이든 그 사진을 찍기로 결정했다면 밤이고 낮이고 늘 계속 그것만 찍어야 해. 사진은 가능한 이미지를 모두 담을 수 있을 때에만 의미를 갖게 되지." 그가 대답했다.

그런데 그가 특히 중요하게 생각하는 건 말하지 않았다. 그가 보고 있다는 사실을 모르는 채 길을 걷는 비체를 포착하고, 렌즈를 숨겨 놓고 그 반경 안에 그녀가 들어오게 해서 자신의 모습을 보이지 않을 뿐만 아니라 자기도 그녀를 보지 않은 채 사진을 찍고 그의 시선뿐만 아니라 모든 시선으로부터 자유로운 상태의 그녀를 불시에 포착하는 게 무엇보다 중요했다. 그는 특별한 뭔가를 발견하고 싶은 게 아니었다. 그는 일반적인 의미에서 질투심이 강한 사람이 아니었다. 그가 소유하고 싶은 비체는 눈으로 볼 수 없는 비체, 완전히 혼자인 비체, 그와 다른 사람들의 부재가 전제되어야 존재하는 그런 비체였다.

질투라고 정의할 수 있을지 없을지 모르지만 한마디로 말하면 견디기 힘든 열정이었다. 비체는 곧 그를 떠났다.

안토니노는 심각한 우울에 빠졌다. 일기를 쓰기 시작했다. 물론 사진 일기였다. 카메라를 목에 걸고 집에 틀어박힌 채 소파에 몸을 파묻고 공허한 시선으로 강박적으로 셔터를 눌렀다. 비체의 부재를 사진으로 찍었다.

사진들을 모아 앨범을 만들었다. 담배꽁초가 수북한 재떨이, 시트가 어지럽게 흐트러진 침대, 벽 위의 축축한 얼룩들이 그 사진에서 보였다. 사진의 대상이 되지 않고 카메라만이 아니라 인간의 시계(視界) 밖에서 체계적으로 제외된 이 세상 모든 것의 목록을 작성해야겠다는 생각이 떠올랐다. 그는 어떤 제재를 다루든 며칠씩 매달렸고 여러 통의 필름을 썼으며 빛과 그림자의 변화를 따를 수 있게 시간 간격을 두고 사진을 찍었다. 어느 날은 라디에이터 이외에는 아무것도 없이 텅 빈 방 한쪽 구석에 집중을 했다. 그가 죽는 날까지 그 지점을 그리고 그 지점만을 계속 찍고 싶다는 유혹을 느꼈다.

아파트는 방치가 되어 종이와 묵은 신문들이 구겨진 채 바닥에 쌓여 있었고 그는 사진을 찍었다. 신문에 실린 사진도 찍어서 그의 렌즈와 멀리 있는 사진 기자들의 렌즈 사이에 간접적인 관계가 형성되었다. 신문의 그런 검은 자국을 만들기 위해 기자들의 렌즈는 공격하는 경찰들과 시커멓게 탄 자동차와 질주하는 선수들, 장관들, 범죄자들에게 맞춰져 있었다.

안토니노는 이제 모자이크 같은 망원렌즈들 안에 들어오는 가정용품들을 찍는 데서 쾌감을 느꼈는데 그것들은 하얀 종이 위에서 강렬한 잉크 자국들을 남겼다. 안토니노는 꼼짝하지 않는 자신이 군중들의 움직임, 유혈, 눈물, 축제, 즐거움, 유행에 대한 대화, 공식적인 행사의 허위성을 좇는 신문기자들의 삶을 부러워한다는 걸 알고 깜짝 놀랐다. 사회의 극단적인 면들, 가장 부유한 사람들과 극빈층들, 매순간 어느 장소에서나 일어나기는 하지만 그래도 감동적인 순간을 기록하는 그 신문기자들을 말이다.

'특별한 상황만이 의미 있다는 뜻일까?' 안토니노는 자문했다. '일요 사진작가의 진정한 반대자는 사진기자일까? 둘의 세계는 서로를 배제할까? 아니면 서로가 서로에게 의미가 되어 줄까?' 그런 생각을 하며, 지난 몇 달 동안 열정적으로 찍어 쌓아 놓은 비체의 사진 또는 비체가 없는 사진들을 찢어 버리기 시작했다. 벽에 줄줄이 걸어 두었던 밀착 인화지들을 뜯어 버렸고 셀룰로이드 네거티브 필름도 잘라 버리고 슬라이드 기계를 부숴 버린 뒤 이렇게 차례로 파괴한 잔여물들을 바닥에 늘어놓은 신문 위에 쌓았다.

'아마 대학살이나 대관식 같은 구겨진 사진을 배경으로 개인적인 이미지들의 단편들을 찍은 게 진실하고 완전한 사진일지도 몰라.'

그는 사진을 신문에 담아 쓰레기통에 버리려고 네 귀퉁이를 오므려 봉지처럼 만들었다. 하지만 먼저 사진을 찍고 싶었다. 신문을 오므릴 때 우연히 부딪친 서로 다른 신문의 사진 반쪽이 잘 보이게 가장자리를 정리했다. 뿐만 아니라 찢어 버린 확대 사진의 반짝이는 인화지가 한 조각 튀어나오게 신문 봉지를 조금 열었다. 조명을 켰다. 그는 자신의 사진에서 반쯤 구겨지고 찢겨진 이미지를 볼 수 있는 동시에 잉크가 우연히 만들어 낸 음영으로 인해 그 이미지들의 비현실적인 분위기를 느낄 수 있고, 의미를 가득 담은 물체들의 구체성을, 이미지에 집중하지 않으려고 하는 생각을 사로잡는 힘을 느낄 수 있길 바랐다.

이 모든 것을 사진에 담으려면 뛰어난 기술을 손에 넣어야만 한다. 그렇게 되어야만 안토니노가 자신이 사진 찍기를 그만둘 수 있으리라. 모든 가능성이 다 사라지고, 모든 일이 다 끝나 버린 순간에야 안토니노는 사진을 찍는 일이 그에게 남은 유일한 길임을, 그가 그때까지 자신도 모르게 찾아온 진정한 길임을 깨달았다.

어느 여행자의 모험

이탈리아 북부의 한 도시에 사는 페데리코 V.는 로마에 사는 친치아 U.를 사랑했다. 그는 일을 하다가 시간이 날 때마다 기차를 타고 로마로 가곤 했다. 일을 할 때나 여가를 즐길 때 시간을 최대한 아껴 쓰는 데 익숙한 그는 항상 야간 여행을 했다. 휴일을 제외하고는 늘 이용객이 별로 없는 마지막 열차를 타면 다리를 뻗고 잠을 잘 수 있었다.

그의 도시에서 페데리코가 보내는 시간들은 열차의 환승을 기다리는 사람의 시간처럼 긴박하게 흘러갔다. 그래서 자신의 일을 처리하는 시간에도 그는 항상 열차 시간표를 생각했다. 하지만 마침내 출발하는 저녁이 되어 모든 임무를 서둘러 처리하고 여행 가방을 들고 역으로 걸어가다 보면 그때부터, 기차를 놓치지 않으려고 서두르면서도 평온함이 마음속으로 스며드는 기분이었다. 역 주변의 분주한 움직임들도(이제 시간이 되었으니 마지막 소란스러움이라 할) 자연스러워 보였고 자신도 그 일부분이 된 듯했다. 모든 게 그를 응원하기 위해, 그의 발걸음을 재촉하려고 거기 있는 것만 같았다. 고무를 깐 역의 바닥과 장애물들까지도, 아직 닫지 않은 창구에서 표를 사려고 초조하게 기다리는 일도, 고액 지폐를 바꾸느라 애를 먹는 일도, 신문 판매대에 잔돈이 없는 것조차 마치 거기 뛰어들어 그런 문제들을 해결하는 기쁨을 주기 위한 것만 같았다.

그는 이런 기분을 전혀 드러내지 않았다. 깔끔한 남자인 그는 역에 도착하거나 떠나는 수많은 여행객들, 그와 똑같이 외투를 입고 가방을 든 그 많은 사람들과 구별되지 않는 게 좋았다. 하지만 그는 친치아를 향해 달려가고 있었기에 마치 행운의 물결을 타고 있는 기분이었다.

한 손을 외투 주머니에 넣고 그 속에서 전화용 동전을 만지작거렸다. 다음 날 아침 로마 테르미니 역에 내리자마자, 동전을 손에 들고 제일 먼저 눈에 띄는 공중전화 부스로 달려가서 번호를 누르고 이렇게 말하리라. "여보세요, 친치아, 도착했어……." 그래서 아주 귀중한 물건, 이 세상에 하나밖에 없는 물건, 도착하면 그를 기다리고 있을 것의 유일하면서도 확실한 증거라도 되는 양, 동전을 손에 꼭 쥐고 있었다.

여행 비용이 꽤 많이 들었는데 페데리코는 부자가 아니었다. 푹신한 의자가 있는 이등석 객차의 객실들이 비어 있으면 페데리코는 이등석 표를 샀다. 아니 정확히 말하자면 늘 이등석 표를 샀는데 만일 사람이 너무 많을 경우 검표원에게 차액을 지불하고 일등석으로 옮겨 가야겠다는 생각을 항상 가지고 있었다. 이런 행동을 하며 그는 절약의 기쁨(두 번에 걸쳐 값을 지불했고 어쩔 수 없었다고 생각하기 때문에 일등석 표 값도 그리 크게 느껴지지 않았다.)과 자신의 경험에 의해 이득을 얻었다는 만족감을 느꼈고 행동과 사고가 자유롭고 폭넓다는 느낌을 받았다.

타인들에 의해 삶의 많은 부분이 좌우되고 외부에 신경이 분산되는 남자들이 종종 그렇듯이 페데리코 V.는 끊임없이 자신의 내적인 집중 상태를 유지하려 애쓰는 경향이 있었다. 사실 그에게는 최소한, 예를 들면 호텔 방이나 온전히 그만을 위한 기차 칸막이 객차 하나 정도로도 충분했다. 그러면 어느새 세상은 그의 삶과 다시 조화를 이루어서, 마치 세상이 딱 그를 위해 창조된 듯했다. 이탈리아 반도를 가로지르는 철로는 그가 의기양양하게 친치아에게 갈 수 있도록 일부러 건설된 것 같았다. 그날 밤에도 이등석 객실은 거의 텅 비어 있었다. 모든 게 순조로우리라는 신호였다.

페데리코 V.는 바로 기차 바퀴 위도 아니고 객차 한가운데도 아닌, 아무도 없는 칸막이 객실을 택했다. 서둘러 기차를 타는 사람은 첫 번째 칸들을 그냥 지나치는 경향이 있다는 걸 잘 알기 때문이었다. 누워서 여행하는 데 필요한 공간을 확보하는 건 섬세한 심리적 수단을 이용해서 이루어졌다. 페데리코는 그런 수단을 잘 알아서 모두 사용했다.

가령 문에 달린 커튼은 항상 쳐 두었는데 그런 행동이 어쩌면 과도해 보일 수 있으나 바로 심리적인 효과를 겨냥한 것이었다. 커튼이 쳐져 있으면 나중에 탄 승객은 거의 언제나 본능적으로 망설이게 된다. 그리고 혹시 이미 두세 명의 승객이 앉아 있지만 커튼이 쳐지지 않은 칸막이 객실을 발견하면 그쪽을 택하게 된다. 페데리코는 가방과 외투, 신문을 앞좌석과 옆자리에 어지러이 흩어 놓았다. 얼핏 보기에는 불필요하고 과장된 또 다른 기본적인 움직임이다. 하지만 이런 움직임도 필요하다. 좌석에 사람이 있다고 생각하게 만들려는 건 아니다. 그런 속임수는 그의 시민 의식과 진지한 성격에 맞지 않으니까. 그는 그저 얼핏 보기에 그 칸이 복잡하고 별로 들어오고 싶지 않다는 인상을 받게 만들기만 하면 되었다. 단순하고 순간적인 인상을.

그는 자리에 털썩 앉아서 안도의 한숨을 쉬었다. 모든 게 항상 제자리에, 늘 변함없이 개성이 없고 놀라운 일이 벌어질 가능성도 있을 수 없는 그런 환경에 있다는 데서 안정을 느끼게 되고 자의식을 찾게 되고 자유로이 사고할 수 있다는 것을 경험으로 배우게 되었다. 그의 삶 자체가 무질서 속에 던져져 있었지만 이제 내적인 충동과 흔들림 없는 중립성을 띤 사물들 사이에서 완벽한 균형을 찾았다.

그런 순간은 찰나였고(이등칸인 경우 그랬고, 만일 일등칸이라면 일 분은 될 것이다.) 곧 고통이 그를 공격했다. 썰렁한 칸막이 객실, 군데군데 닳아 버린 벨벳 좌석, 공중에 먼지가 떠다닐 것 같은 불안, 구형 객차에 걸린 낡은 커튼, 그의 침대가 아닌 곳에서, 손에 닿는 것들을 불신하면서 옷을 입은 채 자야 한다고 생각하면 찾아드는 불편함 등등이었다. 하지만 이 여행의 이유를 떠올리자 다시 바다나 바람의 리듬처럼 자연스러운 리듬, 유쾌하고 가벼운 열정을 되찾은 기분이 들었다. 눈을 감은 채, 혹은 손에 전화용 동전을 꼭 쥔 채 내면에서 그것을 충분히 찾을 수 있었다. 그러면 곧 객차 안에서 느낀 썰렁함은 사라졌고 여행의 모험과 마주한 자신만이 있었다.

그런데 아직 뭔가 부족했다. 뭐지? 이거다. 지붕 덮인 플랫폼을 따라 가까워지는 나직한 목소리가 들렸다. "베개 있어요!" 그는 어느새 자리에서 일어나서 유리창을 내리고 100리라짜리 동전 두 개를 쥔 손을 내밀며 외쳤다. "여기 하나 줘요!" 매번 여행의 시작을 알리는 사람은 바로 이 베개 장수였다. 출발 일 분 전에 베개들을 걸어 놓은 바퀴 달린 베개걸이를 앞으로 밀며 차창 밑으로 지나갔다. 베개 장수는 키가 크고 삐쩍 마른 데다 하얀 수염을 기른 노인으로 손가락이 길고 굵은 큰 손은 신뢰감을 주었다. 그의 옷은 검은색 일색이었는데 군인 모자에 군복, 외투를 걸치고 목에는 목도리를 단단하게 감았다. 움베르토 1세[3] 시대에서 온 사람 같았다. 퇴역한 대령쯤으로 보이기도 하고 병참부서의 충직한 중사 같기도 했다. 아니 우편배달부나 늙은 전령이라고나 할까. 그 큰 손의 손가락 끝으로 납작한 베개를 집어서 페데리코에게 내밀 때는 꼭 편지를 전달하거나 차창 안으로 편지를 집어넣으려는 사람처럼 보였다. 이제 베개가 페데리코의 품 안에 있었는데 정말 편지 봉투처럼 네모에 납작하고 게다가 소인들도 찍혀 있었다. 친치아에게 매일 보내는 편지로 그날 밤에도 친치아에게로 떠나는 중이었다. 그런데 그 편지는 열렬한 글을 담은 종이가 아니라 페데리코 본인이었다. 그는 지금 제어할 수 없는 열정이 넘치는 중남부로 들어가기 전, 합리적이고 절제된 북부의 마지막 화신(化身)인 겨울의 늙은 전령의 손에서 건네받은 한밤의 우편물을 가지고 눈에 보이지 않는 길로 떠나는 중이었다.

그렇기는 해도 무엇보다 그것은 베개였다. 그러니까 부드럽고(짓눌려 납작하기는 해도) 증기 멸균기로 세탁한 깨끗한(여기저기 소인이 찍혀 있기는 해도) 물건인 것이다. 상형문자 속에 어떤 개념이 담겨 있듯이 그 베개에는 침대와 기분 좋은 뒤척임과 은밀함의 개념이 내포

---

3 이탈리아 왕국의 2대 국왕(1844~1900).

되어 있었다. 그래서 어느새 페데리코는 그날 밤 불안정하고 딱딱한 벨벳 좌석들 사이에서 그를 위해 마련된 상쾌함이 넘치는 섬을 미리 즐기고 있었다. 뿐만 아니라 조그만 직사각형의 편안한 베개는 다른 편안함과 다른 친밀함과 다른 부드러움을 상징했는데 그는 그것들을 즐기려 지금 여행 중이었다. 아니 여행을 시작했고 베개를 샀다는 것은 이미 그것들을 즐기고 친치아가 지배하는 영역으로, 그녀의 부드러운 두 팔이 만들어 내는 둥근 원안으로 들어가는 것을 의미했다.

사랑스럽고도 부드러운 움직임으로 기차가 플랫폼 기둥들 사이로 서서히 움직이기 시작했고 철로들이 이리저리 뻗은 지역을 조용히 빠져나가 어둠 속으로 빠르게 들어갔다. 그리고 기차는 그때까지 페데리코가 마음속으로 느끼던 격정과 하나가 되었다. 그리고 기차가 달리는 동안 긴장이 풀려 한층 가벼워진 듯, 달리는 기차의 속도에 맞춰 노래를 흥얼거렸는데, 바로 그 속도 때문에 떠오른 노래였다. "J'ai deux amours……. Mon pays et Paris……. Paris toujours……. (내게는 사랑하는 게 두 개 있다네……. 내 고향과 파리……. 파리는 언제나…….)"[4]

한 신사가 들어와서 페데리코는 얼른 입을 다물었다. "빈자리지요?" 남자가 자리에 앉았다. 페데리코는 벌써 머릿속으로 재빨리 계산을 했다. 엄밀히 말하자면 누워서 여행을 하고 싶다면 한 칸에 둘이 있는 게 더 좋았다. 한 사람이 이쪽에 다른 사람이 반대쪽에 누워 있으면 아무도 그들을 방해할 엄두를 내지 못한다. 반대로 한쪽 좌석이 비어 있으면 뜻하지 않은 순간에 시라쿠사[5]까지 가는, 아이들

---

4 프랑스어 노래 가사는 원어 뒤에 한글 번역을 병기했다.
5 이탈리아 시칠리아 섬의 남동쪽 해안에 있는 도시.

을 거느린 가족 여섯 명이 불쑥 들어올 수 있다. 그러면 어쩔 수 없이 일어나 앉아야만 한다. 그러니까 승객이 별로 없는 기차를 타면 텅 빈 칸막이 객실이 아니라 이미 승객이 한 사람 탄 객실에 자리를 잡는 게 제일 현명한 태도라는 사실을 페데리코는 너무나 잘 알고 있었다. 그러나 페데리코는 결코 그렇게 하지 않았다. 그는 완전한 고독이라는 카드 패를 좋아했다. 그래서 그가 선택하지는 않았으나 여행 동무가 생기면 그 새로운 상황이 주는 이점으로 늘 위안을 받을 수 있는 셈이었다.

이번에도 마찬가지였다. "로마까지 가십니까?" 그가 방금 들어온 남자에게 물었는데 다음 말을 이어 가기 위해서였다. '잘됐군요, 이제 커튼을 치고 불도 끄고 다른 사람이 들어오지 못하게 합시다.' 그런데 남자가 대답했다. "아닙니다. 제노바까지 갑니다." 남자가 제노바에서 내려 그 뒤로 다시 페데리코 혼자 남게 되면 더할 나위 없이 좋기는 했지만 불과 몇 시간의 여행이니 그가 눕지 않을 것이고 아마도 잠도 자지 않고 불도 켜놓을 수 있었다. 그러다 중간 정차 역에서 다른 승객이 들어올 수도 있는 일이었다. 결국 페데리코는 각각에게 아무 이익도 되지 않는 사람과 함께 여행하는 불편을 감수하게 되었다.

하지만 페데리코는 생각을 멈추지 않았다. 그의 장점은 그를 방해하거나 그에게 도움이 되지 않는 현실의 모든 측면을 늘 생각의 영역으로부터 쫓아내는 데 있었다. 그는 자신의 반대쪽 구석에 앉아 있는 남자를 지워 버려 그림자로, 회색의 얼룩으로까지 만들어 버렸다. 둘 다 신문을 펼쳐 들고 있어서 서로를 방해하지 않는 데 도움을 주었다. 페데리코는 사랑의 비행(飛行)을 계속 할 수 있을 것 같았다.

"Paris toujours⋯⋯.(파리는 언제나⋯⋯.)" 필요와 인내에 떠밀려 오고 가는 사람들이 만들어 내는 그 쓸쓸한 광경을 보면 그가 지금 친치아 U. 같은 여자의 품속으로 날아가고 있으리라고는 아무도 상상할 수 없을 것이다. 이런 자부심을 키우며 페데리코는 다른 존재들의 잿빛 상황과 자신의 운 좋은 상황을 비교하기 위해, 벼락부자가 된 사람의 잔인한 눈길로 자신의 여행 동료를 주목해 봐야 할 필요를 느꼈다(그때까지 그 남자에게 눈길도 주지 않았던 것이었다).

그러나 그 낯선 남자는 전혀 의기소침한 분위기가 아니었다. 아직 젊은 남자였는데 체격이 좋고 건장했다. 만족스럽고도 유쾌한 분위기로 스포츠 신문을 읽었는데 옆에 커다란 가방이 놓여 있었다. 간단히 말해 어느 회사의 직원이나 순회 세일즈맨 같은 분위기였다. 페데리코 V.는 잠시 질투의 감정에 사로잡혔는데 자신보다 훨씬 현실적이고 활력적인 분위기를 가진 사람들을 보면 항상 그런 감정이 생기곤 했다. 하지만 그건 순간적인 기분이었으므로, 이런 생각을 하며 곧 지워 버렸다. '저 남자는 함석이나 페인트 때문에 여행하지만 나는⋯⋯.' 그리고 노래를 하며 행복감과 무념무상을 분출하고 싶은 욕망이 되살아났다. "Je voyage en amour!(난 사랑 속에서 여행한다네!)" 그는 달리는 기차 속도와 어울린다고 생각해서 좀 전과 같은 박자로 마음속으로 노래를 했는데 가사도 "Je voyage en volupté!(난 즐거움 속에서 여행한다네!)"같이 제 마음대로 바꾸고 "Je voyage toujours⋯⋯. L'hiver et l'été!(난 늘 여행한다네⋯⋯. 겨울에도, 여름에도!)"처럼 그 모티브의 경쾌함과 쓸쓸함을 될 수 있는 한 강조해서 만약 앞에 앉은 그 세일즈맨이 실제로 들었다면 화가 날 만했다. 그렇게 점점 더 감정이 고양되어 갔고 "l'hiver et⋯⋯ l'été(겨울에도⋯⋯ 여름에도)"에 이르자 정신적으로 완전히 행복함을 드러내는 미소가 그의 입가에 떠올랐다. 그 순간 페데리코는 앞의 세일즈맨이 자신을 뚫어지게 보고 있는 것을 발견했다.

그는 얼른 얼굴 표정을 바꾸고 신문 읽기에 집중을 하며 조금 전까지 자신의 정신 상태가 그렇게 유치했다는 것을 스스로에게도 부인했다. 유치하다고? 그런데 왜? 유치할 건 하나도 없었다. 여행으로 인해 그는 기분 좋은 상태, 아니 성숙한 남자, 삶의 선악을 잘 알고 이제 선을 즐기려 준비하는 남자에게 적절한 상태를 누렸다. 완벽하게 평화로운 마음으로 사진들이 실린 주간지를 차분히 넘겼다. 신속하고 활발하게 전개되는 삶의 단편적인 이미지들을 넘기며 그 속에서 그를 움직일 무엇인가를 찾았다. 표면에 흐르는 삶과 순간적인 것만을 기록한 잡지에 별로 흥미로운 게 없다는 걸 발견했다. 초조함이 높디높은 하늘을 떠돌았다. "L'hiver et…… l'été!(겨울에도…… 여름에도!)" 이제 잠을 청할 시간이었다.

뜻밖에 기쁜 일이 일어났다. 세일즈맨이 앉은 자세 그대로 무릎 위에 신문을 편 채 잠든 것이다. 페데리코는 앉은 자세로 잠자는 사람들을 질투조차 할 수 없는 생소한 느낌으로 바라보았다. 그에게 기차에서 잠을 잔다는 것은 치밀한 절차와 세심한 의식을 전제로 하는데, 바로 그게 힘겨운 여행의 묘미가 되었다.

제일 먼저 외출용 바지에 주름이 가지 않게 하려고 헌 바지로 갈아입었다. 옷은 화장실에서 갈아입었다. 하지만 먼저 최대한 자유롭게 움직이려고 구두를 슬리퍼로 갈아 신었다. 페데리코는 가방에서 헌 바지와 슬리퍼 봉지를 꺼내서 구두를 벗고 슬리퍼를 신은 뒤, 구두를 좌석 밑에 감추고 바지를 갈아입으러 화장실로 갔다. "Je voyage toujours!(난 언제나 여행한다네!)" 돌아와서 고급 바지가 구겨지지 않도록 그물 선반에 바지를 올려놓았다. "트랄랄랄랄라!" 통로 쪽 좌석 끝에 베개를 놓았는데, 느닷없이 객실 문이 열려 갑자기 눈을 뜨는 자신의 모습을 남에게 보이는 것보다는 문이 열리는 소리를 먼저 머리 위에서 듣는 게 훨씬 좋았다. "Du voyage, je sais tout!(여행에서 난 모든 걸 알게 되지!)" 좌석의 다른 쪽 끝에는 맨발이 아니라 슬리퍼를 신은 채 눕기 위해 신문을 올려놓았다. 베개 위 고리에는 상의를 걸어 놓았는데 바지 주머니에 넣어 두면 엉덩이를 찔렀을 동전지갑과 지폐 클립이 그 주머니에 들어 있었다. 기차표는 벨트 밑의 작은 주머니에 넣어 두었다. "Je sais bien voyage……(난 여행을 잘 알지.)" 새 스웨터를 낡은 스웨터로 바꿔 입었다. 하지만 셔츠는 내일 갈아입을 생각이었다. 페데리코가 칸막이 좌석으로 돌아왔을 때부터 잠이 깬 세일즈맨은 무슨 일인지 정확히 알아차리지 못한 채 페데리코가 하는 양을 지켜보았다. "Jusqu'à mon amour……(사랑까지도…….)" 넥타이를 풀어서 걸어 두었고 셔츠 깃에서 칼라 받침을 떼어 돈과 함께 상의 주머니에 넣었다. "……J'arrive avec le train!(난 기차를 타고 도착해!)" 그는 바지 멜빵과(밖에 보이지 않는 우아함에도 신경을 쓰는 남자들이 모두 그렇듯이 그는 멜빵을 멨다.) 양말 대님을 풀었다. 배가 조이지 않게 바지 맨 위의 단추를 풀었다. "트랄랄랄랄라!" 상의를 입지 않고 주머니에서 집 열쇠를 꺼낸 뒤, 외투를 입었다. 대신 제일 좋아하는 장난감을 베개 밑에 숨기는 어린아이와 똑같은 불안한 페티시즘으로 소중하고도 소중한 전화용 동전을 손에 쥐었다. 외투는 단추를 모두 채우고 깃을 올렸다. 그가 조금만 주의를 기울이면 외투에 구김을 남기지 않고도 잘 수 있었다. "Maintenant voilà!(이제 그럼!)" 기차에서 잠을 잔다는 것은 머리가 헝클어진 채 잠이 깨고 어쩌면 빗질할 시간조차 없이 어느 역에 도착한다는 것을 의미하기도 했다. 그래서 페데리코는 베레모를 푹 눌러썼다. "Je suis prêt, alors! (자, 난 준비됐어!)" 외투를 입은 그가 객실 안을 휘청거리며 걸었다. 상의를 입지 않아 외투는 마치 사제복처럼 그의 몸에 축 늘어졌다. 그는 출입문에 달린 양쪽 커튼을 잡아당겨 금속 단추를 가죽 단추 구멍에 끼웠다. 그리고 동행에게 불을 꺼도 되겠냐고 허락을 구하는 몸짓을 했다. 세일즈맨은 잠들어 있었다. 불을 껐다. 그는 어슴푸레하게 비치는 푸르스름한 비상등 불빛 속에서 다시 움직여서 차창의 커튼을 닫으려, 아니 좀 더 정확히 말하면 이쪽은 틈을 좀 벌여 놓기 위해 커튼을 살짝 열었다. 그는 아침에 실내에 햇빛이 드는 걸 좋아했다. 아직 한 가지 일이 남았다. 시계의 태엽을 감는 일이었다. 이제 됐다. 잘 수 있었다. 가볍게 좌석에 뛰어올라 외투가 구겨지지 않게 옆으로 누워, 두 다리는 안쪽으로 구부리고 손은 주머니에 넣어 동전을 쥔 채, 슬리퍼를 신은 발은 신문에 올려놓고 코를 베개에 묻고 베레모를 눈까지 눌러썼다. 열에 들떠 요동치던 내면을 지혜롭게 가라앉혀 내일을 막연하게 기대하며 잠을 잘 수 있었다.

　　검표원이 거칠게 문을 열고 침입할지도 몰랐다.(그는 불시에 문을 열었는데 한 손으로는 망설임 없이 단번에 커튼의 단추를 풀고 다른 손을 들어 불을 켰다.) 하지만 페데리코는 그를 기다리지 않는 편을 택했다. 잠들기 전에 검표원이 들어오면 좋았다. 그렇지만 막 잠에 빠지기 시작했을 때, 그 검표원처럼 익숙하면서도 익명성을 띤 인물의 모습이 등장해도 수면에는 잠시 방해만 될 뿐이었다. 야영을 하는 사람이 밤에 우는 새소리에 눈을 떴다가 다른 쪽으로 돌아눕는 거나 마찬가지였다. 그러니까 잠이 깨지 않는 것과 마찬가지였다. 페데리코는 바지 주머니에 표를 준비하고 있어서, 일어나지 않고도, 그리고 거의 눈을 감은 채 표를 내밀고 표가 다시 손에 느껴질 때까지 손을 편 채 가만히 있곤 했다. 표를 주머니에 다시 넣었고, 조금 전 다시 움직이지 않으려고 온갖 준비를 했던 그의 노력이 물거품이 되어 다시 어떤 동작을 하지 않아도 되면, 그러니까 커튼 단추를 채우려 다시 일어나지 않아도 되면 금방 다시 잠들 수 있었다. 이번 여행에서 그는 아직 잠들지 않았다. 검표원이 평상시보다 좀 더 오래 머물렀는데 잠에 취한 세일즈맨이 상황을 파악하고 표를 찾는 데까지 시간이 걸렸기 때문이었다. '반사 신경이 나보다 둔하군그래.' 페데리코가 생각했다. 그리고 그 기회를 이용해서 상상의 노래를 새롭게 변형시켜 그를 압도해 버렸다. "Je voyage l'amour……(난 사랑을 여행한다네…….)" 그가 박자에 맞춰 노래했다. voyage를 타동사처럼 사용해야겠다는 생각을 하자[6] 아주 사소하기는 하지만 시적 직관에서 비롯되는 충족감과 마침내 자신의 마음에 딱 맞는 표현을 찾았다는 만족감을 느꼈다. "Je voyage l'amour! Je voyage liberté! Jour et nuit je cours……. par les chemins-de-fer…….(나는 사랑을 여행한다네. 나는 자유를 여행한다네. 나는 밤낮으로 달린다네……. 철길 위를…….)"

객실이 다시 어두워졌다. 기차는 눈에 보이지 않는 길들을 집어삼켰다. 페데리코가 인생에서 더 이상 뭘 바라겠는가? 그런 행복감 때문에 금방 잠이 들 수 있었다. 페데리코는 푹신한 깃털이 쌓인 우물에 빠지듯 잠에 빠져들었다. 겨우 오륙 분 남짓이었다. 그러다가 잠

---

6 프랑스어에서 Voyager(여행하다)는 원래 자동사이다.

이 깼다. 더웠다. 온몸이 땀에 젖었다. 늦가을이었기에 객실 안은 벌써 난방이 되었다. 하지만 지난 번 여행 때 추웠던 기억이 나서 외투를 입고 잠을 자고 싶었던 것이다. 그는 일어나서 외투를 벗고 어깨와 가슴을 드러내 놓고 담요처럼 외투를 몸에 덮었는데 그러면서도 보기 흉한 주름이지지 않게, 신경 써서 외투를 잘 늘어뜨렸다. 그가 다른 쪽으로 돌아누웠다. 다시 땀이 스멀스멀 나서 온몸이 근질거렸다. 셔츠 단추를 풀고 가슴을 긁어 대다가 다리 한쪽도 긁었다. 지금 육체가 느끼는 불편한 상황으로 인해 육체적 자유, 바다, 알몸, 수영, 질주 같은 생각들이 떠올랐고 이 모든 것은 존재하는 온갖 행복의 총체인 친치아의 품에서 절정을 맞았다. 그런데 기차에서 깜빡 잠이 들었을 때는 자신이 갈망하던 행복과 현재의 불편함을 구별조차 하지 못했다. 모든 게 동시에 밀려왔다. 그는 예상되는 불편함을 즐겼는데 그런 느낌 속에는 편안함의 가능성이 다 포함되어 있었다. 그는 다시 잠이 들었다.

정차하는 역에서 들리는 안내 방송 소리에 이따금 잠이 깨기도 했지만 많은 사람들이 추측하듯 그 소리가 그렇게 불쾌하지는 않았다. 잠에서 깨서 자신이 와 있는 곳이 어딘지를 아는 데에서 두 가지 각기 다른 기쁨을 느낄 가능성이 있었다. 그러니까 생각했던 역보다 훨씬 더 앞에 있는 역일 경우 이런 생각으로 기분을 좋을 수 있었다. '정말 많이 잤네! 이번 여행은 눈 깜짝할 사이에 끝나겠어!' 반대로 생각보다 훨씬 못 갔을 경우는 '잘됐어, 아직 시간이 충분하니 한참 더 자도 되겠는걸. 마음 놓고 계속 자야겠어.' 지금 그는 후자의 상황이었다. 앞좌석의 세일즈맨이 여전히 가볍게 코를 골며 자고 있었는데 이제 그도 좌석에 누워 있었다. 페데리코는 아직도 더웠다. 반

쯤 잠에 취한 채 일어나서 전기 난방 온도 조절기를 손으로 더듬더
듬 찾아보니 바로 동행의 머리 위에 있었다. 한쪽 슬리퍼가 벗겨졌기
때문에 다른 쪽 발로 겨우 균형을 잡으며 두 손을 내밀어 조절기를 '
최저'로 확 돌려 버렸다. 그 순간 세일즈맨이 잠이 깨서 자기 머리 위
의 갈고리 같은 손을 본 게 틀림없었다. 세일즈맨이 딸꾹질을 하고 침
을 삼키더니 다시 몽롱한 상태로 빠져들어 갔다. 페데리코는 자기 좌
석에 몸을 던졌다. 난방기 조절기가 윙 소리를 내더니 설명이라도 하
듯, 대화라도 하듯 조그만 빨간 전구에 불이 들어왔다. 페데리코는
열기가 사라지기를 초조하게 기다리다가 창문을 조금 열었다. 기차
가 빠르게 달렸기 때문에 금방 한기가 느껴져서 얼른 창문을 닫았
다. 그리고 조절기를 '자동' 쪽으로 살짝 돌렸다. 부드러운 베개에 얼
굴을 대고 잠시 조절기 소리가 저세상에서 들려오는 신비한 메시지
라도 되듯 그 소리를 들었다. 기차가 무한한 공간이 펼쳐진 땅 위로
달렸다. 그 우주에서 친치아 U.를 향해 달려가는 남자는 그, 오로지
그밖에 없었다.

다시 잠이 깬 것은 제노바 프린치페 역의 커피 판매원이 지르는
소리 때문이었다. 세일즈맨은 사라지고 없었다. 페데리코는 벌어진
커튼 자락을 정성스레 여미고 통로에서 다가오는 발소리와 객실 문
들이 열리고 닫히는 소리에 초조하게 귀를 기울였다. 아무도 들어오
지 않았다. 제노바 브리뇰레에서 손 하나가 문을 조금 열더니 더듬
거리며 커튼 단추를 풀려 했지만 성공하지 못했다. 몸을 숙인 사람
의 그림자가 나타나더니 그 사람이 통로를 향해 사투리로 소리를 질
렀다. "이리 와! 여기 비었어!" 그 소리에 무거운 등산화 소리와 목쉰
목소리가 대답했다. 곧이어 산악병 넷이 어두컴컴한 객실로 들어와

서 페데리코 위에 그대로 앉을 뻔했다. 그러다가 처음 보는 동물이라도 되듯 페데리코를 보려고 몸을 숙였다. "어! 누가 있는데?" 페데리코가 두 팔을 짚고 벌떡 일어나서 그들을 막았다. "다른 칸은 없습니까?" "없소, 다 찼더군." 그들이 대답했다. "우리는 이쪽 편에 앉을 테니 편히 가쇼." 협박하는 말처럼 들릴 수도 있었지만 그냥 그 군인들이 거친 태도가 몸에 배었을 뿐이었다. 그들은 어떤 일에도 별로 신경을 쓰지 않았다. 그들은 시끄럽게 떠들며 좌석에 털썩 앉았다. "멀리 가십니까?" 페데리코가 베개에 얼굴을 댄 채 좀 부드러운 목소리로 물었다. 아니, 그들은 멀지 않은 역에서 내린다고 했다. "그런데 선생님은 어디까지 가십니까?" "로마요." "세상에! 로마까지!" 깜짝 놀라며 측은해하는 그들의 어투는 페데리코의 마음속에서 영웅적인 자부심으로 부드럽게 녹아내렸다.

그렇게 여행은 계속되었다. "불을 좀 꺼 주시겠습니까?" 그들이 불을 껐다. 그리고 얼굴도 보이지 않는 어둠 속에서 어깨를 맞대고 불편한 자세로 떠들어 댔다. 한 병사가 차창의 커튼을 들고 밖을 내다보았다. 달이 밝은 밤이었다. 누워 있는 페데리코에게는 하늘과 이따금 지나가는 간이역에 늘어선 가로등밖에 보이지 않았는데 불빛은 그의 눈을 환히 비추고 천장의 어둠을 갈랐다.

산악병들은 거친 시골 청년들로 휴가를 받아 집으로 가는 길이어서 쉬지 않고 큰 소리로 떠들고 서로 이름을 불렀다. 가끔 어둠 속에서 손으로 치거나 주먹질을 하기도 했는데 잠든 병사 한 명과 기침하는 병사는 거기에 끼지 않았다. 이해하기 어려운 사투리로 대화를 했는데, 페데리코는 병영이라든가 사창가와 관련된 그 대화를 알아듣기도 하고 무슨 소리인지 전혀 이해를 못하기도 했다. 이유를 알 수는 없지만, 왠지 그들이 싫지 않은 기분이었다. 이제 그는 그들과 같이, 거의 그들의 일행이 되어 있었다. 그리고 내일 아침 친치아 U.의 곁에 있을 자신을 상상하거나 예기치 못한 운명의 변화에 대한 현기증을 느낄 때의 기쁨 때문에 그들과 동화되었다. 하지만 이건 조금 전 낯선 세일즈맨에게 느꼈던 것처럼 그들을 압도하려는 감정은 아니었다. 지금 페데리코는 은밀하게 그들 편에 있었고 친치아에게로 가는, 그들도 모르는 임무를 함께 수행했다. 그녀와 동떨어진 모든 것에 그녀를 소유하는 가치, 바로 그녀를 소유하는 자신으로 존재하는 의미가 담겨 있었다.

이제 페데리코는 팔이 저렸다. 팔을 들어서 흔들었지만 저림은 사라지지 않고 통증으로, 통증은 느릿한 행복으로 변했다. 그는 허공을 향해 팔을 휘둘렀다. 그 자리에 있던 산악병 넷이 모두 입을 벌린 채 페데리코를 유심히 보았다. "무슨 일이지……. 꿈을 꾸나 본데……. 뭐 하는 겁니까, 말해 봐요……." 그러다가 젊은이답게 금방 주의를 다른 데로 돌려서 자기들끼리 노래를 부르기 시작했다. 페데리코는 이제 다리에 피가 돌게 다시 좀 움직여 보려고 바닥에 한쪽 발을 대고 힘껏 밟았다.

얼핏 잠이 들었다 깨고 병사들은 시끄럽게 떠드는 가운데 한 시간이 흘렀다. 페데리코는 병사들에게 적대감을 느끼지 않았다. 어쩌면 그는 누구에게도 적대감을 느끼지 않을지도 몰랐다. 그가 선량한 남자가 되었는지도 모를 일이었다. 그들이 내릴 역에 도착하기 조금 전 출입문과 커튼을 활짝 열어 놓고 나가 버렸는데도 증오심이 전혀 일지 않았다. 그가 일어나서 문을 닫고 고독의 기쁨을 다시 맛보았지만 누구를 원망하는 마음은 없었다.

이제 다리 쪽이 추웠다. 바지 밑단을 양말 속에 밀어 넣었지만 여전히 추웠다. 외투 자락으로 다리 부근을 감쌌다. 이제 배 쪽과 어깨가 시렸다. 다시 난방 조절기를 거의 '최대'로 돌려 놓고 다시 외투로 몸을 감쌌다. 외투가 엉덩이에 깔려 보기 흉하게 구겨지는 게 느껴졌지만 모른 체했다. 이제 그 당장의 행복을 위해서는 뭐든 포기할 준비가 되어 있었다. 이웃에게 관대하자는 의식이 스스로에게도 너그러워지게 만들었는데 이렇게 전반적으로 너그러워지자 다시 잠에 빠져들 수 있었다.

그 뒤에 간헐적으로, 또 기계적으로 잠시 잠에서 깨곤 했다. 검표원이 예의 그 자신 있는 동작으로 커튼을 열며 몇 번 들어왔는데 중간 역에서 기차에 타서 머뭇거리며 객실 문을 열거나 커튼이 다 쳐져 있는 칸막이 객실 앞에서 당황스러워하는 한밤의 여행자들과 검표원들은 확연히 구별이 되었다. 경찰은 검표원과 마찬가지로 전문적이지만 훨씬 무례하고 음산하게 등장했는데 그는 자는 사람의 얼굴에 갑자기 불빛을 들이대고 그를 조사한 뒤 불을 끄고 형무소 분위기가 감도는 바람을 뒤에 남기며 소리 없이 나가 버렸다.

그 뒤 밤의 어둠에 잠긴 어떤 역에서 한 남자가 들어왔다. 페데리코는 그 남자가 어느새 좌석 한쪽 귀퉁이에 웅크리고 앉아 있을 때에야 그를 알아보았다. 남자의 외투에서 비에 젖은 냄새가 나서 페데리코는 밖에 비가 오고 있다는 걸 알았다. 다시 잠이 깼을 때는 그 남자도 어느새 보이지 않았는데 어둠에 묻혀 보이지 않는 어떤 역에서 내렸는지 알 길이 없었다. 그가 남긴 거라고는 비 냄새가 고인 어둠과 무거운 호흡뿐이었다.

페데리코는 추웠다. 난방 조절기를 '최대'로 돌리고 온기를 좀 더 느껴 보려고 손을 좌석 밑으로 내려 보았다. 온기는 전혀 느껴지지 않았다. 밑을 더듬어 보았다. 난방기가 완전히 꺼진 것 같았다. 그는 외투를 다시 입었다가 벗었다. 새 스웨터를 찾은 다음 낡은 스웨터를 벗고 새 스웨터를 입고 그 위에 낡은 스웨터를 다시 입었다. 몸을 웅크리고서 조금 전 자신을 꿈나라로 데려가 주었던 그 충만한 느낌을 되찾으려 해 보았으나 전혀 기억이 나지 않았다. 노래가 떠올랐을 때는 벌써 다시 잠들어 버린 뒤여서 그 박자가 꿈속에서 의기양양하게 그를 달래 주었다.

아침의 첫 햇살이 커튼 사이로 스며들어오며 그와 함께 토스카나[7]의 마지막 역인지 아니면 벌써 라치오[8]의 첫 역인지 모를 역에서 외치는 "따뜻한 커피요!", "신문이오!"라는 소리도 들렸다. 비는 오지 않았다. 비에 젖은 차창 너머로 가을과 무관한 중부의 하늘이 그 위용을 자랑했다. 뭔가 따뜻한 걸 마시고 싶다는 바람과 신문을 훑어보며 아침을 시작하는 도시 남자의 자동적인 습관이 페데리코의 반사 신경에 작용을 했다. 급히 창가로 가서 커피나 신문을, 아니 둘 다를 사야겠다는 생각이 들었다. 하지만 아직 좀 잠에서 덜 깬 상태여서 제대로 느낄 수 없을 거라고 자신을 충분히 납득시켰는데 치비타베키아에서 로마로 가려고 아침 일찍 기차를 타곤 하는 사람들이 객실로 난입했을 때 이런 설득의 효력은 계속되었다. 그는 자신의 수면 중 가장 꿀 같은 잠, 그러니까 해가 뜰 때의 그 잠을 거의 중단하지 않았다.

그가 정말 잠에서 깼을 때는 커튼을 치지 않은 차창에서 쏟아져

---

7 이탈리아 중부에 있는 주로, 주도는 피렌체.
8 이탈리아 중부에 있는 주로, 주도는 로마.

들어오는 햇빛에 눈이 부셨다. 앞좌석에는 실제 앉을 수 있는 인원보다 훨씬 더 많은 사람들이 주르륵 앉아 있었다. 사실 뚱뚱한 여자의 무릎에 앉은 아이도 있었고 한 남자는 페데리코가 다리를 구부려서 조금 비어 있는 페데리코의 좌석에 걸터앉아 있기도 했다. 남자들의 얼굴은 다 달랐지만 어딘지 모르게 모두 관료적인 분위기를 풍겼다. 유일하게 달라 보이는 사람이라고는 견장이 달린 제복 차림의 공군 장교 한 사람뿐이었다. 여자들도 어떤 관공서에 있는 공무원 친척을 만나러 가는 듯했다. 어쨌든 모두가 자신이나 다른 사람들의 행정적인 문제들을 서둘러 처리하려고 로마에 가는 중이었다. 그 사람들이 모두, 어떤 이는 읽고 있던《일 템포》에서 눈을 들어, 자신들의 무릎 높이 근방에 누운 형체를 알아보기 어려운 페데리코를 관찰했다. 외투에 둘둘 싸여 있었고 바다표범처럼 발이 없으며 침이 묻은 베개에서 얼굴을 떼는 중인 그를. 베레모가 뒤로 벗겨져 헝클어진 머리가 드러났고 뺨 한쪽에는 베개 자국이 난 그가 일어나서 분명하지 않은, 물개 같은 동작으로 몸을 쭉 펴고 다시 다리를 움직였다. 슬리퍼를 오른쪽 왼쪽 바꿔 신은 채 이제 단추를 풀고 겹겹이 입은 스웨터와 셔츠 사이로 손을 넣어 몸을 긁었다. 눈곱이 낀 눈으로 그들을 보며 미소를 지었다.

차창으로 로마 근교의 들판이 넓게 펼쳐졌다. 페데리코는 잠시두 손을 무릎에 올려놓은 채 계속 미소를 지으며 가만히 앉아 있었다. 그러다가 맞은편에 앉은 사람의 무릎에 있는 신문을 좀 봐도 되겠냐고 허락을 구하는 동작을 했다. 그는 제목만 훑어보았고 늘 그렇듯이 아주 먼 곳에 와 있다는 걸 실감했다. 차창 밖으로 스쳐 지나가는 고대 로마 수도교의 아치를 차분하게 바라보았다. 신문을 돌려주고 일어나서 가방에서 세면도구를 찾았다.

테르미니 역에 도착하자 싱싱한 장미처럼 생기 있게 제일 먼저 객차에서 내린 사람은 바로 페데리코였다. 손에 전화용 동전을 꼭 쥐고 있었다. 기둥들과 신문 판매대 사이에 움푹 들어간 곳에 위치한 회색 전화기들이 오로지 그만 기다리고 있었다. 그는 동전을 집어넣고 다이얼을 돌리고 멀리서 들리는 신호음을 두근거리는 가슴으로 들었다. "여보세요……." 아직 졸음과 부드러운 온기가 묻어나는 친치아의 목소리가 들렸다. 그러자 그는 이미 둘이 함께 보낸 긴장된 나날들 속으로, 시간들과의 힘겨운 전쟁 속으로 뛰어들었다. 그는 지난 밤 자신에게 일어났던 일을 그녀에게 한 마디도 할 수 없으리라는 걸 알았다. 사랑을 속삭이는 완벽한 밤처럼 잔인하게 부서져 버리는 일상 속으로 벌써 사라져 버린 그 밤의 일들을.

어느 독서광의 모험

해안 도로가 곶 위 높은 지역을 지나갔다. 바다가 깎아지른 듯한 절벽 아래와 사방으로 펼쳐져 멀리 산처럼 높아 보이는 흐릿한 수평선까지 이어졌다. 태양도 사방으로 비춰서 하늘과 바다는 마치 태양을 확대시키는 두 개의 렌즈 같았다. 그 아래에서 톱니바퀴 같은 바위에 부딪히는 바닷물은 거품도 일지 않고 잔잔히 밀려들었다. 아메데오 올리바는 자전거를 어깨에 메고 가파른 계단을 내려갔다. 곧 자전거에 도난 방지용 자물쇠를 채운 뒤 그늘진 곳에 내려놓았다. 무너져 내린 메마른 누런 흙과 허공에 매달린 듯 보이는 용설란 사이의 좁은 계단을 계속 내려갔다. 눈으로는 벌써 누워 있기에 제일 편안한 편평한 바위를 찾았다. 겨드랑이에는 돌돌 만 수건을 끼고 있었는데 수건 속에는 수영복과 책 한 권이 들어 있었다.

곶은 한적했다. 해수욕을 하는 몇몇 사람들이 무리를 지어 바다에 뛰어들거나 굴곡이 많은 지형을 이용해서 사람들의 눈에 띄지 않게 숨어서 일광욕을 했다. 아메데오는 다른 사람의 시선으로부터 그를 보호해 주는 바위 두 개 사이에서 옷을 벗고 수영복으로 갈아입은 뒤 바위 위를 뛰어넘기 시작했다. 그렇게 야윈 다리로 껑충껑충 뛰어서 바위들을 절반 정도 지나갔다. 가끔 반쯤 몸을 숨기고 비치타올 위에 누워 있는 해수욕객 커플들의 코앞으로 스치듯 지나기도 했다. 다공질 표면에 울퉁불퉁한 사질암(砂質巖)을 지나자 가장자리가 무디어진 부드러운 바위들이 나타나기 시작했다. 아메데오는 바위와 바위 사이의 거리를 눈짐작으로 알 수 있고 무얼 밟아도 아프지 않는 발바닥을 가진 사람의 자신감에 넘쳐 샌들을 벗어 손에 들고 맨발로 계속 달렸다. 바다 쪽으로 서 있는 절벽의 한 지점에 도착했다. 절벽의 중간쯤에 계단 같은 게 가로질러 지나갔다. 아메데오는 거기서 멈췄다. 편평하게 돌출된 부위에 잘 개킨 옷을 올려놓고, 갑자기 바람이 불어 날아가지 않도록 그 위에 샌들을 뒤집어 올려놓았다.(사실 바다에서 산들바람이 살짝 불어올 뿐이었지만 그건 그의 몸에 밴 조심스러운 행동이었다.) 그가 가지고 있는 작은 주머니는 고무 베개였다. 베개가 형태를 갖추도록 입으로 바람을 불어넣어 절벽의 그 지점에 올려놓았다. 그리고 그 아래로, 약간 경사가 진 바위의 가장자리에 수건을 폈다. 그 위에 반듯하게 누웠는데 손에는 벌써 갈피표가 꽂힌 책을 들고 있었다. 그렇게 그는 사방에서 쏟아지는 햇빛에 아무것도 바르지 않은 피부를 태우며 바위에 오랫동안 누워 있었다.(그는 특별한 방법 없이 일광욕을 하는 사람들이 그렇듯이 여기저기가 검게 그을렸지만 쉽게 화상을 입지는 않았다.) 물에 젖은 흰색 캔버스 베레모를(그렇다. 베레모를 물에 적시려 절벽 아래쪽으로 내려갔다 오기도 했다.) 쓰고 고무 베개에 머리를 올려놓은 뒤 꼼짝도 하지 않고(검은 선글라스를 써서 보이지 않는) 눈으로만 하얀 종이 위의 검은 줄들을 따라 파브리치오 델 동고[9]의 말(馬)을 따라갔다. 그가 있는 아래쪽으로 초록빛이 감도는 푸른 물이 굽이지는 작은 만이 있었는데 바닥이 보일 정도로 그 물이 맑았다. 바위들은 햇빛에 노출된 정도에 따라 하얗게 빛이 바랬거나 해초에 뒤덮여 있었다. 그 끝으로 조약돌이 깔린 작은 해변이 이어졌다. 아메데오는 이따금 눈을 들어 주위의 풍경을 바라보기도 하고 반짝이는 바닷물이나 비스듬히 달아나는 게에게로 시선을 돌리기도 했다. 그러다가 다시 라스콜니코프[10]가 노파의 집 문까지 이어지는 계단의 수를 세는 페이지나 뤼시앙 드 뤼방프레[11]가 교수대의 밧줄에 목을 집어넣기 전 콩시에르주리[12]의 탑들과 지붕을 바라보는 페이지에 빠져들었다.

꽤 오래전부터 아메데오는 활동적인 삶에 관여하는 일을 최소한으로 줄였다. 그가 활동을 좋아하지 않는 건 아니었다. 아니 활동에 대한 사랑이 그의 모든 성격과 취향을 키워 주었다. 하지만 해가 갈수록 자신이 어떤 일을 해야 한다는 열망이 차츰 감소되어서 자신이 정말 그런 열망을 가지고 있었는지를 자문하기에 이를 지경이 되었다. 그러나 활동에 대한 관심은 독서의 즐거움 속에 살아남아 있었다. 그는 언제나 사실들의 서술, 이야기, 복잡하게 뒤얽힌 인간 사건들에 흥미를 느꼈다. 특히 19세기 소설을 좋아했지만 비망록이나 전기도 좋아했다. 서서히 추리소설이나 공상과학소설까지 읽게 되었는

---

9 스탕달의 소설 『파르마의 수도원』 속 주인공.

10 도스토옙스키의 소설 『죄와 벌』 속 주인공.

11 발자크의 소설 『잃어버린 환상』 속 주인공.

12 프랑스 파리의 옛 감옥이자, 현재는 역사적인 정부 건물.

데 그는 이런 소설들을 무시하지는 않았으나 책이 얇아 즐거움도 적었다. 그러니까 아메데오는 두꺼운 책들을 좋아했는데 그것들을 마주할 때면 몹시 힘겨운 일에 직면했을 때처럼 육체적인 즐거움을 맛보았다. 묵직하고 두툼하고 튼튼한 책들을 들고 무게를 어림짐작하고 약간 불안스레 페이지와 각 장의 길이를 살펴본 뒤 그 안으로 들어가는 것이다. 처음에는 이름들을 기억하고 이야기의 맥을 짐작해 나가는 독서 초기의 피곤한 일을 해내고 싶은 마음이 별로 생기지 않아 약간 주저하다가 할 수 있다고 스스로를 신뢰하며 한 줄 한 줄들을 달려 나가고 변함없는 페이지가 만들어 내는 그물망을 가로질러 가다 보면 마침내 활자 너머에서 불꽃이 등장하고 포화 속의 전투가 벌어지며 탄알 하나가 휘익 소리를 내며 하늘을 가로질러 안드레이 왕자의 발치에 떨어진다. 판화와 조각상들로 빼곡한 상점이 등장하고 프레데리크 모로[13]가 두근거리는 가슴으로 아르누 집에 들어가고 있다. 페이지 표면 그 너머에서는 이쪽 세계의 삶보다 훨씬 더 삶다운 삶 속으로 들어가게 된다. 물결처럼 넘실거리는 고운 모래들이 끝없이 펼쳐져 있고 반은 동물이고 반은 식물인 존재들이 사는 초록빛이 감도는 푸른 바다 세계와 우리를 갈라놓는 수면처럼.

태양이 강렬해서 바위가 뜨겁게 달아오르면 아메데오는 곧 바위와 자신이 하나가 된 기분을 느꼈다. 한 장이 끝나는 지점에 이르면 책갈피에 광고 전단을 끼워 놓고 책을 덮은 뒤 베레모와 선글라스를 벗고 거의 무감각해진 다리로 일어섰다. 그리고 훌쩍훌쩍 뛰어서 어느 때고 아이들이 모여 쉬지 않고 물에 뛰어들었다가 기어오르곤 하

---

13 플로베르의 『감정교육』의 주인공.

는 바위 가장자리로 갔다. 아메데오는 그리 높지 않고 수면에서 2미터 정도 되는, 바다 쪽으로 가파르게 이어지는 지점에 똑바로 서서 아직도 눈이 부셔 제대로 눈을 뜨지도 못한 채 아래쪽에서 눈부시게 빛나는 맑은 물을 바라보았다. 그러다가 갑자기 물에 몸을 던졌다. 그의 다이빙은 항상 똑같았는데 저돌적으로, 상당히 정확하게 하지만 약간 경직된 채 물에 뛰어들었다. 따뜻한 공기 속에서 미지근한 물속으로 옮겨가는 건 그렇게 갑작스럽지만 않다면 그 차이를 거의 알아차릴 수도 없었다. 그는 금방 물 위로 떠오르지 않고 물속에서, 그 아래에서 거의 바다 밑바닥에 닿을 정도로 낮게, 숨이 찰 때까지 수영하는 걸 즐겼다. 그는 육체적인 노력과 스스로에게 어려운 임무를 부과하는 걸 아주 좋아했다.(이 때문에 그는 정오의 햇빛 속에서 미친 듯이 자전거 페달을 밟아 비탈길을 달려 곶까지 독서를 하러 오는 것이다.) 그는 물속에서 수영을 하면서 매번 해초들이 울창하게 숲을 이룬 해저의 모래밭에서 불쑥 솟아 있는 암초의 벽에까지 가 보려 했다. 그런 암초들 사이에서 다시 물 위로 나와서 그 주위를 헤엄쳐 다니곤 했다. 깔끔한 동작으로 자유형 수영을 시작했지만 필요 이상으로 힘을 사용했다. 눈이 보이지 않는 사람처럼 아무것도 보지 못한 채 물속에 얼굴을 담그고 수영하는 데에 금방 지쳐서 훨씬 자유롭게 팔을 움직여 '횡영'을 했다. 수영 동작보다 시야가 확보되는 게 더 기분이 좋았다. 잠시 후 횡영에서 배영으로 자세를 바꾸었는데 점점 더 동작이 불규칙해지고 멈칫거리다가 마침내 양팔을 벌리고 가만히 엎드려 떠 있기만 했다. 마치 가장자리가 없는 침대에서 이리저리 뒤척이듯 바다에서 엎치락뒤치락하며 그렇게 떠 있었다. 가끔은 작은 섬을 목표물로 삼아 그 섬에 가기도 했고 팔 동작의 수를 정해 놓기도 했는데 정해진 이런 목표에 도달하기 전에는 마음의 평화를 찾지 못했다. 약간 게으르게 머뭇거리기도 하고 하늘과 바다만 시야에 들어오게 하고 싶은 욕망에 먼 바다로 향할 때도 가끔 있었고 곶 주변에 흩어져 있는 바위들에 다시 접근하기도 했는데 그 작은 군도들에 들를 수 있는 여러 길을 하나도 놓치지 않았다. 하지만 수영을 하면서 그는 알베르틴의 이야기가, 예를 들자면, 어떻게 계속되는지 알고 싶은 호기심이 점점 커 가고 있음을 알아차렸다. 마르셀이 그녀와 다시 만났을까? 격렬하게 헤엄을 치거나 엎드려 떠 있었지만 그의 마음은 해변에 놓고 온 책 속에 있었다. 이제 빠른 속도로 팔을 저어 다시 좀 전의 바위로 돌아와서 기어오를 지점을 찾았다. 자기도 모르는 새에 바위에 올라와서 두툼한 수건으로 어깨를 닦았다. 캔버스 베레모를 다시 눌러쓰고 햇볕 아래 누워 새로운 장을 읽기 시작했다.

그렇지만 그는 급하고 탐욕스럽게 책을 읽는 독자는 아니었다. 그는 처음 책을 읽을 때보다 두 번 혹은 세 번, 아니 네 번째 읽을 때 독서가 훨씬 즐거운 나이에 이르렀다. 여름마다 바다로 휴가를 떠날 때 책들이 잔뜩 든 무거운 가방을 챙기는 게 가장 힘들었다. 몇 달 간의 도시 생활에서 오는 영감과 사고에 따라 아마데오는 매년 다시 읽어야 할 유명한 책들이며 처음 접해야 할 몇몇 작가들의 책을 골랐다. 그리고 거기 바위에서 책을 읽었는데 그 책의 문장들 하나하나를 음미하고, 사색하고, 생각을 모으기 위해 종종 책에서 눈을 돌리기도 했다. 그렇게 눈을 돌리다가 어느 순간 작은 만 아래쪽의 조약돌 해변에 한 여자가 와서 눕는 것을 보았다.

피부를 갈색으로 태운 마른 여자였는데 그리 젊지도 특별히 아름답지도 않았지만 알몸으로 있는 걸 좋아하는 듯했다.(비키니 수영복을 입었는데 수영복은 아주 짧았고 햇빛을 되도록 많이 받을 수 있게 수영복 끄트머리를 바짝 접어 올렸다.) 그녀는 아메데오의 시선을 사로잡았다. 그는 책을 읽으면서 자꾸 눈길이 책에서 허공으로 옮겨 가는 걸 알아차렸다. 그녀는 비스듬히 경사가 진 해변에 고무 매트를 깔고 누워 있어서 아마데오가 눈을 깜빡일 때마다 늘씬하지는 않지만 균형 잡힌 그녀의 다리와 완벽하게 납작하고 매끄러운 배와 불쾌감을 줄 정도는 아니지만 살짝 처진 듯한 빈약한 가슴이 눈에 들어왔다. 다소 앙상한 느낌의 어깨와 목과 팔, 그리고 선글라스와 밀짚모자 창에 가려진 얼굴도. 그 얼굴에는 잔주름살이 조금 있었고 활발해 보였으며 지각이 있어 보이면서도 비아냥거리는 표정이었다.

아메데오는 혼자 피서를 온 그녀를 독립적인 여자 유형으로 분류했다. 그녀는 사람이 북적이는 해수욕장보다 한적한 바위 지대를 더 좋아하고 거기 누워 석탄처럼 까맣게 몸을 태우는 걸 좋아하는 여자였다. 나른한 관능성과 만성적인 불만이 그녀의 내면에 잠재해 있을지 추정해 보았다. 그는 빠른 결과를 가져올 모험의 가능성을 재빨리 생각해 보았다. 앞으로 펼쳐질 진부한 대화, 저녁을 위한 계획, 어쩌면 있을지도 모를 의미 해석의 어려움, 깊이 사귀지 않더라도 누군가와의 만남에서 늘 요구되는 관심을 기울이려는 노력 등을 저울질해 보았고 그 여자가 그에게 전혀 관심이 없으리라 확신하며 계속 책을 읽었다.

그러나 너무 오래 바위의 그 지점에 누워 있어서인지, 아니면 번개처럼 스쳐 지나간 그런 생각들이 불안의 흔적을 남겨서인지 사실 온몸이 저려 왔다. 그가 깔개 삼아 사용하는 수건 밑에서 느껴지는 딱딱한 바위가 짜증스러워지기 시작했다. 그는 일어나서 마땅히 누올 다른 장소를 찾아보았다. 똑같이 편안해 보이는 두 장소 사이에서 결정을 하지 못하고 망설였다. 한 곳은 갈색 피부의 여자가 있는 해변에서 꽤 멀리 떨어져 있었고(뿐만 아니라 바위가 불쑥 튀어나와 있어 그녀의 모습이 보이지 않았다.) 다른 곳은 훨씬 가까웠다. 가까이 다가가면 어떤 예상치 못한 상황이 펼쳐져 대화를 시작하게 될지도 모르고, 그러다 보면 틀림없이 독서를 중단하게 될지 모른다는 생각을 하자 그는 즉시 좀 먼 장소를 택하고 싶어졌다. 하지만 다시 곰곰이 생각해 보면 그 여자가 도착하자마자 달아나고 싶어 하는 것처럼 보일 수 있었고 이게 어찌 보면 예의 없는 행동 같기도 했다. 그래서 가까운 곳을 선택했고 특별히 예쁘지도 않은 그 여자가 눈에 들어와 그의 주의를 산만하게 만들지 못하게 독서에 몰두했다. 그는 옆으로 누워서 그녀의 모습이 눈에 들어오지 않도록 책을 들었지만 그 정도 높이로 책을 들고 읽기가 힘들어서 결국 책을 내리고 말았다. 이제 책을 한 줄 한 줄 읽어나가는 시선이, 한 행이 끝나고 다음 행의 첫머리에 올 때마다, 페이지 여백 너머로 바로 보이는, 혼자 피서를 온 여자의 다리와 부딪쳤다. 그녀 역시 좀 더 편안한 위치를 찾기 위해 약간 자리를 이동했다. 그리고 사실 아메데오 방향으로 무릎을 세우고 다리를 꼬아서 아메데오는 그녀의 몸매를 좀 더 자세히 볼 수 있었는데 전혀 나쁘지 않았다. 간단히 말해 아마데오는(칼날 같은 바위가 엉덩이를 갈라 놓을 듯했지만) 이보다 더 좋은 위치를 찾을 수가 없었다. 갈색으로 살을 보기 좋게 태운 그녀를 보면서 느끼는 즐거움이(부차적인 즐거움, 보너스 같은 무엇이기는 했지만 아무 노력도 없이 즐길 수 있으므로 버릴 수 없는) 독서의 즐거움에 아무런 방해도 되지 않았지만 일상적인 독서의 흐름 속에 끼어들어서, 이제 그는 책에서 자꾸 시선을 떼고 싶은 유혹을 느끼지 않고 독서를 계속할 수 있을지 자신이 없었다.

주위가 고요했고 독서의 흐름만이 계속 이어져서 움직임 하나 없는 풍경이 그 독서의 액자틀이 되어 주었다. 갈색 피부의 여자는 이런 풍경에서 없어서는 안 될 한 부분이었다. 아메데오는 물론 꼼짝하지 않고 가만히 있을 수 있는 자신의 능력을 신뢰했다. 그러나 여자가 불안해하리라는 점은 고려하지 않았는데 여자는 벌써 일어나서 물가를 향해 돌멩이들 사이로 걸어가고 있었다. 그녀가 커다란 해파리를 가까이에서 보려고 움직였다는 걸 곧 아마데오는 알게 되었다. 그 해파리는 아이들 몇 명이 갈대 줄기들로 밀어서 바다에서 끌어올리는 중이었다.

갈색 피부의 여자가 뒤집힌 해파리 쪽으로 몸을 숙이며 아이들에게 이것저것 물었다. 그녀는 그런 바위 지대에 어울리지 않게 나무통굽의 슬리퍼를 신고 있었다. 지금 뒤에서 보니 그녀의 몸은 처음 보았을 때보다 훨씬 매력적이고 더 젊어 보였다. 로맨스를 추구하는 남자에게는 지금 그녀가 고기잡이 아이들과 나누는 대화가 '고전적인' 기회가 되리라고 그는 생각했다. 그도 다가가서 잡아 올린 해파리에 대해 몇 마디 생각을 말하고 그렇게 대화를 시작하면 되는 것이다. 이 세상의 황금을 다 준다 해도 그가 할 수 없는 일이 바로 그것이었다! 그는 속으로 이렇게 생각하며 독서에 다시 빠져들었다. 물론 그의 이런 행동 규범 때문에, 그가 있는 곳에서 봐도 보기 드문 크기에다가 장밋빛 같기도 하고 보랏빛 같기도 한 묘한 색깔을 지닌 해파리에 대한 자연스러운 호기심을 충족시키지 못하는 것도 사실이었다. 호기심, 이건 바다 생물을 향한 전혀 엉뚱한 게 아니라 독서에 대한 열정과 일관되게 동일한 성질을 가지고 있었다. 그리고 그 순간 그가 읽고 있는 페이지(묘사가 길게 이어지는 부분)에 대한 집중력이 서서히 떨어지고 있었다. 간단히 말해 이 여자 피서객과 대화를 나눌 위험에서 자신을 지키려고, 해파리를 가까이에서 관찰하며 잠시 기분 전환을 하는 것 같은 자연스럽고 아주 정당한 충동들까지 막는다는 건 타당하지 않았다. 갈피표를 꽂고 책을 덮은 뒤 일어섰다. 그의 결정은 더없이 시의적절했다. 바로 그 순간 여자가 아이들 무리에서 떨어져 나와 자신의 매트로 돌아가고 있었으니까. 아메데오는 그쪽으로 다가가다가 그 사실을 알아차리고는 그 즉시 큰 소리로 말할 필요를 느꼈다. 아이들에게 외쳤다. "조심해! 위험할 수 있어!"

해파리 주위에 웅크리고 있던 아이들은 눈도 들지 않았다. 아이들은 손에 든 갈대들로 계속 해파리를 들어 뒤집어 보려고 애썼다. 하지만 여자는 활기차게 돌아서서 의아하면서도 놀란 얼굴로 다시 물가로 다가왔다. "어머, 무서워라, 물까요?"

"만지면 쏠 수도 있습니다." 그가 설명했다. 그리고 자신이 해파리가 아니라 여자 피서객 쪽으로 돌아서 있다는 걸 알아차렸다. 여자는 무슨 이유에서인지 몰라도 양팔로 가슴을 가리고 있었으나 몸을 떨었다. 그러면서 뒤집어진 해파리와 아메데오를 은밀하게 번갈아 바라보았다. 그가 여자를 안심시켰다. 그리고 예상했던 대로 대화를 시작했지만 아메데오는 자신을 기다리는 책으로 곧 돌아갈 수 있을 테니 그리 중요하지 않았다. 그는 그저 해파리를 슬쩍 보고 싶었을 뿐이다. 그래서 갈색 피부의 여자가 둥글게 모여 앉은 아이들 한가운데를 들여다보게 해 주었다. 이제 그녀는 손가락 마디를 이에 대고 몸서리를 치며 그걸 바라보았다. 그러다가 어떤 순간 두 사람의 팔이 닿게 되었는데 잠시 머뭇거리다가 떨어졌다. 아메데오는 이제 해파리 이야기를 시작했다. 직접적인 지식은 그리 많지 않았지만 유명한 어부들과 수중 탐험가들이 쓴 책들을 몇 권 읽은 적이 있어서, 동물상에 대한 상세한 사항은 건너뛰며 금방 유명한 **큰가오리** 이야기로 넘어갔다. 여자 피서객은 큰 관심을 보이며 그의 이야기를 들었고 여자들이 대개 그렇듯이 이따금 엉뚱한 질문을 하기도 했다. "제 팔에 빨간 자국 보이세요? 혹시 해파리에게 물린 거 아닐까요?" 아메데오가 팔꿈치에서 조금 올라간, 그 부분을 만져 보았다. 그녀가 팔베개를 하고 누워 있어서 약간 불그레해진 것뿐이었다.

그것으로 모든 게 끝났다. 두 사람은 인사를 나누었고 그녀는 자기 자리로 아메데오도 제자리로 가서 책을 다시 읽었다. 적절한 순간의 길지도 짧지도 않은 휴식이었고 불쾌하지 않은 인간관계를 맺었다.(그녀는 예의 바르고 신중하고 잘난 체하지 않았다.) 이제 아메데오는 책에서 훨씬 더 풍부하고 구체적으로 실제와 밀착된 현실을 다시 발견했는데 거기서 모든 게 의미가 있었고 중요했으며 리듬을 지니고 있었다. 아메데오는 완벽한 상황에 있다고 생각했다. 글로 쓰인 페이지가 그에게 진정하고 깊고 열정적인 삶을 열어 주었다. 그래서 눈을 들면 우연이기는 하지만 기분 좋게 병치된 색깔과 감각을, 그가 아무것도 할 수 없는 부차적이며 장식되고 꾸며진 세상을 다시 발견했다. 갈색 피부의 여자가 자기 매트에서 그를 보고 미소를 짓고 가볍게 목례를 했다. 그도 미소와 애매하게 목례로 답을 하고 곧 눈길을 책으로 돌렸다. 하지만 그녀가 뭐라고 그에게 말했다.

"예?"

"책을 읽으시는군요, 항상 책을 읽으세요?"

"아……."

"재미있나요?"

"네."

"즐겁게 독서하세요!"

"감사합니다."

다시 눈을 들지 말아야 했다. 적어도 지금 읽는 장이 끝날 때까지는. 단숨에 다 읽어 버렸다. 이제 여자는 담배를 입에 물고 있었는데 그에게 담배를 가리키는 시늉을 했다. 아메데오는 이미 조금 전부터 그녀가 자신의 주의를 끌려 애쓰고 있었다는 인상을 받았다. "뭐라고요?"

"……미안한데, 성냥 있나 해서요……."

"아, 없습니다, 그게, 전 담배를 안 피워서……."

읽던 장이 끝나서 아메데오는 재빨리 다음 장의 시작 부분을 읽었다. 깜짝 놀랄 정도로 흥미로웠지만 다음 장을 불안하지 않게 시작하려면 되도록 빨리 담배 문제를 해결해야 했다. "잠깐만요!" 그가 일어나서, 햇빛 때문에 약간 아찔하기는 했지만 바위들 사이를 껑충껑충 뛰어서 담배를 피우는 사람들이 모여 있는 곳에 도착했다. '미네르바' 성냥 한 갑을 빌려서 여자에게 달려와서 담배에 불을 붙여 주고 다시 '미네르바'를 돌려주러 달려갔다. 사람들이 말했다. "그냥 가지세요, 가지셔도 돼요." 다시 여자에게 달려가 '미네르바'를 주자 그녀가 감사 인사를 했다. 그는 뭐라고 인사를 하기 전 잠시 뜸을 들였다. 그러나 그렇게 머뭇거리고 난 뒤에는 뭔가 다른 말을 해야 한다는 것을 알아차리고는 이렇게 말했다. "수영은 안 하십니까?"

"조금 이따가요." 그녀가 말했다. "당신은요?"

"저는 벌써 했습니다."

"그럼 다시 물에 들어가지 않을 건가요?"

"네, 한 장 더 읽고 난 뒤에 다시 수영을 하려고요."

"저도 담배를 피우고 들어갈 거예요."

"그럼 이따 봐요."

"이따 봐요."

이런 식의 약속을 하자 아메데오는 다시 평화로워졌는데 지금에서야 생각해 보니 혼자 피서를 온 여자의 존재를 알게 된 이후로 처음 갖게 된 평화였다. 이제 그녀와 어떤 관계든 맺어야 한다는 의식이 더 이상 부담스럽지는 않았다. 모든 게 수영을 할 순간으로 미뤄졌다. 그녀가 없었다 해도 어쨌든 그는 수영을 했을 것이다. 이제 그는 거리낌 없이 독서의 즐거움에 빠질 수 있었다. 담배를 다 피운 그녀가 일어나서 그에게 다가와 수영을 하자고 권하는 걸 알아차리지도 못할 정도로 독서에 푹 빠져 있었다. 그는 책 너머에서 슬리퍼와 미끈한 다리를 보았다. 다리를 올려다보다가 다시 책으로 시선을 떨구었다. 햇살이 눈부셨다. 그리고 서둘러 몇 줄을 읽었고 다시 위를 올려다보았다. 그때 그녀의 목소리가 들렸다. "머리가 뜨거워서 터질 것 같지 않으세요? 난 물에 들어갈래요!" 그 자리에 앉아 계속 책을 읽으며 이따금 눈을 드는 것도 멋졌다. 그렇지만 수영을 더 이상 미룰 수가 없어서 아마데오는 한 번도 해 본 적이 없는 일을 했다. 거의 반 페이지 정도를 뛰어넘어 읽고 있던 장의 마지막 부분으로 갔다. 하지만 어느때보다 정신을 집중해서 읽었고 자리에서 일어났다. "갑시다! 저쪽 끝에서 다이빙할까요?"

다이빙 이야기를 나눈 뒤 여자는 조심스레 바위에서 물로 내려갔다. 아메데오는 평상시보다 훨씬 더 높은 바위에서 머리부터 몸을 던졌다. 아직 해가 서서히 기울어 가는 시간이었다. 바다는 황금빛이었다. 두 사람은 약간 거리를 두고 그 금빛 속을 헤엄쳤다. 아메데오는 두 팔을 저어 이따금 잠수를 했고 여자의 밑으로 헤엄쳐 지나가서 여자를 깜짝 놀라게 하는 일을 즐겼다. 즐겼다고 말하긴 하지만 그건 사실 어린아이들 장난 같은 것이었다. 그렇기는 한데 달리 할 일이 뭐 있겠는가? 둘이 수영을 하는 건 혼자 수영할 때보다 훨씬 번거로웠다. 어쨌든 미세한 차이일 뿐이었다. 금빛의 반사광이 사라지자 바닷물은 짙푸른 색으로 어두워졌는데, 깊은 바닷속에서 잉크같이 짙은 어둠이 피어오르기라도 하는 듯했다. 다 부질없었다. 책 속의 삶의 맛에 비길 만한 건 어디에도 없었다. 아메데오는 반쯤 물에 잠긴 수염 같은 해초에 뒤덮인 바위 몇 개를 지나서 겁에 질린 그녀에게로 가면서도(그녀를 작은 모래섬에 올라가게 해 주려고 엉덩이와 가슴을 꽉 쥐었지만 물에 잠긴 그녀의 손은 거의 감각이 없었고 불어 오른 손마디는 핏기가 없이 하얬다.) 색깔 있는 책표지가 선명하게 눈에 띄는 해변 쪽을 바라보는 횟수가 점점 더 많아졌다. 갈피표를 끼워 둔 페이지에서 멈춘 그 이야기 이외에 다른 이야기나 다른 기대는 있을 수 없었다. 그 이외는 모두 공허한 휴식일 뿐이다.

그러나 물가로 돌아와 서로 바위에 올라가게 도와주고 물기를 닦고 서로의 등을 닦아 주며 일종의 친밀감 같은 게 생겨서 아메데오는 이제 본래의 자기 자리로 돌아가는 게 무례하게 여겨질 수 있다고 생각했다. "아," 그가 말했다. "여기서 책을 읽어야겠네요. 가서 책과 베개를 가져오겠습니다." 읽다라는 말을 전하려 신경을 썼다. "그러세요, 좋아요, 저도 담배 한 대 피우고 『안나벨라』를 읽어야겠어요." 그녀가 여성 잡지를 가져온 것이다. 그렇게 두 사람이 각자 자기 책을 읽으면 되었다. 그녀의 목소리가 목덜미에 떨어지는 차가운 물방울처럼 그의 귀에 들려왔는데 그녀가 한 말은 이게 전부였다. "딱딱하지 않으세요? 제 매트로 오세요, 자리 만들어 드릴게요." 친절한 제안이었다. 매트에 눕는 게 훨씬 편했기 때문에 아메데오는 기꺼이 수락했다. 두 사람은 각기 다른 방향으로 누웠다. 그녀는 이제 말을 하지 않고 사진이 많은 잡지를 뒤적였고 아메데오는 다시 완전히 독서에 빠져들었다. 해가 꾸물거리며 서쪽으로 기울어 가는 시간이었지만 열기와 햇살이 사라지지 않고 그 기운만 살짝 수그러졌다. 아메데오가 읽는 소설은 등장인물과 상황을 둘러싼 중요한 비밀들이 드러나는 대목에 이르고 있었다. 그러니까 독자는 친숙한 세계에서 움직일 수 있고 작가와 독자 사이에 일종의 동질감과 신뢰가 싹트는 지점에 이르렀다. 이제 작가와 독자는 함께 앞으로 나가기 때문에 절대 멈출 수 없었다.

고무 매트 위에서는 팔다리가 저려 오지 않게 몸을 조금씩 움직일 수도 있었다. 그의 다리 하나가 다른 쪽에 있던 그녀의 다리와 겹쳐졌다. 그는 이게 싫지 않아서 그대로 있었다. 그녀도 다리를 움직이지 않은 것으로 봐서 싫지 않은 듯했다. 그런 접촉의 달콤함이 독서에 더해졌다. 아메데오의 경우는 독서가 더욱 완벽해졌다. 하지만 피서객은 그렇지 않았던 게 틀림없었다. 그녀가 자리에서 일어나 앉으며 말했다. "그런데……"

아메데오가 마지못해 책에서 고개를 들었다. 여자가 그를 쳐다보고 있었는데 불쾌한 눈빛이었다.

"뭐 잘못되었나요?" 그가 물었다.

"이렇게 책만 읽고 있으니 지겹지 않으세요?" 여자가 말했다. "같이 시간을 보낼 만한 분이 아니신 것 같아요! 여자들과 함께 있으면 대화를 해야 한다는 거 모르세요?" 그녀가 애매한 미소를 지으며 덧붙였는데 그저 약간 빈정대 주고 싶은 생각이었을지도 모르지만 그 순간 소설에서 눈을 떼지 않을 수만 있다면 무슨 짓이라도 할 것만 같은 아메데오에게 그 미소는 위협적으로 보였다. '내가 여기서 뭘 어떻게 했어야 하나!' 아메데오가 생각했다. 옆에 있는 이 여자 때문에 이제 단 한 줄도 더 읽을 수 없을 게 분명했다.

'그녀가 잘못 생각했다는 걸 알려 주어야 하나.' 그가 생각했다. '난 해변의 기사 노릇하는 데 어울리지 않는 사람이고, 나 같은 사람은 절대 믿지 않는 게 좋다고.' "대화라고요?" 그가 큰 소리로 말했다. "어떤 대화 말입니까?" 그러더니 그녀 쪽으로 한 손을 뻗었다. '자, 내가 그녀의 손을 잡았으니 상식을 벗어난 이런 행동에서 모욕감을 느끼고 떠나겠지.' 그러나 타고난 성정이 신중해서인지, 실제로 그가 추구하는 것과는 다른 훨씬 부드러운 갈망 때문인지, 사실 그녀의 손을 난폭하고 도발적으로 움켜쥐는 게 아니라 조심스레, 우울하게, 거의 애원하듯 애무했다. 손가락으로 그녀의 목을 살짝 어루만졌고 목걸이를 들어 올렸다가 떨어뜨렸다. 그녀는 처음에는 느리게, 단념하는 듯하면서도 빈정대는 듯한 태도를 보였지만(그가 손을 움직이지 못하게 턱을 밑으로 숙였다.) 곧 계산을 한 듯 갑자기 공격적으로 재빠르게 반응했다. 그의 손등을 물어 버린 것이다. "아야!" 아메데오가 외쳤다. 둘이 떨어졌다.

"당신 대화는 이런 식인가요?" 부인이 말했다.

'됐다, 이런 대화 방식을 이 여자가 좋아하지 않아. 그러니 대화할 수 없고 난 책을 읽으면 돼.' 그리고 다시 새로운 단락에 달려들었다. 하지만 그는 자신을 속이려 애쓰는 중이었다. 이제 두 사람이 너무 멀리 와서 그와 갈색 피부의 여자 사이에 풀릴 수 없는 긴장감이 만들어졌다는 걸 알았다. 그 긴장감을 없애 버리고 싶지 않은 사람이 바로 자신이고 그러므로 완전히 정신을 집중해야 하고 내면적인 단 하나의 긴장감을 느끼는 독서로 되돌아갈 수 없다는 것도 알았다. 대신 외적인 긴장감이 말하자면 다른 긴장감과 나란히 진행되게, 여자도 책도 포기하지 않을 수 있게 애를 써 볼 수는 있으리라.

그녀가 바위에 등을 기대고 앉았기 때문에 그는 그녀 옆에 앉아서 무릎에 책을 펴 놓은 채 그녀의 어깨에 팔을 둘렀다. 그녀 쪽으로 얼굴을 돌리고 키스를 했다. 다시 떨어졌다가 다시 키스를 했다. 그런 다음 그는 책에 얼굴을 묻고 다시 독서를 시작했다.

할 수 있을 때까지 독서를 계속하고 싶었다. 소설을 다 읽지 못할까 봐 두려웠다. 해변에서 관계를 시작한다는 것은 고독이 주는 평온한 시간을 더 이상 누릴 수 없고 완전히 다른 리듬이 그의 휴가를 지배한다는 걸 의미할 수 있었다. 그리고 잘 알다시피 어떤 책의 독서에 푹 빠져 있을 때 그걸 중단했다가 얼마의 시간이 흐른 뒤 다시 읽는다면 독서가 주는 제일 멋진 맛을 잃게 된다. 세세한 사항들을 다 잊어버려서 처음처럼 그렇게 빠져들기가 힘들다.

해가 서서히 근처의 곶 뒤로 사라지더니 그다음 곶 뒤로, 다시 또 다른 곶 뒤로 사라지며 역광 속에 쓸쓸한 빛깔만이 남았다. 우묵하게 들어간 곳에서 해수욕객들이 하나둘씩 나와 모두 돌아갔다. 아메데오는 피서객의 어깨에 팔을 두르고 책을 읽다가 그녀의 목과 귀에 (그녀가 좋아한다고 생각했다.) 키스를 했다. 가끔 그녀가 몸을 돌리면 입에도 키스했다. 그리고 다시 책을 읽었다. 어쩌면 이번에는 이상적인 균형을 찾았는지도 모른다. 이런 식으로 100페이지는 계속 읽을 수 있을 것만 같았다. 하지만 이번에도 상황을 바꾼 건 그녀였다. 그녀의 몸이 굳어지더니 그를 거의 밀치다시피 하며 말했다. "너무 늦었어요. 가요. 옷 입을래요."

이런 갑작스러운 결정으로 예상이 완전히 빗나가 버렸다. 아메데오는 잠시 어찌해야 할지 몰라 당황했지만 이익과 불이익을 저울로 재지는 않았다. 책이 절정에 도달한 순간 그녀가 말했다. 방금 들은 "옷 입을래요."라는 말은 그의 머리에서 다른 문장으로 번역되었다. '그녀가 옷을 입는 동안 중단 없이 몇 페이지를 읽을 수 있겠어.'

하지만 그녀가 말했다. "수건을 좀 들고 있어 줘, 부탁이야." 그녀가 말했는데 반말을 하는 건 이번이 처음인 것 같았다. 사실 주변 바위에는 이제 아무도 없었으므로 그렇게 조심할 필요가 전혀 없었지만 아메데오는 앉은 채로 수건을 들고 무릎에 책을 올려놓고 계속 읽을 수 있었기에 친절히 그 부탁을 들어 주었다.

수건 너머에서 부인은 그가 쳐다보든 말든 신경을 쓰지 않고 비키니 수영복 상의를 벗었다. 아메데오는 독서하는 척하며 그녀를 쳐다봐야 하는지, 그녀를 보는 척하며 독서해야 하는지 헷갈렸다. 둘 다 관심이 갔지만 그녀를 쳐다보고 있는 건 너무 경솔해 보였고 책을 계속 읽는 건 너무 무관심해 보였다. 그녀는 여자 해수욕객들이 야외에서 옷을 다시 입을 때 보통 그렇듯이, 먼저 겉옷을 입고 그다음 밑으로 수영복을 벗는 방법을 따르지 않았다. 지금 그녀는 상체를 알몸으로 그대로 드러낸 채 **슬립**도 벗었다. 그녀가 처음으로 그를 향해 고개를 돌린 건 바로 그때였다. 슬퍼 보이는 얼굴로 입가에 쓸쓸하게 일그러져 있었다. 그녀가 고개를 여러 차례 저었고 그를 보았다.

'일어나야 할 일이라면 빨리 일어나라!' 아메데오가 손에 책을 든 채 한 손가락을 책갈피에 끼우고 앞으로 몸을 던지며 생각했다. 하지만 그녀의 눈 속에서 읽은 것이(비난과 연민과 실망이 담긴 그 눈이 꼭 이렇게 말하는 것만 같았다. '멍청이, 이렇게 할 수밖에 없다면 마음대로 해. 그런데 당신도 다른 남자들처럼 하나도 모르는군…….'), 그 눈속에서 읽지 못해 막연히 감지할 수밖에 없던 무엇인가가 그 순간 그녀를 향한 격정을 불어넣었다. 그는 그녀를 품에 안고 그녀와 함께 매트에 쓰러지면서도 책이 바다에 빠지지나 않는지 보려고 고개를 살짝 돌렸다.

하지만 책은 펼쳐진 채로 매트 옆에 떨어졌다. 하지만 몇 페이지가 넘어가 버렸다. 아메데오는 격정적으로 포옹을 하는 순간에도 아무것도 하지 않는 한 손으로 정확한 페이지에 갈피표를 꽂아 놓으려 애썼다. 급히 책을 다시 읽고 싶은 데 읽었던 곳을 찾지 못해 책장을 이리저리 넘기는 일보다 더 짜증나는 건 없으니까.

두 사람은 완벽한 사랑을 나누었다. 어쩌면 좀 더 오래 지속할 수도 있었을지 모른다. 그렇지만 이런 만남에서는 모든 게 번개처럼 빠르지 않을까?

날이 어두워졌다. 경사를 이룬 바위들 아래로 작은 만이 펼쳐져 있었다. 이제 그녀가 아래로 내려가 물속에 들어가 있었다. "당신도 와, 마지막으로 수영하게……." 아메데오는 입술을 깨물며 마지막까지 남은 페이지를 계산했다.

어느 근시의 모험

아밀카레 카루가는 아직 젊고 재산도 넉넉했고 물질적으로나 정신적으로 지나친 야망도 없었다. 그러니까 삶을 즐기는 데 아무 장애가 없었다. 하지만 그는 얼마 전부터 자신의 생활이 알게 모르게 재미 없어져 간다는 걸 깨달았다. 별것도 아닌 일들 때문이었다. 예를 들면 거리에서 여자들을 구경하는 일이 시들해졌다. 예전에는 여자들에게 탐욕스러운 눈길을 던지곤 했다. 지금은 어쩌면 본능적으로 보기도 하지만 그녀들이 곧 바람처럼 그에게 아무런 느낌도 주지 않은 채 지나가 버리는 것 같았다. 그래서 아무 관심도 두지 않고 눈을 돌렸다. 예전에는 처음 방문하는 도시에서 설레임을 느꼈다면(그는 사업상 여행을 자주 다녔다.) 지금은 권태로움과 어수선함, 당혹감만 느낄 뿐이었다. 혼자 살았기 때문에 예전에는 밤이면 항상 영화관에 가곤 했다. 어떤 영화가 상영되든 즐거웠다. 매일 밤 극장에 가는 사람은 계속 이어지는 길고 긴 영화 한 편을 보는 것과 같다. 그는 배우들을 모두 알았고 그들의 역할과 그 역할의 성격뿐만 아니라 단역 배우들까지도 다 꿰고 있었다. 그런 배우들을 다시 다른 영화에서 발견하는 게 매번 즐거웠다. 그런데 이제는 영화관에 가도 그 배우들 얼굴이 모두 표정이 없고 밋밋하고 특징이 없어졌다. 따분했다.

마침내 그 이유를 알게 되었다. 그가 근시였던 것이다. 안과의사가 그에게 안경을 쓰라고 했다. 그 순간부터 그의 삶은 변했는데 이전보다 수백 배 흥미로웠다.

이미 안경을 쓸 때마다 감동이었다. 그러니까 전차 정거장에 있을 때 주위의 사람이고 사물이고 간에 모든 게 지루하고 진부하고 다 마모되어 버려서 그는 형체와 빛깔이 거의 다 사라져 버린 거대한 세상 한가운데에서 당황스러워하고 있다고 생각하면 서글펐다. 도착하는 전차 번호를 읽으려고 안경을 쓰면 모든 게 변했다. 어떤 것이든, 심지어 전봇대조차도 너무나 선명한 전선들과 더불어 세세한 부분들이 또렷하게 그 윤곽을 드러냈다. 그리고 얼굴들이 있었다. 낯선 얼굴들 하나하나가 미세한 자국들이나 면도 뒤의 작은 점 같은 수염 자국, 여드름 같은 것들에 뒤덮여 있었고 이전에는 당연히 받아들였던 미묘한 표정들이 담겨 있었다. 옷도 어떤 소재인지 알 수 있었고 직물의 종류도 알아맞히고 해진 옷자락도 몰래 볼 수 있었다. 본다는 게 즐거움이 되었고 구경거리가 생겼다. 이것저것을 보는 게 아니라 그냥 보았다. 그러다 보니 아밀카레 카루가는 전차 번호를 주의해서 보지 않게 되었고 전차를 몇 대 놓치거나 엉뚱한 전차를 타기도 했다. 다시는 아무것도 보지 못할 사람처럼 그렇게 많은 것을 보았다. 서서히 그러한 상태에 익숙해져야만 했고 바라볼 필요가 없는 것과 꼭 봐야 할 것을 처음부터 배워야 했다.

그리고 거리에서 만나던 여자들, 감지할 수 없게 그 형체만 흐릿하던 여자들을, 이제 옷 속에서 움직이는 몸이 그 옷과 밀착되거나 떨어지며 만들어 내는 윤곽까지도 정확하게 볼 수 있었고 피부의 싱싱함이나 눈빛에 담긴 열기까지도 평가할 수 있었다. 그녀들을 보기만 하는 게 아니라 이미 소유한 것 같은 기분이 들었다. 안경을 끼지 않고 걷고 있는데(불필요하게 피곤해지기 싫어서 항상 안경을 끼지는 않았고 멀리 봐야 할 경우에만 안경을 썼다.) 보도를 걷는 그의 앞에서 밝은 색 옷을 입은 여자의 윤곽이 흐릿하게 보일 때가 있었다. 어느새 아밀카레는 자동적으로 그 당장에 주머니의 안경을 꺼내서 코에 걸쳤다. 그렇게 무분별하게 탐욕스러운 느낌은 벌을 받았는데 젊은 여자인 줄 알았는데 알고 보니 할머니일 수도 있었다. 아밀카레 카루가는 점점 신중해졌다. 이따금 앞에 걸어가는 여자가 옷 색깔이나 걸음걸이로 보았을 때 지나치게 수수하고 평범해 보여서 전혀 신경을 쓰지 않을 때가 있었다. 하지만 그런 여자들이 스쳐 지나갈 때 그는 뭔지 모를 강력한 매력이 그 여자에게 있다는 걸 알아차리게 되었다. 그리고 그 순간 그녀와 눈이 마주쳤는데 어쩌면 그녀가 처음 나타난 순간 그런 시선을 그에게 보냈지만 그가 알아차리지 못했을 수도 있었다. 알아차렸을 때는 이미 너무 늦은 뒤여서 그녀는 네거리로 사라져 버렸거나 버스를 탔거나 신호등 너머 멀리 있었다. 그는 이제 더 이상 그녀를 알아볼 수 없었다. 이렇게 안경이 필요한 상황을 통해 살아가는 법을 차츰차츰 익혀 갔다.

　　하지만 안경이 그에게 열어 준 가장 신선한 세계는 밤의 세계였다. 형체가 없는 어둠과 강렬한 색채에 감싸였던 밤의 도시가 이제 정확하게 분리되고 돌출되고 원근감을 가진 세계로 나타났다. 불빛은 그 윤곽이 또렷해졌고 네온사인의 글씨들이 이전에는 구별이 되지 않는 빛 무리 속에 잠겨 있었다면 지금은 글자 하나하나가 또렷하게 보였다. 그러나 밤의 아름다움은 대낮에 안경 렌즈로 인해 포착하지 못했던 흐릿한 여백이 밤에 계속 남아 있다는 데 있었다. 아밀카레 카루가는 안경을 끼고 싶다는 생각을 문득 하다가 이미 안경을 쓰고 있다는 걸 알아차렸다. 충만한 느낌이 불만족에서 오는 충동을 절대 없애 주지는 않았다. 어둠은 바닥이 없는 땅이어서 그는 아무리 땅을 파도 지칠 줄 몰랐다. 거리에서 마침내 노란 불빛이 켜진 네모난 창문들이 여기저기 난 집들 위로 눈을 들어 별이 총총한 하늘을 보았다. 그리고 별들이 깨진 달걀처럼 으스러져 하늘에 흩어져 있는 게 아니라 날카로운 빛으로 꽂혀 그 주위에 무한한 공간을 열어 놓았다는 사실을 발견했다.

외부 세계의 현실에 관한 이런 새로운 관심은 안경을 사용하게 된 데서 기인한 자신에 대한 우려와 구분이 되지 않았다. 아밀카레 카루가는 스스로를 대수롭지 않게 생각했는데, 매우 겸손한 사람들이 종종 그렇듯이 자신의 존재 방식에 극도의 애착을 지니고 있었다. 지금 안경을 쓰지 않는 사람으로 분류되다가 안경을 쓰는 사람으로 옮겨 간 게 아무것도 아닌 것처럼 보이지만 그건 굉장한 비약이었다. 우리를 모르는 누군가가 우리를 묘사하려고 할 때 제일 먼저 "안경 낀 그 사람"이라고 말한다고 생각해 보자. 그러니까 보름 전까지 우리와 아무 상관도 없던 그 특별한 장식품이 우리의 본질과 동일시되는 것이다. 어리석은 이야기일 수도 있는데 아밀카레는 별안간 "안경 낀 그 사람"이 된 게 화가 났다. 진짜 문제는 이게 아니었다. 다만 그와 관련된 게 모두 우연적이고 변하기 쉬울 수 있다는 의심이, 그러니까 자신이 전혀 다른 사람일 수 있고 전혀 대수롭지 않을지도 모른다는 의심이 고개를 들기 시작했다. 그리고 바로 이 때문에 그가 존재하든 존재하지 않든 똑같을 수 있다고 생각하기에 이르렀는데 여기서 절망으로 향하는 길은 너무나 짧았다. 그래서 아밀카레는 안경테를 선택해야 할 때 본능적으로 가장 얇고 장식이 전혀 없는, 은색의 얇은 테가 위에만 있고 안경알을 연결하는 코걸이도 가느다란 안경테를 골랐다. 그 안경테를 잠시 사용했다. 그러다가 자신이 행복하지 않다는 걸 알아차렸다. 그리고 자기도 모르게 안경을 끼고 거울을 보는 일이 잦아졌는데 그때마다 자기 얼굴이 심하게 혐오스러웠다. 마치 자신과 전혀 관계없는 범주에 속한 사람의 얼굴처럼. 너무 눈에 띄지 않고 가벼워서 거의 여자 안경 같은 그 안경테 때문에 그는 더욱 "안경 낀 그 사람", 평생 안경을 낄 수밖에 없어서 지금은 안경을 끼고 있다는 사실조차 알아차리지 못하는 그런 사람처럼 보였다. 그 안경은 그의 인상에서 한몫을 했고 그의 윤곽과 융해가 되어 버려서 그의 얼굴(평범하지만 어쨌든 얼굴은 얼굴인)과 외부 물체, 공산품 사이에 있어야 할 자연스러운 대비 효과가 희미해져 버렸다.

그는 그 안경이 마음에 들지 않았다. 그래서 얼마 지나지 않아 안경을 바닥에 떨어뜨려 망가뜨려 버린 후 다른 안경을 샀다. 이번에는 정반대로 선택했다. 넓이가 5센티는 됨직한 검은 뿔테 안경으로, 모서리는 말의 눈가리개처럼 광대뼈 부근에서 툭 튀어나왔고 다리는 너무 무거워 귓바퀴가 구부러질 정도였다. 일종의 가면과도 같아서 그의 얼굴 반이 가려졌지만 그 안경을 쓰면 그는 본래의 자신이 된 기분이었다. 그는 그이고 안경은 그와는 다른 물체이므로 안경이 완벽하게 분리된 게 분명했다. 필요할 경우에만 안경을 썼고 안경을 쓰지 않으면 그는 완전히 다른 사람이라는 게 확실했다. 그는 다시, 자신의 성격이 허락하는 한에서, 행복해졌다.

그 무렵 업무 때문에 V. 시에 가야 할 일이 생겼다. V. 시는 아밀카레 카루가의 고향으로 그는 거기서 젊은 시절을 다 보냈다. 그렇지만 벌써 십 년 전에 고향을 떠난 뒤로는 V. 시에 머물거나 들르는 일이 점점 뜸해졌고 그러다 보니 어느새 여러 해 동안 고향 땅을 밟지 못했다. 오랫동안 살던 곳을 떠나게 되면 어찌되는지는 우리가 아는 대로이다. 오랜만에 그곳에 돌아가면 당황하게 된다. 그 거리, 그 친구들, 카페에서의 대화가 전부가 되거나 전혀 아무런 의미가 없을 수도 있다. 며칠이고 그들을 따라 다녀보아도 그 속으로 다시 들어갈 수 없어서 너무 오랜만에 방문했다는 생각이 후회처럼 떠오르게 되며 그런 생각을 쫓아 버린다. 그래서 서서히 아밀카레는 V. 시를 방문할 기회를 찾지 않게 되었고 혹시 기회가 와도 그 기회를 잡지 않았다. 마침내는 그런 기회를 피하기에 이르렀다. 하지만 최근에 고향 도시에 대한 이런 부정적인 태도에, 방금 설명했던 그런 마음 이외에, 최근 그를 사로잡았고 근시가 진행되면서 계속 그와 일체가 되어 버린 불만의 감정이 끼어들었다. 사실 안경 때문에 정신적으로 새로운 상황에 직면한 지금 그는 V. 시로 갈 기회가 생기자마자 금방 그 기회를 잡아 고향으로 갔다.

V. 시는 마지막으로 들렀을 때와는 전혀 달라 보였다. 하지만 변화 때문만은 아니었다. 그렇다, 사실 시내는 몰라보게 변해 있었다. 사방에 새로운 건물들이 들어섰고 예전과 전혀 다른 상점과 카페, 영화관이 문을 열었으며, 젊은이들은 낯설었고 교통량도 두 배가 늘었다. 하지만 이런 새로운 것은 낡은 것을 더욱 강조해서 더 눈에 띄게

만들었다. 간단히 말해 아밀카레 카루가는 처음으로 젊은 청년의 눈으로 도시를 볼 수 있었다. 바로 어제 도시를 떠난 사람처럼. 안경을 쓰니 어떤 창문이나 난간같이 아주 사소한 작은 것들이 끝도 없이 눈에 들어왔다. 다시 말하자면 예전에는 뭔가를 보고 그뿐이었다면 지금은 뭔가를 보고 있고 그 밖의 많은 것들 중 그것들을 골라서 본다는 의식을 가지고 있었다.

사람들의 얼굴은 말할 것도 없었다. 신문 파는 사람, 변호사, 몇몇 노인들, 이런저런 다른 사람들의 얼굴이 보였다. 아밀카레 카루가의 진짜 친척은 이제 한 명도 없었다. 친하게 어울리던 친구들도 벌써 오래전에 뿔뿔이 흩어졌다. 그렇지만 아는 사람은 헤아릴 수 없이 많았다. 적어도 모두가 안면이 있는, 이렇게 작은 도시(그가 여기 살 때까지만 해도 그랬다.)가 아니라면 있을 수 없는 일이었다. 지금은 인구가 훨씬 늘어났고 부유한 북부의 주요 도시들이 다 그렇듯이 V. 시에도 남부에서 이주해 온 사람들이 있어서 아밀카레가 길에서 만나는 사람들 대부분이 처음 보는 얼굴이었다. 하지만 바로 이 때문에 그는 첫눈에 옛날부터 이 도시에 살던 사람들을 구별하는 기쁨을 맛볼 수 있었다. 여러 가지 일화와 관계와 별명이 떠올랐다.

V. 시는 저녁이면 중앙로를 산책하는 습관을 지키는 사람들이 사는 지방 도시 중의 하나였다. 아밀카레가 살던 시절부터 지금까지 그 습관은 전혀 변하지 않았다. 이런 경우 늘 그렇듯이 양쪽 보도 중 한쪽은 끊임없이 오가는 사람들로 북적이는 반면 반대쪽은 사람이 좀 적었다. 예전에 아밀카레와 그 친구들은 일종의 반순응주의 때문에 항상 사람이 적은 보도로 산책을 하곤 했다. 그리고 거기서 반대쪽에 지나가는 아가씨들에게 추파를 던지거나 인사를 하고 농담을

건네곤 했다. 지금 아밀카레는 그때로 돌아간 기분이었다. 아니 어찌 보면 그때보다 훨씬 흥분했다. 그래서 예전에 걷던 보도를 걸으며 주위에 지나가는 사람들을 한 사람도 빼놓지 않고 바라보았다. 잘 아는 사람들을 만난다는 게 이번에는 불편하지 않고 즐거웠다. 그래서 서둘러 인사를 했다. 누군가와는 걸음을 멈추고 몇 마디 나눠도 기분이 좋을 것 같았지만 중앙로는 보도가 아주 좁게 만들어진 도로여서 수많은 사람이 앞 사람을 밀며 걸었다. 게다가 지금은 교통량도 훨씬 증가해서 예전처럼 길 한가운데로 걷거나 아무데나 원하는 데서 길을 건널 수도 없었다. 간단히 말해 움직임의 자유 없이, 몹시 급하게 혹은 너무 느리게 산책할 수밖에 없어서 아밀카레는 사람들의 물결을 따라가거나 힘겹게 거슬러 올라가야만 했다. 낯익은 얼굴이 얼핏 보여도 겨우 인사를 하고 나면 어느새 사라져 버리고 없었다. 그 사람이 자기를 봤는지 어떤지도 알 수가 없었다.

그때 아밀카레는 우연히 아주 오랜만에 동창이자 당구 친구인 코라도 스트라차를 만났다. 아밀카레는 그에게 미소를 지으며 크게 손을 저어 신호를 보냈다. 코라도 스트라차가 그를 보며 걸어왔지만 그 시선은 그에게 머무르지 않고 그를 스쳐 지나가듯 했다. 코라도는 계속 앞으로 걸어 나갔다. 어떻게 아밀카레를 알아보지 못한단 말인가? 시간이 많이 흐르기는 했지만 아밀카레 카루가는 자신이 그리 많이 변하지 않았다는 걸 잘 알고 있었다. 그때까지 살이 찌거나 대머리가 되지 않게 조심해 왔기에 외모 상으로는 그리 큰 변화가 없었다. 이번에는 카반나 선생이 오고 있었다. 아밀카레는 살짝 목례를 하며 공손하게 인사했다. 선생이 처음에는 기계적으로 답례를 했는데 곧 걸음을 멈추고 마치 다른 누군가를 찾듯 주위를 둘러보았다. 수

많은 학생의 이름과 얼굴과 별명과 학기별 성적까지 모두 기억하기로 유명했던 그 카반나 선생님이! 드디어 축구팀 코치였던 치치오 코르바가 아밀카레의 인사에 답해 주었다. 그렇지만 곧 눈을 껌뻑이더니 누군지 모를 낯선 사람에게 실수로 인사한 것을 깨달은 사람처럼 휘파람을 불기 시작했다.

아밀카레는 아무도 자기를 알아보지 못한다는 걸 알아차렸다. 세상을 보게 해 준 안경, 굵은 뿔테 안경이 그를 보이지 않게 만든 것이다. 일종의 가면 같은 그 안경 뒤에 오래전 V. 시를 떠난 아밀카레 카루가가 있다고 아무도 상상조차 할 수 없는 걸까, 언제 어느 때라도 그를 만나길 기대하는 사람도 한 명 없단 말인가? 머릿속으로 이런 결론에 이른 순간 이사 마리아 비에티가 나타났다. 이사 마리아는 여자 친구와 함께 산책을 하며 쇼윈도를 구경하는 중이었다. 아밀카레가 앞을 가로막고 그녀의 이름을 부르려 했다. '이사 마리아!' 그러나 목소리가 나오지 않았다. 이사 마리아가 팔꿈치로 그를 밀며 친구에게 말했다. "요즘은 저런 게 유행이래……." 그리고 앞으로 걸어가 버렸다.

이사 마리아 비에타마저 그를 알아보지 못했다. 그는 순간 자신이 V. 시에 돌아온 게 오로지 이사 마리아 비에티 때문이라는 걸, V. 시에서 떠나고 싶었던 것도, 그렇게 여러 해 동안 멀리 떨어져 있던 오로지 이사 마리아 비에티 때문이었다는 걸 알게 되었다. 그의 인생에서, 이 세상에서 모든 게 오로지 이사 마리아 비에티를 위해 존재했다는 것을. 지금 드디어 그녀를 다시 보았고 둘의 시선이 마주쳤는데도 이사 마리아 비에티는 그를 알아보지 못했다. 그는 너무나 흥분해서 그녀가 변했는지, 살이 쪘는지, 늙었는지, 예전의 매력이 그대로 인지 아니면 좀 사라졌는지도 몰랐다. 그 여자가 이사 마리아 비에티이고 그 이사 마리아 비에티가 자신을 보지 않았다는 것밖에는 보지 못했다.

그는 사람들이 저녁 산책을 하는 거리의 끝에 도착했다. 이곳에 이르면 사람들은 모퉁이의 아이스크림 가게나 거기서 한 블록 더 가서 신문 가판대에서 방향을 바꿔 반대쪽 보도로 다시 거슬러 올라갔다. 아밀카레 카루가도 돌아섰다. 그는 안경을 벗었다. 세상이 다시 무미건조한 구름으로 변해서 그가 눈을 크게 뜨고 아무리 그 구름 속에서 허우적거려도 무엇 하나 눈에 또렷이 드러나지 않았다. 아무도 알아보지 못한 것은 아니었다. 불빛이 좀 더 환한 곳에서는 간혹 알 만한 얼굴들이 보이기도 했지만 그가 생각하는 사람이 아닐지도 모른다는 의심 한 자락이 항상 남아 있었다. 그리고 간단히 말하자면 그 사람이든 아니든 그에게는 그다지 중요하지 않았다. 누군가 손짓을 하고 인사를 했는데 사실 그에게 인사하는 것일 수도 있지만 아밀카레는 그가 누구인지 잘 몰랐다. 어떤 두 사람도 지나가며 인사를 했다. 그가 대답을 하려 했으나 그들이 누군지 생각이 나지 않았다. 반대쪽 보도에서 어떤 사람이 그에게 소리쳤다. "잘 있었나, 카루!" 목소리로 봐서 틀림없이 스텔비였다. 아밀카레는 사람들이 자신을 알아보고, 기억한다는 걸 알아차리자 기뻤다. 그가 그들을 볼 수도 없기 때문에, 아니 그들이 누군지도 알지 못했으므로 상대적인 기쁨이었다. 그 사람들은 그의 기억 속에 서로 혼동이 되었고 사실 그에게 별로 중요하지 않은 사람들이었다. "안녕하세요!" 이따금 누군가 손짓을 하거나 목례를 하는 걸 알아차리면 이렇게 말했다. 지금 인사하는 사람은 벨린투시나 카레티나 스트라차가 틀림없었다. 스트라차라면 잠시 걸음을 멈추고 몇 마디 나누고 싶기도 했다. 그러나 그는 이미 그 인사에 서둘러 답례를 한 뒤였다. 그래서 다시 생각해 보니 그들의 관계는 그저 그 정도, 의례적이고 급한 인사를 나누는 정도가 자연스러웠다.

그렇지만 그가 두리번거리며 주위를 보는 데에는 다른 목적이 있는 게 분명했다. 이사 마리아 비에티의 자취를 찾으려는 것이었다. 그녀는 빨간 외투를 입고 있어서 멀리서도 알아볼 수 있었다. 아밀카레는 빨간 외투를 잠시 따라갔지만 그 곁을 지나며 보니 그녀가 아니었다. 그 사이 빨간 외투를 입은 두 여자가 반대편으로 지나갔다. 그해는 유난히 그리 두껍지 않은 빨간 외투가 유행이었다. 이를테면 그는 담배 가게에서 나온 지지나가 그와 똑같은 외투를 입은 걸 맨 처음 보았다. 지금 빨간 외투를 입은 여자가 먼저 인사를 했는데 아밀카레는 담배 가게의 지지나일 거라 생각하고 차갑게 대답했었다. 그러다 문득 그 여자가 담배 가게의 지지나가 아니라 이자 마리아 비에티였을지도 모른다는 의심이 들었다! 그렇지만 어떻게 지지나를 이사 마리아로 잘못 볼 수 있단 말인가? 아밀카레는 확인해 보려고 오던 길을 되돌아갔다. 다행히 지지나를 만났다. 그 여자는 지지나였다. 의심의 여지가 없었다. 하지만 지금 이쪽으로 오고 있다면 벌써 산책길을 한 바퀴 다 돌았다는 얘기인데 그럴 리가 없다. 아니 혹시 짧게 산책을 하고 만 걸까? 그는 이제 아무것도 알 수가 없었다. 이사 마리아 비에티가 인사를 했었는데 그가 차갑게 대답했다면 이 여행, 이 모든 기다림, 지나간 여러 해의 시간들이 물거품이 되어 버릴 것이다. 아밀카레는 안경을 잠시 끼어 보기도 했다가 잠시 벗었다가 모두에게 인사를 했다가 뿌옇게 보이는 이름 없는 유령들로부터 인사를 받기도 하며 보도를 왔다 갔다 했다.

다시 산책길의 끝에 도착하자 도로가 넓어졌고 그는 곧 시내를 벗어났다. 길게 늘어선 나무들과 개울이 하나 있었으며 그 너머는 생 울타리와 들판이 펼쳐졌다. 그가 이곳에 살 때, 밤이면 애인이 있는 사람은 그 아가씨와 팔짱을 끼고 이곳을 찾았고 외로운 사람은 벤치에 앉아 귀뚜라미 노래 소리를 들으며 고독을 즐기려 이곳에 왔다. 아밀카레는 그 근처를 계속 걸었다. 지금은 도시가 조금 더 외곽까지 뻗어 나오기는 했지만 그리 크지는 않았다. 예전처럼 벤치와 개울과 귀뚜라미가 있었다. 아밀카레 카루가는 벤치에 앉았다. 밤의 어둠 때문에 주위의 풍경은 넓은 띠 같은 그림자로만 남았다. 안경을 쓰든 벗든 거기서는 매한가지였다. 아밀카레 카루가는 어쩌면 새로운 안경으로 인한 흥분이 그의 생의 마지막 흥분이었을 수도 있다는 걸 알았다. 이제 다 끝나 버렸다는 것도.

어느 아내의 모험

스테파니아 R. 부인은 아침 6시에 집으로 돌아오는 중이었다. 처음 있는 일이었다.

자동차는 집에서 조금 못 미처 길모퉁이에 섰다. 포르네로에게 거기 세워 달라고 부탁한 건 그녀였다. 남편이 여행 중인데 그녀가 아침 일찍 젊은 남자의 차에서 내리는 걸 관리인 여자에게 보이기 싫어서였다. 포르네로는 시동을 끄자마자 그녀의 어깨를 감싸 안으려고 했다. 스테파니아 R.는 집 근처에서는 상황이 완전히 달라지기라도 한 듯이 몸을 뒤로 뺐다. 갑자기 서둘러 자동차에서 빠져나와 포르네로에게 시동을 걸고 가라고 손짓을 했다. 그녀는 얼굴을 옷깃에 파묻고 종종걸음으로 집으로 향했다. 그녀는 부정한 짓을 저지른 걸까?

아파트 문은 아직 잠겨 있었다. 스테파니아 R.가 예상치 못한 일이었다. 그녀는 열쇠가 없었다. 열쇠가 없어서 밖에서 밤을 보냈던 것이다. 모든 이야기는 거기서 시작되었다. 어떤 시간까지는 문을 열게 할 방법이 얼마든지 있었을 것이다. 아니 정확히 말하자면 자신에게 열쇠가 없다는 걸 미리 생각했어야 한다. 저녁 식사 때는 집에 돌아오리라 생각하고 열쇠를 챙기지 않고 외출을 했는데 오랜만에 만난 친구들과 그 친구들의 남자 친구들에게 끌려가고 말았다. 모두 모여서 저녁 식사를 하고 이 집 저 집에서 술을 마시고 춤을 추었다. 새벽 2시가 되어서야 열쇠를 가지고 나오지 않았다는 생각을 했지만 이미 너무 늦었다. 모든 게 그 청년, 포르네오에게 사랑의 감정을 살짝 느끼게 되어서 일어난 일이었다. 사랑의 감정을 느낀다고? 살짝 사랑했다. 지나치지도 모자라지도 않게, 적절한 용어로 정의해서 사물을 볼 필요가 있었다. 그녀는 포르네로와 밤을 보냈다. 이건 사실이었다. 하지만 이런 경우에 사용하기에는 너무 지나친 표현이었다. 그녀는 문이 열릴 시간이 되길 기다리며 그 청년과 함께 있었다. 그게 전부였다. 6시면 문이 열릴 거라고 생각했다. 그래서 6시가 되자 서둘러 집으로 돌아왔다. 집안일을 도와주는 여자가 7시에 오기 때문에 그 시간이면 그녀가 지난 밤 외박했다는 사실을 그 여자가 모를 수 있기 때문이기도 했다.

지금 그녀는 닫힌 문 앞에 있었다. 사람이 없는 한적한 거리에, 하루 중 그 어느 때보다 투명해서, 모든 걸 렌즈를 통해 보는 듯한 이른 아침의 햇살 속에 그녀 혼자였다. 그녀는 몹시 당황스러웠고 지난밤부터 자신의 침대에서 잠들어 있고 싶다는, 매일 아침 그렇듯이 깊은 잠에 빠져 있고 싶다는 강렬한 욕망을 느꼈다. 그리고 남편의 옆에 있고 싶었고 그의 보호도 받고 싶었다. 하지만 그런 감정은 잠시였다. 어쩌면 전혀 느끼지 않았는지도 모른다. 그런 당혹감을 맛보기를 기대했지만 실제로는 아무 감정도 일지 않았을 수 있었다. 관리인 여자가 아직 문을 열지 않은 게 몹시 짜증이 났고 이른 아침 공기 속에, 그 시간에 그녀 혼자 그곳에 있다는 게 당혹스럽기는 했지만 그리 불쾌하지만은 않은 뭔가가 느껴지기도 했다. 포르네로를 보내 버린 게 애석하지도 않았다. 그와 함께 있었으면 좀 더 긴장되었을 수 있었다. 하지만 혼자 있으니 전혀 다른 불안감이, 미혼 시절 느끼던 것과 비슷한 불안감이 느껴졌는데, 그때와는 전혀 다른 양상이었다.

그녀는 지난밤의 외박에 전혀 양심의 가책을 느끼지 않는다고 솔직히 말할 수 있었다. 그녀의 마음은 차분했다. 이미 도발적인 행동을 해서, 아내로서의 의무를 한쪽으로 밀어 두었기 때문일까? 아니면 반대로 그런 일이 있기는 했어도 저항을 했고 정숙함을 지켰기 때문에 그렇게 차분한 걸까? 스테파니아는 자문해 보았다. 그런데 실제 어떤 일이 일어났는지 불분명하고 불확실하다는 사실이 이런 이른 아침의 신선함과 결부되어 그녀에게 가벼운 떨림을 선물했다. 간단히 말하자면 그녀는 벌써 불륜을 저지른 걸까, 아닐까? 긴 코트 주머니에 두 손을 넣은 채 집 앞을 오갔다. 스테파니아 R.는 결혼한 지 이 년이 되었는데 한 번도 남편을 배신할 생각을 해 본 적이 없었다. 물론 아내로 산 그 이 년 동안 기대 같은 게 있었고 뭔가 부족하다는 걸 의식하고 있었다. 미혼 때의 기대가 거의 이어졌다고도 할 수 있어서 그녀는 마치 자신이 아직도 완전히 소녀 상태를 벗어나지 못한 기분이었다. 아니 이제 새로운 소녀의 세계에서, 남편과 마주하면 되돌아가는 그 미성년의 세계에서 벗어나서 마침내 세상 앞에서 다른 이들과 동등해져야 할 것 같았다. 그녀가 기다린 게 불륜을 저지를 남자였나? 그 남자가 포르네로인가?

그녀는 반대쪽 보도에, 두 블록쯤 떨어진 곳에 있는 카페의 셔터가 올라가는 것을 보았다. 그녀는 당장 따뜻한 커피를 마시고 싶었다. 그녀는 카페로 갔다. 포르네로는 어린 청년이었다. 그에게는 심각한 말들을 할 수 없었다. 그는 밤새 그녀를 자신의 작은 자동차에 태워 데리고 다녔다. 언덕을 오르락내리락했고 동이 틀 때까지 강가를 달렸다. 갑자기 휘발유가 떨어져 두 사람이 자동차를 밀고 주유소로 가서 잠든 직원을 깨워야 했다. 젊은이들의 밤이었다. 두서너 번 포르네로가 아주 위험한 시도를 했고 한 번은 그가 사는 하숙집 앞까지 그녀를 데려가더니 거기서 막무가내로 고집을 부리기도 했다. '이제 핑계는 그만 대고 나하고 올라가요.' 스테파니아는 올라가지 않았다. 그렇게 하는 게 옳지 않았나? 그다음에는? 이제 그녀는 더 이상 생각하고 싶지 않았다. 지난밤 눈을 붙이지 못해 졸음이 몰려왔다. 아니 정확히 말하면 정상적이지 않은 정신 상태여서 아직은 졸리지 않았으나 침대로 가자마자 금방 곯아떨어질 것 같았다. 부엌의 메모판에 도우미에게 깨우지 말라는 메모를 남겨 놓을 생각이었다. 어쩌면 나중에 집에 온 남편이 그녀를 깨울지도 몰랐다. 그녀는 아직도 남편을 사랑하는 걸까? 물론이다, 남편을 사랑했다. 그런데? 그녀는 아무것도 자문하지 않았다. 그녀는 포르네로를 살짝 사랑했다. 살짝. 그런데 빌어먹을 문은 언제 열릴 건가?

카페에는 의자들이 쌓여 있었고 바닥에는 톱밥이 뿌려져 있었다. 카운터에 바리스타 혼자뿐이었다. 스테파니아가 앞으로 걸어갔다. 이렇게 이른 시간에 거기 있다는 게 전혀 불편하지 않았다. 누가 눈치나 채겠는가? 그녀가 그때 일어났을 수도 있고 역으로 가거나 지금 역에 도착한 여자일 수도 있었다. 그리고 여기서는 이러쿵저러쿵 변명할 필요가 없었다. 그런 느낌이 기분 좋았다.

"진하게 투 샷으로, 뜨겁게 해 주세요." 그녀가 자신 있고 친근한 말투로 바리스타에게 말했다. 마치 남자에게 습관적으로 그런 주문을 해 왔던 것처럼. 하지만 그녀는 이 카페에 처음이었다.

"알겠습니다, 부인. 기계가 덥혀질 때까지 조금만 기다려 주십시오. 곧 준비하죠." 바리스타가 말했다. "아침에는 기계를 따뜻하게 하는 것보다 제 몸을 따뜻하게 하는 데 더 시간이 걸린다니까요."

스테파니아가 미소를 짓고는 코트 깃에 얼굴을 묻으며 떨었다. "으으으……."

카페에는 또 다른 남자 손님이 하나 있었는데 조금 떨어진 곳에 서서 유리창 밖을 내다보고 있었다. 스테파니아가 떠는 소리에 그가 돌아섰다. 그제야 스테파니아는 그 남자가 있다는 걸 알아차렸다. 두 남자의 존재로 인해 갑자기 자의식이 살아나기라도 한 듯 카페의 뒤쪽에 있는 유리에 조심스레 자신의 모습을 비춰 보았다. 밤새 쏘다닌 흔적은 보이지 않았다. 그저 약간 창백해 보일 뿐이었다. 그녀는 핸드백에서 화장품 파우치를 꺼내서 파우더를 발랐다.

남자가 카운터로 왔다. 그는 검은색 외투에 하얀 실크 목도리를 했고 안에는 파란 양복을 입고 있었다. "이 시간에 깨어 있는 사람은 두 종류로 분류할 수 있지요. '아직'인 사람과 '벌써'인 사람." 그가 누구에게인지 모르게 말했다.

스테파니아는 그에게 시선을 주지 않은 채 살며시 미소를 지었다. 이미 그를 충분히 보았기 때문이었다. 그의 얼굴은 약간 연민을 불러일으키기도 하면서 다소 평범했는데, 자신과 세상에 너그러운 마음으로 살아온 덕에 늙지는 않았지만 지혜롭기도 하고 어리석기도 한 상태에 이른 남자들에게서 흔히 볼 수 있는 얼굴이었다.

"……그런데 이렇게 우아한 부인이 계시니, 먼저 '안녕하십니까!' 라고 인사하고 나서……." 그가 입에 문 담배를 떼며 스테파니아 쪽으로 고개를 숙였다.

"안녕하세요." 스테파니아가 약간 빈정거리듯 말했으나 가시가 돋쳐 있지는 않았다.

"……물어보고 싶은데요. '아직'인가요? '벌써'인가요? 아직? 미스터리군요."

"뭐라고요?" 스테파니아가 그 말뜻은 알아들었지만 같이 어울리고 싶지는 않은 사람의 분위기로 말했다. 남자가 무례하게 그녀를 자세히 훑어보았다. 그러나 스테파니아가 '아직'까지 깨어 있는 여자라는 사실을 그가 눈치챘다 해도 전혀 대수로울 게 없었다.

"그럼 당신은요?" 그녀가 짓궂게 물었다. 그 신사가 밤에 여기저기 돌아다니는 남자들 특유의 미사여구를 사용하고 있어서, 한눈에 그걸 알아봐 주지 못하면 유쾌해하지 않으리라는 걸 그녀는 알고 있었다.

"난 아직이죠! 언제나 아직이랍니다!" 그러더니 잠시 생각을 했다. "왜 물어보는 겁니까? 모르셨나요?" 그녀에게 미소를 짓긴 했지만 이미 스스로를 비웃고 싶어 할 따름이었다. 그는 잠시 그곳에 서서 침을 꿀꺽 삼켰는데 그 침이 쓰디쓴 독약이라도 되는 듯했다. "대낮의 햇빛이 나를 쫓아 버려서 박쥐처럼 집으로 들어가게 한답니다." 그가 연기를 하듯 건성으로 말했다.

"여기 손님 라테, 부인 에스프레소입니다." 바리스타가 말했다.

남자가 커피 잔을 후 불더니 천천히 커피를 마시기 시작했다. "맛있나요?" 스테파니아가 물었다.

"형편없습니다." 그가 말했다. 잠시 후 다시 말했다. "해독을 시켜 준다고들 하더군요. 그런데 지금 절 해독시켜 줄 게 뭐가 있을까요? 독사가 절 물어도 오히려 독사가 죽을 겁니다."

"건강을 잃지 않는 한은 그렇겠죠⋯⋯." 스테파니아가 말했다. 어쩌면 농담이 지나쳤는지도 모른다.

사실 그가 이렇게 말했다. "유일한 해독제을 제가 알고 있습니다. 원하시면 말씀드릴 수 있는데⋯⋯." 어떻게 대꾸해야 할지 알 길이 없었다.

"얼마예요?" 스테파니아가 바리스타에게 말했다.

"⋯⋯내가 항상 찾아왔던 그런 여자인걸⋯⋯." 올빼미 족 남자가 계속 말했다.

스테파니아는 문이 열렸는지 보려고 카페에서 나왔다. 보도로 몇 발짝 걸어갔다. 아니, 여전히 문은 닫혀 있었다. 그 사이 남자도 카페에서 나왔는데 그녀를 뒤따르고 싶은 눈치였다. 스테파니아는 오던 길로 돌아가서 카페로 다시 들어갔다. 그런 상황을 예상하지 못했던 남자는 어찌해야 할지 잠시 머뭇거리다가 스테파니아를 따라 돌아섰다. 그러다가 돌연 단념해야겠다는 생각이 들었는지 자기가 가던 길로 계속 갔다. 그는 기침을 하며 사라졌다.

"담배 있어요?" 스테파니아가 바리스타에게 물었다. 담배가 한 개비도 없었는데 집에 들어가자마자 담배를 피우고 싶었다. 담뱃가게는 아직 문을 열지 않았다.

바리스타가 담배를 한 갑 꺼냈다. 스테파니아는 담배를 받고 값을 지불했다.

다시 카페 입구로 갔다. 개 한 마리가 갑자기 그녀에게 달려들려

하다가 개목걸이 때문에 더 이상 다가오지 못한 채, 엽총과 탄띠를 메고 사냥자루를 든 사냥꾼에게 끌려갔다.

"이리와, 프리세테, 앉아!" 사냥꾼이 소리를 질렀다. 그리고 카페에 대고 크게 말했다. "커피 한 잔 주세요!"

"훌륭해요!" 스테파니아가 개를 쓰다듬었다. "세터인가요?"

"브리타니 스패니얼입니다." 사냥꾼이 말했다. "암놈이죠." 사냥꾼은 젊고 약간 무뚝뚝해보였는데 그건 무엇보다 숫기가 없어서인 듯했다.

"몇 살이에요?"

"십 개월 정도 됐을 겁니다. 앉아, 프리세테, 착하지."

"그럼 그 자고새들은?"

"아, 이 녀석 운동을 좀 시키려고 갔었지요……" 사냥꾼이 말했다. "멀리요?" 스테파니아가 물었다.

사냥꾼이 그리 멀리 않은 지명을 말했다.

"차로 가면 금방이죠. 그래서 10시에는 돌아올 수 있어요. 직장이……"

"그곳, 멋지죠." 스테파니아가 말했다. 아무 말을 하지 않더라도 이 대화를 중단하고 싶지 않았다.

"한적하고 깨끗한 계곡이 있어요. 자그마한 관목들과 히스에 덮인. 아침에는 안개가 끼지 않아서 사방이 잘 보이지요. 이 녀석이 뛰어오르면……"

"10시까지 일하러 가도 된다면 나 같으면 9시 45분까지 잘 거예요." 바리스타가 말했다.

"아, 저도 잠자는 건 좋아합니다." 사냥꾼이 말했다. "하지만 모두 잠들어 있을 때 그곳에 가는 게, 왠지 모르게 매력적이에요. 정말 좋아요……."

이렇게 변명하는 젊은이의 태도 뒤에 뚜렷한 자부심이, 그 주위에 잠들어 있는 도시에 대한 증오가, 자신은 다르다고 생각하는 완고함이 숨겨져 있다는 게 느껴졌다.

"이런 말 한다고 기분 나빠하지 마세요, 난 당신들 사냥꾼들이 미친 사람들 같다니까." 바리스타가 말했다. "다른 이유 때문이 아니라, 그러니까, 한밤중에 일어나 있는 것 때문이에요."

"그래도 전 이해할 수 있어요."

"아, 그럴 수도 있겠죠?" 사냥꾼이 말했다. "다른 게 좋아서 푹 빠지는 것과 똑같아요." 이제 그가 스테파니아를 보았다. 그리고 조금 전 사냥에 관해 이야기할 때 보였던 그 신념이 벌써 조금 흔들리는 것 같았다. 스테파니아의 존재로 인해 그는 자신의 사고방식이 잘못된 게 아닐지, 행복은 그가 찾고 있는 것과는 다를 수도 있지 않을까 하는 의심을 품게 되었다.

"정말 이해해요, 오늘 같은 이런 아침에는……." 스테파니아가 말했다.

사냥꾼은 뭔가 말하고 싶지만 무슨 말을 해야 할지 모르는 사람처럼 잠시 가만히 있었다. "날씨가 이렇게 건조하고 상쾌하면 개도 훌륭하게 활동할 수 있죠." 그가 말했다. 커피를 마시고 값을 지불했다. 개가 밖으로 나가려고 줄을 당겼지만 그는 잠시 머뭇거리며 자리를 뜨지 않았다. 그가 어색하게 말했다. "함께 가 보시겠습니까, 부인?"

스테파니아가 미소를 지었다. "다음에 만나면 계획을 세우자는 말씀이시죠, 네?"

사냥꾼이 말했다. "아······." 그가 대화를 계속할 핑계를 찾으려는 듯 다시 주위를 슬며시 둘러보았다. "그럼, 가 보겠습니다. 좋은 하루 보내십시오." 그들은 서로 인사를 했다. 그가 개에게 끌려 밖으로 나갔다.

노동자 한 명이 들어왔다. 그는 그라파[14]를 한 잔 주문했다. "이른 시간에 깬 모든 이들의 건강을 위하여." 그가 잔을 들며 말했다. "특히 아름다운 부인들을 위해." 그는 젊지는 않았으나 유쾌한 분위기의 남자였다.

"당신의 건강을 위해." 스테파니아가 친절하게 말했다.

"이른 아침에는 누구나 세상이 다 자기 것 같지요."

"그럼 저녁에는 그렇지 않나요?" 스테파니아가 물었다.

"저녁에는 너무 졸려서요." 그가 말했다. "아무 생각도 하지 않아요. 그렇지 않으면 큰일이······."

"난 아침이면 온갖 골치 아픈 일들이 줄줄이 생각나는데."

"그래서 일하기 전에 한바탕 달려야 해요. 주인장도 나처럼 얼굴에 찬 공기를 맞으며 전동 자전거를 타고 공장으로 가면······."

"아침 공기가 생각들을 쫓아내죠." 스테파니아가 말했다.

"부인이 내 말을 제대로 이해했군요." 노동자가 말했다. "내 말을 알아들었으니 나하고 그라파 한잔 하셔야 합니다."

"감사하지만 아니에요. 전 술 못 마셔요, 정말이에요."

"아침에는 이게 필요해요. 그라파 두 잔 줘요, 주인장."

---

14 포도 찌꺼기를 발효시킨 알코올을 증류하여 만든 이탈리아 술.

"정말 못 마셔요. 당신이 제 몫까지 마셔 주면 정말 기쁠 거예요."

"술은 전혀 못하시나요?"

"아, 가끔 밤에는 해요."

"그래요? 그게 잘못된 겁니다."

"많은 사람들이 잘못을 저지르니……."

"당신의 건강을 위하여." 그러더니 노동자가 그라파 한 잔을 마시고 다시 또 한 잔을 마셨다. "한 잔, 또 한 잔 해서 두 잔. 보십시오, 제 말은……."

스테파니아는 그런 남자들, 여러 종류의 남자들 틈에 혼자 있으며 그들과 대화를 했다. 그녀는 평온했고 자신감이 넘쳤으며 그녀의 마음을 어지럽히는 건 아무것도 없었다. 그날 아침에 처음 경험하는 일이었다.

문이 열렸는지 보려고 카페에서 나갔다. 노동자도 카페에서 나와 원동기가 장치된 자전거를 타고 장갑을 끼었다. "안 추우세요?" 스테파니아가 물었다. 노동자가 자기 가슴을 툭툭 쳤다. 신문지 소리가 났다. "갑옷을 입었답니다." 그러더니 사투리로 말했다. "잘 가요, 부인." 스테파니아도 사투리로 대답했고 그가 떠났다.

스테파니아는 다시 예전으로 돌아갈 수 없을 어떤 일이 일어났다는 것을 알아차렸다. 올빼미 족, 사냥꾼, 노동자 같은 남자들과 이렇게 함께 있어 보면서 그녀는 딴 사람이 되었다. 이게, 그러니까 남자들과 동등하게 함께 어울려 본 게 그녀가 저지른 부정한 짓이었다. 이제 포르네로는 생각도 나지 않았다.

문이 열려 있었다. 스테파니아 R. 은 급히 집 안으로 들어갔다. 관리인 여자는 눈에 띄지 않았다.

어느 신혼부부의 모험

　노동자인 아르투로 마솔라리는 아침 6시에 끝나는 야간 교대 근무를 했다. 공장에서 집까지 거리가 멀어서 날씨가 좋을 때는 자전거를 타고 돌아왔고 비가 올 때나 겨울 몇 달은 전차를 이용했다. 6시 45분에서 7시 사이에 집에 도착했는데 어떨 때는 아내 엘리데의 자명종이 울리기 조금 전에, 또 때로는 조금 뒤에 도착하곤 했다.

　종종 두 가지 소리, 그러니까 자명종 소리와 집에 들어오는 그의 발소리가 엘리데의 머릿속에서 중첩되어서 그녀의 깊은 잠 속에 닿았는데 그녀는 깊고 깊은 그 잠 속에서 몇 초라도 더 베개에 얼굴을 파묻은 채 깨지 않으려 애를 썼다. 그러다가 벌떡 일어났고 눈에 머리카락이 달라붙은 채로 어느새 잠옷 가운에 아무렇게나 팔을 끼었다. 아르투로가 일터에서 가지고 온 가방에서 빈 도시락을 꺼내고 있는 부엌에 그런 모습으로 나타났다. 아르투로는 도시락과 보온병을 개수대에 올려놓았다. 그는 벌써 가스레인지 불을 켜고 커피를 올려놓았다. 그가 엘리데를 보자마자 그녀는 억지로 눈을 크게 뜨며 한 손으로 머리를 쓸어넘겼다. 마치 퇴근한 남편에게 매번 맨 처음 이런 모습을 보이는 게, 그러니까 항상 그렇게 흐트러져 있고 잠이 덜 깬 얼굴을 보이는 게 약간 부끄러운 듯이. 두 사람이 함께 잠들었을 때라면 이야기가 달라졌다. 둘 다 똑같이 잠에서 막 깨어나서 아침에 서로를 보면 둘이 똑같으니 말이다.

하지만 이따금 아르투로가 자명종이 울리기 바로 전에 커피 잔을 들고 방에 들어가 그녀를 깨울 때도 있었다. 그럴 때는 모든 게 훨씬 자연스러웠다. 잠에서 깨면서 찌푸린 얼굴에는 일종의 나른한 달콤함이 담겨 있었다. 그녀는 일어나면서 맨살의 두 팔을 쭉 뻗어 남편의 목을 감쌌다. 두 사람은 포옹을 했다. 아르투로는 방수가 되는 바람막이 점퍼를 입고 있었다. 그와 포옹을 하면 그녀는 날씨가 어떤지 알 수 있었다. 점퍼의 습기나 냉기에 따라 비가 오는지 안개가 끼었는지 눈이 오는지 알았다. 그래도 늘 물어보았다. "날씨 어때?" 그러면 그는 예의 그 빈정거림이 섞인 말투로 가장 최근 일어난 일부터 시작해서 그가 겪은 불편한 일들에 대해 투덜투덜 늘어놓았다. 자전거를 타고 오던 퇴근길에 생긴 일이라던가, 공장에서 나올 때의 날씨가 어젯밤 공장에 들어갈 때와 판이하게 달랐다든가, 작업 중에 생긴 성가신 일들이나 그의 작업반에 떠도는 소문들 같은 이야기였다.

그 시간쯤이면 집 안은 항상 썰렁했지만 엘리데는 옷을 다 벗고 몸을 살짝 떨며 작은 욕실에서 샤워를 했다. 잠시 후 아르투로가 조용히 따라 들어와서 옷을 벗고 씻었다. 작업장의 먼지와 기름을 천천히 벗겨 냈다. 그렇게 둘이 같은 세면대에 서서, 반라로, 추워서 약간 몸이 굳은 채로 가끔 서로 밀기도 하고 상대의 손에서 비누나 치약을 빼앗기도 하면서, 나누어야 할 이야기들을 계속 하다 보면 허물없어지는 순간이 찾아왔다. 가끔 서로 도와 차례로 등을 밀어주며 슬며시 애무를 하기도 했고 그러다가 껴안기도 했다.

하지만 갑자기 엘리데가 소리를 질렀다. "세상에! 시간이 벌써 이렇게 됐네!" 그녀가 달려 나가 선 채로 급하게 가터벨트를 하고 스커트를 입었다. 그리고 어느새 머리를 빗으며 입에 머리핀을 문 채 옷장에 달린 거울에 얼굴을 내밀었다. 아르투로가 그녀 뒤로 와서 담배에 불을 붙이고 선 채로 담배를 피우며 그녀를 보았다. 매번 아무것도 해 줄 수 없어 그냥 그렇게 서 있는 게 약간 불편했다. 준비를 마친 엘리데는 복도에서 외투를 입었다. 둘은 키스를 했고 그녀가 문을 열었다. 벌써 계단을 달려가는 그녀의 발소리가 들렸다.

아르투로는 혼자 남았다. 그는 계단을 뛰어 내려가는 엘리데의 구두 소리를 들었다. 그 소리가 들리지 않아도 계속 머릿속으로 그녀를 따라갔다. 총총거리며 급히 안뜰을 가로질러 대문을 나서 보도를 지나 전차 정거장까지 바삐 걸어가는 그녀를 쫓아갔다. 전차 소리가 또렷하게 들렸다. 날카롭게 끼익 하는 정차 소리, 사람들이 올라갈 때마다 탕탕 울리는 발판 소리. '자, 이제 탔군.' 그가 생각했다. 그리고 매일 공장으로 그녀를 데려다 주는 11번 전차의 남녀 노동자들 속에서 손잡이에 매달려 있는 아내를 보았다. 그가 담배꽁초의 불을 비벼 끄고 덧문을 닫아 방 안을 어둡게 만든 뒤 침대로 들어갔다.

침대는 엘리데가 빠져나가고 난 뒤 그대로였지만 다른 쪽, 그러니까 아르투로의 쪽은 거의 흐트러짐 없어서 마치 금방 정돈을 한 듯했다. 그는 자기 자리에 반듯하게 누웠다. 하지만 곧 아내의 온기가 남아 있는 쪽으로 한쪽 다리를 뻗어 보았다. 그러다가 다른 쪽 다리도 뻗었고 그렇게 차츰차츰 엘리데가 누웠던 쪽으로, 아직도 아내가 누웠던 모양 그대로 오목하게, 온기가 남아 있는 그쪽으로 옮겨 가서 그녀의 베개에, 그녀의 향기 속에 얼굴을 묻고 잠이 들었다.

저녁에 엘리데가 돌아오기 전에 아르투로는 이미 집 안을 돌아다녔다. 난로를 피우고 먹을거리도 준비했다. 저녁 식사 전에 그는 침대 정리를 한다든지, 청소를 한다든지, 세탁물을 욕실에 갖다 두는 등 집안일을 하곤 했다. 나중에 엘리데가 보면 모두가 제대로 된 게 없었지만 그는 솔직히 말해서 그 이상의 수고를 하고 싶지는 않았다. 그가 하는 행동은 다만 그녀를 기다리기 위한 일종의 의식, 집 안에서 그녀를 마중 나가는 것 같은 행동이었다. 그 사이 거리에 불이 켜지고 엘리데는 저녁 장을 보느라 북적이는 여자들 틈에 섞여, 때 아니게 활기를 띠는 그 구역의 가게에 들러 장을 보고 있었다.

드디어 계단을 오르는 엘리데의 발소리가 들렸다. 하루 종일 일한 후에 장을 잔뜩 봐서 올라오는 터라 그녀의 발소리는 아침과는 사뭇 다르게 무거웠다. 아르투로는 층계참으로 나가서 그녀의 손에서 장바구니를 받아들었고 둘이 이야기를 나누며 집으로 들어왔다. 그녀가 외투도 벗지 않은 채 부엌 의자에 털썩 주저앉으면 그가 장바구니에서 물건들을 꺼냈다. "자, 정리해야지." 그녀가 말하고는 일어나서 외투를 벗고 일상복으로 갈아입었다. 두 사람은 먹을 것을 준비하기 시작했다. 둘이 먹을 저녁과 아르투로가 공장에서 새벽 1시 휴식 시간에 먹을 간식, 그리고 내일 아침 엘리데가 공장에 가져갈 아침, 내일 그가 자고 일어났을 때 먹게 남겨 둘 음식들이었다.

엘리데는 잠시 바쁘게 일하다가 짚으로 짠 의자에 잠시 앉아서 그가 할 일을 말해 주기도 했다. 엘리데와 달리 아르투로는 쉰 후였기 때문에 부지런히 움직였다. 아니 그가 전부 다 하고 싶었지만 벌써 딴 생각을 하고 있어서 항상 부주의했다. 그럴 때 가끔 두 사람은 충돌을 하고 상처를 주는 말을 몇 마디씩 하기도 했다. 엘리데는 남편이 지금 하는 일에 좀 더 주의를 기울이고, 좀 더 성의 있게 해 주길 바랐다. 아니 자신에게 더 다정하고 더 가까이에 있어 주고 위안이 되는 말들도 좀 해 주길 바랐는지도 모른다. 반면 그는 그녀가 돌아와서 반가웠던 마음이 사라지고 나면 벌써 머릿속은 집 밖에 가 있었고 출근해야 하기 때문에 빨리 서둘러야 한다는 생각밖에 없었다.

식탁이 차려지고 식사를 하는 동안 일어서지 않아도 되게 모든 물건을 손이 닿는 곳에 갖다놓고 나면 그렇게 짧은 시간밖에 함께 있을 수 없다는 안타까운 마음이 두 사람을 사로잡는 순간이 찾아왔다. 손을 잡고 그냥 그대로 있고 싶어서 거의 수저를 입에 가져가지도 못할 정도였다.

하지만 커피를 다 마시기도 전에 아르투로는 자전거에 문제가 없는지 확인하려고 자전거 뒤에 갔다. 둘은 포옹을 했다. 아르투로는 그제야 아내가 얼마나 부드럽고 따뜻한지를 알아차린 것 같았다. 하지만 곧 자전거를 어깨에 메고 조심스레 계단을 내려갔다.

엘리데는 설거지를 했다. 집 안 구석구석 남편이 해 놓은 일들을 다시 살펴보며 고개를 저었다. 지금 그는 가로등이 드문드문 서 있는 어두운 거리를 달려가고 있었다. 어쩌면 벌써 가스 탱크를 지났는지도 모른다. 엘레데는 침대로 가서 불을 껐다. 자신의 자리에 누워 남편의 온기를 느껴 보려 그쪽을 발로 더듬어 보았다. 하지만 그때마다 그녀가 누운 곳이 더 따뜻하다는 걸 알아차렸다. 아르투로도 그곳에서 잤다는 표시였다. 그녀의 마음이 더없이 부드럽고 따뜻해졌다.

어느 시인의 모험

작은 섬의 해안에는 높은 바위들이 우뚝 솟아 있었다. 섬에는 바다 근처에서도 잘 자라는 키 작은 식물들이 무성했다. 하늘에는 갈매기들이 날아다녔다. 인적이 없고 버려진 연안 근처의 작은 섬이었다. 삼십 분이면 배를 타고, 혹은 고무보트를 타고 섬을 한 바퀴 돌 수 있었다. 지금 한 남자가 조용히 노를 젓고 여자는 누워서 일광욕을 하며 섬으로 가고 있는 그런 고무보트로 말이다. 섬이 가까워지자 남자가 귀를 세웠다. "무슨 소리 들었어?" 여자가 물었다.

"침묵." 그가 말했다. "섬에서는 침묵을 들을 수 있어."

사실 모든 침묵은 그 침묵을 에워싼 미세한 소음들의 그물망으로 이루어져 있다. 섬의 침묵은 주위의 고요한 바다의 침묵과는 달랐는데 초목이 흔들리는 소리나 새 울음소리, 느닷없이 새들이 날개를 퍼드덕거리는 소리가 공기를 갈랐기 때문이었다.

바위 밑의 물은 그날처럼 파도가 치지 않을 때에는 짙고 투명한 남빛이어서 바닷속 깊은 곳까지 햇살이 파고들었다. 절벽에 동굴들이 입을 벌리고 있어서 보트에 탄 두 사람은 바로 그 절벽들을 탐험하러 천천히 가는 중이었다.

그곳은 아직 관광객들의 발길이 많이 닿지 않는 남부 해안으로 그 두 사람은 외지에서 온 피서객이었다. 남자는 우스넬리라는 꽤 유명한 시인이었고 여자인 델리아 H.는 눈에 띄는 미인이었다.

델리아는 광적이라고 할 정도로 남부를 열렬히 사랑하는 남부 예찬자였다. 보트에 누워 뭐든 눈에 들어오면 그에 대해 열심히 쉬지 않고 말을 했다. 그리고 어쩌면 그런 말들 속에 그곳이 처음이면서도 열광하는 자신에게 기대 이상으로 호응하지 않는 듯이 보이는 우스넬리에 대한 반감이 알게 모르게 담겨 있는지도 몰랐다.

"기다려." 우스넬리가 말했다. "기다려 봐."

"뭘 기다려?" 그녀가 물었다. "이보다 더 멋있는 게 있을 것 같아?"

그는 이미 누군가가 한 말이나 누군가 느낀 감정을 불신하고(천성이기도 하고 문학 교육 때문이기도 한데) 분명하고 이론의 여지가 없는 아름다움보다는 감춰져 있고 거짓된 아름다움을 발견하는 데 훨씬 익숙했지만, 지금 긴장하고 있었다. 우스넬리는 숨을 죽이고 정지한 상태로 살아 있는 그런 순간에 행복을 느꼈다. 델리아를 사랑하게 된 뒤로 그는 조심스러우면서도 강렬한 자신과 세계와의 관계가 위태로워지는 것을 보았지만 자기 자신도 자신 앞에 열려 있는 행복도 포기하고 싶지 않았다. 지금 그는 주의를 기울였다. 마치 그의 주위에서 자연이 완성해 가고 있는 각 단계들(엷어지는 푸른 물, 서서히 회색으로 변해 가는 초록 해안, 드넓은 바다가 한층 잔잔한 지점에서 퍼덕이는 물고기의 지느러미)은 더 높은 또 다른 단계로 가기 위한 전 단계일 뿐이며, 그렇게 진행되다가 마침내 눈에 보이지 않는 수평선이 입 벌린 진주조개처럼 갑자기 벌어지며 전혀 다른 행성이나 새로운 말(言)이 나타나기라도 하듯이.

그들은 어떤 동굴로 들어갔다. 동굴은 차츰 넓어지기 시작하더니 흡사 높은 바위 기둥들 아래 있는 연초록색 호수 같아졌다. 조금 더 가자 동굴이 좁아지며 어두운 통로가 되었다. 노를 젓던 우스넬리는 다양한 빛의 효과를 즐기기 위해 보트를 돌렸다. 들쑥날쑥한 입구를 통해 들어온 외부의 빛은 안쪽의 어둠과 대조를 이뤄 그 색이 더욱 생생해지고 눈이 부셨다. 동굴 안의 물이 반짝였고 칼날 같은 빛살들이 물을 스치며 위쪽으로 반사되어 바닥에서부터 넓게 퍼지는 부드러운 그림자들과 음영의 조화를 이루었다. 반사광과 반짝이는 빛들이 암벽과 천장에까지 불안정한 물의 움직임을 전해 주었다.

"여기서 당신은 신들을 이해할 수 있겠네." 여자가 말했다.

"흠." 우스넬리의 입에서 이런 소리가 새어 나왔다. 우스넬리가그는 초조했다. 느낌을 언어로 번역하는 데 익숙한 그의 사고가 지금은 전혀 작동하지 않아서, 이제 단 하나의 느낌도 말로 표현할 수 없었다.

그들은 안으로 더 들어갔다. 보트는 물이 얕아 물속 바위 윗부분이 수면에 닿을락 말락 한 지점을 지났다. 이제 보트는 노를 움직일 때마다 나타났다 사라지는 희미한 빛들 사이에서 움직였다. 주위는 짙은 어둠뿐이었다. 노가 이따금 벽바위에 부딪혔다. 동굴 입구 쪽으로 몸을 돌린 델리아는 계속 가장자리의 윤곽이 변하는 파란 눈 같은 하늘을 보았다.

"게가 있네! 큰 거야! 저기!" 그녀가 소리를 지르며 일어섰다.

"……에에가아!…… 네에에!" 메아리가 울려 퍼졌다.

"메아리야!" 그녀가 기분이 좋아서 말했다. 그리고 어두운 천장을 향해 다른 말들을 소리치기 시작했다. 기도문이나 시의 구절 같은 것들이었다.

"당신도 해 봐! 소리쳐 보라고! 바라는 걸 말해 봐!" 우스넬리에게 말했다.

"오오오……." 우스넬리가 외쳤다. "에에에…… 메아리이이……."

가끔 보트가 바위를 스쳤다. 어둠은 더욱 짙어졌다.

"무서워. 어떤 동물이 있을지 모르잖아!"

"조금 더 갈 수 있어."

우스넬리는 자신이 환한 빛이 비치는 물을 피하는 심해의 물고기처럼 어둠을 향해 가고 있음을 깨달았다.

"무서워, 돌아가자." 그녀가 고집을 부렸다.

사실 그 역시 공포를 즐기는 취향과는 거리가 멀었다. 그가 거꾸로 노를 저었다. 동굴이 넓어지고 바다가 코발트색으로 변하는 지점으로 돌아왔다.

"문어가 있을까?" 델리아가 말했다.

"보일지도 몰라. 물이 맑으니까."

"그럼 수영할래."

그녀가 보트에서 내려서 그 지하 호수에서 수영을 했다. 그녀의 몸이 하얗게(빛이 그녀 몸의 모든 색을 벗겨 버리기라도 한 듯) 보였다가 푸른 물같이 파란색으로 보이기도 했다.

우스넬리는 노 젓기를 멈추고 계속 숨을 죽이고 있었다. 그에게 델리아를 사랑하는 일은 항상 이런 식이었다. 그러니까 거울 같은 이런 동굴에 들어오듯 언어 저편의 세계에 들어가는 느낌. 게다가 그는 사랑의 시는 한 번도 써 본 적이 없었다. 단 한 편도.

"가까이 와 줘." 델리아가 말했다. 델리아는 헤엄을 치면서 가슴을 가린 비키니를 벗어서 보트 가장자리로 던졌다. "잠깐만." 허리에 묶여 있던 다른 천 조각도 풀어서 우스넬리에게 건넸다.

이제 그녀는 알몸이었다. 그녀의 몸 전체가 해파리처럼 푸르스름한 빛을 발산했기 때문에 신체에서 제일 하얀 가슴과 엉덩이 살은 거의 구별이 되지 않았다. 그녀는 옆으로 물에 떠서 얼굴만 물 밖으로 내놓고(조각상처럼 무표정하고 거의 빈정거리는 듯한 얼굴이었다.) 느릿한 동작으로 헤엄을 쳤는데 이따금 등의 곡선과 쭉 뻗은 팔의 부드러운 윤곽이 보이기도 했다. 물을 애무하는 듯이 움직이는 다른 팔 때문에 탄탄한 윗가슴이 나타났다가 사라지곤 했다. 모래 위에 남은 희미한 자국 같은 배꼽이 보이는 매끄러운 복부와 연체동물 같은 불가사리를 떠 있는 물을 발로 살짝살짝 찼다. 수중에 반사된 햇살이 그녀를 스치며 그녀의 옷이 되어 주기도 했다가 처음처럼 알몸을 만들어 버리기도 했다.

그녀의 움직임은 수영에서 춤 동작으로 바뀌었다. 물속에 뜬 채 그에게 미소를 지으며 두 팔을 뻗으며 어깨와 손목을 부드럽게 돌렸다. 아니면 무릎을 세게 밀어 활처럼 휜 발바닥이 작은 물고기처럼 물 위로 살짝 드러나기도 했다.

우스넬리는 보트 위에서 그 모습을 뚫어지게 보았다. 지금 삶이 그에게 베풀어 주는 무엇인가는, 태양의 가장 눈부신 지점처럼, 모두가 다 눈을 크게 뜨고 뚫어지게 본다고 해서 얻을 수 있는 것은 아니라는 걸 그는 알고 있었다. 태양의 그 지점에는 침묵이 있었다. 그 순간 거기 있는 모든 것은 다른 무엇인가로 절대 번역될 수 없었다. 아마 기억으로도 변할 수 없을 것이다.

이제 델리아는 태양 쪽으로 얼굴을 내밀고 배영을 하며 동굴 입구 쪽으로 갔다. 팔을 가볍게 움직여 바다를 향해 나갔는데 그녀 아래쪽의 푸른 물은 미묘하게 차츰 그 색이 변했고 점점 맑아지고 눈부시게 빛났다.

"조심해, 옷을 입어! 저쪽 밖에서 배들이 다가오고 있어!"

밖에 나간 델리아는 벌써 바위들 사이에 몸을 피했다. 물속으로 미끄러지듯 빠져나와 팔을 뻗었다. 우스넬리가 그녀에게 가느다란 끈 같은 수영복을 내밀었고 그녀는 헤엄을 치면서 수영복을 입고 보트에 다시 올라왔다.

다가온 배에는 어부들이 타고 있었다. 우스넬리는 고기잡이 철이면 바위에서 잠을 자며 이 해변에서 고기를 잡는 가난한 어부들 중에서 그가 아는 얼굴들을 발견했다. 그는 그들에게로 갔다. 노를 젓는 남자는 젊은이였는데 치통 때문에 표정이 어두웠고 흰색 해병 모자를 갸름한 눈 위까지 푹 눌러썼다. 온 힘을 다해 노를 저으면 고통이, 다섯 아이의 아버지인 자신의 절망적인 상황이 덜 느껴지기라도 하듯 획획 노를 저었다. 가장자리가 다 풀어진 멕시코 풍 밀짚모자가 비쩍 마른 남자의 후광처럼 머리에 씌워져 있었다. 크게 부릅뜬 동그란 눈은 한때는 거만한 자부심이 넘쳤을 테지만 지금은 술주정뱅이의 우스꽝스러움이 묻어났고 벌리고 있는 입 위로는 아직은 세지 않은 검은 수염이 흘러내렸다. 그는 잡아 올린 숭어를 칼로 손질하는 중이었다.

"많이 잡았나요?" 델리아가 소리쳤다.

"물고기가 별로 없어요." 그들이 대답했다. "별볼일없는 해죠!"

델리아는 지역 주민들과 이야기 나누는 걸 좋아했다. 우스넬리는 그렇지 않았다.("그 사람들과 마주하면 마음이 왠지 편치 않아." 그가 말했다. 어깨를 으쓱했고 그러면 그만이었다.)

이제 보트가 배 옆에 있었다. 옆구리는 여기저기 갈라져서 군데군데 빛바랜 페인트 칠이 들떠 있기도 했다. 밧줄로 노걸이에 묶어 놓은 노는 저을 때마다 가장자리가 닳아 버린 뱃전에 부딪혀 신음했다. 녹이 슨 네 갈고리의 작은 닻이 나무판자로 만든 좁은 의자 밑의 통발에 뒤얽혀 있었다. 버들고리 통발에는 언제부터인지 모르지만 이미 말라비틀어진 불그레한 해초가 수염처럼 매달려 있었다. 그리고 탄닌으로 물들였고 가장자리 여기저기에 둥근 코르크 조각들이 달린 그물들이 수북이 쌓여 있었는데 그 위에서 때로는 칙칙한 잿빛으로 때로는 환한 남빛으로 보이기도 하는 물고기들이 입을 빠끔거리며 반짝였다. 아직도 퍼덕이는 아가미들 밑으로 세모꼴의 붉은 피가 보였다.

우스넬리는 계속 아무 말 없이 있었지만 인간 세계의 고뇌는 조금 전 자연의 아름다움으로 인해 느꼈던 고뇌와는 전혀 달랐다. 자연 세계에서는 모든 말들이 차츰 사라졌다면 여기서는 말들이 무리를 지어 그의 머리에 모여들었다. 수염을 제대로 깎지 않은 늙은 어부의 야윈 얼굴에 난 사마귀나 털, 숭어의 반짝이는 은빛 비늘을 모두 묘사해야 할 말들이.

해변에는 또 다른 배 한 척이 뭍으로 끌어올려져 선대(船臺)에 거꾸로 놓여 있었다. 배 그림자 밑으로 잠든 남자들, 그러니까 야간에 고기잡이를 했던 어부들의 발바닥이 나와 있었다. 근처에서는 얼굴은 보이지 않지만 검은 옷을 입은 한 여인이 마른 해초로 피운 모닥불에 냄비를 올려놓았고 거기서 김이 모락모락 피어올랐다. 작은 물굽이의 해변은 회색빛 자갈에 덮여 있었다. 해변에서 노는 아이들이 입은 빛바랜 스목[15]이 여러 색의 자국들을 만들어 냈다. 아주 어린 아이들은 그보다 나이가 좀 많은 누나들이 뿌루퉁한 얼굴로 돌보았고 좀 더 크고 날렵한 아이들은 어른들의 낡은 바지로 만든 짧은 반바지만 입은 채 바위와 물 사이를 뛰어 올라갔다 내려가곤 했다. 거기서 조금 더 가면 인적이 없는 하얀 모래사장이 곧게 뻗어 나가기 시작했다. 모래사장 옆으로 듬성듬성한 갈대밭과 황무지가 이어지며 모래가 사라져갔다. 검은색 나들이옷을 입고 모자도 쓴 젊은이가 보따리가 매달린 지팡이를 어깨에 멘 채 부드러운 모래 위에 구두바닥의 못자국을 남기며 바다를 따라 걸어갔다. 어느 내륙 마을의 농부나 목동으로 장을 보러 바닷가에 왔다가 상쾌한 산들바람에 기분 전환을 하려 바닷가를 걷고 있는 중일 게 분명했다. 여러 갈래의 기차 선로들과 선로가 놓인 제방과 전신주, 울타리들이 나타나더니 선로가 터널로 사라졌다가 조금 더 앞쪽에서 다시 나타나기 시작했고 그러다가 다시 사라지고 나타나기를 반복했다. 마치 불규칙하게 이어지는 바늘땀처럼. 찻길의 검은색과 흰색 경계석 위로는 야트막한 올리브 밭이 비스듬히 펼쳐져 있었다. 더 위쪽의 산들은 민둥산으로 이따금 목초지나 관목이 나타나거나 그저 돌에만 뒤덮여 있기도 했다. 고지대 계곡들 사이의 마을 하나가 산 위쪽으로 뻗어 올라가며 자리 잡고 있었다. 집들이 차례로 늘어서 있었고 자갈로 포장한 계단식 길

---

15 의복의 오염을 방지하기 위해 의복 위에 덧입는 작업복이나 어린이들의 놀이옷.

들이 그 집들 사이사이로 나 있었다. 길의 한가운데는 오목하게 파여 있었는데 노새의 배설물들을 흘려 보내기 위해서였다. 집집마다 문 앞에는 노파나 중년의 여인이 여럿 나와 앉아 있었다. 얕은 돌담에는 하나같이 흰 셔츠를 입은 노인과 젊은 남자들이 줄지어 앉아 있었다. 계단식 길 한가운데의 바닥에서 노는 아이들이 보였다. 아이들보다 좀 더 큰 소년 하나가 계단에 뺨을 댄 채 길을 가로막고 누워 잠들어 있었는데 집 안보다 거기가 훨씬 시원하고 악취도 적기 때문이었다. 사방에 파리가 앉아 있거나 구름같이 날아다녔다. 벽이란 벽에 모두, 그리고 벽난로 위에 걸어 놓은 신문지로 만든 꽃줄에까지 파리 똥이 끝도 없이 떨어졌다. 우스넬리의 머릿속으로 말들이, 줄 간격도 없이 빼곡하고 서로 뒤얽혀 차츰 구별도 할 수 없게 된 말들이 떠올랐다. 그러다가 지극히 작은 공간조차 사라져 버릴 정도로 복잡하게 뒤얽혀 검은색만, 완전히 검고 아무것도 스며들 수 없고 절규할 때처럼 절망적인 검은색만이 남았다.

어느 스키어의 모험

스키 리프트 앞에 줄이 길게 이어졌다. 버스를 타고 온 젊은이 한 무리가 스키를 수평으로 들고 나란히 줄을 섰다. 줄이 앞으로 움직일 때마다(줄은 아주 길었는데 가능한 한 똑바로 선 게 아니라 되는대로, 어떤 사람은 조금 위쪽에 또 어떤 사람은 조금 아래에 지그재그로 서 있었다.) 각자 서 있는 위치에 따라 제자리걸음을 하거나 옆으로 미끄러져 내렸다. 그리고 곧 스키 폴을 짚고 다시 서기도 했고 아래에 줄 선 사람에게로 쓰러지기는 일도 종종 있었다. 또 위에 줄 선 사람의 스키에 들어간 폴을 빼내려 애를 쓰거나 비스듬히 있는 스키에 발이 걸려 넘어지기는 일도 있었고 바인딩을 조절하느라 엎드려 있어서 줄 전체가 움직이지 못하고 그대로 서 있을 때도 있었다. 해가 나타났다가 사라질 때마다 바람막이 점퍼나 스웨터를 벗거나 다시 입었고 양모 귀마개 밑으로 흘러나온 머리를 집어넣거나 삐져나온 체크무늬 남방을 벨트 안으로 밀어 넣기도 했으며 주머니를 뒤적여 손수건을 찾아내서 빨갛게 언 코를 풀기도 했다. 이런 모든 동작을 하느라 장갑을 꼈다 뺐다 해야 했고 그러다 보면 가끔 눈 속에 장갑을 떨어뜨리기도 해서 폴 끝을 이용해서 장갑을 집어 올려야 했다. 이런 작은 동작들로 인해 길게 늘어선 줄에 혼란이 이어졌는데 줄의 선두에서 그 혼란은 거의 절정에 달했다. 입장권을 사기 위해 어딘가에 처박아 놓은 돈을 찾거나 입장권 검사를 하는 스키 리프트의 남자에게 입장권을 내밀기 위해 주머니의 지퍼란 지퍼를 모두 열어 봐야 하고 다시 주머니에 입장권을 집어넣고 장갑을 다시 껴야 때문이었다. 그리고 두 개의 폴을 한 손에 들기 위해 한쪽 폴의 끝을 다른 쪽 폴에 끼워 넣기도 해야 했다. 이 모든 일을 다 통과하면 경사가 조금 진 작은 공터에 도착하는데 여기서는 의자 밑에 티바(T-bar)를 제대로 고정시키고 순식간에 위로 끌려 올라갈 준비를 하고 있어야만 한다.

줄 중간쯤에 녹색 선글라스를 쓴 청년이 추위에 떨며 서 있었고 뚱뚱한 청년이 그 옆에 서서 그를 자꾸만 밀어 댔다. 그들이 그렇게 줄을 서 있을 때 하늘색 모자를 쓴 여자가 지나갔다. 그녀는 줄을 서지 않고 오솔길을 따라 위로 올라갔다. 스키를 신은 채 마치 그냥 걸어가듯 가볍게 비탈길을 올라갔다.

"저 여자 뭐 하는 거지? 걸어서 올라가려는 건가?" 그를 밀던 뚱뚱한 청년이 말했다.

"실스킨[16]이 있는걸." 녹색 선글라스 청년이 말했다.

"그래도 난 더 가파른 곳에서는 어떻게 하는지 보고 싶어." 뚱뚱한 청년이 말했다.

---

16 스키에서, 높은 곳을 오를 때 미끄럼을 방지하기 위하여 스키 뒷면에 붙이는 바다표범의 가죽.

"별로 영리하지는 않은 것 같아, 틀림없어!"

여자는 이따금 폴을 들었다 내렸다 하며 긴 다리를 규칙적으로 움직여 힘들이지 않고 경쾌하게 걸어 나갔다.(발목까지 오는 딱 달라붙는 바지를 입은 그녀의 다리는 굉장히 길었다.) 차갑고 새하얀 대기 속의 태양은 그 빛을 사방으로 퍼뜨리는 또렷한 노란색 원 그림 같았다. 그늘 하나 없는 설원에서 오로지 반짝이는 햇빛으로만 산등성이와 골짜기, 그리고 슬로프를 구별할 수 있었다. 장밋빛이던 금발머리 아가씨의 얼굴은 하늘색 바람막이 점퍼 속에서 차츰 빨갛게 변해 가서 모자 안에 댄 하얀 플러시 천과 대조를 이루었다. 그녀가 눈을 가느스름하게 뜬 채 태양을 보며 미소를 지었다. 실스킨이 달린 스키를 신고 가볍게 올라갔다. 귀가 꽁꽁 얼고 입술은 마르고 콧물은 줄줄 흘렀지만 버스를 타고 온 청년들은 그녀에게서 눈을 떼지 못했고 그녀가 비탈길 너머로 사라질 때까지 줄을 선 채로 서로를 밀었다.

몇몇은 넘어지기도 하고 자기 순서인줄 잘못 알기도 하다가 서서히 버스를 타고 온 청년들의 차례가 돌아와서 둘씩 둘씩 리프트를 타고 거의 수직으로 가파른 슬로프로 올라가기 시작했다. 녹색 선글라스를 쓴 청년은 자기를 밀던 뚱뚱한 청년과 같은 리프트를 타게 되었다. 둘은 반쯤 올라가다가 그녀를 다시 발견했다.

"저 여자 어떻게 벌써 여기까지 올라왔지?"

스키 리프트는 계곡 비슷한 곳의 옆으로 올라가는 중이었다. 그 계곡의 눈 덮인 높은 언덕과 레이스 같은 고드름을 매단 채 듬성듬성 서 있는 전나무들 사이로 오솔길 하나가 이어졌다. 하늘색 스키복을 입은 아가씨가 장갑 낀 손으로 폴의 손잡이를 꼭 잡아 앞으로 밀면서 정확한 걸음걸이로, 숨도 헐떡이지 않으며 걸어가고 있었다.

"우와와!" 두 다리를 꼼짝하지 않은 채 스키 리프트에 앉아 올라가던 두 남자가 소리를 질렀다. "우리보다 더 먼저 도착하겠는걸!"

그녀가 부드러운 미소를 지었다. 녹색 선글라스의 청년은 혼란스러웠다. 그녀가 눈을 내리깔면 마치 자신이 사라져 버리는 기분이 들었기 때문에 계속 농담을 할 수조차 없었다.

정상에 도착하자마자 청년은 뚱뚱한 청년을 따라 즉시 몸을 던져 활강을 시작했다. 둘 다 감자 자루처럼 무거웠다. 하지만 청년은 슬로프를 따라 힘들게 내려가며 하늘색 바람막이 점퍼를 다시 찾으려 애를 썼다. 그리고 아래로 곧장 돌진했는데 자신의 대담성을 보여 주는 동시에 커브를 돌때의 볼품없는 모습을 감추기 위해서였다. "비켜요! 비켜!" 소리를 질러 봤지만 소용이 없었다. 뚱뚱한 청년과 버스를 같이 타고 온 청년들이 모두 "비켜요! 비켜!"라고 소리치며 무시무시한 속도로 달려 내려가는 바람에 한 사람씩 차례로 넘어졌는데 어떤 사람은 엉덩방아를 찧는가 하면 앞으로 엎어진 사람도 있었다. 녹색 선글라스의 청년만 여전히 몸을 깊이 숙인 채 공기를 가르고 내려가다가 그녀를 발견하게 되었다. 아가씨는 슬로프 밖의, 내린 지 얼마 안 되는 눈 속을 계속 걸어 올라오는 중이었다. 청년이 쏜살같이 그녀 옆을 스쳐 지나가다가 새 눈 속에 고꾸라졌고 얼굴이 눈 속에 처박혔다.

머리에서 발끝까지 하얀 눈에 뒤덮여 숨을 헐떡이며 슬로프 끝에 도착했지만 또 다시 리프트를 타려고 늘어선 다른 사람들 뒤에 가서 줄을 섰고 다시 힘을 내서 정상까지 올라갔다. 이번에 그녀를 만났을 때는 그녀도 아래로 내려오는 중이었다. 그녀의 스키 실력은? 젊은이들은 미친 듯이 활강하는 사람이 최고라고 생각했다. "저 금발

머리, 뭐 그리 잘 타는 건 아닌데." 뚱뚱한 청년이 성급히 말하며 안도했다. 하늘색 스키복 여자는 아주 정확한 지그재그 동작으로 서두르지 않고 아래로 내려갔다. 다시 말하자면 마지막 순간까지 그녀가 턴을 할지 다른 동작을 할지 알 수가 없었다. 그런데 갑자기 그녀가 처음과는 정반대 방향으로 활강을 하는 게 보였다. 가끔씩 동작을 멈추고 긴 다리를 곧게 세운 채 내려갈 길을 연구하다가 침착하게 활강을 했는데 버스에 타고 온 청년들은 도저히 그녀의 뒤를 따를 수가 없었다고 말할 수 있다. 그러다가 뚱뚱한 청년이 결국 인정하기에 이르렀다. "더 말해서 뭐하겠어! 신경 끄자!"

그들이 설명할 수는 없었지만 입을 다물지 못한 건 이런 이유 때문이었다. 그녀의 모든 동작은 아주 단순했고 단 1센티미터도 넘치지 않을 정도로 그녀의 몸에 딱 들어맞았는데 그녀는 당황하거나 에를 쓰는 기색도 없었고 어떻게 해서든 그 동작을 하려고 필요 이상으로 고집을 부리는 것 같지도 않으면서 자연스럽게 그런 동작을 했다. 슬로프의 상황에 따라 마치 발끝으로 걷는 사람처럼 약간 자신 없는 듯이 움직일 때도 있기는 했는데 난관을 심각하게 생각하는지 아닌지를 다른 사람이 눈치채지 않게 하며 그걸 뛰어넘는 그녀만의 방식이었다. 한마디로 말해서 모든 일을 당연하게 받아들여 행동하는 사람 특유의 자신 있는 분위기가 아니라 약간 망설이는 기색이 보였다. 마치 스키를 잘 타는 누군가를 흉내내 보려고 하는 중이고 그렇게 하다 보면 그녀도 점점 더 스키를 잘 타게 되듯이 말이다. 이게 하늘색 스키복의 아가씨가 스키를 타는 법이었다.

그러자 버스를 타고 온 청년들이 차례로 우스꽝스럽고 무거운 동작으로 무리하게 '제동회전'을 하고 강제로 '급회전'과 '전제동활강'

을 하며 그녀 뒤로 몸을 던졌다. 소리를 지르고 노래를 하며 그녀 뒤를 따르고 추월을 하려 했지만 그들의 행동은 모두 폴을 움켜쥔 두 팔을 앞으로 내민 채 어깨를 어색하게 움직이고 스키 플레이트가 뒤얽히고 바인딩은 부츠에서 떨어져 나가 버려 아래로 굴러 떨어지는 것으로 끝나고 말았다. 그래서 그들이 지나가고 난 뒤 설원 곳곳에 엉덩방아를 찧거나 옆으로 넘어지거나 거꾸로 머리를 처박은 자국들이 깊게 남았다.

청년들은 넘어지자마자 고개를 들어 눈으로 아가씨를 찾았다. 하늘색 스키복의 아가씨는 가벼운 동작으로 그들이 일으킨 눈사태 속을 뚫고 내려갔다. 몸에 딱 붙는 바지의 곧은 선이 움직임에 따라 탄력 있게 휘어졌다. 그녀 입가에 맴도는 미소가 활강 동행들의 용감한 행동과 불상사를 알고 있다는 뜻인지, 그들에게 눈길도 주지 않는다는 표시인지 알 수가 없었다.

그사이 정오가 가까워 오면서 강렬해져야 할 태양이 얼어붙어 버리더니 흡입지에 빨려 들어가듯 사라졌다. 무채색의 가벼운 결정(結晶)들이 비스듬히 흩날리며 대기를 가득 채웠다. 진눈깨비였다. 사방에 아무것도 보이지 않았다. 청년들은 크게 소리치고 서로를 부르며 아무렇게나 스키를 탔다. 매번 슬로프를 벗어났고 넘어지기도 했다. 대기와 눈이 이제 똑같이 불투명한 흰색이었지만 눈이 조금 옅어졌을 때 그들이 눈을 가느스름하게 하고 자세히 살펴보면 마치 바이올린 현 위를 자유롭게 날아다니듯 여기저기 휘날리는 눈발들 속에서 하늘색 그림자를 발견할 수 있었다.

진눈깨비 때문에 스키 리프트를 타려던 줄이 흩어졌다. 녹색 선글라스의 청년은 자기도 모르는 사이 어느새 리프트가 출발하는 승

강장의 작은 건물 앞에 와 있었다. 동행들은 보이지 않았다. 하늘색 모자를 쓴 아가씨도 벌써 거기 와 있었다. 그녀는 거기서 리프트가 오길 기다렸는데 리프트는 이제 커다란 원반을 따라 다가오는 중이었다. "빨리 와요!" 리프트 담당자가 재빨리 리프트를 잡아서 여자 혼자 타고 가지 않게 세워두고 그에게 소리를 질렀다. 다리를 벌리고 겨우 그녀 옆에 올라타서 제때 출발할 수 있었는데 나무에 매달리듯이 그녀에게 기대서 그녀가 거의 떨어질 뻔했다. 그녀는 청년이 투덜거리며 자리에 제대로 앉을 수 있게 균형을 잡아 주었다. 그녀는 청년을 보고 웃었는데 입 위로 끌어올린 바람막이 점퍼에 눌려 웃음소리가 뿔닭이 구구거리는 소리 같았다. 이제 투구 같은 하늘색 모자 밑으로 끝이 살짝 밑으로 기울어진 코와 눈과 이마 위의 곱슬머리와 광대뼈가 드러났다. 녹색 선글라스 청년은 그렇게 여자의 옆모습을 보았다. 그녀와 스키 리프트를 같이 타서 행복한 건지, 눈을 뒤집어쓰고 머리카락은 두 뺨에 달라붙고 남방은 스웨터와 허리춤에서 삐져나온 데다 균형을 제대로 잡지 못해서 두 팔을 움직여 옷을 집어넣을 수도 없는 그 상황에 거기 앉아 있다는 게 부끄러운 건지 자신도 알지 못했다. 청년은 그녀를 슬쩍 보기도 하고 리프트가 너무 느슨하게 당겨지거나 너무 팽팽해질 때면 스키가 리프트 밖으로 떨어져 나가지 않도록 신경을 쓰기도 했다. 그럴 때마다 뿔닭처럼 웃으며 균형을 잡는 쪽은 그녀여서 그는 무슨 말을 해야 할지도 알 수 없었다.

그때 눈이 그쳤다. 이제 눈발이 날리던 대기에 틈이 생겼고 그 틈으로 드디어 파란 하늘과 눈부신 태양과 얼어붙은 산들이 선명하게 하나씩 그 모습을 드러냈다. 눈을 머금은 부드러운 구름 조각들이 산꼭대기 여기저기를 장식했다. 모자를 쓴 아가씨가 입과 턱을 다시 밖으로 내놓았다.

"날이 다시 좋아졌어요. 그럴 거라고 했죠." 그녀가 말했다.

"네. 좋네요. 그런데 눈도 좋아요." 녹색 선글라스 청년이 말했다.

"눈은 좀 축축하잖아요."

"아, 그렇죠."

"그래도 저도 눈 좋아해요. 눈이 내릴 때 스키를 타는 것도 나쁘지 않아요."

"그거야 물론 슬로프가……." 그가 말했다.

"아, 아니에요. 전 짐작으로 타요." 그녀가 말했다.

"저는 벌써 세 번이나 탔어요." 청년이 말했다.

"멋져요. 전 한 번밖에 못 탔는데. 전 리프트를 안 타고 걸어 올라갔거든요."

"봤습니다. 실스킨을 붙였죠."

"맞아요. 이제 해가 떴으니 고개까지 가야겠어요."

"어느 고개요?"

"리프트 도착 지점에서 더 올라가면 있어요. 정상까지요."

"그 위에는 뭐가 있습니까?"

"얼어붙은 산이 손에 닿을 것같이 가까이 보여요. 그리고 흰 토끼도 있어요."

"뭐가 있다고요?"

"토끼요. 그 정도 높이에서는 겨울에 토끼털이 하얗게 변해요. 자고새들도 있어요."

"자고새가 거기 있어요?"

"하얀 자고새요. 깃털이 새하얘요. 여름에는 카페라테 색이지만

요. 어디 분이세요?"

"이탈리아인입니다."

"저는 스위스에서 왔어요."

다 왔다. 종점에서 녹색 선글라스 청년이 비틀비틀 리프트에서 내렸고 그녀는 한 손으로 리프트를 잡은 채 그와 함께 내렸다. 그녀가 스키 플레이트를 떼어 내어 똑바로 세웠고 벨트에 달린 조그만 가방에서 실스킨을 꺼내 스키 플레이트 밑에 붙였다. 그는 장갑을 낀 채 얼어붙은 손을 비비면서 그녀를 바라보았다. 그리고 그녀가 다시 올라가기 시작하자 그 뒤로 갔다.

스키 리프트에서 고개까지 올라가는 것은 힘들었다.

녹색 선글라스 청년은 다리를 벌리기도 하고 보폭을 작게 하기도 하고 엉금엉금 앞으로 갔다가 미끄러지기도 하면서 다리가 불편한 사람이 목발에 의지하듯 폴을 잡고 힘들게 올라갔다. 그녀는 벌써 위로 올라가 버려 보이지 않았다.

숨을 헐떡이며 고개에 도착하자 온몸이 땀에 젖었고 주위에 퍼진 반짝이는 빛 때문에 눈도 제대로 뜰 수 없었다. 거기서부터 얼음의 세계가 시작되었다. 금발 머리 여자가 하늘색 바람막이 점퍼를 벗어서 허리에 묶었다. 그녀도 선글라스를 꼈다. "저기요! 보셨어요? 보셨어요?"

"뭐가 있나요?" 그가 깜짝 놀라서 말했다. 흰 토끼가 튀어나왔나? 자고새인가?

"이제 없어요." 그녀가 말했다.

아래쪽, 해발 2000미터 정도 되는 계곡 위로 흔히 보이는 검은 까마귀 떼들이 까악까악 울며 날아다녔다. 맑은 정오였다. 그 위에서는 슬로프들이며 스키를 즐기는 사람들과 썰매 타는 아이들로 붐비는 스키장, 금방 줄이 길게 늘어나는 스키 리프트 승강장, 호텔, 정차해 있는 관광버스들, 시커먼 전나무 숲을 사이에 두고 끊어졌다 이어지곤 하는 도로가 한 눈에 들어왔다.

여자가 날렵하게 활강을 시작해서 차분한 지그재그 동작으로 달려 내려갔다. 어느새 그녀는 스키어들의 발길에 눈이 단단해진 슬로프들 근처에 있었다. 모두 쏜살같이 달려 내려가 또렷이 보이지 않고 제대로 구별도 할 수 없는 그 많은 사람들 틈에서, 흔들리면서도 사라지지 않는 괄호처럼 살며시 나타나는 그녀의 윤곽만이 혼돈과 무질서 속에서 유일하게 좇고 구별해야 할 모습이었다. 대기가 맑고 투명해서 녹색 선글라스 청년은 눈 위에서 그물같이 촘촘하게 뒤얽힌 스키 자국들을 찾아내고, 곧게 이어지거나 비스듬하거나 살짝 스쳐 지나갔거나 눈이 뭉쳐졌거나 움푹 들어간 자국, 바인딩에 눌린 흔적들을 다 짐작해 볼 수 있었다. 그가 보기에는 삶이 무형으로 뒤범벅된 그런 흔적들 속에서 하늘색 스키복의 아가씨만이 찾아낼 수 있는 비밀스러운 선, 조화가 숨겨져 있는 것만 같았다. 그녀가 보여 주는 기적은 매순간 보이는 수천의 혼란스러운 동작들 속에서 적절하고 투명하고 가볍고 꼭 필요한 동작만, 사라져 가는 수천의 몸짓 가운데 중요한 단 하나의 동작만 포착할 수 있는 데에 있는 듯했다.

어느 운전자의 모험

　도시를 벗어나자마자 주위가 어두워졌다는 것을 알아차렸다. 나는 전조등을 켰다. 지금 나는 3차선 고속도로를 달려 자동차로 A시에서 B시로 가는 중인데 고속도로의 가운데 차선은 양 차선에서 추월이 가능하다. 야간 운전을 할 때 두 눈은 그 안에 들어 있는 장치를 떼어 내고 다른 장치의 불을 켜야만 한다고 할 수 있는데, 두 눈이 아무리 노력을 해도 어둠과 저녁 무렵이면 색이 흐릿해지는 주위의 풍경들 속에서, 멀찌감치 앞서 달리거나 반대편에서 달려오는 작은 얼룩 같은 자동차들을 구별하기가 힘들기는 하지만 일종의 검은 칠판처럼 통제를 할 수 있기 때문이다. 그러니까 그 칠판에서 주의를 빼앗을 수 있는 그림의 세부 사항들을 모두 지워 버리고 꼭 필요한 요소들, 아스팔트 위의 하얀 선이라든가 노란 전조들 불빛과 빨간 불빛들만을 부각시켜서 더 정확하면서도 단순하게 다른 식으로 읽을 수 있는 것이다. 이런 과정은 자동적으로 일어났는데 내가 오늘 밤 그 문제에 신경을 쓰는 경향이 있다면 그것은 아마 외적인 문제에 시선을 돌릴 수 있다는 가능성이 지금 내 마음을 압도하는 내적인 문제들에 골몰할 가능성을 줄여 주기 때문일 것이다. 내 생각들은 내가 차단시켜 버릴 수 없는 의심과 여러 선택 가능성의 회로 속으로 제멋대로 달려가고 있었다. 간단히 말해 나는 운전에 집중하기 위해 특별한 노력을 기울여야만 했다.

　나는 Y와 전화로 말다툼을 하고 난 뒤 충동적으로 자동차에 올라탔다. 나는 A시에 살고 Y는 B시에 산다. 나는 오늘 밤 그녀를 만나러 갈 계획이 아니었다. 하지만 매일 일상적으로 주고받는 통화에서 아주 심각한 문제를 이야기하게 되었다. 결국 나는 화가 나서 Y에게 관계를 정리하고 싶다고 말했다. Y는 헤어지던 말든 중요하지 않으며 전화를 끊고 곧바로 내 경쟁자인 Z에게 전화할 거라고 대답했다. 그 순간 우리 두 사람 중 한 사람이(그녀였는지 나였는지 기억이 나지 않는다.) 전화를 끊어 버렸다. 일 분도 지나지 않아서 나는 벌써 말다툼을 벌인 이유 따위는 그 일이 야기할 결과에 비하면 아무것도 아니라는 걸 알아차렸다. Y에게 다시 전화를 하는 건 아마 중대한 실수가 되리라. 이 문제를 해결할 유일한 방법은 B시로 달려가서 Y의 얼굴을 직접 보고 설명을 하는 것이었다. 그래서 지금 나는 밤이나 낮이나, 사계절 어느 때고 수백 번 달렸던 이 고속도로에 있는데 이 길이 이렇게 길게 느껴진 적은 한 번도 없었다.

　좀 더 정확히 말하자면 시간과 공간 감각을 상실한 것 같다. 전조등에서 비치는 원뿔 모양의 불빛들에 장소의 윤곽은 흐릿하게 사라져 버렸다. 표지판에 적힌 킬로미터와 계기판 위에 나타나는 숫자는 내게 아무것도 말해 주지 않을 뿐만 아니라, 지금 이 순간 Y가 뭘 하고 있으며 무슨 생각을 하는지에 대한 절박한 내 의문도 해결해 주지 못하는 자료였다. 정말 Z에게 전화를 할 생각이었을까, 아니면 그냥 화가 나서 위협적으로 내뱉은 말일까? 진심으로 그런 말을 한 것이고 실제로 통화가 끝난 즉시 전화를 했을까? 아니면 잠시 생각을 좀 해 보고 결정을 내리기 전에 분노를 가라앉히고 싶었을까? Z는 나처럼 A시에 살았다. 몇 년 전부터 Y를 사랑했지만 행운을 얻지 못했다. 만일 그녀가 전화를 해서 그를 초대했다면 그는 틀림없이 B시로 가려고 자동차에 뛰어올랐을 것이다. 그러니까 그 역시 지금 이 고속도로를 달리는 중일 수 있다. 내 차를 추월하는 자동차들이 그의 차일 수도 있고 내가 추월하는 자동차도 마찬가지이다. 확인하기는 어렵다. 나와 같은 방향으로 달리는 자동차들 중 내 앞에 달리는 자동차들은 빨간 불빛 두 개만 보이고 내 뒤를 따르는 자동차들은 백미러로 보면 노란 불빛 두 개만 보인다. 내가 추월하는 순간에 기껏해야 어떤 종류의 자동차인지, 몇 명이나 타고 있는지 정도만 구별을 할 수 있을 정도인데 운전자만 탄 자동차가 대부분이다. 자동차 모델로 말하자면 나는 Z의 차를 특별히 분간할 수가 없다는 걸 알게 되었다.

설상가상으로 비가 내리기 시작했다. 와이퍼가 차창의 빗물을 닦으며 만들어 내는 반원형으로 시야가 축소되었고 그 이외는 빗줄기와 불투명한 어둠만 남았다. 밖에서 내게 주어지는 정보라고는 회오리치는 빗줄기 때문에 형태가 일그러진 노란 불빛과 빨간 불빛밖에 없었다. 내가 Z에게 할 수 있는 일은 그를 추월해 보려 애쓰는 것과 그가 어떤 자동차를 타고 있던지 간에 그에게 추월당하지 않는 것뿐이었지만 나는 그의 차가 정말 달리고 있는지, 어떤 것인지를 알 방법이 없었다. A시 방향으로 가는 다른 자동차들 모두에 대해서도 똑같은 적개심을 느꼈다. 내게 양보를 구하려고 방향 표시등을 내 백미러 쪽으로 숨 가쁘게 비춰 대는, 나보다 속도가 빠른 자동차들 전부에게 강한 질투심이 불타올랐다. 내 경쟁자 자동차의 후미등 불빛과 내 자동차 사이의 거리가 좁혀지는 것을 볼 때마다 뛸 듯이 의기양양해져서 경쟁자보다 먼저 Y에게 도착하려고 중앙 차선으로 달려든다.

몇 분만 일찍 도착하면 될 터였다. 이렇게 빨리 자신에게 달려온 나를 보면 Y는 금방 말다툼의 이유 같은 건 잊어버릴 테고 우리 사이는 예전으로 돌아갈 것이다. 그때 도착한 Z는 그저 우리 둘 사이의 일종의 장난 같은 것 때문에 Y가 자신에게 전화했다는 것을 알게 되어 소외감을 느끼겠지. 그런데 어쩌면 지금 이 순간 Y가 내게 했던 말을 후회하고 내게 전화를 해 보려고 했을 수도 있다. 아니 그녀도 나와 같이 직접 나를 찾아오는 게 제일 좋겠다는 생각을 하고 핸들을 잡았을 수도 있었다. 그러니까 지금 이 고속도로에서 나와 반대 방향에서 달리는 중인 것이다.

이제 나는 나와 같은 방향으로 달리는 자동차를 주의 깊게 관찰하는 일을 그만두고 나를 향해 달려오며 내게는 그저 두 개의 별 같은 전조등 불빛, 내 시야의 어둠까지 쓸어가 버리다가 갑자기 바다 속의 발광체 같은 것을 이끌고 내 등 뒤로 사라지는 불빛에 불과했던 자동차들을 유심히 본다. Y의 자동차는 아주 흔한 모델이었고 게다가 내 자동차와 같았다. 갑자기 빛을 발산하며 나타나는 이 자동차들 모두가 나를 향해 달려가는 그녀일 수 있어서 나는 자동차가 지나갈 때마다, 비밀스러워야만 하는 은밀함 때문인 듯 내 핏속에서 움직이는 뭔가를 느꼈다. 오로지 나에게로만 향한 사랑의 메시지가 고속도로에서 줄줄이 달리는 다른 메시지들과 뒤섞이고 있었는데 나는 이것과 다른 메시지를 그녀로부터 바랄 수가 없을 것이다.

　Y에게로 달려가면서 내 질주의 끝에서 Y를 만나지 않기를 더 간절히 바란다는 것을 알아차렸다. 나는 Y가 내게로 달려왔으면 좋겠다. 내게 필요한 답은 이렇다. 그러니까 그녀는 내가 자신에게로 달려간다는 사실을 알고 있어야할 필요가 있으면서 그와 동시에 그녀가 내게 달려오고 있다는 걸 내가 알 필요가 있다. 이런 생각은 내게 위안을 주는 유일한 생각이면서 또 나를 더 괴롭히기도 한다. 그러니까 만일 지금 이 순간 Y가 A시 쪽으로 달려가고 있고 그녀 역시 B시 쪽으로 달리는 자동차의 전조등을 볼 때마다 혹시 내가 그녀에게로 달려가는 게 아닌지 자문을 하며, 내가 그렇게 해 주길 바라지만 그 점을 확신하지 못할 수도 있지 않을까 하는 생각이다. 지금 반대 방향에서 달리던 두 대의 자동차가 잠시 나란히 달리게 되어, 눈부신 환한 불빛이 빗방울들을 비추고 두 차의 엔진 소리가 거센 바람 소리처럼 뒤섞였다. 어쩌면 우리가 저랬는지도 몰랐다. 말하자면 이게 뭔가를 뜻한다면, 당연히 나는 나였고, 다른 여자는 그녀였을 수 있다. 그러니까 내가 바라던 그녀, 내가 식별하고 싶었던 그녀의 표식일 수 있었다. 바로 그 표식을 내가 알아볼 수 없기는 하지만. 고속도로를 달리는 일은 우리에게 할 말이 남았다는 것을 표현하기 위한, 그녀와 나, 우리에게 남아 있는 유일한 방법이었다. 하지만 우리가 계속 고속도로를 달리는 한 그 사실을 전할 수도 전달받을 수도 없다.

　물론 나는 최대한 빨리 그녀에게 가려고 운전대를 잡았다. 하지만 앞으로 달리면 달릴수록 내가 도착하는 순간이 내 질주의 진정한 목표가 아님을 점점 분명히 알게 된다. 만남의 장면 속에 들어 있어야 할 별 중요하지 않는 세부 사항들을 모두 갖춘 우리의 만남과 내 앞에 펼쳐질 감각과 의미와 기억들(필로덴드론 화분이 있던 방, 유백색 전등, 귀걸이)의 미세한 망, 어떤 말은 분명 실수일 수도 있고 오해를 불러오기도 하겠지만 내가 하고 싶은 말, 분명 약간 불협화음을 이루고 어쨌든 내가 기대한 말은 아닐 그녀의 말, 그리고 모든 행동과 말들이 내포하고 있는 예측할 수 없는 결과들, 이 모든 게 우리가 해야할 말들, 아니 더 정확히 말하자면 우리가 듣고 싶은 말들 주위에 요란한 구름을 만들어 낼 것이다. 이 구름으로 인해 전화로는 어려워진 의사소통이 더 방해를 받고 억압받으며 쏟아지는 산더미 같은 모래에 파묻히듯 묻혀 버리고 말겠지. 이 때문에 나는 계속 말을 하는 대신에 시속 140킬로미터로 달리는 자동차가 던지는 원뿔형 불빛 속에서 해야 할 말들을 다른 말로 바꾸고, 고속도로에서 움직이는 원뿔형 불빛 속에서 나 자신을 바꾸어야 할 필요를 느꼈다. 그래야만 애매하고 무질서한 부차적인 떨림들 속에서, 그녀가 보내는 신호를 놓치지 않고 받아 이해할 수 있을 것이다. 그와 마찬가지로 나도 그녀가 내게 하고 싶은 말들을 이해하기 위해, 내 앞에 보이는 고속도로에서 시속 110킬로미터에서 120킬로미터 속도로(어림짐작으로 말하자면) 달리는 자동차에서 나오는 그 원뿔형 불빛이 바로 그녀가 하고 싶은 말이길 바란다.(아니 그녀 자체이길 바란다.) 중요한 것은 여타의 것들을 모두 사라지게 내버려 둔 채 절대적으로 필요한 사실만 전달하고 우리 자신을 본질적인 의사소통으로, 정해진 방향으로 움직이는 반짝이는 신호로 바꾸어 놓는 것이다. 그와 동시에 복잡한 우리 개성과 상황과 얼굴 표정을 지워 버리고 전조등들에 의해 모습을 감추는 어둠 속에 남겨 두어야 한다. 내가 사랑하는 Y는 사실 움직이는 이 빛들이며 그녀의 나머지 것들은 감춰져 있을 수 있다. 그녀가 사랑하는 나 자신, 그녀의 애정 생활이라고 할 열광의 회로 속에 들어갈 힘을 가진 나 자신은 지금 그녀의 사랑을 얻기 위해 위험을 무릅쓰고 추월을 시도하며 깜빡이는 방향 지시등의 불빛이다.

그리고 Z와도(난 Z를 한시도 잊지 않고 있었다.) 내게는 그저 나를 추적하는 눈부신 방향 지시등 혹은 내가 추격하는 주차등에 불과한지 아닌지를 알 수 있게 적절한 관계를 설정할 수 있으리라. 내가 Z의 성격을 진지하게 고려하기 시작하면, 그 결과가 어떻게 될지 아무도 알 수 없기 때문이다. 말하자면 그가 측은하지만 불쾌한 것은 부인할 수가 없고, 그렇기는 해도 짝사랑이라는 따분한 연애사와 언제나 다소 애매한…… 행동 방식을 보자면 또 그런 면이 양해가 되기도 하는(난 이 점을 인정해야만 한다.) 성격이니 말이다. 어쨌든 모든 게 이런 식으로 계속된다면 아주 좋았다. Z(하지만 나는 그인지 아닌지 알 수가 없다.)는 나를 추월하려 하거나 나에게 추월당하고 말며 Y(하지만 나는 그녀인지 아닌지 알 수가 없다.)는 자신의 행동을 후회하고 나에 대한 사랑을 새삼 느끼며 나를 향해 가속페달을 밟고 나(하지만 나는 그녀에게도, 그에게도 이 사실을 알릴 수가 없다.)는 질투에 눈이 멀어 초조한 마음으로 그녀에게 달려간다.

물론 고속도로에 나 혼자뿐이고 어느 방향으로도 달리는 자동차가 한 대도 보이지 않는다면 모든 게 훨씬 분명해질 테고 나는 Z가 내 자리를 차지하려는 행동을 하지 않았고 Y도 나와 화해를 하려 차를 몰고 나오지 않았다고 확신할 수 있을 것이다. 이것은 내 대차대조표에 손해 혹은 이익으로 기록할 수 있는, 어쨌든 의심을 전혀 남기지 않는 자료이다. 하지만 내게 현재의 불확실한 상황과 그와 같이 부정적인 확실한 상황을 바꿀 수 있는 기회가 있다면 두 말하지 않고 거절할 것이다. 모든 의심을 배제할 이상적인 조건은 이 고속도로에서 딱 세 대의 자동차, 그러니까 내차와 Y와 Z의 차만 달리는 것이다. 그러면 내 방향에서 나보다 앞서 달리는 차는 Z의 차일 수밖에 없고 반대 방향에서 홀로 직진하는 차는 Y의 차가 분명할 테니. 어둠과 비로 인해 특징 없는 불빛으로 변해 버린 수백 대의 자동차들 사이에서는 유리한 위치에 꼼짝 않고 앉아 있는 관찰자만이 자동차를 구별할 수 있고, 어쩌면 그 안에 탄 사람도 알아볼 수 있을 터였다. 내 상황은 그와 반대였다. 내가 메시지를 받고 싶다면 나는 나 자신이 메시지가 되기를 포기해야만 한다. 하지만 내가 Y로부터 받고 싶은 메시지는(그러니까 Y 스스로가 메시지가 되는 것) 나 자신이 메시지가 되어야만 가치를 지니게 된다. 다른 한편 나 자신이 스스로 만든 메시지는 모든 메시지의 수신자가 그렇듯이 Y가 그것을 받기만 하는 게 아니라 그녀 자신이 내가 그녀로부터 받고자 기다리는 메시지가 될 때에만 의미가 있다.

이제 B시에 도착해서 Y의 집으로 올라가서 두통에 시달리며 말다툼의 원인을 곱씹고 있는 그녀를 만난다 해도 나는 조금도 기쁘지 않을 것이다. 게다가 Z까지 집에 오게 되면 끔찍한 영화의 한 장면이 탄생하게 될 것이다. 반면 Z가 B시로 오지 않았거나 Y가 그에게 전화하겠다는 위협을 실행에 옮기지 않았다는 사실을 알게 되면 나는 바보 역할을 한 기분이 들겠지. 한편 내가 A시에서 움직이지 않았고 Y가 내게 사과를 하러 A시까지 왔다면 나는 당혹스러운 상황에 처할 것이다. 아마 Y를 다른 눈으로, 나를 잡으려는 허약한 여자로 보게 되어 우리 사이에 뭔가 변화가 있을지 모른다. 우리들 사이의 이런 변화가 없다면 나는 더 이상 다른 상황을 받아들일 수가 없다. 그러면 Z는? Z도 우리의 운명을 피해서는 안 된다. 그 역시 그 자신이 메시지로 변신해야 한다. 내가 Z에 대한 질투심으로 Y에게 달려가고 있고 Y가 Z에게 달아나려 한 것을 후회하며 내게 달려오고 있는데 Z는 자기 집에서 움직일 꿈도 꾸지 않는다면 이 얼마나 낭패인가…….

고속도로 중간에 휴게소가 있다. 나는 차를 세우고 바에 들어가 전화용 동전을 한 주먹 사고 B시의 지역번호와 Y의 전화번호를 누른다. 전화를 받지 않는다. 기쁜 마음으로 수화기를 내려놓자 동전이 비 오듯 떨어졌다. Y가 불안감을 이길 수가 없어 자동차를 타고 A시로 달려가는 게 분명했다. 이제 나는 고속도로의 반대 방향으로 돌아서 나 역시 A시로 달린다. 나를 추월하는 혹은 내가 추월하는 모든 자동차가 Y의 자동차일 수 있다. 반대쪽 차선에서 반대 방향으로 직진하는 자동차들은 착각에 빠진 Z의 자동차일 수 있다. 아니면 Y도 고속도로 휴게소에 들러 A시의 내 집에 전화를 했다가 내가 전화를 받지 않자 내가 B시로 가고 있다는 것을 알고 방향을 바꿨을 가능성도 있다. 지금 우리는 서로 반대 방향으로 달려 멀어지고 있다. 그리고 내가 추월하는 자동차 혹은 나를 추월하는 자동차가, 그 역시 고속도로 휴게소에서 Y에게 전화를 걸어 보았던 Z의 자동차 일수도 있는 것이다…….

모든 게 더 불확실해졌지만 나는 이미 어떤 내적인 평화의 상태에 도달한 기분이 든다. 우리가 전화번호를 눌러 아무도 전화를 받지 않는다는 걸 확인하는 한 우리 세 사람은 계속 출발지도 도착지도 없이 이 하얀 차선을 달려 오고 가리라. 우리가 달리고 있는 이 유일한 길 위에, 마침내 우리의 신체와 목소리와 정신 상태라는 불편한 무게에서 자유로워져 빛의 신호로 바뀐 수많은 감각과 의미 들이 불안하게 그 모습을 보인다. 우리의 존재 혹은 다른 사람의 존재가 우리에게 하는 말을 전하는 기형적인 요란한 소리 없이, 말하는 것과 자신을 동일시하고 싶은 사람에게만 유일하게 어울리는 질주이다.

물론 치러야 할 대가가 아주 많지만 우리는 그걸 받아들여야만 한다. 우리는 이 길을 지나는 수많은 표식 하나하나를 다 구별할 수 없다. 이곳을 벗어나면 그 어떤 의미도 수용할 수 없고 이해할 수 없기에 숨겨져 있고 해석할 수 없는 의미를 각자 가지고 있는 표식들을.

힘겨운 삶

아르헨티나 개미

우리는 아르헨티나 개미에 대해 아무것도 모른 채 이곳에 이사를 왔다. 여기서 잘 살아갈 수 있을 것 같았다. 하늘과 초록의 자연은 그지없이 상쾌했는데 아마 나와 내 아내가 품은 생각 때문에 지나칠 정도로 상쾌하게 느껴졌는지도 몰랐다. 가만히 생각해 보면 아우구스토 삼촌이 한 번 말한 적이 있었다. "거기 가면 틀림없이 개미들을 보게 될 거야……. 여기 개미들과는 다르지……." 하지만 화제가 다른 데로 옮겨져서 그 말을 대수롭지 않게 생각했다. 내 생각에는 아마 우리가 대화를 나누던 중 개미들이 보여서 그런 이야기를 한 듯했다. 개미들이라고? 우리 고장의 뚱뚱한 개미들 중(지금 생각해 보니 우리 고장의 개미들은 뚱뚱했다.) 길 잃은 개미 한 마리가 눈에 뜨였던 것 같다. 어쨌든 삼촌이 개미를 언급하기는 했어도 삼촌이 들려준 이 지역에 대한 묘사는 전혀 달라지지 않았다. 삼촌 본인이 잘 설명할 수 없는 어떤 상황 때문에 이곳에서의 생활이 아주 쉬웠고 삼촌이 아니라 여기 자리 잡고 사는 많은 사람들의 판단으로는 벌이가 보장되지는 않았을지 몰라도 그래도 먹고 살 만은 했었다.

삼촌이 이곳에서 잘 지낸 이유를 첫날 저녁에 금방 알아차렸다. 저녁 식사 후의 맑은 대기를 보면서, 그리고 들판으로 이어지는 길을 산책하는 기쁨을 이해하면서부터 말이다. 또 우리가 본 어떤 사람들처럼 야트막한 다리 돌난간에 앉을 수 있는 즐거움도 있었다. 그리고 삼촌이 드나들던 뒤에 밭이 딸린 술집을 찾아내고 삼촌처럼 나이가 많지만 허풍선이에다 고래고래 고함을 치는, 예전에 삼촌의 친구였다는 자그마한 체구의 노인들, 어떤 노인 하나가 아마 자랑 삼아 시계공이었다고는 했지만 내가 볼 때는 하루 몇 시간씩 막일을 하는 것 이외에는 특별한 직업이 없어 보이는 사람들을 만나게 되었을 때 훨씬 더 분명히 알 수 있었다. 우리는 그 사람들이 아우구스토 삼촌을 별명으로 기억한다는 걸 알게 되었다. 이 사람 저 사람 삼촌의 별명을 불러 대더니 곧 농담이 이어졌다. 우리는 계산대에 서서 희미하게 웃고 있는 하얀 편칭 블라우스의 여인을 발견했는데 그녀 역시 별로 젊지 않고 다소 뚱뚱했다. 나와 내 아내는 아우구스토 삼촌에게 이 모든 게 얼마나 중요했었는지를 이해했다. 별명으로 불리고 맑은 저녁에 다리에 앉아 노래를 부르기도 하는 게, 부엌과 밭을 오가는 편칭 블라우스의 여인을 보는 게, 그리고 다음 날 몇 시간씩 그 파스타 가게에 밀가루 자루를 내려놓는 일이. 그리고 우리 지역에서 이곳을 늘 그리워했으리라는 것도 알게 되었다.

내가 젊고 별생각 없는 젊은이였다면, 혹은 온 가족과 함께 자리를 잡은 상태였다면 나 역시 이 모든 것의 진가를 알아차렸으리라. 하지만 이런 것들이 아우구스토 삼촌을 충분히 행복하게 해 주었다는 것을 발견하게 되자마자 곧 우리에게는 이제 겨우 병에서 회복된 아기가 있고 아직 일자리를 찾아야 하는 입장이라는 현실을 더욱 절감하게 되었다. 그리고 어쩌면 이런 사실을 알아차린 것 자체가 이미 슬픈 일이었을지도 모른다. 행복한 마을에서 우리 자신은 더욱 불행해 보였으니까. 대수롭지 않을 수도 있을 몇 가지 일들이 마치 우리의 곤궁함을(이때에는 아직 개미에 대해 아무것도 알지 못했다.) 갑자기 더 가중시키기라도 하듯 걱정이 밀려왔다. 그리고 집을 보여 주며 온갖 주의사항을 알려 주던 마우로 부인 때문에 험난한 바다로 들어가는 듯한 느낌이 더욱 강해졌다. 가스 계량기에 대해 한참 동안 이야기했던 게 생각이 난다. 그리고 우리가 얼마나 열심히 그 말을 들었는지도. "알겠습니다, 마우로 부인……. 주의하겠습니다, 마우로 부인……. 정말 그렇게 하지 말아야죠, 마우로 부인……." 어쩌나 그 말에 주의를 집중했던지 그녀가 뭔가를 읽기라도 하듯 벽을 훑어보던 거며 손가락 끝으로 벽을 스치자 마치 축축한 모래나 먼지처럼 아무렇게나 그것들을 밀어 버리는 것도 눈치채지 못했다.(지금 우리는 그걸 또렷이 기억한다.) 그녀는 "개미"라고 말을 하지 않았는데 아마 벽과 천장이 있듯이 거기에 개미가 있다는 게 자연스러워서 그랬을 거라고 확신한다. 하지만 내 아내와 나는 그녀가 마지막 순간까지 그 사실을 숨기려 했으며, 그 길고 긴 연설과 요청이 다른 데로 주의를 돌려 그 사실을 감추기 위한 작전이었다는 생각을 떨칠 수가 없었다.

마우로 부인이 가고 나자 나는 매트리스들을 안으로 들여놓았다. 아내는 협탁을 옮길 수가 없어서 나를 불렀다. 아내는 당장 작은 부엌을 청소하고 싶어 해서 바닥에 무릎을 대고 앉았다. 하지만 내가 말했다. "이 시간에 뭘 하려고 그래? 내일 하자. 지금은 하룻밤 잘 수 있게 대충 정리나 하자고." 아기가 졸려서 울고 있었다. 제일 먼저 아기가 잘 바구니를 준비해서 재워야 했다. 우리 지역에서는 아기들을 재울 때 긴 바구니를 사용했다. 그래서 그 바구니를 여기까지 가져온 것이다. 바구니에 잔뜩 넣어 두었던 속옷들을 꺼내 바구니를 비웠다. 그리고 그 바구니를 놓을 적당한 장소를 찾았다. 물기가 없고 너무 높지도 않아 떨어질 위험이 없는 선반이었다. 우리 아들은 곧 잠들었고 우리는 우리들의 흔적으로 채워져 가는 집을 둘러보았다.(방 하나에 칸막이를 쳐서 방과 부엌으로 나눈 집이었다.) "그래, 그래, 하얀색, 하얗게 만들자고." 내가 천장을 바라보며 아내에게 말했다. 그러면서 팔꿈치로 아내를 밖으로 밀었다. 나는 왼쪽의 작은 오두막 같은 데 있는 화장실을 다시 살펴보러 가고 싶었지만 아내에게 주위를 좀 둘러보게 해주고 싶기도 했다. 우리 집이 두 개의 큰 화단인지 버려진 온실인지가 있는 토지에 있기 때문이었다. 그 화단인지 온실인지의 한가운데로 길이 나 있었고 철제 구조물이 덮여 있었는데 지금은 아무것도 없지만 어쩌면 철골을 타고 올라간 호박이나 포도가 말라붙은 채 매달려 있었는지도 몰랐다. 마우로 부인은 그 경작할 땅을 우리에게 밭으로 사용하게 할 생각이었는데 오래전부터 버려진 땅이었으므로 임대료는 요구하지 않았다. 하지만 오늘은 부인이 그 토지에 대해 아무 말도 하지 않았고 우리도 너무 많은 일을 벌여야 했기 때문에 입을 다물었다. 첫날 저녁 처음으로 그 땅을 걸으며 우리는 그 땅에 대한 신뢰를 얻고 어떤 의미에서는 그 땅을 소유하게 되었다는 확신을 얻고 싶었다. 온실 사이로 걸으면서 하루 저녁이 지나고 또 다른 저녁이 오면 차츰 괴로움도 줄어들며 우리의 삶이 계속될 가능성이 있으리라는 생각이 처음으로 들었다. 물론 이런 생각을 아내에게 말하지는 않았지만 아내도 그걸 느꼈는지 알고 싶은 마음이 간절했다. 그리고 사실 이런 산책이 내가 그녀에게 바라던 효과를 가져온 것 같기도 했다. 이제 아내가 한참씩 뜸을 들였다가 나지막이 말을 했다. 우리는 팔짱을 끼고 걸었는데 매우 풍요로웠던 시기에 하곤 했던 이런 행동을 그녀도 거부하지 않았다.

우리는 우리 땅의 끝까지 걸어갔다. 울타리 너머에서 풀무를 들고 자신의 집 주위에서 바삐 움직이는 레지나우도 씨가 보였다. 나는 몇 달 전 마우로 부인과 거주 문제를 의논하러 여기 왔을 때 레지나우도 씨를 알게 되었다. 인사를 하고 아내를 소개시키기 위해 그에게로 다가갔다. "안녕하십니까, 레지나우도 씨." 내가 그에게 말했다. "저 기억하십니까?" "아, 기억하고 말고요. 안녕하세요! 당신이 우리 이웃이 됐군요, 그렇죠?" 그가 말했다. 키가 작고 안경을 낀 레지나우도 씨는 잠옷 차림에 밀짚모자를 쓰고 있었다.

"아, 이웃이에요, 음, 이웃끼리……." 아내가 웃으면서 거의 들릴락 말락 하게, 예의상 몇 마디 말을 했다. 그녀가 그렇게 말하는 걸 아주 오랜만에 들었다. 그런 말을 들어서 기분이 좋은 게 아니라 그녀의 입에서 불평이 새어 나오지 않아서 행복했다.

"클라우디아." 우리 이웃이 자기 아내를 불렀다. "이리 와 봐, 라우레리 집에 새로 이사 온 분들이야." 우리 새집을 그런 이름으로 부르는 걸 나는 처음 들어서(나중에 알게 되었는데 예전 주인의 이름이었다.) 약간 낯설게 느껴졌다. 집안에서 뚱뚱한 레지나우도 부인이 앞치마에 손을 닦으며 나왔다. 선량한 사람들이었고 우리에게 친절했다.

"그런데 그 풀무로 뭘 하시는 겁니까, 레지나우도 씨?"

"아…… 개미들이요……. 이놈의 개미들이……." 그가 말했고 대수롭지 않다는 듯 웃었다.

"개미요, 네?" 아내가 무심하면서도 예의 바른 어조로 그 말을 따라했다. 낯선 사람과 이야기를 나눌 때 대화에 관심 있는 척하기 위해 그녀가 자주 사용하는 어조였다. 내 기억으로는 내게는 절대 그런 어조로 말하지 않았는데 그건 우리가 처음 알게 되었을 때에도 마찬가지였다.

잠시 후 우리는 예의 바르게 인사를 주고받은 뒤 이웃과 헤어졌다. 하지만 이런 일 역시, 그러니까 이웃을, 게다가 친절하고 예의 바른 사람들을 알게 되고 그렇게 다정하게 이야기를 나누는 그런 일 역시 우리는 완전히 즐길 수 없었다.

집에 오자마자 곧 잠자리에 들기로 했다. "들었어?" 아내가 말했다. 나는 귀를 기울였고 그때까지도 레지나우도 씨가 돌리는 풀무 소리가 들렸다. 아내가 물을 한 잔 가지러 개수대로 갔다. "나도 한 잔 갖다 줘." 아내에게 말을 하고 셔츠를 벗었다. "악!" 아내가 비명을 질렀다. "이리 와 봐!" 아내는 수도꼭지 위에서 개미들을, 벽을 타고 한 줄로 내려가는 개미들을 보았다.

우리는 방과 부엌에 하나밖에 없는 전등을 켰다. 문틀에서 나온 개미들이 빼곡하게 줄을 지어 벽을 가로지르고 있는 중이었는데 어디서 들어오는지는 알 수가 없었다. 이제 우리 손은 개미로 뒤덮였다. 우리는 개미의 생김새를 자세히 보려고 손을 눈앞에 펴 보았다. 그리고 개미가 팔을 타고 내려가지 못하게 계속 손목을 움직였다. 아주 작고 눈에 잘 보이지 않는 개미들이었는데 쉬지 않고 움직여서 우리 몸이 미세하게 가려울 때와 똑같은 자극을 주었다. 그제야 개미 이름이 생각났다. '아르헨티나 개미들', 아니 '아르헨티나 개미'라고들 불렸는데 분명 언젠가 이 이름을 틀림없이 들어 본 적이 있었다. 이곳은 '아르헨티나 개미'가 사는 곳이었다. 그제야 나는 그런 표현이 어떤 느낌과 연결되는지를 알게 되었다. 바로 사방이 스멀거리는 짜증스러운 느낌이었다. 주먹을 쥐어보아도, 손을 비벼 보아도 전혀 멈출 수 없는 그런 느낌이었는데 길을 잃은 개미가 늘 어딘가 남아 있어 팔이나 옷으로 달렸기 때문이었다. 개미를 짓눌러 버리면 검은 점으로 변해 모래처럼 떨어졌고 손가락에는 시큼하고 자극적인 개미 냄새가 남았다.

"아르헨티나 개미야, 내가 알아……." 내가 아내에게 말했다. "남미에서 온 건데……." 내 의지와 상관없이 나는 아내에게 뭔가를 가르치려 들 때의 억양으로 말을 했다. 아내가 그런 말투를 참을 수 없어 하고 나 스스로도 별 확신이 없을 때 그런 억양을 사용한다는 것을 알아서인 듯, 그런 억양으로 말할 때마다 날카로운 반응을 보이곤 했기에 나는 곧 후회를 했다.

하지만 아내는 거의 내 말을 듣지 못한 듯했다. 그녀는 벽에 줄을 선 그 개미들을 없애거나 흩어 놓아야겠다는 격렬한 충동에 사로잡혀 있었다. 손을 세워 벽을 쓸어내렸지만 개미가 손등으로 올라오게 만들고 또 다른 개미들을 주위로 흩어지게 만드는 결과밖에 얻지 못했다. 그래서 손을 수도꼭지 밑으로 가져가서 그 위에 물을 몇 번 뿌려 보았다. 하지만 개미들은 젖은 손 위로 계속 기었다. 손이 젖어 있어서 개미를 떼어 낼 수도 없었다.

"봐, 집 안에 개미 천지야, 봐!" 아내가 같은 말을 되풀이했다. "아까도 있었는데 못 봤던 거라고!" 마치 아까 봤더라면 상황이 많이 달라지기라도 했다는 듯이 말했다.

내가 아내에게 말했다. "신경 쓰지 마, 개미 몇 마리 가지고! 일단 가서 자고 내일 생각해 보자고!" 한마디 더 하는 게 좋겠다고 생각했다. "신경 쓰지 마, 아르헨티나 개미 몇 마리 가지고!" 그 나라에서 개미에게 붙인 이름을 정확히 부름으로써 이미 벌어진 일이고, 어떤 의미에서는 자연스러운 일이라는 느낌을 주고 싶었다.

하지만 조금 전 산책을 하면서 아내가 보여 주었던 느긋한 분위기는 금방 사라져 버렸다. 이제 그녀는 다시 모든 일에 대해 불신을 했고 평상시처럼 긴장된 얼굴이었다. 새집에서의 첫날, 내가 바라던 대로 잠자리에 들 수 없었다. 다른 삶을 시작했다는 안도감에 위로를 받은 게 아니라 새로운 난관 속에서 계속 앞으로 나가야 한다는 막막함이 우리를 맞았다. "전부 다 개미들 때문이야." 난 이렇게 생각했다. 그러니까 내가 생각한다고 생각했던 게 내게도 전혀 다른 의미였을 수 있었다.

우리는 흥분보다는 피로를 주체할 수 없어 잠이 들었다. 하지만 한밤중에 아기가 깨서 울었는데 우리 두 사람은 침대에 누운 채(아기가 갑자기 울음을 멈추고 다시 잠들기를 바랐지만 한 번도 그런 일은 없었다.) 서로에게 물었다. "왜 저러지? 왜 저러지?" 병에서 나은 뒤로는 밤에 우는 일은 없었다.

"개미 때문이야!" 아내가 소리를 지르며 침대에서 일어나서 아기를 달래러 갔다. 나도 침대에서 내려갔다. 우리는 바구니를 허공으로 들어 올리고 아기 옷을 다 벗겼다. 아직도 잠이 덜 깨 눈도 제대로 못 뜨면서 우리는 개미가 다 떨어졌는지 보려고 아기를 전등불 밑으로 데려갔다. 문에서 한 줄기 찬바람이 들어왔다. 아내가 말했다. "이제 추워." 그래서 막 긁어서 빨갛게 된 그 연약한 피부에 아기의 옷을 다시 입혀 보려고 했는데 안타까웠다. 개미들이 한 줄로 선반 위를 올라가고 있었다. 우리는 남은 개미가 있는지 시트를 빼놓지 않고 샅샅이 다 뒤졌다. 그리고 말했다. "어디서 재우지?" 우리 침대는 둘이 눕기에도 너무 좁아 서로를 밀곤 했다. 내가 서랍장을 잘 살펴보았다. 아직 개미가 거기까지 도착하지는 않았다. 그래서 서랍장을 벽에서 떼어 내어 서랍 한 칸을 열고 거기에 아기를 재울 준비를 했다. 아기를 그 안에 눕히려고 보니 어느새 잠들어 있었다. 이제 우리도 침대에 눕기만 하면 됐다. 금방 잠을 청할 수 있을 것이다. 하지만 아내는 준비해 온 먹을거리가 괜찮은지 살펴보고 싶어 했다.

"이리 와 봐, 이리 와 봐! 맙소사! 천지에 개미야! 새까매! 살려줘!" 어떻게 할 수 있단 말인가? 내가 아내의 어깨를 잡았다. "내일 생각하고 저리 가자. 지금은 잘 보이지도 않잖아. 내일 다 정리하자고, 전부 사용할 수 있어, 침대로 가자!"

"그럼 먹을거리는? 지금 다 못 쓰게 만들잖아!"

"그것도 신경 쓰지 마! 지금 대체 어떻게 하려고? 내일 개미집을 없애자고, 진정해……."

그렇지만 사방에, 먹을거리며 집기에 개미가 우글거린다고 생각하자 침대에 누워서도 진정을 할 수가 없었다. 어쩌면 지금도 바닥에서 서랍장으로 기어올라 아기에게까지 가고 있을 거라고 생각하면……

새벽닭이 울 무렵에야 다시 잠이 들었다. 그러나 오래 자지도 못하고 다시 몸을 뒤척이며 몸을 긁어 대기 시작했다. 침대에 개미가 있다는 생각 때문이었다. 우리가 그렇게 야단을 떨며 떼어 버렸는데도 어쩌면 다시 침대에 올라와 우리 몸에 붙어 있을지도 모른다는 생각 때문에. 그래서 그 이른 새벽에도 휴식을 취할 수가 없었다. 우리는 해야 할 일을 생각하자 마음이 급해져서 일찍 일어났다. 우리 집을 점령해 버린 성가시고 눈에 잘 보이지 않는 적과 당장 시작해야 할 짜증스러운 싸움도 한몫을 했다.

아내는 제일 먼저 아기에게 신경을 썼다. 개미가 아기를 문 것은 아닌지(다행히 그런 것 같지는 않았다.)를 살펴보고 옷을 입히고 아침을 주었다. 이 모든 일이 개미가 우글거리는 그 집에서 이루어졌다. 나는 아내가 매번 비명을 지르지 않으려고 얼마나 애를 쓰는지 잘 알고 있었다. 가령 개수대에 놓아 둔 찻잔의 테두리와 아기의 턱받침과 과일에 개미가 새까맣게 묻은 걸 보고서도 말이다. 그러나 우유에서 개미를 발견하자 비명을 지르고 말았다. "새까매! 우유에 개미가 새까맣게 덮여 있어. 빠져 죽었거나 떠다니는 거야." "전부 위에 떠 있는데. 숟가락으로 떠 내자." 내가 말했다. 하지만 그러고 나도 개미 냄새가 남아 있는 것 같아서 우유를 마시지 못했다.

나는 개미들이 어디서 오는지 알아보려고 줄줄이 벽을 기어 다니는 개미들을 눈으로 좇았다. 하지만 아내는 머리를 빗고 옷을 입으면서 억눌렀던 분노를 조금씩 폭발했다. "개미들을 다 내쫓기 전에는 가구를 정리할 수 없어!" 아내가 말했다,

"진정해. 곧 다 해결될 테니 두고 봐. 내가 레지나우도 씨에게 가서 가루 개미약이 있는지 물어보고 조금만 얻어올게. 가루약을 개미 집 입구에 뿌리자고. 개미집이 어디 있는지 벌써 확인했어. 금방 개미에게서 해방될 거야. 그런데 조금만 더 기다려야겠어. 아직 시간이 일러 자고 있는 레지나우도 씨 부부를 깨울 수는 없으니까."

아내는 약간 진정이 되었으나 나는 아니었다. 개미집을 보고 아

내를 안심시키려 그렇게 말했지만 그걸 보면 볼수록 개미들이 새로운 방향에서 오가고 있다는 걸 알게 되었다. 그러니까 우리 집이 겉으로 보기에는 주사위처럼 매끈하고 균일해 보이지만 사실은 구멍이 뻥뻥 뚫리고 사방에 틈이 벌어져 있고 균열이 가 있는지도 몰랐다.

나는 마음을 달래 보려 문 앞에 서서 이제 서서히 퍼지는 햇살 아래 나무들을 바라보았다. 땅을 뒤덮은 덤불들이 내 눈에는 유쾌해 보였는데 빨리 달려들어 일하고 싶다는 바람 때문이었다. 전부 깨끗이 정리를 하고 밭을 갈고 씨를 뿌리고 모종을 옮겨 심고 싶었다. "가자." 내가 아들에게 말했다. "게으르게 여기 가만히 있지 말고." 내가 아들을 품에 안고 '정원'으로 갔다. 뿐만 아니라 그 작은 땅뙈기를 그렇게 부르는 버릇을 들이는 게 좋아서 아내에게 말했다. "아기 데리고 잠깐 정원에 갔다 올게." 그러다가 정정을 했다. "우리 정원 말이야." 이렇게 말하는 게 훨씬 더 우리 소유 같고 친근해 보였다.

아들은 햇볕을 쐬자 즐거워했다. 내가 말했다. "이건 쥐엄나무고 이건 감나무야." 내가 아이를 나뭇가지 높이로 들어올렸다. "이제 아빠가 나무 타는 법을 가르쳐 줄게." 아이가 울음을 터뜨렸다. "왜 그래? 무서워?" 개미가 보였다. 개미들이 그 진득한 나무를 완전히 뒤덮어 버렸다. 얼른 아이를 다시 품에 안았다. "이런, 개미들이 진짜 많구나……." 아이에게 말했지만 걱정이 되었다. 나무 몸통 위의 그 개미들을 눈으로 쫓다가 나는 그 소리 없는, 거의 눈에 보이지도 않는 개미 떼들이 땅으로, 사방으로, 잡초들 사이로 끊임없이 기어 다니고 있다는 걸 알아차렸다. 대체 어떻게 이 개미들을 집에서 쫓아낸단 말인가? 나는 이렇게 생각했다. 이 좁은 땅 위로(어제만 해도 아주 좁아 보였는데 지금 개미와 연관해서 보니 한없이 넓기만 했다.) 끝없는 개미의 베일이 펼쳐졌다. 개미들은 지하의 개미집에서 나오는 게 분명했고 점착성이 있고 무른 토질과 크지 않은 잡초들이 개미의 번식을 돕는 게 틀림없었다. 그래서 어디를 바라보든(처음 보면 아무것도 보이지 않아 안도감을 느끼기는 하지만) 개미들이 있었다. 그리고 눈을 가느스름하게 뜨고 자세히 보다가 개미 한 마리가 다가오는 것을 알아차렸다. 그 개미는 다른 행렬과 연결되는 긴 행렬의 일부분이었다. 개미들은 아주 작지만 그래도 어쨌든 자기들보다는 큰 빵 부스러기나 어떤 조각을 지고 가는 경우가 많았다. 그리고 어떤 지점마다, 내 생각에는 식물의 즙이나 동물의 잔해가 응고된 곳 같았는데 개미들이 둥글게, 마치 상처 부위에 앉은 딱지처럼 거의 단단하게 함께 모여 있었다.

발 위로 개미들이 기어오르는 것을 느끼며 아들을 목말 태우고 거의 달리다시피 빠른 걸음으로 아내에게로 돌아왔다. 그러자 아내가 말했다. "왔네, 왜 애를 울렸어. 무슨 일이야?"

"아무것도, 아무것도 아냐." 내가 서둘러 말했다. "나무에서 개미를 봤어. 지난밤하고 똑같은 일이 일어났어. 몸이 간지러웠나 봐."

"세상에, 여기도 그래!" 아내가 말했다. 그녀는 벽 위로 기어가는 개미 떼들을 따라다니며 손가락 끝으로 개미들을 하나씩 눌러 죽이려 했다. 나는 이제 한없이 넓게만 보이는 그 땅에서 우리를 에워싼 그 수백만 마리의 개미들을 다시 보았다. 그러다가 아내에게 욕이 튀어나왔다. "지금 뭐 하는 거야? 미쳤어? 그런 짓 해 봐야 아무 소용도 없어!"

아내가 분통을 터뜨렸다. "아우구스토 삼촌 말이야! 아우구스토 삼촌이 우리에게 아무 말도 하지 않았잖아! 우린 둘 다 멍텅구리야! 그 거짓말쟁이 말을 듣다니!" 그렇지만 아우구스토 삼촌이 우리

에게 무슨 말을 해줄 수 있었겠는가? 그 당시 우리에게 '개미'라는 말
이 지금 이런 상황 앞에서 느끼는 절망감을 나타냈을 리가 없었다.
삼촌이 예전에 한 번 말했을 수도 있는데(이걸 배제할 수는 없다.) 만일
개미 이야기를 해 주었다 해도 우리는 몸체가 있고 무게가 있는 구체
적인 적, 헤아릴 수 있는 적과 싸우게 될 거라고 생각했을 것이다. 사
실 우리 고향의 개미들을 다시 떠올려 보자 그것들은 꽤 몸집이 있
는 동물, 고양이나 토끼처럼 만질 수도 있고 이동시킬 수도 있는 생명
체라는 생각이 들었다. 여기 우리 앞에 있는 적은 어떤 힘으로도 대
응할 수 없는 안개나 모래 같았다.

우리 이웃인 레지나우도 씨는 부엌에서 깔때기를 이용해 액체를
다른 용기에 옮기는 중이었다. 나는 밖에서 그를 부른 뒤 숨을 헐떡
이며 여닫이 유리문 앞으로 갔다. "아, 우리 이웃 양반이시네!" 레지
나우도 씨가 크게 말했다. "들어와요, 자, 들어와요! 미안하지만 여기
는 항상 이렇게 뒤죽박죽이라오! 클라우디아, 우리 이웃 분 앉을 의
자 좀 줘요!"

내가 즉시 레지나우도 씨에게 말했다. "성가시게 해서 죄송합니
다, 제가 온 이유는, 그러니까, 그 가루약을 가지고 계신 걸 봐서요.
저희가 지난 밤 내내, 개미들이……."

"하, 하, 하! 개미요!" 레지나우도 부인이 부엌에 들어서면서 웃
음을 터뜨렸다. 그리고 남편도 내가 보기에는 약간 늦게 그렇지만 더
요란하게 그녀를 따라 웃었다. "하, 하, 하! 개미들도! 하, 하, 하!"

내 상황이 우습다는 걸 이해하기라도 한 양, 나도 모르게 빙긋
웃었지만 아무 말도 할 수는 없었다. 도움을 청하러 그를 찾아왔다
는 말을.

"우리도 알아요, 개미라, 우리 이웃 양반!" 레지나우도 씨가 두 손을 들며 크게 말했다.

"우리도 알아요, 이웃 양반, 우리도 안다니까!" 그의 아내고 가슴에 손을 모으고 남편의 말을 따라했지만 남편처럼 계속 웃었다.

"제 생각에는 혹시 두 분이 어떤 방법을 알고 계시지 않을까 해서요, 아닌가요?" 내가 물었다. 내 목소리가 떨렸는데 절망감 때문이 아니라 그들처럼 웃고 싶은 마음 때문이었는지도 몰랐다.

"방법이라, 하, 하, 하!" 레지나우도 부부가 더 이상 어쩔 수 없을 정도로 웃었다. "우리에게 어떤 방법이 있냐고요? 스무 개, 천 개의 방법이 있지요! 그런데 한 가지, 하, 하, 하, 한 가지 방법이 특히 좋답니다!"

두 사람이 나를 다른 방으로 데려갔다. 방에는 수십 개의 종이 상자와 밝고 진한 색깔의 상표가 붙은 양철통이 가구 위에 놓여 있었다.

"프로포스판을 드릴까요? 미르미넥을 드릴까요? 아니면 티오브로플리트는 어때요? 아르소판 가루나 과립은요?" 두 사람이 분무기, 솔, 풀무를 손으로 만지자 누런 먼지와 물방울들이 안개처럼 위로 날아올랐고 약국과 농민조합 사무실 냄새가 뒤섞여서 확 풍겼는데 두 사람은 여전히 볼썽사납게 웃어 댔다.

"그러면 꼭 필요한 게 뭘까요?" 내가 물었다.

그들의 얼굴에서 웃음기가 사라졌다. "없어요, 아무것도." 그들이 대답했다.

레지나우도 씨가 내 어깨를 툭툭 쳤다. 부인이 덧창을 열자 햇살이 안으로 들어왔다. 두 사람은 내게 집을 한 바퀴 둘러보게 해 주었다.

레지나우도 씨는 분홍 줄무늬 파자마 바지와 소매 없는 러닝셔츠를 입었는데 볼록하게 솟은 배 위에 바지 끈이 묶여 있었다. 대머리 위에 밀짚모자를 쓰고 있었다. 부인은 색이 바랜 가운을 걸쳤는데 가끔 속옷의 어깨끈이 드러나기도 했다. 불그레한 큰 얼굴 주위의 뻣뻣한 금발 머리카락은 손질을 하지 않아 뒤엉켜 있었다. 그들은 떠들썩하고 외향적인 사람들이었다. 집 구석구석마다 이야깃거리가 있었다. 그들은 상대의 서로 말을 가로막으며 손짓을 하고 감탄사를 연발하며 내게 이야기를 했다. 일화를 이야기할 때마다 광대극을 보는 기분이 들었다. 두 사람이 어떤 곳에 아르파낙스 0.2퍼센트 희석액을 뿌려 놓은 적이 있었다. 그러자 개미들이 이틀 동안은 다가오지 않더니 사흘째 되는 날 다시 돌아왔다. 그래서 레지나우도 씨는 1퍼센트로 혼합 비율을 높였다. 그렇지만 개미들이 그 지점으로 지나가는 대신 그 가장자리로만 다녔다. 또 다른 지점에서는 크리소탄 가루를 한 귀퉁이에만 놓아두었지만 바람에 날아가 버려서 하루에 3킬로가 필요했다. 그들은 좁은 계단에 페트로키드도 놓아두어 보았는데 갑자기 개미들이 다 죽은 듯했다. 사실은 개미가 잠들어 버린 것뿐이었다. 한 귀퉁이에 포르미킬을 뿌렸고 개미들이 끊임없이 지나다녔지만 아침에 그들이 발견한 거라고는 약을 먹고 죽은 쥐 한 마리뿐이었다. 레지나우도 씨가 확실한 차단제인 물약 지모포스프를 놓아둔 곳에다가 아내가 가루약 이탈마크를 뿌리는 바람에 지모포스프가 해독이 되어 약효가 완전히 사라져 버리고 말았다.

우리 이웃은 집과 정원을 전쟁터로 사용하는 중이었다. 그들은 개미들이 지나가지 못하게 선을 긋는 일과 개미들이 새 길을 찾아내는 데에 열심이었다. 그리고 약들을 새롭게 배합하고 새 가루약을 사용해 보는 데에도. 이 모든 약들은 이미 일어난 일화와 기억 속에서 우스꽝스럽게 조합되어 있어서 "아르세피트! 미르식도!" 이렇게 이름만 나와도 배꼽이 빠져라 웃으며 서로 윙크를 하고 알듯 말듯한 말들을 했다. 어떤 시도를 해 봐도 소용이 없어서 개미를 죽이는 일을(시도를 해 본 적이 있다면) 포기한 것 같았다. 다만 개미가 지나가는 길을 차단해서 개미가 방향을 바꾸게 만들고 개미들에게 겁을 주거나 개미를 감시하려고 애쓰는 듯이 보였다. 그 길들은 개미들이 매일 각기 다른 재료를 준비해 그리는 늘 새로운 미로였고 그런 미로 놀이에서 개미들은 빠져서는 안 되는 요소였다.

"이 개미들은 달리 어떻게 할 수가 없어요. 다른 방법이 없다니까요." 그들이 말했다. "선장처럼 하지 않는 한은……."

"아, 물론 이런 살충제에 돈이 제법 들어요……." 그들이 말했다. "그 선장은 물론 아주 경제적인 방법을 쓰고 있지요……."

"물론 우리가 아르헨티나 개미를 다 퇴치했다고 말할 수는 없답니다. 그렇지만 당신 생각에는 선장이 올바른 길을 가고 있는 것 같던가요? 난 의심이 드는데……."

"죄송하지만 선장이 누굽니까?" 내가 물었다.

"브라우니 선장 말이오. 모릅니까? 아하, 어제 이곳에 오셨으니! 오른쪽에, 저 하얀 집에 사는 우리 이웃이지요……. 발명가랍니다." 그러더니 부부가 웃었다. "아르헨티나 개미를 박멸할 장치를 고안해 냈어요……. 한 두개가 아니라 셀 수도 없을 정도죠. 계속 만들고 있어요. 가서 한 번 만나 보세요."

뚱뚱하고 내숭스러워 보이는 레지나우도 부부는 줄줄이 살충제를 뿌려 두었고 시커먼 물약 자국이 여기저기 나 있고 녹색 빛이 도는 가루가 뿌옇게 일어나고, 물뿌리개와 유황 살포기가 여기저기 놓여 있고 남색 조제약들을 풀어 놓은 시멘트로 만든 조그만 수조들이 자리 잡고 있을 뿐만 아니라 꼭대기 나뭇잎부터 뿌리까지 살충제에 뒤덮인 장미나무가 몇 그루 서 있는 몇 평 안 되는 작은 정원에서 흡족하고 즐거운 듯 맑은 하늘을 올려다보았다. 그들과 대화를 하다 보니 내가 원했는지 아닌지 모르지만 어쨌든 자신감이 조금 되살아났다. 간단히 말해 개미들은 그들이 보여 주려 애썼던 것처럼 우스운 것은 아니지만 그렇다고 용기를 잃을 정도로 아주 심각하지 않을 수도 있었다.

'아, 개미들!' 이제 난 이렇게 생각했다. '개미가 대체 어쨌다고? 개미가 조금 있다고 뭐 그리 나쁘겠어?'

이제 물론 아내에게 가서 좀 놀려 줄 수 있을 것이다. '당신, 이런 개미 따위가 뭐라고 생각하는 거야……'

옆집 사람들이 시험 삼아 사용하라고 준 약 봉지와 약통을 잔뜩 들고 우리의 좁은 땅을 가로질러 집으로 돌아가는 동안 이런 어조의 대화를 준비했다.(약은 내가 원하는 대로 골랐는데 혹시 아이가 입에 넣을 때를 대비해 해로운 물질이 포함되지 않은 약들이었다.) 하지만 아이를 목에 태운 채 집 밖에 있는 아내, 눈에 초점이 없고 볼이 푹 꺼진 아내를 보았을 때 그녀가 어떤 전쟁을 치렀는지 알 수 있었다. 가늠할 수도 없는 수많은 개미에 포위되었다는 사실을 아내가 알게 되었다는 것도. 체념한 그녀의 모습에 웃고 싶은 마음이 싹 사라졌다.

"드디어 왔네……." 그녀가 말했다. 부드러운 어조였는데 내가 예상했던 화난 억양보다 더 고통스러웠다. "여기선 더 이상…… 당신도 봤잖아……. 정말 모르겠어……."

"자, 이제 이걸 한번 사용해 보자고." 내가 아내에게 말했다. "이거하고, 또 이거하고……." 그러면서 집 앞 선반에 내가 가지고 온 통들을 늘어놓았다. 그리고 당장 사용법을 설명했는데 아내의 눈에 너무 많은 희망의 빛이 살아날까 봐 두려워서였는지 몹시 서둘러 말했다. 아내에게 환상을 심어 줄 수도 그것을 깰 수도 없다는 생각이 들어서였다. 이제 내 머릿속에는 다른 생각뿐이었다. 당장 브라우니 선장을 찾아가 보고 싶었다.

"내가 말한 대로 해 봐. 금방 돌아올 테니까."

"또 나가려고? 어디 가게?"

"다른 이웃집에. 개미를 쫓는 장치가 있대. 갔다 올게."

그래서 나는 우리 땅 오른쪽에 빙 둘러쳐진, 무성한 담쟁이덩굴이 덮인 철망 울타리 쪽으로 달려갔다. 해가 다시 구름에 가려졌다. 나는 철망 근처에 서서 조그맣고 정돈된 정원 가운데에 있는 하얀 집을 보았다. 정원에는 둥근 화단들을 따라 잿빛 조약돌이 깔린 좁은 길들이 이어져 있었다. 공원에서처럼 초록 페인트칠을 한 낮은 철망이 화단 가장자리에 둘러쳐져 있었다. 그리고 각 화단마다 한가운데에 시커먼 귤나무나 오렌지나무가 한 그루 서 있었다.

주위는 고요했고 그늘이 드리워져 있었으며 모든 게 미동도 하지 않았다. 내가 망설이며 그곳을 떠나려고 할 때 깔끔하게 각은 생울타리 너머에서 해변에서 쓰는 하얀 면 모자를 쓴 머리가 나타났다. 일그러진 모자는 챙의 가장자리가 물결처럼 구불구불했는데 푹 눌러쓴 그 모자 챙 밑으로 긴 코 위에 걸쳐 쓴 금속 테 안경이 보였다. 그 코 밑으로, 날카롭게 미소 짓는 입술 사이에서, 역시 금속으로 만든 의치가 번득였다. 스웨터 차림의 비쩍 마른 남자였다. 자전거를 타는 사람들이 주로 입는, 연약한 발목에 딱 달라붙는 바지에 샌들을 신고 있었다. 그는 계속 긴장된 미소를 지으며 귤나무에 다가가 말없이 주의 깊게 나무 몸통을 살펴보았다. 내가 담쟁이덩굴 울타리 뒤쪽에서 얼굴을 내밀며 말했다. "안녕하십니까, 선장님." 남자가 재빨리 고개를 들었다. 미소는 사라져 버렸고 차가운 눈길만 남았다.

"실례지만 브라우니 선장님이십니까?" 내가 물었다.

남자가 고개를 끄덕였다. "저는, 혹시 들으셨는지 모르겠지만, 라우레리 씨네 집을 세 얻어 새로 이사 온 사람입니다……. 잠시만 방해를 해도 될까요? 제가 장치 이야기를 들었는데……."

선장이 한 손가락을 들어 올리더니 내게 가까이 다가오라는 시늉을 했다. 나는 울타리의 철망이 밑으로 내려앉은 부분으로 뛰어넘어 선장 쪽으로 갔다. 선장은 계속 손가락을 들고 있었고 다른 손으로는 자신이 바라보고 있던 지점을 가리켰다. 나무 몸통에 수직으로 철사 회로가 튀어나와 있었다. 철사 끝에는 (내가 보기에는) 생선 미끼가 달려 있었는데 철사의 중간쯤이 구부러져서 각을 이루었고 그 끝은 아래쪽을 향하고 있었다. 나무 몸통과 철사 위로 개미들이 정신없이 왔다 갔다 했다. 구부러진 철사 밑에 고기즙을 담는 병 같은 작은 병이 매달려 있었다.

선장이 설명했다. "생선 냄새에 유혹된 개미들이 직선의 철사 위를 달립니다. 보시다시피 앞뒤로 나란히 잘 갑니다. 부딪히는 경우가 없어요. 그렇지만 V로 된 길은 위험하지요. 거기로 갔던 개미와 돌아오던 개미가 V의 정점에서 부딪히게 되어 동작을 멈추지요. 그때 그 병에 든 휘발유 냄새 때문에 어지럼을 느끼게 되고 가던 길을 계속 가기는 하지만 충돌해서 밑으로 떨어져 휘발유 속에서 죽는 겁니다. 툭, 툭." 개미가 떨어질 때마다 '툭, 툭' 소리를 냈다. '툭툭, 툭툭, 툭툭.' 선장이 미동도 없는 차가운 미소를 지으며 계속 말했다. '툭'이라고 할 때마다 개미가 병에 떨어졌는데 병에는 5센티미터 정도의 휘발유가 들어 있었고 그 위에서 형체를 알아볼 수 없게 뒤얽힌 개미들이 시커먼 막을 형성했다.

"일 분에 평균 마흔네 마리가 죽습니다." 브라우니 선장이 말했다. "시간당 2400마리가 죽는 거지요. 물론 휘발유를 깨끗하게 유지해야 합니다. 안 그러면 죽은 개미가 휘발유를 뒤덮어서 나중에 떨어진 개미들이 살아날 수 있으니까요."

나는 힘없이, 가끔 그러나 계속 떨어지는 개미에서 눈을 뗄 수가 없었다. 수많은 개미들이 위험한 지점을 지나서 생선을 입으로 끌며 돌아왔다. 하지만 그 지점에서 항상 어떤 개미가 동작을 멈추고 더듬이들을 떨다가 밑으로 추락하곤 했다. 브라우니 선장은 안경 너머로 이런 개미들의 미세한 동작들을 하나도 놓치지 않고 뚫어지게 바라보았다. 그리고 개미가 떨어질 때마다 눈에 잘 띄지는 않았지만, 자신을 제어하지 못하고 흠칫 몸을 떨었다. 입술이 거의 없는 입의 양끝이 긴장된 채 떨렸다. 참지 못하고 거기에 손을 대는 일도 자주 있었는데 철사의 각도를 조절하거나 병 속의 휘발유를 흔들어 주거나 병 안쪽에 죽어 있는 개미 떼들을 정리하기도 했고, 그도 아니면 개미들이 떨어지는 속도를 빠르게 하려고 그 장치를 약간 흔들기도 했다. 하지만 그 장치를 흔드는 행동은 그에게는 규칙 위반과 거의 비슷한 모양이었다. 그럴 때면 즉시 손을 떼고 변명하는 분위기를 나를 바라보았으니 말이다.

"이건 완벽한 모형입니다." 그가 나를 다른 나무 쪽으로 안내하며 말했다. 그 나무에서 튀어나온 V의 정점에는 뻣뻣한 털이 묶여 있었다. 개미들은 그 털 위에서 안전하다고 생각하지만 휘발유 냄새에다가 그들이 디디고 있던 털이 갑자기 가늘어지는 바람에 어쩔 도리가 없이 밑으로 떨어졌다. 이 털, 아니 말총을 이용하는 방법에 다른 여러 가지 덫들에 적용되었는데 선장이 내게 그것들을 보여 주었다. 굵은 철사의 끝부분이 갑자기 가느다란 말총으로 변해 버리면 개미들은 이러한 변화에 우왕좌왕하다가 균형을 잃게 된다. 그리고 선장은 심지어 미끼가 위장된 길로 이어지는 함정까지 고안을 해냈다. 그러니까 개미가 지나가게 되면 말총이 그 무게를 이기지 못해서 중간에 부러지게 되어 개미가 휘발유에 떨어지는 장치였다. 이 정리가 잘된 조용한 정원에 서 있는 나무들마다, 배관들마다, 난관의 기둥들마다 정확하고 질서정연하게 이런 철사 지지대들이 부착되어 있었고 그 밑에는 휘발유 통이 달려 있었다. 가지치기가 잘된 장미나무들과 담쟁이덩굴은 그저 이런 사형 행진을 위해 공들여 만든 위장 장치에 불과한 듯했다.

"아글라우라!" 선장이 뒷문에 다가가며 소리치더니 다시 말했다. "이제 최근 잡은 개미들을 보여 드리지요."

문에서 마르고 창백한 여인이 나왔다. 겁에 질린 듯하고 심술궂어 보이는 눈빛의 키가 크고 마른 여인이었다. 머리를 덮은 수건은 이마에서 질끈 동여매어져 있었다. "우리 이웃 분께 자루를 좀 보여 드리지."

브라우니 씨가 말했는데 나는 곧 그 여자가 가정부가 아니라 선장의 아내라는 걸 눈치챘다. 나는 그녀에게 목례를 하고 인사말을 우물거렸다. 하지만 그녀는 내 인사에 답을 하지 않았다. 그녀가 집 안으로 다시 들어갔다가 묵직한 자루를 바닥에 질질 끌며 나왔다. 힘줄이 불끈 솟은 두 팔은 보기보다 그녀가 훨씬 힘이 세다는 것을 증명했다. 비스듬히 열린 문으로 집 안이 보였는데 그녀가 끌고 나온 것과 비슷한 자루들이 잔뜩 싸여 있었다. 브라우니 부인은 아무 말 없이 사라졌다.

선장이 자루의 주둥이를 벌렸다. 그러자 그 안에 부식토 같기도 하고 화학 비료 같기도 한 게 나타났다 하지만 그가 한 팔을 거기 집어넣고 커피 찌꺼기처럼 한 움큼을 꺼내서 다른 손바닥에 흘려보냈다. 웅크린 채 죽어 버려 머리도 다리도 구별되지 않는 작은 알갱이로 변한 검붉은 개미들이었다. 시큼하고 자극적인 냄새가 났다. 집 안에는 이런 개미가 가득 든 수백 그램의 자루가 피라미드처럼 싸여 있었다.

"무시무시하군요……." 내가 말했다. "이렇게 하면 전부 박멸하실 수 있겠는걸요……."

"아닙니다." 선장이 차분하게 말했다. "일개미를 죽여 봤자 아무 소용이 없어요. 여왕개미가 사는 개미집이 천지인걸요. 이 여왕개미들에게서 일개미 수백만 마리가 태어나는 겁니다."

"그럼?"

내가 자루 옆으로 바짝 다가갔다. 그는 나보다 아래쪽 계단에 앉아 있어서 얼굴을 들고 내게 이야기했다. 하얀 모자의 일그러진 창이 그의 이마 전부와 둥근 안경 일부를 가렸다.

"여왕개미를 굶겨 죽여야 해요. 개미집에 먹이를 갖다 주는 일개미의 수를 최소로 줄이면 여왕개미들은 먹을 게 없게 되겠지요. 분명히 말씀드릴 수 있는데, 한여름 어느 날 개미집에서 나와 제 발로 먹이를 찾아가려 할 겁니다……. 그러면 개미들은 모두 끝장나는 거죠……."

그가 거칠게 자루 입구를 오므리더니 자리에서 일어났다. 나도 따라 일어났다.

"그런데 개미들을 도망치게 해서 뭔가를 해결할 수 있다고 생각하는 사람이 있죠." 그가 레지나우도 씨의 집 쪽을 흘깃 보며 금속 의치를 드러내며 비웃었다. "……그리고 개미를 살찌우는 걸 더 좋아하는 사람도 있습니다……. 그것도 한 방법이죠, 안 그래요?"

나는 두 번째 말이 누굴 암시하는지 알 수가 없었다.

"누구 말씀입니까?" 내가 물었다. "왜 개미를 살찌우고 싶어 하는 겁니까?"

"개미 남자가 선생 집에 들르지 않았나요?"

어떤 남자를 말하는 거지? "모르겠는데요. 안 온 것 같아요……."

"선생 집에도 들를 겁니다, 안심하세요. 대개 목요일에 들르니까요. 그러니까 오늘 아침에 오지 않았다면 오후에 올 겁니다. 개미에게 강장제를 주려고 말이지요, 하하!"

그에게 맞장구를 쳐 주기 위해 나도 웃었지만 또 다시 새로운 방법을 따르고 싶은 생각은 들지 않았다. 일부러 그의 집에 왔기 때문에 그에게 말했다. "선장님의 방법보다 더 좋은 방법은 없을 것 같은데요……. 선장님 방법을 저희 집에서 시도해 봐도 된다고 생각하십니까……?"

"어떤 장치가 마음에 드는지 말해 주셔야 합니다." 브라우니가 이렇게 말하더니 내가 보지 못한 다른 발명품들을 보려 주려고 정원으로 다시 나를 데리고 갔다. 나는 개미를 죽이는 것처럼 그렇게 단순한 일을 하는데 그렇게 많은 기술과 물건이 필요하다는 생각이 낯설었지만 중요한 것은 규칙적으로 끊임없이 진행하는 것임을 알았다. 그래서 절망감을 느꼈다. 소름 끼치는 끈기를 가진 이 이웃과 견줄 수 있는 사람은 아무도 없어 보였기 때문이었다.

"저희 집에는 이보다는 좀 더 단순한 장치가 더 좋을 것 같습니다." 내가 말했다. 그러자 브라우니가 콧소리를 크게 냈는데 동의의 표시인지, 내 소박한 야망에 대한 연민인지 알 수가 없었다.

"제가 좀 생각해 보도록 하지요." 그가 말했다. "설계를 해서 보여 드리겠습니다."

이제 내게 남은 일은 그에게 감사 인사를 하고 그 자리를 떠나는 것뿐이었다. 난 울타리를 뛰어넘었다. 사실 내 발밑에서 달그락거리는 자갈 소리도 귀에 들어오지 않았다. 집에 도착하자 비록 개미가 우글거리는 집이기는 했지만 처음으로 진짜 내 집, '마침내'라고 말하며 돌아올 수 있는 곳에 돌아온 기분이 들었다.

집에서는 아이가 살충제를 먹어서 아내가 어쩔 줄 몰라 하고 있었다.

"걱정하지 마, 독성은 없으니까!" 내가 즉시 아내에게 말했다.

독성은 없었지만 먹어도 되는 건 분명 아니었다. 아들은 고통스러워서 비명을 질렀다. 토하게 만들어야 했다. 다시 개미로 들끓는, 아내가 방금 청소를 마친 부엌에서 구토를 시켰다. 우리는 바닥을 닦고 아이를 진정시킨 뒤, 바구니에 아이를 눕히고 재웠다. 그리고 바구니 주위에 살충제 가루를 뿌려 개미가 접근하지 못하게 만든 뒤, 바구니에 모기장을 묶고 그걸로 바구니를 덮었다. 혹시 아이가 잠에서 깨더라도 다시 약을 먹지 못하게 하기 위해서였다.

아내가 장을 봐 왔지만 개미들로부터 장바구니를 지킬 수가 없었다. 그래서 사온 물건을, 심지어 올리브에 절인 정어리와 치즈까지 다 물로 씻은 뒤 거기 달라붙은 개미들을 하나씩 떼어 냈다. 나는 아내 일을 도왔다. 장작을 패고 좁은 부엌을 정돈하고 벽난로의 굴뚝을 손보았고 아내는 채소를 씻었다. 하지만 우리는 한곳에 가만히 있을 방법이 없었다. 순간순간 나나 아내는 펄쩍 뛰곤 했다. "아야, 물렸어!" 우리는 몸을 긁고 개미를 떼어 내고 그도 안 되면 수도꼭지 밑에 팔과 다리를 갖다 댔다. 어디다 식탁을 차려야 할지 알 수가 없었다. 집 안에 상을 차리면 다른 개미들이 몰려올 테고 밖에 있으면 금방 개미가 온몸을 뒤덮을 것이다. 우리는 걸어 다니면서 선 채로 음식을 먹었다. 뭘 먹든 여전히 개미 냄새가 났다. 음식에 개미가 아직 남아 있어서이기도 하고 우리 손에 냄새가 배어 있어서이기도 했다.

식사를 한 뒤 나는 담배를 피우며 땅을 둘러보았다. 레지나우도 씨 집 쪽에서 포크와 나이프가 달그락거리는 소리가 났다. 내가 그쪽을 돌아보자 체크무늬 냅킨을 목에 두르고 파라솔 밑의 식탁에 평화롭게 앉아 있는 기름기 흐르는 두 부부의 모습이 보였다. 두 사람은 크림 푸딩을 먹고 화이트 와인을 마셨다. 식욕이 돌았다. 그들이 나를 흔쾌히 초대했다. 그렇지만 그들이 앉아 있는 둥근 식탁 주위로 살충제 자루와 통들이 보였고 사방에 뒤덮인 누르스름하거나 흰 가루와 줄줄이 쳐진 암갈색 줄도 눈에 뜨였다. 화학약품 냄새만 내 코를 찔렀다. 레지나우도 부부는 라디오를 조그맣게 틀어놓고 축배라도 들듯 가성으로 노래를 흥얼거렸다.

그들에게 인사를 하러 올라갔던 작은 계단에서 브라우니 선장의 정원이 조금 보였다. 선장은 벌써 식사를 마친 게 분명했다. 커피 잔을 접시에 받쳐 들고 밖에 나와서 커피를 홀짝홀짝 마셨다. 그러면 서 주위를 살폈다. 두말할 필요도 없이 자신이 발명한 그 사형기구들 이 제대로 작동하고 있는지 개미들이 계속 규칙적으로 변함없이 죽 음을 맞고 있는지를 보기 위해서였다. 두 나무 사이에 걸린 하얀 해 먹이 보였다. 나는 거기 누워 있는 사람이 틀림없이 뼈대가 굵고 불쾌 한 아글라우라 부인일 거라고 생각했다. 하지만 부채를 부치는 손목 과 손밖에 보이지 않았다. 해먹의 끈은 이상한 고리들로 연결되어 나 무에 매달려 있었는데 그 고리는 어떤 식으로든 개미를 피하기 위해 제작된 게 틀림없었다. 어쩌면 그 해먹 자체가 개미를 잡으려는 새로 운 덫이고 선장의 아내는 미끼로 거기 누워 있는지도 모를 일이었다.

나는 레지나우도 부부에게 브라우니 선장의 저택을 방문한 이 야기를 하고 싶지 않았다. 두 이웃들이 습관이 되어 있는 예의 그 빈 정거리는 말투로 벌써 그 이야기를 주고받았을 게 뻔했기 때문이었 다. 우리 집 위쪽에 높이 서 있는 마우로 부인의 정원과 그 위의 저 택으로 눈을 돌렸다. 저택 꼭대기에는 닭 모양의 풍향계가 돌아가고 있었다. "저 위 마우로 부인 댁에도 개미가 있으려나……." 내가 말 했다.

식사 시간 동안 레지나우도 부부는 즐거움을 감추려 애쓰며 조 용조용 웃는 것처럼 보였다. 이런 말밖에 하지 않았기 때문이었다. "하하하…… 저 사람도 갖게 될 거야, 하하하……. 저 사람도 갖게 될 거야……. 그래, 갖게 될걸, 잘 갖게 되겠지."

아내가 나를 집으로 불렀다. 식탁 위에 매트리스를 올려놓고 거 기 누워 조금 자고 싶어 했다. 우리가 했듯이 짚 매트리스를 바닥에

깔아둔 상태로는 개미가 기어오르는 걸 막을 방법이 없었다. 반면 식탁에는 네 개의 다리가 있으니 매트리스가 격리되어 될 수 있었고 잠시라도 개미가 올라오지 못하게 막을 수 있었다. 아내가 그 위에 누웠고 나는 일자리에 대한 정보를 줄 수 있는 사람들을 만나 볼 생각으로 밖으로 나갔다. 하지만 사실은 좀 움직이며 생각을 다른 데로 좀 돌려 보고 싶은 마음이 더 컸다.

하지만 거리로 나가자 이제 모든 장소가 어제와는 다르게 느껴졌다. 밭이며 집 속에서 줄줄이 벽을 타고 기어오를 개미 떼들이나 과일나무를 뒤덮고 달콤하거나 기름진 것을 향해 더듬이를 움직이는 개미 떼들이 상상되었다. 이제 내 눈은 광고판에서도 개미의 공격을 받아 갖다 버린 가재도구들을 발견했고 할머니가 들고 있는 살충제 분무기, 개미 약을 담아 둔 작은 접시를 찾아냈다. 그리고 눈을 가느스름하게 뜨면 처마 도리를 따라 태연하게 줄을 지어 걸어가는 개미들이 보였다.

이런데도 아우구스토 삼촌에게 이 마을이 이상적인 고장으로 남아 있다는 건가? 개미들이 삼촌에게는 무엇이었을까? 삼촌은 이 주인 저 주인에게 자루들을 배달해 주고 선술집 나무 의자에 앉아 식사를 하고 밤이면 흥겨움과 아코디언이 있는 곳을 돌아다니고 시원하고 푹신하기만 하면 아무데서나 잠을 자곤 했다.

나는 걸어가면서 내가 아우구스토 삼촌이라고 생각해 보았고 이런 오후에 이런 거리에서 삼촌이 했을 법한 행동을 해 보려고 했다. 물론 아우구스토 삼촌처럼 된다는 것은 무엇보다 신체적으로 그렇게 된다는 의미였다. 그러니까 작달막하고 통통하며, 항상 허공에서 어울리지 않는 동작을 하던 약간 원숭이 같은 팔에 여자를 보려고 뒤돌아보다가 발을 헛디디곤 하던 짧은 다리, 그리고 흥분해서 말할 때면 이 지방 방언이 뒤섞인 감탄사를 미친 듯이 되풀이하고 조화가 되지 않는 또 다른 지방 억양을 곁들여 사용하는 가느다란 목소리 말이다. 삼촌의 육체와 정신은 하나였다. 이렇게 괴로워하고 머릿속이 복잡한 나는 삼촌 같은 몸짓과 농담을 하는 나를 보고 싶었다. 하지만 난 늘 머릿속으로만 삼촌 흉내를 낼 수 있을 따름이었다. 마음속으로만 외칠 뿐이었다. '자, 저 건초장에 가서 처박혀 자자고! 자, 술집에 가서 상귀나치오[17]하고 포도주 한 잔으로 배를 채우자고!' 고양이를 보면서 쓰다듬어 주는 척하다가 "야옹!" 하고 소리를 질러 놀라 달아나게 만드는 나를 상상해 본다. 그리고 종업원들에게 '어이, 어이, 와서 나 좀 도와주시겠어요, 아가씨?' 하고 말하기도 하는 나를. 하지만 별로 즐거운 놀이는 아니었다. 여기서 아우구스토 삼촌으로 살아가기가 얼마나 쉬울지 상상하면 할수록 삼촌은 나와 다른 유형의 사람이라는 점을 실감했다. 아마 삼촌은 지금 내가 하는 생각들을 절대 참을 수 없었으리라. 그러니까 집안을 일으켜야 한다는 생각이나 꾸준히 일할 수 있는 일자리를 구해야 한다는 생각이나 건강하지 못한 아이, 늘 웃지 않는 아내, 개미가 들끓는 침대와 부엌 생각을.

나는 어제 가 본 그 술집으로 들어가서 하얀 블라우스의 여인에게 어제 나와 이야기를 나누었던 그 남자들이 오지 않았는지 물었다. 술집 안은 그늘이 지고 서늘했다. 어쩌면 그곳에는 개미들이 없을지도 몰랐다. 나는 그 사람들을 기다리려고 의자에 앉았다. 그리고 하

---

17 돼지 피를 굳혀 만든 소시지.

얀 블라우스의 여인에게 충고라도 들으려는 듯이 쾌활한 척하면서 물었다. "여기는 개미 없습니까?"

그녀가 행주로 계산대를 닦았다. "여기 왔다 가는 사람들 중에 개미가 있다는 걸 알아차리는 사람은 아무도 없어요."

"여기서 쭉 사셨나요?"

그녀가 어깨를 으쓱했다. "나같이 뚱뚱한 사람이 개미 같은 걸 무서워하겠어요?"

개미가 수치스러운 것이라도 되듯 그걸 감추려고 애쓰는 이런 분위기에 나는 점점 더 화가 나서 고집스레 말했다. "그럼 약은 놓지 않습니까?"

"개미에게 제일 좋은 약은," 다른 테이블에 앉아 있던 남자가 참견했다. 나는 그 남자가 어제 밤 이야기를 나눴던 아우구스토 삼촌의 친구라는 걸 알아보았다. "여기 이거요." 그가 잔을 높이 들더니 단숨에 술을 마셨다.

다른 남자들도 왔다. 그들은 일에 대한 충고는 해 줄 수 없었지만 내가 그들과 술을 마시길 바랐다. 이야기는 다시 아우구스토 삼촌에게로 넘어갔고 한 사람이 물었다. "그래, 그 대단한 '린제라'는 거기서 뭐하고 지내나?" '린제라'는 떠돌이와 악당을 가리키는 이 지방 사투리였다. 모두들 이 표현에 공감하는 듯했고 우리 삼촌을 대단한 '린제라'로 생각하는 느낌이었다. 내가 아는 한, 생활 방식이 약간 불안하기는 해도 본질적으로 생각해 보면 정중하고 겸손한 남자를 이런 식으로 평가한다는 게 다소 당황스러웠다. 하지만 어쩌면 이것도 이 사람들에게 공통적으로 드러나는 허세스럽고 과장된 태도의 일부분일 수도 있었다. 그러자 개미와 관련된 생각이 떠올라 혼란스러웠다.

그러니까 격동적이고 모험으로 가득 찬 세상에 살고 있는 척하는 게 어쩌면 성가신 그 작은 개미들과 분리되는 방식이 아닐까 하는 생각이. 환상적인 것들에 항상 적대적인 내 아내가 그들과 같은 정신세계로 들어가는 데 걸림돌이 된다고 집에 돌아오는 길에 생각했다. 아내가 내 인생에 엄청난 영향을 미친 기분이었다. 이제 그런 허풍스러운 말과 생각들에 취할 수도 없을 정도로. 그녀의 얼굴과 눈길과, 내게 사랑스럽고 소중하기도 한 그 존재가 그 당장에 떠올랐기 때문이다.

아내가 약간 놀란 얼굴로 입구 밖으로 나를 마중 나왔다. 그리고 말했다. "있잖아, 측량 기사가 왔어."

나는 아직도 술집 허풍선이들의 그 잘난 체하는 말투가 귀에 쟁쟁해서 아내의 말을 제대로 듣지도 않고 말했다. "아, 측량 기사, 이제, 측량하는……."

그러자 아내가 말했다. "집에 기사가 왔다고, 측정을 하러."

나는 무슨 말인지 이해가 되지 않아 안으로 들어갔다. "아, 무슨 소리야? 선장님인데!"

브라우니 선장이 노란 접이식 자를 들고 우리 집에 자신의 덫을 설치하려고 측정을 하고 있었다. 선장에게 아내를 소개하고 배려해 줘서 감사하다는 인사를 했다.

"집에 덫을 설치하는 게 가능한지 한번 보고 싶었어요." 그가 말했다. "전부 수학적 기준에 따라 측정하는 겁니다." 그러더니 아들이 자고 있는 바구니까지 측정을 하는 바람에 아이가 깼다. 아이는 눈 위에 수평으로 놓인 노란 자에 놀라서 울기 시작했다. 아내가 아이를 다시 재웠다. 내가 선장의 주의를 다른 데로 돌려 보려 애쓰긴 했지만 아이가 울음을 그치지 않자 선장은 신경질적이 되었다. 다행히 그의 아내가 부르는 소리가 들려 밖으로 나갔다. 아글라우라 부인이 울타리 쪽에 나타나서 마르고 흰 두 팔로 그에게 신호를 보내며 소리를 지르고 있었다. "어서 와요! 그래요, 오라고요! 사람들이 있어요! 그래요, 개미 남자예요!"

브라우니가 내게 눈길을 던졌고 가느다란 입술에 의미심장한 미소를 지었다. 그가 집에 당장 돌아가 봐야 한다고 사과했다. "이제 이 집에도 올 겁니다." 그가 수수께끼 같은 '개미 남자'가 있을 게 분명한 지점을 가리키며 말했다. "곧 보게 될 겁니다……." 그러더니 가 버렸다.

나는 누군지 뭘 하러 온 사람인지도 잘 모르는 데 그 개미 남자를 만나고 싶은 생각이 없었다. 나는 레지나우도 씨네 땅으로 이어지는 작은 계단으로 갔다. 레지나우도 씨는 그때 바로 외출에서 돌아오는 중이었다. 하얀 양복에 밀짚모자를 썼고 작은 봉투와 통을 잔뜩 들고 있었다. 그에게 물었다. "저기요. 그 댁에는 개미 남자가 벌써 들렀나요?"

"모르겠군요." 레지나우도가 말했다. "밖에서 오는 길이라서요. 사방에 당밀이 있는 걸 보니 왔다 간 것 같군요. 클라우디아!"

레지나우도 부인이 모습을 보이더니 말했다. "네, 네, 라우레리 집에도 들를 거예요. 그렇지만 뭐 도움이 될 거라고 기대는 마세요, 알았죠!"

내가 뭔가를 기대하다니 상상도 할 수 없는 일이다. 내가 물었다. "그런데, 그 사람은 누가 보낸 겁니까?"

"누가 보냈을 것 같은가요?" 레지나우도 씨가 물었다. "아르헨티나 개미 박멸 협회 사람이에요. 각 집의 정원에 당밀을 뿌리러 오는 직원이지요. 저기 저 작은 접시들, 보이십니까?"

아내가 말했다. "살충제가 든 당밀이야……." 그러더니 그걸 잘 아는 사람처럼 슬며시 웃었다.

"개미들을 죽일까요?" 나의 이런 질문은 피곤한 게임과 같았다. 이미 난 알고 있었다. 매번 모든 게 그 당장에 해결될 듯하다가 곧 다시 복잡해지는 것만 같았다.

레지나우도 씨는 내가 불편한 사실을 말하기라도 한 듯 고개를 저었다. "무슨 말씀을…… 소량의 독이 필요해요, 아시다시피…… 개미들이 좋아하는 달콤한 당밀이니까요. 일개미들은 개미집에 돌아가서 독이 아주 소량 들어 있는 그 당밀을 여왕개미에게 줍니다. 이런 식으로 하면 조만간 여왕개미들이 약 때문에 죽게 되겠죠."

조만간 여왕개미들이 정말 죽을지 묻고 싶지 않았다. 레지나우도 씨가 개인적으로 전혀 다른 생각을 가지고 있지만, 객관적이면서 존중하는 자세로 당국의 공식 의견을 알려 주어야 할 의무를 느끼는 사람 같은 말투로 이런 과정을 내게 알려 주고 있다는 것을 알 수 있었다. 그러나 그의 아내는 여성 특유의 성급함 때문에 주저하지 않고 이 당밀 사용법에 대한 적대감을 그대로 드러냈다. 그리고 심술궂은 웃음과 빈정거리는 말로 남편의 발언을 강조했다. 이런 태도가 남편이 보기에는 다소 부적절하거나 너무 대담하다고 생각한 게 틀림 없었다. 그녀가 말을 못하게 가로막아 보려 하고 어쨌든 비관주의적인 인상을 완화시키려고 노력했기 때문인데, 그녀의 말을 완전하게 반박한 게 아니라(아마 사적으로는 자신도 그렇게, 아니 더 심하게도 말했을 터이기 때문이었다.) 공평한 예들을 조금씩 들면서 애를 썼다. 예를 들면 이렇다. "글쎄, 지금 당신이 과장하고 있어요, 클라우디아…….

물론 그리 효과적이지는 않지만 이용할 수는 있지……. 그런데 무상으로 그렇게 해 주는 거라서…… 몇 년 기다렸다가 판단할 필요가 있어요……."

"몇 년이라고요? 저 당밀을 저기 이십 년은 갖다 놓을 거요. 매년 개미 수가 배로 늘어날 거예요."

레지나우도 씨는 아내의 말을 부인하기보다는 협회의 다른 공로들로 화제를 옮기고 싶어 했다. 그는 개미 남자들이 여왕개미가 알을 낳으러 가게 만들려고 정원에 놓아 둔 퇴비 상자를 이용한 방법을 설명해 주었다. 그들은 나중에 그 상자들을 회수해서 소각할 생각이었다. 나는 레지나우도 씨의 어투가 의심이 많고 천성적으로 비관적인 내 아내에게도 이 일을 설명하는 데 딱 어울린다고 생각했다. 그래서 집으로 돌아온 나는 옆집 사람의 말을 그대로 아내에게 들려주었다. 기적이라든가 어쨌든 신속하게 이뤄질 거라고 허세를 떨지 않으려 자제하는 한편 클라우디아 부인의 빈정대는 말투를 사용하지 않으려 애썼다. 아내는 예를 들면 기차를 탈 때 기차 시간표라던가, 객차 배정, 검표원의 검표 같은 것들이 모두 어떤 변명도 있을 수 없는 무의미하고 유해한 행위라고 생각하면서도 분노를 누른 채 순종적으로 그런 것들을 받아들이는 여자 중의 하나였다. 그래서 이 당밀 이야기가 터무니없고 우스운 문제라고 생각했지만(나는 아내에게 반박할 수가 없었다.) 개미 남자(그의 이름이 바우도나라는 걸 곧 알게 되었다.)의 방문을 맞이할 준비를 했고 따진다거나 쓸데없이 도움을 요청해서 그를 성가시게 하지도 않았다.

개미 남자가 허락을 받지도 않은 채 우리 땅으로 들어왔다. 우리가 그 사람 이야기를 하는 도중, 그가 우리 쪽으로 걸어오는 걸 보았기 때문에 우리는 당황스러우면서도 불쾌한 기분이었다. 그는 오십 대가량의 자그마한 남자로 빛바랜 낡은 양복 차림에 약간 술고래 같은 얼굴이었고 아직 세지 않은 검은 머리를 어린아이같이 가리마를 내어 빗어 넘겼다. 가느스름하게 뜬 두 눈과 입가에 감도는 약간 느끼한 미소, 그리고 불그레한 색이 감도는 눈가와 콧망울이 그의 목소리를 짐작하게 해 주었는데 예상대로 어떻게 들으면 신부의 목소리 같기도 한 목쉰 소리에 사투리가 강한 억양의 말투였다. 신경질적으로 입을 움직여서 입 꼬리와 코에 실룩실룩 주름이 졌다.

바우디노 씨에 대해 이렇게 상세히 묘사하는 이유는 우리가 받은 이상한 느낌을 정의하기 위해서이다. 아니 어떻게 보면 전혀 이상할 게 없었다. 수많은 사람들 가운데서도 개미 남자가 바로 바우디노 씨라고 알아맞힐 수 있을 것 같은 인상이었으니 말이다. 그의 손은 큼직하고 털이 수북했다. 한 손에는 에스프레소 기계같이 생긴 것을, 다른 손에는 작은 질그릇 접시들을 들고 있었다. 그가 우리에게 자신이 놓아두게 될 당밀 이야기를 했다. 그의 목소리에서 게으른 고용인의 무관심이 노출되었다. '당밀'이라고 질질 끌 듯 부드럽게 말하는 그 말투 하나만으로도 우리는 자신의 임무를 수행하는 이 남자가 우리의 곤란한 상황에 얼마나 무감각하고 불신하는 태도를 보이는지, 얼마나 하찮게 생각하는지를 알고도 남았다. 이 남자 앞에서 나는 아내가 침착한 태도로 모범을 보이며 개미가 제일 많이 지나다니는 길을 보여 주고 있다는 것을 알아차렸다. 사실 에스프레소 기계에서 작은 접시 하나하나에 당밀을 가득 따라서 그걸 쏟지 않고 바닥에 놓아두는 그 작은 동작 하나하나를 그렇게 굼뜨게 되풀이하는 그를 보자 내 인내심은 바닥이 나고 말았다. 그 광경을 지켜보는 동안 그를 보았을 때 제일 먼저 이상한 느낌이 들었던 이유를 알게 되었다. 그가 개미와 너무 닮아 보였던 것이다. 그 이유는 정확히 말할 수 없으나 정말 개미와 닮아 보였다. 칙칙하고 어두운 피부색 때문일 수도 있었고 아담한 신체의 비율이나 입꼬리의 떨림이 더듬이와 가는 다리를 계속 떠는 개미와 비슷해서였을 수도 있었다. 그러나 그가 개미와 닮지 않은 게 딱 하나 있었는데 그건 언제나 분주하게 움직이는 부지런함이었다. 바우디노 씨는 느릿느릿 우스꽝스럽게 움직였다. 이제는 당밀을 적신 솔을 들고 바보같이 집을 더럽혔다.

그 남자의 동작을 점점 더 짜증스러운 눈으로 좇다 보니 아내가 내 옆에 없었다. 아내를 찾아보니 아내는 우리 땅의 한쪽 귀퉁이에 있었다. 레지나우도 씨 집과 브라우니 씨 집이 맞닿는, 생울타리가 쳐진 곳이었다. 클라우디아 부인과 아글라우라 부인이 각자 집의 울타리 옆에 서서 이야기를 나누는 중이었고 아내는 그 중간에서 이야기를 듣고 있었다. 나는 그녀들에게로 갔다. 이제 바우디노 씨가 집 뒤의 빈 공간에 몰두하고 있었는데 거기서는 누가 지켜보지 않아도 되었기 때문에 바우디노 씨는 하고 싶은 대로 당밀을 놓을 수 있었다. 나는 야윈 팔로 무미건조한 몸짓을 곁들여 설교하는 브라우니 부인의 말을 들었다.

"저기 저 사람은 강장제를 주러 왔어요. 약이 아니라 강장제라는 거죠!" 그러자 레지나우도 부인이 약간 부드럽게 덧붙여서 말했다. "개미가 다 사라져 버리면 협회 직원들은 어디로 가겠어요? 그러니까 그 사람들이 원하는 게 뭘까요, 새댁?"

"개미들을 살찌우는 거죠, 저 사람들이 하는 일이 바로 그거예요!" 아글라우라 부인이 분노하며 이렇게 결론을 내렸다.

내 아내는(두 이웃이 모두 아내를 보고 말한 것이기에) 가만히 듣고만 있었다. 하지만 넓어지는 콧구멍과 일그러진 입술로 보아 지금 바우디노 씨에게 속고 있다는 생각으로 인한 분노와 고통이 이미 아내를 집어삼켜 버렸다는 것을 알 수 있었다. 나 역시 솔직히 말하자면 그런 말들이 단순히 여자들의 수다만은 아니라는 생각에 아주 가까워지고 있었다.

"알을 낳으라고 만든 퇴비 상자는요?" 레지나우도 부인이 계속 말했다. "그걸 회수해 가서 소각할 거라고 생각해요? 천만에요!"

"클라우디아! 클라우디아!" 그녀를 부르는 남편의 목소리가 들렸다. 레지나우도 씨는 도에 넘은 아내의 그런 말들 때문에 불안해진 게 틀림없었다. "실례해요." 레지나우도 부인이 이렇게 말하고 자리를 떴다. 그 말 속에서 남편의 순응주의에 대한 경멸이 은연중에 느껴졌다. 반대쪽에서는 일종의 냉소적인 웃음소리가 메아리치는 기분이 들었다. 브라우니 선장이 자신의 덫의 기울기를 조정하려 자갈이 고르게 깔린 길을 따라 걸어가는 게 보였다. 그의 발밑에서 방금 바우디노 씨가 당밀을 가득 채워둔 질그릇 접시가 뒤집혀졌고 발에 걸어차여서 깨져 버렸는데 접시가 있는 줄 모르고 그랬는지 일부러 그랬는지는 알 수 없었다.

우리가 집으로 돌아오는 동안 아내가 마음속으로 개미 남자에게 어떤 분노를 품었는지는 모른다. 하지만 이제 어떻게 해도 아내를 말릴 수 없을지 몰랐다. 아니 기회가 된다면 아내를 지지할 수도 있었다. 하지만 집 주위와 집 안을 살펴보니 바우디노 씨가 보이지 않았다. 우리가 돌아올 때 조그만 우리 집 철책문이 삐걱이며 닫히는 소리를 들렸던 것도 같았다. 그는 인사도 없이 그때 나가 버린 게 틀림없었다. 끈끈하고 불그레한 당밀 흔적을 여기저기 남긴 채 말이다. 사방에 들치근한 냄새가 불쾌하게 퍼져 있었는데 개미 냄새와는 전혀 달랐지만 왠지 모르게 그 냄새와 비슷한 기분이 들었다.

아들이 자고 있어서 지금이 마우로 부인 집에 올라가 볼 적절한 기회라고 생각했다. 우리는 창고의 열쇠를 받기도 해야 하고 인사차 한번 들르기도 해야 해서 그 집에 가야만 했다. 하지만 그 방문을 서두른 진짜 이유는 우리가 어떤 식으로든 방어도 할 수 없는, 개미가 우글거리는 그 집을 우리에게 세를 준 데에 대해 항의를 하기 위해서였다. 그리고 (무엇보다) 우리 주인집은 그 재앙을 어떻게 피하고 있는지 보고 싶은 호기심도 작용을 했다.

마우로 부인의 저택에는 꽤 큰 정원이 딸려 있었는데 경사진 그 정원에 키 큰 야자수들이 자랐다. 누렇게 뜬 부채 같은 이파리들이 그 나무에 달려 있었다. 굽이진 가로수 길이 유리 베란다와 지붕 밑 방들로 장식된 건물로 이어졌다. 지붕 꼭대기에서는 닭 모양의 녹슨 풍향계가 날카로운 소리를 내며 힘겹게 돌아갔는데 바람이 불때마다 신음하듯, 우수수 소리를 내며 흔들리는 야자수 이파리보다 더 느리게 움직였다.

아내와 나는 오솔길을 올라갔고 난간에 서서 우리가 사는 집, 아직은 별로 친숙하지 않은 그 작은 집과 가꾸지 않아 잡초에 뒤덮인 땅, 그리고 창고의 앞뜰 같은 레지나우도 씨의 작은 정원과 묘지처럼 깔끔하게 정돈된 브라우니 씨네 작은 정원을 내려다보았다. 그리고 바로 그 순간 거기가 개미로 시커먼 곳이라는 사실을 잊을 수 있었고, 바로 그 순간 잠시도 벗어날 수 없는 그 성가신 개미가 없을 때의 그의 모습을 볼 수 있었으며, 바로 그 순간 멀리 떨어져서 바라보니 거기가 천국이 될 수도 있을 것 같았다. 하지만 차츰 더 높이 올라가서 바라보면 바라볼수록 그 아래서 살아가는 우리들에 대한 연민이 생겨났다. 마치 그렇게 궁핍하고 힘없는 상황에서 살다 보면 힘을 쓸 수 없는 비참한 문제들에 계속 부딪히며 살아갈 수밖에 없기라도 하듯이.

마우로 부인은 마르고 키가 큰 노부인이었다. 그녀는 어두운 방에서 등받이가 높은 의자에 앉아 우리를 맞았다. 옆에는 뜨개질 거리와 필기도구가 놓인 접이식 탁자가 놓여 있었다. 부인은 목 부분의 칼라를 제외하고는 온통 까만 옷을 입었고 얼굴에 분을 살짝 발랐으며 빗어 넘긴 머리는 한 올도 흐트러지지 않았다. 그녀는 전날 주기로 약속한 열쇠를 우리에게 내밀었지만 그 집에서 잘 지내고 있는지는 물어보지 않았다. 그리고 이것은 (우리가 생각하기에) 이미 우리의 불만을 예상했다는 표시였다. "부인, 집에 개미가 있는데요……." 아내가 이번에는 별로 공손하지 않고, 체념한 듯한 목소리로 말했다. 아내가 딱딱하고 종종 공격적인 성격의 여자이기는 했지만 때로는 수줍음을 타곤 했는데 그럴 때면 아내가 불편해한다는 느낌이 내게까지 전달이 되었다.

아내에게 힘을 실어 주는 동시에 분노한 감정을 누르면서 내가 말했다. "부인께서 저희에게 집을 세놓으셨는데, 솔직히 집에 개미가 그렇게 많은 줄 알았더라면 저희는……." 나는 이 정도면 분명히 말했다고 생각해서 거기서 말을 중단했다.

부인은 눈도 깜짝하지 않았다. "그 집은 오래전부터 비어 있었어요." 그녀가 말했다. "아르헨티나 개미가 좀 있는 건 이해할 만하죠. 사방에…… 개미는 청소가 제대로 되지 않은 곳에 사니까요. 당신이 내게 확답을 주기까지 네 달이나 걸렸잖아요. 즉시 이사를 했더라면 지금은 아마 개미가 없을 텐데 말이지요."

우리는 커튼을 치고 덧창을 닫아 두어서 거의 깜깜한 방 안을 둘러보았다. 높은 벽은 오래된 태피스트리로 장식되어 있었고 조각 장식이 된 짙은 색 가구들 위의 유리 물병과 은식기들이 잠깐씩 번득였다. 그 어둠, 그 무거운 장식들이 우리가 보기에는 바닥부터 지붕까지 이 낡은 저택을 기어 다닐 강물 같은 개미들을 숨기는 데 사용되는 것만 같았다.

"여기 부인 댁에는 개미가 없겠죠?" 아내가 은근하게, 거의 빈정거리는 투로 말했다.

마우로 부인이 입술을 실룩거렸다. "없어요." 그녀가 단호하게 말했다. 그러더니 마치 아내가 그 말을 믿을 수 없어 하는 걸 눈치채기라도 한 듯이 설명했다. "여기 우리 집은 거울처럼 유지되고 있어요. 개미가 정원에 들어오기만 하면 우린 금방 그 사실을 알아차리고 달려가서 대책을 강구하지요."

"어떻게요?" 나와 내 아내가 그 말을 듣자마자 동시에 물었다. 그리고 이제 희망과 호기심만을 느꼈을 뿐이었다.

"이렇게요." 부인이 어깨를 으쓱하며 말했다. "빗자루로 쓸어 버리는 거지요." 그 순간 일부러 태연한 표정을 짓던 그녀의 얼굴에 육체적 고통으로 인한 긴장감 같은 게 스쳐 지나갔다. 그리고 앉은 자세에서 몸을 한쪽으로 눈에 띄게 옮기더니 허리를 구부리는 것을 보았다. 그녀의 입에서 나오는 확고한 말과 대조가 되기는 했지만 나는 아르헨티나 개미 한 마리가 옷 속으로 지나가다가 그녀를 문 게 틀림없다고 맹세라도 할 수 있었다. 한 마리일 수도 있고 몇 마리일 수도 있는데 그녀의 몸 위로 기어가면서 간지럽혀서 그녀가 의자에서 움직이지 않으려고 필사적으로 노력했지만 아까처럼 침착하고 단정한 모습으로 앉아 있을 수는 없어 완전히 긴장을 하고 있는 게 분명했다. 그러는 동안 그녀의 얼굴에는 점점 더 고통이 극심해지는 흔적이 역력했다.

"그렇지만 집 앞의 땅도 개미들 때문에 시커멓습니다." 내가 서둘러 말했다. "그러니 집이야 저희가 깨끗이 유지할 수 있지만 흙에서 계속 수천 마리 개미들이 안으로 들어올 텐데……."

그녀의 야윈 손이 의자 팔걸이를 꽉 붙잡았다. "당연히 땅이 경작되지 않았으니 당연히 그럴 수밖에요. 경작되지 않은 땅에서는 수백 만 마리의 개미가 자라죠. 그 땅을 네 달 전에 벌써 깨끗이 정리하는 게 내 계획이었지요. 난 당신을 기다렸어요. 그래서 지금 당신이 피해를 입게 된 거죠. 당신만이 아니라 모두에게 피해를 준 거예요. 개미가 사방으로 퍼져 나가고 있으니……."

"이 집까지 퍼졌나요?" 내 아내가 거의 명랑한 목소리로 물었다.

"여기는 아니에요!" 마우로 부인이 하얗게 질려서 말했다. 오른손으로 팔걸이를 더 꽉 잡았는데 어깨를 조금씩 움직여서 팔꿈치가 옆구리를 스치게 만들었다. 그때 이 어둠과 장식, 넓은 방들과 강한 자존심이 저 여인이 가진 개미에 대한 방어 수단이며 개미 앞에서 우리보다 훨씬 강할 수 있는 이유가 된다는 생각이 들었다. 그렇지만 의자에 앉아 있는 그녀 자신부터 시작해서 주위에 보이는 모든 것이 어쩌면 우리 것보다 훨씬 더 많이 개미들에게 갉아 먹혔을지도 모른다는 생각이 들기도 했다. 아메리카 산 흰개미들이 거의 모든 것을 파괴해 버리고 그 껍질만 남겨서 이 집에 남은 거라고는 빛바랜 태피스트리와 먼지가 뽀얀 커튼뿐으로 우리 눈앞에서 모두 가루로 부서져 버릴지도 모른다는 생각이.

"저희가 부인을 찾아온 건 어떻게 하면 이 괴로운 상황에서 벗어날 수 있을지 조언을 구하기 위해서예요……." 다시 완벽하게 자유롭고 솔직하게 아내가 말했다.

"집에 신경을 쓰고 땅을 경작하세요. 다른 방법이 없어요. 일, 일을 하는 수밖에는." 그녀가 일어섰다. 그리고 우리를 돌려보내려고 결심한 순간 갑자기 몸이 본능적으로 움직여서 그녀는 더 이상 그 자세를 유지할 수가 없었다. 그녀가 다시 자세를 고쳤다. 창백해진 얼굴에 안도의 빛이 얼핏 스쳤다.

우리는 정원으로 내려왔다. 아내가 말했다. "아기가 깨지만 않았으면 좋겠네." 나도 아들 생각을 했다. 우리가 집에 채 도착하기도 전에 아이 울음소리가 들렸다. 뛰어가서 아이를 품에 안고 달래 보려고 했으나 계속 큰 소리로 날카롭게 울었다. 귀에 개미가 들어간 것 같았다. 아이는 자지러지게 울었지만 우리는 그 이유를 찾지 못하다가 한참 뒤에야 그 사실을 알게 되었다. 아내는 아이를 보자마자 그 말을 했다. "개미 때문에 이러는 게 틀림없어!" 하지만 나는 개미에 물린 흔적도 긁은 흔적도 찾을 수 없는 데 애가 왜 그렇게 계속 우는지 이해가 되지 않았다. 우리는 아이 옷을 벗기고 몸 구석구석을 살펴보았다. 그러나 우리는 바구니에서 개미 몇 마리를 발견했다. 사실 난 바구니를 잘 격리해 두었다고 생각했다. 하지만 개미 남자가 당밀을 묻힌 솔로 바구니에 솔질을 했다는 걸 염두에 두지 않았던 것이다. 그러니까 바우디노 씨가 아무렇게나 솔질을 해 둔 바구니 가장자리 어딘가가 개미들을 유혹해서 바닥에서 아이가 누워 있는 곳까지 개미들이 기어오른 듯했다.

아이가 울고 아내가 계속 소리를 지르자 이웃집 여자들이 우리 집으로 왔다. 우리에게 정말 소중하고 아주 친절한 레지나우도 부인과 브라우니 부인, 그리고 생전 처음 보는 여자들이었다. 브라우니 부인 역시 자신이 힘닿는 데까지 우리를 도우려 했다는 말을 하지 않을 수 없다. 모두들 걱정스레 조언을 했다. 미지근한 올리브유를 귀에 흘려 넣으라든가, 입을 벌리고 있게 하라든가, 코를 풀게 하라든가 여러 가지 많은 말을 했다. 부인들이 앞다투어 소리를 질러 대서 도움이 되었다기보다는 점점 더 당혹스러워지기만 했다. 그 순간에는 위안이 되지만 말이다. 우리 아들 주위에서 여자들이 분주히 움직이면서 무엇보다 개미 남자에 대해 전반적으로 퍼져 있던 반감이 한층 고조되었다. 아내는 이게 바우디노 때문이라고 여자들을 보고 크게 말했다. 그러자 이웃 여자들도 동의하며 이렇게 말했다. 이번에는 바우디노가 자기 일을 제대로 한 게 틀림없다고, 그 남자는 일자리를 잃지 않기 위해 개미를 늘릴 수 있는 일은 뭐든 한다고, 일부러 그렇게 하고도 남는다고. 바우디노가 사람들의 편이 아니라 늘 개미의 편에서 있다는 걸 이미 사람들이 다 알고 있으니까. 물론 과장된 말이었지만 그렇게 흥분을 한 데다가 아이가 계속 울자 나 역시 그 생각에 동의하게 되었다. 그리고 만일 바우디노 씨가 내 손에 잡혔다면 그에게 뭐라고 했을지도 모를 일이다.

새끼 개미가 미지근한 올리브기름과 함께 밖으로 나왔다. 너무 울어 거의 기진맥진한 아이가 셀룰로이드 장난감을 손에 쥐고 흔들더니 다 잊어버리기로 마음먹은 듯이 장난감을 빨았다. 나도 그렇게 잠시 다 잊어야 했다. 나 혼자 있으면서 긴장을 좀 풀어야 했지만 바우디노를 계속 욕하는 여자들 틈에 있어야만 했다. 여자들은 아내에게 바우디노가 틀림없이 근처에 있는 그 창고에 있을 거라고 말해 주었다. 그러자 아내가 말했다. "아, 갈 거예요. 당연히 가서 할 말을 해야죠."

그러자 작은 행렬이 만들어졌고 아내가 선두에 섰다. 물론 그런 행동이 도움이 되리라는 말은 하지 않았지만 나 역시 아내 옆에 섰다. 다른 여자들은 아내의 뒤를 따르며 아내를 부추겼고 이따금 아내를 앞질러 가서 길을 알려 주기도 했다. 클라우디아 부인이 아들을 데리고 있겠다고 해서 대문 앞에서 우리에게 인사를 했다. 나는 잠시 후 아글라우라 부인도 우리와 함께 하지 않았다는 걸 알아차렸다. 바우디노에게 가장 뜨겁게 적의를 보였는데도 말이다. 하지만 우리가 모르는 여자들 몇 명이 우리와 함께 해 주었다. 이제 우리는 나무로 지은 오두막과 닭장과 쓰레기로 반쯤 뒤덮인 채소밭 옆으로 나있는 일종의 길이자 뜰이기도 한 곳으로 걸어갔다. 어떤 여자는 많은 말들을 하고 난 뒤 자기 집 앞에 이르자 문 앞에서 잠깐 걸음을 멈추고 우리가 가야 할 곳을 열심히 가리켜 주었다. 그러더니 땅바닥에서 노는 지저분한 아이들을 부르며 집 안으로 들어가 버렸고 어떤 여자는 닭에게 모이를 주러 갔다. 바우디노의 창고까지 우리를 따라간 여자는 두 명뿐이었다. 그러나 아내가 창고를 둘러싼 울타리를 두드리고 나서 문이 열려 안으로 들어갔을 때는 우리 둘뿐이었다. 그 여자들이 창가나 닭장에서 눈으로 우리를 좇는다는 게 느껴지긴 했지만 말이다. 혹은 울타리 밖에서 빗자루질을 하며 지나가기도 했다. 여자들은 모습을 전혀 드러내지 않은 채 계속 낮은 목소리로 우리를 격려하는 것 같았다.

개미 남자는 사분의 삼이 무너져 가는 자신의 창고 한가운데에 있었다. 무너지지 않은 벽에는 커다란 글씨로 '아르헨티나 개미 박멸 협회'라고 적힌 누렇게 변한 포스터가 붙어 있었다. 주위에는 당밀을 담을 접시들과 온갖 종류의 상자와 병들이 수북했는데 모두가 생선 가시들이 든 봉투와 다른 쓰레기들로 꽉 찬 오물 더미 속에 들어 있었다. 그 광경을 보자마자 이 마을 개미들의 근원지가 바로 여기가 아닐까 하는 생각이 들 정도였다. 바우디노 씨는 화가 난 것 같으면서도 의아한 표정에 희미하게 미소를 지었는데 그 입술 사이로 이가 하나도 없는 잇몸이 드러났다.

"당신!" 잠시 망설이던 아내가 다시 정신을 차리고 공격했다. "부끄러운 줄 아셔야 해요! 우리 집에 와서 온갖 곳을 더럽혔죠. 당신의 당밀 때문에 개미가 아이의 귀에 들어갔다고요."

아내가 그에게 삿대질을 했다. 바우디노 씨는 썩은 미소를 계속 지으며 야생동물 같은 동작으로 출입문을 열어두었다. 그러더니 어깨를 으쓱했고 주위를 둘러보며(아무도 보이지 않았으므로 나를 보며) 마치 '바보 같은 여자군.'이라고 말하듯 윙크를 했다. 하지만 그는 그저 부드러우면서도 막연하게 반박을 할 뿐이었다. "아닙니다……. 아니에요……. 무슨 소리인지."

"당신이 개미들을 죽이는 게 아니라 강장제를 준다고 다들 그러니까요!" 아내가 소리를 질렀다. 그러자 그가 작은 문에서 슬그머니 길이자 뜰로 나왔다. 아내는 그에게 욕을 하며 뒤를 따랐다. 이제 바우디노 씨는 주변의 오두막에 사는 여자들에게 어깨를 으쓱하거나 눈을 찡긋했다. 내 눈에는 왠지 그 여자들이 눈에 띄지 않게 이중 플레이를 해서 내 아내가 터무니없는 말을 했다고 그를 위해 증언할 것만 같은 느낌이 들었다. 하지만 내 아내가 그녀들을 돌아보자 완강하게 고개를 살짝 끄덕이기도 하고 개미 남자를 향해 빗자루질을 하기도 하면서 아내를 격려했다. 나는 끼어들지 않았다. 내가 어떻게 할 수 있단 말인가? 그 남자를 향한 아내의 분노가 극에 달해 있었기 때문에 나까지 욕을 하고 우리를 피하는 그 작은 남자의 멱살을 잡을 필요가 없었다. 그러나 바우디노 씨의 역성을 들고 싶지 않았기 때문에 아내의 분노를 가라앉히려 하지도 않았다. 그러다가 계속 머리끝까지 화가 난 아내가 고함을 쳤다. "당신 때문에 우리 아들이 아팠어!" 그의 상의 옷깃을 잡고 옷을 흔들었다. 내가 달려들어 두 사람을 떼어 놓으려고 했지만 그는 아내의 몸에 손을 대지 않았다. 여전히 개미 같은 동작으로 몸을 돌려서 아내의 손아귀에서 벗어날 수 있었다. 그 자리를 피해 약간 어색한 걸음으로 조금 달려가다가 다시 옷 매무새를 가다듬고 계속 어깨를 으쓱하며 걸어갔다. 혼자 이런 말을 중얼거리면서. "대체 뭐가 어쨌다고…… 대체 누가……." 그리고 계속 오두막의 구경꾼들을 쳐다보면서 '바보 같은 여자야.'라고 말하는 것 같은 몸짓을 하기도 했다. 아내가 그에게 달려들 때 그 구경꾼들이 크게 그러나 또렷하지는 않게 웅성거렸지만 남자가 아내에게서 벗어나자마자 조용해졌다. 이제 다시 그의 뒤에 대고 뭐라고 해 대기 시작했다. 항의나 협박의 말도 있었지만 불평이나 동정을 호소하다시피 하는 말을 하기도 했다. 하지만 그 외침은 이런 당당한 선언 같기도 했다. "개미가 우리를 산 채로 먹어 치우고 있어요……. 침대에도 개미, 밥그릇에도 개미, 낮에도 밤에도 매일 개미……. 이제 먹을 것도 별로 없어 우리가 개미로 배를 채워야 해요……."

내가 아내의 팔짱을 꼈다. 아내는 아직도 가끔씩 몸을 떨며 소리를 질렀다. "절대 이렇게 끝나지 않을 거야! 우리는 우리를 속이는 사람이 누군지 다 알고 있어! 누구에게 감사해야 하는지 다 알고 있다고!" 위협적인 다른 말들은 메아리가 없이 허공에 맴돌았다. 우리가 지나갈 때 오두막의 창문과 문이 꼭꼭 닫혀 있었고 주민들은 다시 개미들과 함께 초라한 생활을 다시 시작했기 때문이었다.

그렇게 슬프게 집으로 돌아왔는데 이미 그건 예상된 일이었다. 하지만 난 내 눈으로 목격한 그 여자들의 태도가 마음에 들지 않았다. 개미에 대해 징징거리고 불평하며 돌아다니는 사람들이 짜증이 나서 내 평생 다시는 그렇게 하고 싶지 않았다. 마우로 부인처럼 자존심을 지키며 고통 속에 침잠해 있고 싶었다. 하지만 부인은 부자였고 우리는 가난했다. 나는 이 마을에서 계속 살아갈 길이나 방법을 찾지 못했다. 내가 아는 사람 그 누구도, 조금 전까지만 해도 나보다 훨씬 나아 보였던 사람들도 그 방법을 찾거나 찾아가는 길에 서 있지도 않은 듯했다.

우리는 그렇게 집 앞에 도착했다. 아들은 장난감을 빨았고 아내는 의자에 앉아 있었다. 나는 개미들이 우글거리는 밭과 관목들, 그리고 레지나우도 씨네 정원에서 올라오는 살충제 가루 너머로 떠가는 구름과 개미들이 계속 죽어 가는 고요한 선장 정원의 어둠 너머로 떠가는 구름을 보았다. 이게 내가 살 새로운 마을이었다. 나는 아들과 아내의 손을 잡고 말했다. "산책 가자. 바다까지 가 보자."

저녁이었다. 우리는 큰 길과 계단식 거리를 지났다. 햇살이 구멍이 숭숭한 잿빛 돌들로 이루어진 구도시 구석구석을 비추었다. 석회로 만든 창틀과 초록 풀에 뒤덮인 지붕들도. 도시는 부채꼴 모양으로 펼쳐져 있었고 경사진 언덕들이 일렁이는 물결 같았다. 사방의 공간이 구릿빛으로 물든 그 시간, 공기도 투명하고 맑았다. 우리 아들은 깜짝 놀라 뒤돌아서서 이런 광경들을 보았다. 우리 역시 아이처럼 경이로운 광경을 바라보았다. 때때로 삶이 보여 주는 달콤한 맛을 다시 가까이에서 느끼고 흐르는 시간에 우리를 다시 단련시키기 위한 방법이었다.

우리는 낡은 보자기로 덮은 커다란 광주리를 머리에 이고 가는 중년의 여인들을 만났다. 모두 등을 꼿꼿이 세우고 땅을 보며 흐트러짐 없이 걸어갔다. 수녀원의 정원에서는 한 무리의 재봉사 처녀들이 난간으로 달려가서 연못의 두꺼비를 보며 말했다. "아, 얼마나 괴로울까!" 철책 대문 뒤의 등나무 밑에서는 하얀 옷을 입은 어린 아가씨들이 비치볼을 가지고 놀고 있었다. 그리고 수염이 덥수룩하고 머리를 어깨까지 기른 청년이 웃통을 벗은 채 하얀 가시가 길게 난 오래된 인도 무화과나무에서 포크 모양으로 벌어진 장대로 무화과를 땄다. 안경을 낀 슬픈 표정의 부잣집 아이들이 창가에 서서 비누 물방울을 날렸다. 그리고 요양원의 노인들이 방으로 들어가야 할 시간을 알리는 종이 울렸다. 밀짚모자를 쓴 노인들은 지팡이를 짚고 각자 자기 말을 하며 차례로 계단으로 올라갔다. 그러자 전화선 공사를 하던 인부 중 계단을 지키고 있던 남자가 역광 속의 전신주 남자에게 말했다. "내려와, 시간 다 됐어, 오늘은 그만하자."

그렇게 우리는 항구에 도착했고 바다가 보였다. 길게 늘어선 야자수들이며 돌 벤치들도 있었다. 나와 아내는 벤치에 앉았다. 아들은 조용했다. 아내가 말했다. "여긴 개미가 없네." 내가 말했다. "아주 시원한데. 좋아."

바닷물이 높게 밀려왔다가 부두의 바위에 부딪혀 흩어졌고 그 파도에 밀려 고기잡이배들이 이리저리 흔들렸다. 검게 그은 남자들이 야간에 고기잡이를 하려고 빨간 그물과 통발 들을 배에 잔뜩 실었다. 물은 잔잔했고 파란색에서 검은색으로 계속 조금씩 색깔이 바뀌어 갔고 더 멀리에서는 검은색이 한층 짙어졌다. 나는 아주 멀리 있는 바닷물을, 파도에 씻긴 하얀 조개껍질들이 바닷물에 실려와 놓여 있을 깊은 바닷속의 무한한 모래 알갱이를 생각했다.

스모그

세상 일에 한없이 심드렁해 하던 시기에 이 도시에 정착하러 오게 되었다. 정착한다는 말은 적절하지 않다. 나는 안정성을 조금도 원하지 않았다. 내 주위의 모든 게 유동적이고 일시적이길 원했다. 그렇게 할 때에만 나의 내적인 안정성을 구할 수 있을 듯했다. 그러나 그런 내적인 안정성이 무엇으로 이루어졌는지는 설명할 수 없었다. 몇몇 추천을 통해《정화》의 편집자 자리를 얻게 되어 이곳에 거처를 구하러 왔다.

기차에서 내린 사람이라면 모두 경험해 본 적이 있듯이, 도시가 마치 거대한 역처럼 보인다. 이리저리 헤매다가 점점 더 지저분한 거리로, 차고와 물류 창고와 카운터를 아연으로 도금한 카페, 얼굴에 매캐한 매연을 뿜어 대는 트럭들 사이로 들어가게 된다. 그리고 가방을 이 손 저 손으로 바꿔 드는데 손이 붓고 더러워지는 기분이 든다. 속옷은 몸에 들러붙고 신경이 곤두서며 눈에 띄는 모든 게 신경을 자극하고 단편적으로 보인다. 내가 구하던 가구가 구비된 방을 바로 그런 거리에서 찾아냈다. 신발 상자 조각을 끈에 묶어 만든 알림판들이 문설주에 주렁주렁 매달려 있었는데 방을 세놓는다는 서투른 글씨가 적혀 있고 귀퉁이에는 인지들이 붙어 있었다. 나는 가끔 가방을 다른 손에 바꿔 들다가 그 알림판을 보고 안으로 들어갔다. 그 건물 각층의 각 계단에 셋방 두 개가 있었다. 나는 2층 C계단의 벨을 눌렀다.

흔한 방이었다. 두 짝의 여닫이 유리문이 뜰 쪽으로 나 있어서 약간 어두웠다. 녹슨 난간이 있는 베란다를 지나 그 문을 통해 안으로 들어가는 구조라 건물의 나머지에서 독립되어 있었다. 그렇지만 먼저 계속 이어지는 작은 철책 문을 열쇠로 열고 들어와야만 했다. 주인인 마르가리티 양은 귀가 들리지 않았다. 그래서 당연히 도둑들을 두려워했다. 욕실은 없었다. 화장실은 베란다에 나무로 지은 오두막이었다. 방에는 수도가 달린 세면대가 있었는데 온수 장치는 없었다. 그러나 어쨌든 내가 뭘 더 원하겠는가? 가격이 내게 적당했다. 아니 이걸 얻을 수밖에 없었다. 방세를 더 지불할 수도 없었고 더 싼 곳은 찾을 수도 없었으니. 게다가 모든 게 임시일 게 틀림없었다. 그리고 난 나 자신에게 이 점을 분명히 하고 싶었다.

"네, 네, 세를 들어오도록 하겠습니다." 내가 마리가리티 양에게 말했는데 그녀는 내가 춥지는 않은지를 묻는다고 생각하고 있었다. 이제 전부 다 살펴봤으니 가방을 그곳에 두고 밖으로 나가고 싶었다. 하지만 먼저 세면대로 가서 수도꼭지를 틀고 손을 씻었다. 여기 도착한 뒤로 손을 씻고 싶었지만 짐을 풀고 비누를 찾기가 성가셔서 손을 헹구기만 했다.

"저런, 나한테 말하지 그랬어요? 수건을 갖다 드릴게요!" 마르가리티 양이 말했다. 그녀는 다른 방으로 달려갔다가 다림질을 한 수건을 가지고 돌아와서 의자 등받이에 걸어 두었다. 나는 시원하게 얼굴도 씻는 중이었다. 깨끗하지 않다는 느낌이 들어 불쾌했기 때문이다. 세수를 마친 후 수건으로 얼굴을 닦았다. 내 행동을 보자 여주인은 드디어 내가 방을 얻을 생각이라는 것을 이해했다. "아, 방에 들어올 거군요! 들어올 거죠! 좋아요, 옷을 갈아입고 짐을 풀고 싶으시겠네요. 편한 대로 하세요. 여기 옷걸이가 있으니 외투를 내게 줘요!"

난 외투를 벗지 않았다. 그 즉시 외출을 하고 싶었다. 나는 다만 책장이 필요하다는 말을 그녀에게 어떻게 해야 할지 걱정이었다. 책 상자가 도착할 텐데 되는대로 살아가는 내 삶에서 그래도 간직하고 있는 꽤 많은 책들이었다. 나는 귀가 안 들리는 주인에게 내 뜻을 겨우 전했다. 마침내 그녀가 나를 자기 방의 장식 선반 앞으로 데려갔다. 선반에는 그녀의 바느질 바구니, 실패 상자, 수선할 옷과 자수 패턴 같은 것들이 놓여 있었다. 그 물건들을 치우고 내 방으로 옮겨 주겠다고 했다. 나는 밖으로 나갔다.

《정화》는 협회 기관지였다. 나는 그곳에 가서 내가 할 일을 맡아야 했다. 새로운 직장, 낯선 도시, 내가 조금만 더 젊었다면, 아니 삶에 기대하는 게 더 많았더라면 더 자극을 받고 행복했을 것이다. 지금은 아니다. 나는 나를 둘러싼 잿빛과 궁핍만을 볼 수 있을 뿐이며 체념한 게 아니라 그게 좋아서인 듯 그런 자극과 행복을 마음속으로 밀어 넣기만 할 뿐이다. 그러한 주변을 통해, 삶은 달라질 수 없다는 확신을 얻었기 때문이었다. 그래서 심지어 좁고 눈에 띄지 않는 골목길을 택해 걸었다. 세련된 진열장에 멋진 카페가 늘어선 길로 걷는 게 훨씬 쉬울 텐데도 말이다. 나는 행인들의 피곤한 얼굴 표정, 싸구려 식당의 옹색한 분위기, 허름한 가게의 악취, 그리고 좁은 길에서만 들을 수 있는 소음들을 놓치고 싶지 않았다. 전차, 급제동하는 픽업트럭들, 뜰 안의 작은 작업장 안에서 지지직거리는 용접기 소리들도. 이 모든 게 소모되어 가고 귀에 거슬리는 소리를 내는 외부의 사물들이 나의 내부에서 소모되며 귀에 거슬리는 소리를 내는 것들에 주의를 기울이지 않게 만들기 때문이었다.

그런데 주소에 적힌 건물로 가기 위해 나는 전혀 다른 지역으로 들어갔다. 고급스럽고 나무 그늘이 지고 고풍스러우며 차가 달리는 좁은 골목길은 거의 보이지 않는 지역으로, 차가 별로 다니지도 않고 소음도 거의 없는 넓은 가로수 길과 지선 도로들이 뻗은 곳이었다. 가을이어서 어떤 나무들은 금빛으로 물들었다. 인도에는 주택의 벽이 아니라 철책들이 이어졌고 그 너머로 산울타리와 화단과 자갈이 깔린 길들이 보였다. 그 길들은 대저택과 별장 중간쯤 되는, 장식된 건물들을 따라 나 있었다. 나는 이제 이질적인 당혹스러움을 느꼈는데 전처럼 나 스스로를 확인하거나 미래를 해석할 수 있게 해 주는 표식들을 찾을 수 없어서였다.(나는 표식들을 믿지 않지만 새로운 장소에서 긴장한 사람에게는 눈에 보이는 모든 게 항상 표식이 된다).

그래서 내가 상상했던 것과는 달리 협회 사무실이 대형 거울과 콘솔, 대리석 벽난로, 태피스트리와 카펫이 깔린(하지만 실제 사용하는 가구는 현대 사무실에서 보통 사용하는 것들이었고 조명도 최신 네온등이었다.) 귀족 저택의 넓은 홀이어서 그곳에 들어서면서 다소 당황스러웠다. 한마디로 말하면 나는 그렇게 조악하고 어두운 사무실을 보고 당황했던 것이다. 특히 회장인 엔지니어 코르다의 방으로 안내되었을 때 당황스러움은 더욱 커졌다. 그는 나를 보자마자 지나치게 너그러운 태도로 나를 맞이하면서 나를 자신과 동등하게 대접해 주었다. 이것은 사회적 계층적 신망(이것은 이미 내가 유지하기 어려운 상황이었다.)에서만이 아니라 무엇보다 협회와 《정화》가 전념하는 문제들에 대한 지식과 관심이 그와 동등하다고 생각하는 것 같았다. 나는 솔직히 말하면 모든 게 눈을 찡긋하며 이야기해야 할 일종의 속임수라고 믿고 있었다. 그래서 나는 이 일을 대수롭지 않게 받아들였다. 그런데 지금 나는 평생 한 번도 생각해 보지도 않았던 사람의 역할을 해야만 했다.

엔지니어 코르다는 오십 세가량의 남자로 검은 콧수염을 길렀는데 나이보다 훨씬 젊어 보였다. 그러니까 어떤 일을 겪어도 젊은 분위기를 잃지 않고 검은 콧수염을 기를 수 있는 그런 세대의 남자, 나와 공통점이 하나도 없는 그런 유형의 남자였다. 대화라든가 외모(깔끔한 회색 양복에 새하얀 셔츠를 입고 있었다.), 제스처(담배를 든 손을 움직였다.) 같은 그의 모든 것에서 그의 능력과 편안함과 낙관주의, 너그러움이 뿜어져 나왔다. 그가 지금까지 출간된 《정화》를 보여 주었는데 그와(그가 편집장이었다.) 협회 출판국장인 아반데로 씨가 함께 만든 것이었다.(그는 내게 아반데로 씨를 소개해 주었는데 그는 타이프로 글을 쓰듯 말하는 유형이었다.) 몇 호 발간이 되지 않았고 아주 빈약해서 전문가가 만든 잡지 같지가 않았다. 잡지를 어떻게 만드는지 아는 게 별로 없기는 하지만 나라면 이렇게 했을 거라고, 기술적으로 수정을 좀 하면 좋을 것 같다고 말해 보려 했다.(물론 비난하는 어투로는 아니었다.) 나도 그와 똑같이 실제적이고 결과를 확신하는 어투를 사용하게 되었다. 우리가 서로 이해했다는 것을 깨닫고 만족스러웠다. 내가 좀 더 유능하게 낙관적으로 행동하면 할수록, 초라한 셋방, 황량한 거리, 내 몸에 달라붙어 있는 녹슬고 끈적한 느낌, 내게는 아무것도 중요할 게 없다는 사실을 더욱 떠올리게 되고, 그러면 엔지니어 코르다와 아반데로 씨의 눈앞에서 속임수를 만들어 내서 그들의 기술적 산업적 능력을 모두 가루 더미로 바꾸어 놓을 수 있을 것 같았기 때문이기도 했다. 그들은 그 사실을 눈치채지 못해서 코르다가 아주 유쾌하게 고개를 끄덕였다.

"아주 좋습니다, 내일부터 당장, 우리가 동의했으니, 그런데, 당장 자료 갱신을 해야 하니……." 그는 내가 읽을 최근에 열렸던 회의의 회의록을 주려고 했다. "자." 그는 보고서를 등사기로 인쇄해서 여러 개의 파일로 만들어 꽂아 놓은 책꽂이 쪽으로 나를 안내했다. "보셨습니까. 이거, 이걸 가져가요. 이건 벌써 받았나요? 자, 전부 다 있는지 세어 봐요." 이렇게 말하면서 그 종이들을 집었다. 그러자 거기서 작은 먼지 구름이 이는 게 보였고 파일 표면에 그가 만진 자국이 살짝 남았다. 이제 엔지니어는 종이들을 들어 올리면서 먼지를 털어 내 보려 했지만 먼지가 있다는 걸 인정할 수 없다는 듯 아주 살짝 흔들기만 했다. 그리고 입으로 살며시 불기도 했다. 그는 모든 보고서의 첫 페이지에 손을 대지 않으려고 주의를 기울였지만 손 끝만 조금 닿아도 지금은 미세하게 층을 이룬 먼지에 뒤덮여 회색으로 보이는 표지에 구불구불한 하얀 줄이 남았다. 그렇게 손 끝만 닿아도 그의 손은 물론 먼지로 더러워졌다. 그래서 손을 구부리고 손가락 끝을 움직여 손바닥으로 먼지를 닦아 보려 했지만 손이 온통 다 먼지로 더러워지기만 했다. 그러자 본능적으로 손을 회색 플란넬 바지 옆쪽으로 내려서 잠시 가만히 있다가 다시 손을 들어올렸다. 그렇게 우리 둘 다

손가락 끝을 허공에서 움직이며 보고서들을 건넸는데 마치 그것들이 쐐기풀이라도 되는 듯 그 가장자리를 살짝 집었다. 그러면서 우리는 둘 다 흡족해서 계속 웃고 고개를 끄덕였다. "아, 그래요, 흥미로운 회의였죠! 아, 그래요, 훌륭한 활동입니다!" 하지만 나는 엔지니어가 점점 더 초조해하고 불안해한다는 것을 알아차렸다. 그리고 신이 나 있는 내 눈을 똑바로 쳐다보지 못한다는 것도. 신이 나 있으면서도 모든 게 정말 내 생각을 확인시켜 주어서 절망에 빠진 내 눈을.

나는 밤늦게 잠이 들곤 했다. 겉으로 보기에 조용했던 방은 밤이 되자 여러 가지 소리들이 들려왔는데 나는 그 소리들을 해독하는 법을 차츰 배워 나갔다. 이따금씩 확성기를 통과해서 이상하게 변한 목소리가 내 귀에까지 들렸는데 주로 이해할 수 없는 짧은 말들이었다. 얼핏 잠이 들었던 나는 기차에 타고 있다고 생각하면서 잠이 깨곤 했다. 밤중에 깜빡 잠이 든 여행자를 스쳐 가는, 역에서 들리는 확성기의 음색과 박자와 똑같았기 때문이었다. 귀를 기울여 보다가 나는 그 말들을 알아듣게 되었다. "토마토소스 라비올리 두 개……." 이렇게 말했다. "그릴 스테이크 하나…… 양갈비 하나……." 자정이 지난 뒤에도 따뜻한 음식을 파는 비어홀 '우르바노 라타치' 주방 위가 바로 내 방이었다. 카운터에서 종업원들이 인터폰을 이용해서 요리사에게 주문을 전달했다. 비어홀에서 여러 사람들의 목소리가 뒤섞여 올라왔고 때로는 어떤 무리가 부르는 듣기 좋은 합창 소리도 들려왔다. 그다지 비싸지도 않고 꽤 점잖은 사람들이 드나드는 좋은 식당이었다. 한밤에 술에 취한 누군가가 술주정을 하고 술잔이 잔뜩 놓인 탁자를 뒤집어 버리는 일은 거의 일어나지 않았다. 나는 침대에 누워서 마치 안개 속을 뚫고 오듯 생기도 색깔도 없이 어렴풋한, 깨어 있는 다른 이들이 내는 소음을 들었다. 확성기에서 들리는 목소리, "감자튀김 한 접시…… 라비올리 나왔나요?" 비음이 섞인 이 목소리에는 슬픔과 체념이 담겨 있었다.

새벽 2시 30분경에 '우르바노 라타치'가 셔터를 내렸다. 종업원들은 단체로 입는 티롤리안 재킷[18] 위에 코트를 걸치고 깃을 세우고 주방 문에서 나와 잡담을 하며 뜰을 가로질렀다. 3시쯤 되면 덜그럭거리는 쇳소리가 마당을 뒤덮었다. 주방 일을 돕는 사람들이 무거운 빈 맥주 통을 밖으로 끌고나와 가장자리를 기울여 바닥으로 굴려 보냈고 통들이 서로 부딪히며 굴렀다. 그런 다음 통들을 씻기 시작했다. 이 일꾼들은 시급을 받고 일하기 때문에 서두르는 법이 없이 건성으로, 휘파람을 불거나 아연 술통을 요란하게 다루면서 두 시간 동안 일을 했다. 6시 경이면 트럭이 맥주를 싣고 와서 빈 통을 회수해갔다. 하지만 벌써 '우르바노 라타치' 홀에서는 하루를 시작하기 위해 바닥을 닦는 청소기들의 소음이 들려오기 시작했다.

한밤중에 고요가 찾아들 때면 옆에 있는 마르가리티 양의 방에서 작은 웃음소리와 질문과 대답이 뒤섞인 속사포 같은 대화가 터져 나왔는데, 모두 가성의 여자 목소리 하나로만 진행되는 대화였다. 귀가 들리지 않는 그 여자는 생각과 말을 구별할 줄 몰랐다. 낮이나 한밤중에 잠이 깨면 언제라도, 어떤 생각에, 추억에, 회한에 사로잡혀 그때마다 여러 사람들끼리의 대화를 만들어 내면서 혼자 말을 하기 시작했다. 다행히 그 혼자만의 대화가 흥분한 채 진행되기 때문에 거

---

18 오스트리아 티롤 지방의 민족복 스타일의 재킷으로, 방수성이 있는 울 재질에 둥근 칼라, 단추 등이 특징이다.

의 알아들을 수가 없었다. 하지만 무분별한 사적인 내용이 전달할 수 있는 불편함은 전달되었다.

낮에 면도할 따뜻한 물을 얻으러 부엌에 들어가면(문을 두드려도 들을 수 없어서 내가 있다는 걸 알리려면 그녀의 시야로 들어가야만 했다.) 거울을 보며 미소를 짓거나 얼굴을 찡그리며 혼자 말을 하거나 혹은 의자에 앉아 허공을 바라보며 뭔가를 얘기하는 그녀를 문득문득 발견하곤 했다. 그럴 때면 그녀는 즉시 평상시와 같은 모습으로 돌아와서 말했다. "아! 고양이에게 말하는 중이에요." 아니면 "미안해요, 못 봤어요. 기도 중이었거든요." (그녀는 신앙심이 아주 깊었다.) 하지만 대부분은 내가 그녀의 말을 들었다는 것도 눈치채지 못했다.

사실 그녀의 말 대부분이 고양이에게 하는 말이었다. 그녀는 몇 시간이고 고양이와 대화할 수 있었다. 어떤 날 밤에는 창가에 서서 베란다와 지붕과 테라스 순례를 마치고 돌아오길 기다리면서 그녀가 계속 "쉬잇…… 쉬잇…… 야옹 야옹 야옹" 하는 소리가 들리기도 했다. 그 고양이는 검은빛이 도는 뼈만 앙상한 몸에 길에서 살다시피 했는데 집에 돌아올 때면 마치 그 지역의 먼지와 검댕을 모두 빨아들인 듯 회색으로 변해 있었다. 나는 녀석에게 신경조차 쓰지 않았는데도 내게 얻어맞기라도 한 듯, 멀리서라도 나를 보기만 하면 달아나 버리거나 가구 밑에 숨어 버렸다. 하지만 내가 방에 없을 때 내 방에 들어오는 게 틀림없었다. 여주인이 세탁해서 서랍장의 대리석 상판에 올려놓은 하얀 셔츠의 옷깃과 가슴 부분에서 언제나 거무스름한 고양이 발자국이 발견된 걸로 보면 말이다. 나는 큰 소리로 욕을 해 댔지만 귀가 안 들리는 여주인이 그 말을 들을 리가 없으므로 곧 그만두어 버렸다. 그래서 직접 엉망이 된 셔츠를 그녀 눈앞에 들이밀었다.

그녀는 유감스럽게 생각하며 곧 고양이를 벌주러 갔다. 그리고 그녀가 셔츠를 내 방에 갖다 놓으러 갔을 때 고양이가 자신을 따라 들어왔는데 알아차리지 못한 것 같다고 설명했다. 그러다 보니 고양이를 방에 두고 문을 닫아 버렸고 밖으로 나가지 못하게 된 고양이는 서랍장으로 뛰어올라가 화풀이를 한 것이다.

나는 셔츠가 세 벌밖에 없었다. 오후만 지나면 셔츠가 어느새 더러워져서(내 생활이 아직 안정이 되어 있지 않고 사무실도 정리를 해야 해서인지 알 수는 없지만) 셔츠를 계속 세탁해야만 했다. 그래서 옷깃에 고양이 발자국이 있는 셔츠를 입고 출근하는 일이 잦아졌다.

어떨 때는 베개에서도 발자국이 발견되었다. 저녁에 '침대 정리'를 하러 내 침대에 온 마르가리티 양을 따라 들어왔다가 방에 갇힌 게 틀림없었다. 고양이가 그렇게 더러운 게 놀랄 일도 아니었다. 베란다 난간에 손을 댔다가 떼기만 해도 금방 손에 시커먼 줄무늬가 생겼다. 집에 돌아올 때마다 네 개의 맹꽁이자물쇠나 열쇠 구멍에 열쇠를 넣어 돌려서 열고 덧문의 창살 사이로 손가락을 집어넣어 여닫이 유리창을 열었다 닫고 나면 손이 시커매져서 집 안에 손자국을 남기지 않으려고 두 손을 든 채 안으로 들어가서 즉시 세면대로 갔다.

손을 씻고 말리고 나면 나는 곧 기분이 훨씬 좋아졌다. 마치 그 손을 다시 사용하게 되기라도 한 듯이. 나는 주위에 있는 작은 물건들에 손을 대서 다른 곳으로 옮겼다. 물론 마르가리티 양은 방을 아주 깨끗이 청소했다. 매일 먼지를 털고 또 털었다. 하지만 이따금, 그녀의 손이 닿지 않는 곳에(그녀는 키가 작고 팔이 짧았다.) 손을 대 보면 손이 부드러운 먼지에 뒤덮여 있어서 다시 손을 씻으러 가야만 했다.

더 심각한 문제는 책이었다. 나는 책들을 장식 선반에 정리를 해

두었다. 이 방이 내 집이라는 느낌을 주는 건 이 책들밖에 없었다. 사무실에서 내게 자유 시간을 많이 주었기 때문에 나는 몇 시간씩 방에서 책 읽기를 즐겼다. 하지만 책이 먼지를 얼마나 빨아들이는지 다들 알 것이다. 책장에서 책을 한 권 고르면 책을 펴기 전에 먼저 걸레로 책표지와 책등을 닦아낸 다음 먼지를 잘 털어 내야 했다. 책 속에서 먼지구름이 피어올랐다. 그러면 다시 손을 씻은 다음 책을 읽으려 침대에 누웠다. 하지만 다 부질없는 짓이었다. 책장을 넘기다 보면 손가락 끝에서 점점 부드럽고 두터워지는 그 먼지 막이 느껴졌고 그러면 책을 읽고 싶은 마음이 확 달아나 버렸다. 나는 일어나서 다시 세면대로 가서 또 다시 손을 닦았다. 하지만 이제는 셔츠에도 옷에도 먼지가 묻어 있는 느낌이었다. 다시 책을 읽고 싶었지만 이제 손이 깨끗했기 때문에 다시 더럽히고 싶지 않았다. 그래서 밖에 나가기로 했다.

물론 나갈 때는 들어올 때와 똑같은 작업이 필요했다. 덧문, 난간, 자물쇠를 만지면 내 손은 더 더러워졌지만, 사무실에 도착할 때까지는 그 상태로 그냥 갈 수밖에 없었다. 사무실에 도착하자마자 손을 씻으러 화장실로 달려갔다. 하지만 사무실의 수건은 벌써 손자국으로 시커멓다. 수건에 손을 닦다 보면 벌써 손이 다시 더러워졌다.

협회에 출근해서 처음 며칠간은 책상을 정리하느라 분주했다. 내게 주어진 책상에는 사실 온갖 물건이 수북했다. 서류, 편지, 파일, 오래된 신문 등, 간단히 말해 책상은 그때까지 일종의 창고 같은 것으로 이용돼서, 마땅히 둘 장소가 없는 물건들을 놓아두었던 것이다. 그것들을 깨끗이 치워 버리고 싶은 충동이 제일 먼저 생겼다. 하지만 잠시 살펴보니 잡지에 필요할 수도 있을 자료들과 나중에 좀 차분히 검토해 보고 싶은 흥미로운 것들이 있었다. 결국 나는 책상에서 아무것도 버리지를 못하고 오히려 많은 물건들을 더 갖다 놓았다. 그러나 그 많은 것들을 어수선하지 않게 질서정연하게 유지하려 애썼다. 두말할 필요도 없이 처음부터 있던 자료들에는 먼지가 수북해서 새 자료들까지 그 먼지가 전달되었다. 그리고 나는 내 질서에 몹시 신경을 써서, 청소하는 여자들에게 절대 내 책상에 손을 대지 말라고 명령했다. 이렇게 하다 보니 하루하루 서류에, 특히 문방구, 편지지, 협회 이름이 박힌 봉투에 먼지가 조금씩 더 쌓여 가서 불과 며칠 사이에 그 모든 게 낡고 지저분한 모양이 되었다. 그래서 그걸 건드리는 것도 짜증이 났다.

책상 서랍들도 마찬가지였다! 몇십 년은 된 듯한 먼지가 뽀얀 종이들이 층층이 쌓여 있었는데 다양한 공공기관과 개인 사무실을 전전한 이 책상의 기나긴 전력을 증명하는 종이들이었다. 그 책상에서 무슨 일을 하던 간에 몇 분 후에는 손을 씻으러 가야 했다.

반면 내 동료인 아반데로 씨는 항상 손이 깨끗했고(손은 연약하고 작았지만 힘줄은 튼튼했다.) 잘 손질되었으며 고르게 깎은 손톱은 윤이 났다.

내가 그에게 물었다. "실례지만, 여기서 조금만 있다 보면, 그러니까, 제 말은, 손이 얼마나 더러워지는지 아십니까?"

"아마 그럴 겁니다." 아반데로가 언제나와 같이 꺼림칙한 분위기로 말했다. "아마 먼지를 완전히 털어내지 않은 물건이나 서류 뭉치를 만졌을 겁니다. 조언을 해 드려도 기분 나쁘지 않다면 책상 위를 늘 완전히 비워 놓는 게 좋아요."

사실 아반데로의 책상은 그 순간 급히 작성하던 서류 하나와 손에 든 만년필 말고는 아무 것도 없이 텅 비어 있었고 깨끗하고 윤이 났다. "습관이죠." 그가 덧붙였다. "협회장님이 아주 신경을 쓰는 습관이요." 사실 엔지니어 코르다가 내게도 말한 적 있다. 책상을 완전히 깔끔하게 정리하는 관리자는 서류들을 절대 수북이 쌓아 놓지 않고 모든 문제를 즉시 해결하는 사람이라고. 하지만 코르다는 사무실에 거의 머물지 않았다. 십오 분가량 머물 때면 커다란 그래프와 통계 자료를 가져오게 하고 부하 직원들에게 서둘러서 대략적인 명령을 내린 뒤 여러 가지 시급한 업무들을, 그것들의 난이도를 고려하지 않고 할당했으며 답장해야 할 편지를 속기사에게 재빨리 불러 주고 발송할 우편물에 서명을 하고 떠나 버렸다.

아반데로는 그렇지 않았다. 그는 오전과 오후에 사무실에 있었고 일을 굉장히 많이 하고 속기사와 타이피스트에게 많은 업무를 맡기는 분위기였다. 그러나 그의 책상에 종이 한 장도 십오 분 이상 놓여 있는 법이 없었다. 이건 정말 이해하기 힘든 일이었다. 나는 그를 몰래 살펴보기 시작했다. 그러다가 종이들이 그의 책상에는 아주 잠깐 머물렀다가 곧 다른 곳으로 옮겨 간다는 것을 알아차렸다. 한 번은 그가 어떤 편지인지는 모르지만 손에 편지를 들고 있다가 내 책상에 다가가서는(나는 잠시 손을 씻으러 갔었다.) 종이를 내 책상에 올려 놓았다가 서류철 밑에 슬쩍 밀어 넣어 버리는 걸 목격했다. 그러더니 그는 재빨리 주머니에서 손수건을 꺼내 손가락의 먼지를 닦은 뒤 자기 자리에 가서 앉았다. 그의 책상에는 깨끗한 종이의 가장자리와 나란히 만년필이 놓여 있었다.

내가 갑자기 들이닥쳐서 그를 난처하게 만들 수도 있었다. 하지만 그런 광경을 보고 그가 어떻게 책상을 그리 깨끗이 유지하는지를 알기만 하면 충분했다.

베란다를 통해 내 방에 드나들었기 때문에 마르가리티 양의 아파트 나머지 공간은 내게는 미지의 영역이었다. 마르가리티 양은 혼자 살았고 뜰 쪽으로 난 두 개의 방, 그러니까 내 방과 또 다른 옆방을 세주고 있었다. 옆방에 사는 사람에 대해 아는 거라고는 그저 한밤중과 이른 아침에 들리는 무거운 발소리밖에 없었다.(내가 아는 바로는 그는 경사(警査)로 낮에는 볼 수가 없었다.) 꽤 넓을 게 분명한 아파트의 나머지는 전부 마르가리티 양이 사용했다.

가끔씩 그녀에게 전화가 왔기 때문에 내가 그녀를 찾아가야 하는 일이 벌어졌다. 그녀가 전화벨 소리를 듣지 못해서 결국은 내가 전화를 받았다. 하지만 수화기를 귀에 대면 그녀는 상대의 말을 꽤 잘 알아들었다. 성당 교구 모임의 친구들과 길고 긴 통화가 그녀의 낙이었다. "전화요! 마리가리티 양! 전화 왔어요!" 아파트를 향해 소리를 질러 봤지만 아무 소용이 없었고 문을 두들여 보는 건 더 소용이 없었다. 그녀를 찾아 돌아다니다가 나는 아파트에 거실, 손님을 맞는 작은 응접실, 식료품 저장실이 연이어 있다는 걸 알게 되었다. 그런 곳에는 과시적인 구식 가구들이 자리를 차지하고 있었고 스탠드와 작은 장식품들, 그림과 조각상이 보였고 달력들도 걸려 있었다. 모든 방이 정리정돈이 잘 되어 있고 깨끗했으며 왁스로 윤을 내서 반짝반짝했고 소파에는 먼지 하나 없는 새하얀 레이스 커버가 덮여 있었다.

이런 방들 가운데 어떤 방의 구석에서 나는 드디어 마르가리티 양을 찾아내곤 했는데 그녀는 빛바랜 가운을 입고 머리에 수건을 두르고 마룻바닥을 윤내고 있거나 가구를 닦고 있었다. 내가 과격한 손놀림으로 전화기 방향을 가리키면 그 여인은 급히 달려가서, 고양이와 대화할 때의 억양과 그리 다르지 않은 말투로 그 끝없는 수다를 시작했다.

나는 내 방으로 돌아왔는데 먼지가 2, 3센티미터는 쌓인 듯한 세면대 선반이나 전등을 갓을 보면 격렬한 분노에 사로잡혔다. 그 여자가 하루 종일 자기 방을 거울처럼 반짝이게 만들면서 내 방에는 걸레질 한 번 하지 않는 건 좋지 않았다. 나는 손짓 발짓에 얼굴을 찡그리며 항의를 하려고 단호하게 그녀의 집으로 갔다. 그녀는 부엌에 있었다. 그런데 이 부엌은 내 방보다 상태가 더 좋지 않았다. 식탁에 씌워 놓은 방수포는 낡고 얼룩덜룩했으며 찬장 선반의 찻잔은 지저분했고 바닥의 타일은 깨지고 시커멓게 그을어 있었다. 이 집에서 부엌이 그 여자가 진짜 생활하는 유일한 공간이라는 걸 알기 때문에 나는 아무 말도 하지 못하고 가만히 서 있었다. 그러니까 나머지, 가구들로 장식이 되어 있고 계속해서 그녀가 쓸고 닦고 왁스를 바르는 그 방들은 그녀가 아름다움에 대한 자신의 꿈을 모두 쏟아부은 일종의 예술 작품이었다. 그리고 그 방을 완벽하게 꾸미고 유지하기 위해서는 그곳에 살아서도 안 되고 여주인으로서가 아니라 일하는 여자로서만 그 방에 들어갈 수 있었다. 그리고 나머지 시간들은 기름때와 먼지 속에서 보내는 것이다.

《정화》는 한 달에 두 번 발행되었고 '연기, 배기가스, 연소 물질로부터의 정화'라는 부제가 달려 있었다. 그것은 EPAUCI, 즉 '공장 지역 도시 환경 정화 협회'의 기관지였다. EPAUCI는 다른 나라의 유사한 협회와 연결되어 있어서 그 협회들은 자신들의 협회지와 팸플릿들을 보내왔다. 특히 심각한 스모그 문제를 주제로 국제 회의도 자주 열렸다.

나는 그런 문제와는 상관이 없었지만 특정 주제의 잡지를 만든 다는 게 생각처럼 그리 어려운 일이 아니라는 걸 알았다. 외국 잡지 들을 검토하고 기사들을 번역한다. 그런 검토와 번역, 그리고 클리핑 통신사[19]의 자료를 취합하면 금방 기사가 만들어진다. 게다가 자신 들의 소논문을 빼놓지 않고 보내 주는 두세 명의 전문 기고자가 있 었다. 협회 측에서는 그들이 제대로 글을 주지 않아도 볼드체로 그날 인쇄할 짧은 기사나 의제 몇 개씩은 항상 가지고 있었다. 그리고 자신 의 최신 특허에 대한 설명을 기사로 출판해 달라고 부탁하는 광고주 도 있었다. 국제회의가 열릴 때면 적어도 한 호 정도는 처음부터 끝까 지 다 그 회의 기사를 실을 수 있었다. 그러고도 얼마간의 논문과 보 고서들이 남아서 그 다음 호들에서 서너 개의 기사를 채울 게 없어 고민일 때 계속 이용 가능했다.

논설은 일반적으로 협회장이 쓰게 되어 있었다. 하지만 언제나 바쁜 엔지니어 코르다는(그는 여러 회사의 이사여서 시간을 쪼개서 협회 일을 볼 수 있었다.) 내게 원고에 대한 아이디어를 활력적이면서도 분 명하게 보여 주면서 그 내용을 원고로 작성하는 일을 맡기기 시작했 다. 그가 돌아올 때 내 원고를 그에게 제출해야 했다. 코르다는 출장 을 자주 다녔는데 그의 공장들이 이탈리아 전역에 흩어져 있어서였 다. 하지만 여러 활동 중에서 단순 명예직인 EPAUCI 협회장직이 제 일 만족스럽다고 내게 말했다. "가장 이상적인 동기에 의한 전투이기 때문"이라고 내게 설명했다.

---

19 신문 기사를 발췌해서 자료를 제공하는 통신사.

하지만 나는 이상적인 동기를 가지고 있지도 않았고 갖고 싶지도 않았다. 나는 다만 다른 직장보다 더 좋지도 나쁘지도 않은 내 자리를 유지하기 위해, 다른 어떤 생활보다 더 좋지도 나쁘지도 않은 그런 생활을 유지하기 위해 그의 마음에 드는 글을 쓸 수 있기만을 바랐다. 나는 코르다의 주장과("모두가 우리를 본보기로 삼았다면 이미 대기는 정화되었을 테고…….") 그가 좋아하는 표현("우리는 이상주의자가 아니다, 이건 분명한 사실이다, 우리는 현실적인 사람들로…….")을 알았다. 그래서 나는 그가 원하는 그대로 원고를 쓸 수 있었다. 다른 글을 써야만 했을까? 내 머릿속의 생각을? 멋진 기사가 나올 게 틀림없었다! 기능적이고 생산적인 세계에 대한 낙관적인 멋진 전망이! 그렇지만 회장에게 영감을 얻은 논설을 쓰는 데 필요한 자극을 얻으려면 내 마음을 바꾸기만 하면 되었다.(그것은 나 자신에게 분노를 터뜨리는 것과 같았으므로 어려운 일은 아니었다.)

"우리는 이미 휘발성 폐기물 문제 해결을 위한 문턱에 와 있다." 나는 이렇게 썼다. "그러한 해결책을 서둘러 시행하면 할수록" 벌써 흡족해하는 엔지니어 얼굴이 보이는 듯했다. "사적인 창의성이 점점 더 기술을 효과적으로 자극하게 되어 국가 기관들이 현명한 반응을" 이 지점에서 엔지니어가 손을 들어 내 원고를 강조할 것이다. "보이게 될 것이고 벌써 신속하게……."

나는 아반데로에게 이 원고를 큰 소리로 읽어 주었다. 아반데로는 잘 가꾼 작은 손을 책상 한가운데의 흰 종이 위에 올려놓은 채 예의 그 무표정하고 예의 바른 분위기로 나를 보았다.

"왜, 마음에 안 드십니까?" 내가 물었다.

"천만에요, 천만에요……." 그가 서둘러 말했다.

"마지막을 들어 보세요. '산업 문명에 대한 비관적인 예측과 달리 우리는 자연스럽게 발전되는 경제와 인간 조직에 꼭 필요한 위생 사이에……'" 나는 가끔 아반데로를 보았지만 그는 흰 종이에서 눈을 들지 않았다. "'활발하게 활동하는 공장 굴뚝의 연기와 어디에도 비할 수 없게 아름다운 초록의 자연이 서로 대립하지 않을 거라고(게다가 실제로 그런 적도 없다고) 여러분에게 재차 말할 수 있다.' 자 어떠신가요?"

아반데로는 입을 꽉 다물고 무표정한 눈으로 나를 뚫어지게 보았다. "아, 당신은 우리 협회가 제시한 최근 주제를 매우 훌륭하고 효과적으로 표현했군요. 사실입니다, 온 힘을 기울여서 목표에 도달하려고……"

"흐음……" 내가 투덜댔다. 솔직히 고백하건대 나는 내 동료처럼 예의 바른 사람이 이보다는 좀 더 명쾌하게 동의해 주길 기대했었다.

이틀 뒤 엔지니어 코르다가 도착하자 원고를 보여 주었다. 그는 내가 보는 앞에서 꼼꼼하게 원고를 읽었다. 다 읽고 나자 원고지를 간추렸는데 처음부터 다시 읽고 싶은 것 같았다. 하지만 그러지는 않고 이렇게 말했다. "좋아요." 잠시 생각을 하더니 다시 말했다. "좋아요." 다시 잠시 생각을 하다가 말했다. "당신은 젊어요." 그가 나의 반박을 미연에 막으려 했지만 나는 반박할 생각이 전혀 없었다. "아, 이건 비난하는 게 아닙니다. 당신은 젊고 신념이 있고 멀리 봐요. 그러나 내 말을 들어 봐요. 상황이 심각합니다. 그래요. 당신이 글에서 예상한 것보다 훨씬 더 심각해요. 솔직히 말해 봅시다. 대도시의 대기 오염 위험도가 아주 높습니다. 우리에게 분석 결과가 있어요. 상황이 심각해요. 바로 상황이 이렇게 심각하기 때문에 그 문제를 해결하기

238

위해 우리가 여기 있는 겁니다. 우리가 그 문제를 해결하지 않으면 우리 도시도 스모그에 질식당할 겁니다."

그가 일어서더니 사무실 안을 서성거리기 시작했다. "우리 어려운 문제를 숨기지 맙시다. 우리는 다른 사람들과 달라요. 특히 이 문제에 더 신경을 써야만 하는데도 전혀 관심을 두지 않는 사람들 말입니다. 아니 더 나쁜 건 그 사람들이 우리를 가로막으려 한다는 겁니다."

그가 내 앞에 섰고 목소리를 낮췄다. "당신이 젊기 때문에 혹시 모두가 우리에게 동조할 거라고 생각할지 모르겠습니다. 그렇지 않아요. 우리는 소수입니다. 사방에서 우리를 공격하지요. 사방에서 말이요. 하지만 우리는 포기하지 않아요. 목소리를 낮춰야 합니다. 행동을 해야 해요. 문제를 해결하도록 합니다. 이런 걸 당신의 원고에서 좀 더 강하게 느끼고 싶습니다, 내 말 알겠습니까?"

완벽하게 알아들었다. 내 의견과 상반되는 의견을 지속적으로 내 의견인 체하려던 게 지나쳤던 것 같지만 이제는 완벽한 원고를 쓸 수 있었다.

사흘 뒤 엔지니어에게 원고를 다시 제출해야 했다. 나는 처음부터 끝까지 다시 썼다. 3분의 2 정도를 할애해서 스모그가 집어삼켜 버린 유럽 도시의 음울한 그림을 그려 놓은 반면 3분의 1은 모범적인 도시의 이미지, 깨끗하고 산소가 풍부하며 생산 조건이 합리적으로 집중되어 분리되지 않는 등등의 이미지를 가진 우리 도시를 대비시켰다.

좀 더 집중하려고 집에서 침대에 누워 글을 썼다. 뜰에 있는 우물에 비스듬히 내려오던 햇살이 유리창으로 들어왔다. 나는 실내 공기 중에 무수히 떠 있는 미세한 먼지를 가로지르는 그 햇살을 보았다. 침대 이불이 그 먼지를 다 빨아들였을 게 분명했다. 조금 지나자 덧문의 창살이나 베란다 난간에 쌓인 것처럼 거무스름한 먼지가 이불에 뒤덮인 기분이 들었다.

아반데로에게 새 원고를 읽어 주었을 때 나는 그가 그 원고를 별로 마음에 들어 하지 않는다는 인상을 받았다. "회장님의 명령에 따라 우리 도시와 다른 도시의 상황을 분명하게 비교한 듯한데, 아주 성공적이군요." 그가 말했다.

"아닙니다, 아닙니다. 회장님이 말씀하신 게 아닙니다. 제 생각입니다." 내가 말했다. 내 동료가 나를 독창적인 생각을 전혀 하지 않는 사람이라고 생각한다는 게 약간 짜증이 났다.

한편 코르다의 반응은 전혀 뜻밖이었다. 그는 책상에 타이프 친 원고를 내려놓더니 고개를 저었다. "우리가 서로 이해를 못하고 있군요. 이해를 못하고 있어요." 그가 즉시 말했다. 그는 곧 이 도시에서 생산되는 공업 제품, 매일 소비되는 석탄과 나프타[20] 양, 유통되는 내연기관들에 대한 도표를 내게 주기 시작했다. 그러고선 기상 자료로 넘어갔다. 그러더니 이 자료 저 자료와 북유럽 대도시를 재빠르게 비교했다. "우리는 안개가 자욱하게 낀 산업 도시에 살고 있습니다. 당신도 알겠지요. 그러니까 이 도시에 스모그가 있다는 거죠. 다른 도시보다 우리 도시에 스모그가 적게 끼는 게 아니라는 겁니다. 당신이 논설에서 이 점을 분명히 밝힐 수 있을 겁니다. 그렇게 **밝혀야만** 해요! 우리가 사는 도시는 대기 조건이 심각하게 나쁜 곳 중 하나입니

---

20 플라스틱 등 석유화학의 원료가 되는 조제 휘발유.

다. 하지만 그와 동시에 그런 상황에서도 최선을 다하는 도시이기도 하지요! 그와 동시에 말입니다, 아시겠습니까?"

물론 알았다. 나는 우리 둘이 서로를 결코 이해할 수 없으리라는 것도 알았다. 그 시커먼 외관의 집들, 몸을 기댈 수도 없는 창틀, 거의 표정이 사라진 얼굴들, 가을로 접어들면서 모든 이들이 하루하루 그 형체를, 의미와 가치를 잃어 가듯, 악천후의 축축한 느낌을 잃어버리고 딱딱한 물체로 변해 가는 안개, 내게는 전반적인 궁핍의 실체로 보이는 이 모든 게 코르다와 같은 인간들에게는 부와 패권과 힘의 표시이자 동시에 위험과 파괴와 비극의 표시인 게 틀림없는데 그들은 그 속에 정지한 채 스스로가 영웅적인 위대함을 지니고 있다고 느꼈다.

나는 세 번째로 논설을 썼다. 이번에는 드디어 별 문제가 없었다. 다만 마지막 문장에서("그러니까 우리는 이 사회의 운명을 좌우할 끔찍한 문제를 마주하고 있습니다. 문제를 해결할 수 있을까요?") 코르다가 꼬투리를 잡았다.

"너무 회의적이지 않습니까?" 그가 물었다. "우리 독자들이 신뢰를 잃지 않겠어요?"

제일 쉬운 건 의문부호를 제거하는 일이었다. "문제를 해결할 수 있을까요." 그렇게 의문부호를 없애자 차분하고 자신감이 넘치는 문장이 되었다. "이건 너무 온건하지 않습니까? 그냥 일상적인 문제를 다루는 것같이?"

문장을 두 번 반복해서 쓰는 게 적당했다. 한 번은 의문 부호를 쓰고 한 번은 쓰지 않고. "문제를 해결할 수 있을까요? 문제를 해결할 수 있을 겁니다."

하지만 불확실한 미래로 해결을 미루는 게 아닐까? 두 문장을 다 현재로 써 보았다. "문제를 해결해 볼까요? 문제를 해결해 봅시다."
그러나 읽어 보니 별로 좋게 들리지 않았다.

글을 쓸 때면 어떤 일이 벌어지는지 우리는 잘 알고 있다. 쉼표
를 고치게 되면 단어를 바꾸게 되고 문장 구조를 바꾼다. 그러다 보
면 전부 다 망가져 버리고 만다. 우리는 삼십 분 동안 토론을 했다. 시
제를 다르게 해서 질문과 대답을 넣으면 어떻겠느냐고 내가 제안했
다. "문제를 해결할 수 있을까요? 우리는 해결해 가고 있는 중입니다."
회장은 아주 좋아했고 그날 이후로 내 능력에 대한 그의 신뢰는 흔
들리지 않았다.

어느 날 밤 전화 소리에 잠이 깼다. 길게 울리는 시외전화였다.
불을 켰다. 거의 새벽 3시가 다 되어 가고 있었다. 일어나야겠다고 마
음을 먹기도 전에 어느새 나는 복도로 달려가서 어둠 속에서 수화기
를 집었다. 그 이전에 이미, 꿈속에서 전화벨 소리 때문에 흠칫했을
때 그 전화가 클라우디아의 전화일 거라고 직감했다.

수화기 너머에서 그녀의 목소리가 흘러나왔는데 마치 다른 행성
에서 들리는 것 같았다. 잠에 취해 겨우 눈을 뜨고 있는 내게, 제어
할 수 없는 억양의 그 목소리는 반짝이는 불빛이나 눈부신 불빛 같
았다. 무슨 말을 하던 항상 극적인 흥분이 담겨 있는 그 목소리가 지
금 거기, 마르가리티 양 아파트 복도 끝에까지 들려왔다. 나는 클라
우디아가 나를 다시 찾으리라는 걸 의심조차 하지 않고 있었다는 걸
깨달았다. 아니 여기 도착한 이후로 죽 그녀의 전화만을 기다리고 있
었다는 것을.

그녀는 지금까지 내가 어떻게 지냈는지, 어쩐 일로 여기까지 왔

는지 물어볼 기미도 보이지 않았다. 내 전화번호를 어떻게 알게 되었는지조차 설명하지 않았다. 그녀는 내게 할 말이 산더미처럼 많았는데 아주 자세한 이야기들이기는 하나 늘 그랬듯이 막연하고, 내가 알지 못하고 이해할 수도 없는 사회에서 펼쳐지는 이야기들이었다.

"당신이 필요해, 당장, 즉시. 첫 기차로 와줘."

"그런데, 나 여기서 직장에 다녀…… 협회……."

"아, 혹시 국회의원이 되려고…… 말해 봐……."

"무슨 소리야, 알잖아, 난 그냥……."

"자기, 당장 출발해, 그럴 거지?"

먼지가 뽀얀 그런 곳에서, 덧문의 창살은 모래 같은 시커먼 먼지로 뒤덮여 있고 와이셔츠 옷깃에는 고양이 발자국이 남아 있는 곳, 이곳이 내가 살아갈 수 있는 유일한 세상이며, 이 세상에서 존재 가능한 유일한 세상이며, 그녀의 세상은 착시 현상으로만 내게 존재할 뿐이라고 어떻게 그녀에게 대답한단 말인가? 그녀는 내 말을 듣고 있지도 않을 것이다, 그녀는 위에서 모든 것을 내려다보는데 익숙해서 내 삶이 만들어 내는 초라한 상황은 당연히 그녀의 눈에 뜨이지 않았다. 그녀와 나와의 모든 관계는 다름 아닌 바로 이런 그녀의 무한한 부주의함이 만들어 낸 결과였다. 그런 성격이므로 그녀는 내가 미래도 야망도 없이 지방에서 잡지를 만드는 초라한 기자라는 걸 알아차릴 수 없었다. 그래서 계속 내가 그녀가 속한 귀족과 부자와 예술가들로 이루어진 상류사회의 일원이라도 되는 듯이 나를 대했다. 그런 사회에서 나는 어느 여름 우연히 해수욕장에서 흔히 일어나듯 우연히 그녀를 소개받게 되었다. 그래서 그녀는 나와는 거리가 먼 재능과 권위와 취향을 내가 가지고 있다고 생각했다. 어쨌든 진짜 내 본 모습은 세부적인 문제에 불과했다. 이 세부적인 문제 때문에 그녀는 자신의 감정을 부정하고 싶어 하지 않았다.

이제 그녀의 목소리가 점점 다정하고 부드러워졌다. 고백할 수는 없지만 내가 기다리던 바로 그런 순간이었다. 그렇게 사랑에 완전히 빠져들 때에만 우리 사이의 차이가 모두 사라져 버려 우리 둘만으로 다시 존재할 수 있게 되고 우리가 누구인지는 중요하지 않게 되니까. 우리가 몇 마디 사랑의 말을 나누었을 때 내 등 뒤에 있는 유리문 안에서 불이 켜졌고 무거운 기침 소리가 들렸다. 옆집 사는 경사의 방문이 바로 거기 전화기 옆이었다. 나는 본능적으로 목소리를 낮추었고 드문드문 말을 이어가기 시작했다. 하지만 이제 내 말을 그 사람이 듣는다는 걸 알았으니 자연스럽고 신중하게 사랑의 표현을 자제하게 되어 확실하지 않고 이해하기 어려운 말들을 우물거리기에 이르렀다. 옆방의 불이 꺼졌지만 수화기 너머에서 항의가 이어지기 시작했다. "뭐라고? 좀 크게 말해! 그게 내게 할 말이 그것뿐이야?"

"아니, 나는 그냥⋯⋯."

"뭐라고? 당신 누구하고 같이 있어?"

"아니야, 알지, 여기는, 알지, 옆방 사람들이 자다가 깼어, 시간이 늦어서⋯⋯."

이미 클라우디아는 화가 나 있었다. 그녀가 원한 건 그런 설명이 아니라 내 반응이었다. 내가 보여 주는 뜨거운 사랑의 표현, 우리를 갈라 놓는 거리를 태워 버릴 어떤 것이었다. 하지만 나는 조심스럽고 애처롭게, 그녀를 달래듯이 말할 수밖에 없었다. "아니야, 있잖아, 클라우디아, 그러지 마, 맹세해, 부탁이야, 클라우디아, 나는⋯⋯."

경사가 다시 불을 켰다. 수화기에 입술을 대고 새소리처럼 사랑의 말을 웅얼거렸다.

뜰에서 식당일을 돕는 사람들이 빈 맥주통을 굴렸다. 마르가리티 양이 어두운 방에서 누가 방문하기라도 한 것처럼 간간이 웃음을 터뜨리며 수다를 떨기 시작했다. 옆방 남자가 남부 사투리로 욕을 퍼부었다. 나는 복도 타일에 맨발로 서 있었다. 수화기 너머에서 클라우디아의 열정적인 목소리가 내 손을 잡았기에 말을 더듬거리며 그녀를 만나러 달려가 보고 싶었지만 우리 사이에 다리를 놓으려고 할 때마다 금방 그 다리는 산산조각 나 버리고 여러 가지가 충돌하며 가루가 되어 사랑의 말들을 하나하나 부정했다.

그날 이후로 전화는 낮이나 밤 아무 때나 울리기 시작했다. 황갈색과 여러 가지 색으로 채색된 클라우디아의 목소리가 흡사 덫으로 뛰어드는 줄도 모르고 돌진하는, 그리고 덫이라는 것을 모르기에 달아날 길을 찾을 수 있기라도 하듯 다시 점프하는 부주의한 표범처럼 좁은 복도로 달려들었다. 그녀는 아무것도 눈치채지 못했다. 그래서 나는 고통과 사랑과 기쁨과 잔인한 감정들 속에서 빠져 이런 보기 흉하고 황량한 장면과 확성기에 대고 "카펠레티[21] 수프 하나."라고 말하는 '우르바노 라타치' 직원의 말소리, 마르가리티 양 개수대에 쌓인 더러운 냄비들과 뒤섞이는 클라우디아의 모습을 보았다. 이제 그녀의 모습도 얼룩져 있는 기분이었다. 하지만 아니었다. 전화선상에서 그녀는 아무것도 모르는 채 깨끗한 모습 그대로 달려왔다. 그리고 나

---

21 파스타의 일종으로 주로 수프에 넣는다.

는 매번 그녀가 부재하는 허공과 함께 외로이 남아 있었다.

　가끔 클라우디아는 명랑하고 아주 유쾌했는데 크게 웃거나 나를 놀리려고 앞뒤가 안 맞는 말들을 했다. 나도 결국 그녀처럼 유쾌해졌지만 그럴 때면 삶이 지금과 다를 수도 있다고 생각하고 싶은 유혹이 스멀스멀 생겨서 뜰과 먼지가 더 나를 슬프게 했다. 가끔 클라우디아가 뜨거운 고뇌에 사로잡힐 때도 있었다. 그럴 때면 그런 고뇌와 내가 사는 곳의 모습,《정화》편집자로서의 나의 직업이 뒤섞였다. 나는 거기서 벗어날 수가 없었다. 나는 한밤중에 나를 깨울, 그 어느 때보다 극적일 전화를 기다리며 살았다. 하지만 전혀 예상 밖의 목소리, 그러니까 전날 밤의 고뇌 따위는 기억조차 하지 못하는 것 같은, 활기차거나 기운 없는 목소리가 들려올 때면 나는 자유로운 기분보다도 먼저 당황스럽고 혼란스러워지곤 했다.

　"내가 제대로 들은 건가? 지금 타오르미나[22]에서 전화한다는 거야?"

　"그래. 친구들하고 같이 왔어. 너무 아름다워. 당신도 비행기 타고 당장 와!"

　클라우디아는 항상 다른 도시에서 전화를 했다. 그녀는 항상 삶에 대한 고뇌나 기쁨에 빠진 상태였는데 그때마다 당장 그녀에게 달려와서 자신의 그런 상태를 함께 해 달라고 내게 요구했다. 나는 매번 여행이 완전히 불가능한 이유를 자세하게 설명하곤 했다. 그렇지만 내 말을 주의 깊게 듣지 않고 있던 클라우디아가 금방 다른 이야기로 옮겨가 버려서 설명을 계속할 수는 없었다. 그럴 때면 클라우디

---

22 이탈리아 시칠리아 섬에 위치한 휴양지.

아는 대개 나를 비난하거나 내가 무심코 사용한 어떤 표현이 불쾌하다거나 사랑스럽다고 생각하고는 뜻밖의 칭찬을 했다.

통화 시간이 다 끝나 가면 주간 근무를 하는 전화 교환원이나 야간 근무 교환원이 알렸다. "통화 끝났습니다." 클라우디아가 급히 말했다. "그럼 몇 시에 올 거야?" 내가 가기로 동의를 한 듯이. 그러면 나는 대답을 우물거렸고 결국 내가 그녀에게 전화를 하든 그녀가 내게 하던 다시 통화를 하기로 마지막에 약속했다. 한편으로 나는 클라우디아가 자기 계획을 다 바꿀 수 있고 나도 급히 여행을 하기로 마음먹을 수도 있다고 확신했다. 하지만 매번 다른 이유가 생겨 우리에게 계획을 다시 연기할 핑계가 되어 주었다. 그렇지만 내 마음속에는 일종의 자책감 같은 게 남았다. 내가 여행을 떠나는 게 그렇게 불가능한 일은 아니었다. 예를 들어 다음 달 월급을 가불하고 이런저런 핑계를 대서 사나흘 결근을 허락받을 수도 있었다. 그런데 나는 망설이며 괴로워하기만 했다.

마르가리티 양은 아무 소리도 듣지 못했다. 복도를 지나다가 전화를 하는 나를 보면 어떤 폭풍우에 내가 뒤흔들리지 전혀 모르는 채 가볍게 고개를 숙여 인사했다. 경사는 아니었다. 그의 방에서는 내 말을 모두 들을 수 있었고 그래서 전화벨 소리에 내가 뛰어나갈 때마다 경찰로서의 그의 직관을 사용했을 게 틀림없다. 다행히 그는 집에 거의 없었다. 그래서 자신감 넘치고 차분하게 통화를 할 수 있을 때가 많았다. 그리고 대개는 클라우디아의 기분에 따라 우리는 사랑을 교감하는 분위기 속으로 들어갈 수 있었고 그로 인해 우리가 하는 말은 열정적이고 은밀하고 내적인 울림을 갖게 되었다. 하지만 이따금 그녀가 최고의 기분이 되어 무슨 말이든 준비가 된 반면 나는 자꾸 말이 막혔다. 단음절로 머뭇거리며 애매한 대답밖에 하지 못하는 것이었다. 내게서 1미터 정도 떨어진 문 뒤에 경사가 있었다. 한번은 그가 문을 열고 콧수염을 기른 거무스름한 얼굴을 내밀더니 나를 살폈다. 그는 키가 작은 남자로 솔직히 다른 때라면 내게 아무런 인상도 남기지 않을 만한 남자였다. 그렇지만 거기서, 한밤중에 가난한 사람들이 사는 그 숙소에서 처음으로 얼굴을 대면한 우리, 삼십 분 동안 시외 전화로 사랑의 말을 주고받던 나와 근무를 마치고 온 그, 둘 다 잠옷 차림의 우리는 서로를 증오하는 게 확실했다.

클라우디아와의 대화에서 그녀가 교제하는 사람들인 유명인들의 이름이 종종 등장했다. 그러나 내가 아는 사람은 아무도 없었다. 게다가 난 주목받는 걸 견딜 수가 없었다. 그래서 그녀에게 대답을 해야 하면 이름을 말하지 않고 에둘러 말하려고 애를 썼다. 그녀는 이유를 알지 못하고 화를 냈다. 난 항상 정치에서 멀리 떨어져 있었는데 그건 바로 눈에 띄는 게 싫어서였다. 지금 나는 정부 지원 협회에 속해 있고 이 사람 저 사람을 알려고 하지 않는다는 규칙을 지키고 있다. 어느 날 밤 클라우디아는 무슨 변덕이 났는지 모르지만 내게 몇몇 국회의원에 관해 물었다. 당장 아무 대답이나 해 줘야 했는데 경사가 문가에 있었다. "당신이 맨 처음 말했던 사람 있잖아, 그러니까, 맨 처음에……."

"누구? 누구 말이야?"

"그 사람 말이야, 그래, 그 뚱뚱한 사람, 아니, 더 작은 사람……."

간단히 말해 난 그녀를 사랑했다. 나는 불행했다. 하지만 그녀는 어째서 나의 불행을 이해하지 못하는 걸까? 아픔과 불행을 겪었기 때문에 스스로에게 내린 형벌처럼, 평범한 잿빛 삶을 살아가는 사람들이 있다. 그러나 또, 본인이 생각하는 것보다 훨씬 많은 행운을 가졌기 때문에 그렇게 사는 사람들도 있다.

나는 가격을 아는 몇몇 식당에서 식사를 하곤 했는데 이 도시 식당은 모두 토스카나 주[23] 출신 집안에 의해 운영되었다. 그들은 모두 친지들이었고 여종업원들은 모두 알토파쇼라는 마을 출신이었다. 그 아가씨들은 젊은 시절을 이 도시에서 보냈지만 항상 알토파쇼를 생각했다. 그래서 다른 도시 사람들과 섞이지 않았다. 밤에는 늘 알토파쇼 청년들과 외출을 했다. 그 청년들은 식당 주방에서 일하거나 공장에서도 일했는데 고향 마을에서 가까이 살았듯이 일하는 식당들도 항상 가까웠다. 그리고 이런 아가씨들과 청년이 결혼을 해서 알토파쇼로 돌아가 사는 부부가 있는가 하면 친척이나 동향 사람들의 식당에서 계속 일하면서 어느 날 자신들도 식당을 열기 위해 저축을 했다.

그런 식당에서 식사를 하는 사람들은 물론 뻔했다. 항상 바뀌는 여행객들을 제외하고 단골손님들은 미혼의 남자 사무원들, 때로는 여자 사무원들도 있었고 학생이나 군인이었다. 얼마 지나지 않아 이 단골들은 서로 다 알게 되어 이 테이블 저 테이블에서 잡담을 나누었다. 그러다가 어느 순간에 이르면 같은 테이블에서 식사를 하게 되었다. 처음에는 몰랐다가 결국은 항상 함께 식사를 하는 습관을 갖게 되는 사람들이 모이게 되는 것이다.

그들은 토스카나 여종업원들 모두와 농담을 하곤 했다. 물론 기

---

23 이탈리아 중부에 있는 주. 주도는 피렌체이다.

분 좋은 농담이었다. 애인이 있는지 묻기도 하고 자기들끼리 우스운 말들을 주고받기도 했다. 할 말이 없을 때는 텔레비전을 켜고 최근 프로그램의 등장인물들 중 누구는 호감이고 누구는 별로라는 등의 말을 했다.

나는 아니었다. 나는 주문할 때 이외에는 입을 열지 않았는데, 게다가 주문도 늘 똑같이 스파게티 알부로[24]와 삶은 소고기, 채소가 전부였다. 다이어트 중이었기 때문이었다. 종업원들의 이름을 나도 이미 다 알고 있었지만 이름을 부르는 대신 "아가씨"라고 부르는 게 좋았는데 친근한 인상을 주지 않기 위해서였다. 우연히 들어간 그런 식당에서 나는 우연히 들어온 손님이었다. 어쩌면 얼마인지 모르지만 당분간은 매일 그 식당에 갈 수도 있었다. 그러나 나는 그냥 어쩌다 들른 손님 같은 기분을 느끼고 싶었다. 오늘은 이 식당 내일은 저 식당으로. 그러지 않으면 신경에 거슬릴 테니.

물론 그들이 호감 가지 않는다는 뜻은 전혀 아니었다. 종업원들이나 손님들이나 모두 선량하고 호감 가는 사람들이었다. 그리고 그런 분위기를 주위에서 느끼는 게 좋았다. 뿐만 아니라 그런 친절한 분위기가 없다면 아마 뭔가 빠진 것 같은 기분이 들었을 것이다. 그러나 거기에 끼어들지 않고 지켜보고 싶었다. 나는 다른 손님들과의 대화를 피했다. 인사조차도 피했는데 알다시피 안면을 익히는 게 시작할 때는 아무것도 아니지만 나중에는 서로 관계를 맺게 되어 있었다. 어떤 사람이 "오늘 밤 뭐 하지?"라고 말하면 결국은 모두 함께 텔레비전을 보거나 극장에 가게 된다. 그날 이후로 그 사람들과 어울리게

---

24 파스타를 버터와 치즈에 버무린 요리.

되는데, 그들은 나와 아무 상관 없는 사람들로 나는 내 이야기를 그들에게 하고 다른 사람들의 이야기를 들어야만 한다.

나는 아무도 없는 작은 테이블에 앉아 조간이나 석간신문을 폈다.(회사에 가면서 신문을 사서 제목만 재빨리 훑어보고 식당에 올 때까지 기다렸다가 신문을 읽었다.) 그리고 신문을 처음부터 끝까지 다시 읽었다. 신문은 좌석이 없어서 이미 다른 손님이 앉은 테이블에 합석을 할 때 아주 요긴했다. 신문에 얼굴을 묻고 신문을 읽고 있으면 아무도 내게 말을 걸지 않았다. 하지만 항상 혼자 앉을 테이블을 찾으려 애썼다. 이 때문에 붐비던 손님이 다 빠져 나간 뒤에 식당에 도착할 수 있게 가능한 한 늦게 식사할 궁리를 했다.

빵 부스러기들이 남아 있다는 게 불편하다면 불편했다. 손님이 막 일어난 테이블에 앉게 되는 일이 종종 있었는데 그러면 테이블은 빵 부스러기로 지저분했다. 그래서 종업원이 와서 지저분한 접시들과 컵을 가져가고 테이블의 찌꺼기들을 다 훔쳐 내고 테이블보를 바꿔 덮을 때까지 되도록 테이블을 보지 않으려 했다. 이런 일을 급히 서둘러서 하다보면 테이블보와 냅킨 사이에 빵 부스러기가 남아 있는 일이 종종 있었고 이 때문에 나는 슬펐다.

점심 식사의 경우 종업원들이 이제 손님이 더 오지 않을 거라고 생각하고 깨끗하게 청소를 하고 저녁 식사를 위해 테이블 세팅을 해 놓는 시간을 알아내는 게 제일 좋았다. 저녁 준비를 하고 나면 온 가족이, 주인과 종업원 요리사, 주방 보조들이 큰 테이블에 음식을 차리고 마침내 그들도 식사를 하러 자리에 앉는다. 그때 내가 들어가며 말한다. "아, 혹시 너무 늦었나요, 이제 식사를 할 수 없습니까?"

"무슨 소리세요? 편한 데 앉으세요! 리사, 네가 선생님 서빙해

드려라."

나는 깨끗하고 예쁜 테이블에 앉았다. 요리사가 다시 주방으로 돌아갔고 나는 신문을 읽으며 조용히 식사를 했다. 그러면서 큰 테이블에 앉아 웃고 농담하고 알토파쇼 이야기를 하는 종업원들의 이야기를 들었다. 음식 하나를 먹고 다른 음식이 나올 때까지 적어도 십오 분은 기다려야 했다. 여종업원들이 그 테이블에 앉아 식사를 하며 수다를 떨었기 때문이었다. 결국 내가 작정을 하고 말을 했다. "아가씨, 오렌지……." 그러면 그들이 대답했다. "금방 갖다 드릴게요! 안나, 네가 갔다 와! 오 리사!" 하지만 나는 그래도 좋았고 만족스러웠다.

식사를 마치고 신문을 다 읽고 나면 신문을 돌돌 말아 손에 쥐고 식당에서 나왔다. 집으로 돌아와서 내 방에 올라왔고 신문을 침대에 던지고 손을 씻었다. 마르가리티 양은 내가 집에 돌아왔다가 다시 나가는 때를 숨어서 지켜보았다. 내가 나가자마자 내 방에 들어와서 신문을 가져가기 위해서였다. 그녀는 신문을 봐도 좋은지 내게 용기 내서 물어보지 않았다. 신문을 그냥 몰래 가져갔다가 내가 외출에서 돌아오기 전에 몰래 다시 갖다 놓았다. 아마 경박한 호기심을 부끄러워하듯 그런 일을 부끄러워하는 모양이었다. 사실 그녀는 오로지 부고란만 읽었다.

한 번은 방에 들어가다가 신문을 손에 든 그녀를 만났다. 그녀는 몹시 부끄러워했고 변명해야 할 필요를 느꼈다. "가끔 누가 죽었는지 봐야 할 것 같아요, 아시죠, 미안해요, 가끔은, 아시죠, 고인 중에 지인도 있어서……."

식사 시간을 늦춰야 한다는 생각 때문에 어떤 날 밤에는 예를 들면 극장에 가서 늦은 시간에 영화를 보고 약간 어쩔해져서 나오기도 했다. 환하게 켜진 네온사인 주위로 가을 안개가 낀 짙은 어둠이 점점 두터워져서 도시에서 공간적 차원이 모두 사라져 버렸다. 시간을 보니 어쩌면 작은 식당에는 식사할 만한 게 남아 있지 않을지도 모르겠다고 혼자 생각했다. 어쨌든 일상적인 내 시간표에서 벗어났으니 다시 그걸 지킬 수는 없었다. 그래서 집 아래층에 있는 비어홀 '우르바노 라타치'의 카운터에 서서 간단히 저녁을 때우기로 했다.

거리에서 비어홀로 들어가는 게 어둠 속에서 밝은 빛 속으로 옮겨 가는 것만은 아니었다. 세상의 밀도가 바뀌어 있었다. 밖의 세상이 형체가 없고 불확실하고 사방으로 흩어져 간다면 홀 안은 견고한 형체들로 가득 찼고 두께와 무게로 인한 부피감과 카운터에서 얇게 저미는 햄의 붉은색과 남자 종업원들이 입은 티롤리안 재킷의 초록색, 맥주의 황금색같이 반짝이는 색깔들이 표면을 장식했다. 사람들로 붐벼서 거리에서 내가 지나가는 행인들을 얼굴 없는 그림자로 간주하는데 익숙했다면 여기서는 갑자기 숲을 이룬 남자와 여자들의 얼굴들을 다시 발견하게 되었다. 과일처럼 밝고 생기 있고 각자 다 다르고 낯선 사람들의 얼굴을. 잠시 동안 나는 그들 틈에서 유령처럼 내 모습이 보이지 않길 바랐다. 그러다가 나 역시 그들처럼 선명하게 보인다는 걸 깨달았는데, 거울 역시 아침에 면도를 한 뒤부터 벌써 다시 자라나기 시작한 수염까지 그대로 반사했다. 숨을 곳이 어디에도 없었다. 사람들이 들고 있는 담배에서 천장으로 올라가는 연기조차도 그 윤곽과 부피가 있는 하나의 사물이어서 다른 것들의 실체와 섞이지 않았다.

나는 웃음소리와 이야기 소리가 넘쳐흐르는 테이블들을 등지고 언제나 사람들로 북적이는 카운터 쪽으로 갔다. 그리고 자리가 비자마자 거기 앉아 종업원의 눈길을 끌어 보려 했다. 곧 종업원이 내 앞에 종이로 된 정사각형 컵받침과 맥주잔, 그리고 메뉴판을 갖다 놓았다. 여기 '우르바노 라타치'에서는 종업원들에게 내 말을 들리게 하기가 쉽지 않았다. 이 위에서 밤마다 잠을 설쳐 모든 시간, 모든 충격적인 움직임을 다 알고 있는 장소인데 말이다. 내 목소리를 빨아들이는 이 소음은 매일 밤 녹슨 쇠난간을 타고 내방으로 올라와 내 귀에 들리던 그런 소리였다.

"뇨키 알 부로 주세요." 내가 말했다. 마침내 카운터의 종업원이 그 말을 듣고 마이크에 대고 또박또박 말했다. "뇨키 알부로 하나!" 난 그 리드미컬한 고함 소리가 주방 확성기에서 어떻게 울려 나올지를 생각해 보았다. 그러자 나는 카운터에 앉아 있으면서 동시에 이 위 내 방 침대에 누워 있는 기분이 들었다. 나는 여럿이 어울려 맥주를 마시고 음식을 먹는 유쾌한 사람들이 쉴 새 없이 주고받는 말들과 맥주잔과 포크에서 나는 소리들을 내 머릿속에서 산산이 부서뜨리고 그 소리를 완화시켜 그 속에서 매일 밤 침대에서 듣던 소음을 분간해 보려 애를 썼다.

이쪽 세상의 투명한 선과 색깔들 속에서 나는 그 이면의, 어둠으로 이루어진 세상을 식별해 가는 중이었는데 그 세상에 사는 이는 나 혼자뿐인 기분이었다. 하지만 진짜 이면 세상은 눈부시게 환하고 모두 눈을 크게 뜬 이 세상일지도 모른다. 반면 모든 면에서 유일하게 중요한 세상은 어둠 속에 있는 그 세상일지도 모른다. 그러니까 비어홀 '우르바노 라타치'가 존재하는 것은 어둠 속에서 변형된 그 목소리, "뇨키 알부로 하나요!"와 맥주 통 굴리는 소리를 들을 수 있게 하기 위해서일 뿐이었다. 또는 네온사인 불빛으로, 분간하기 힘든 사람의 형체들이 어른거리는 뿌옇게 김 서린 유리창으로 거리의 안개를 흩어 놓기 위해서일 뿐이었다.

어느 날 아침 나는 클라우디아의 전화에 잠이 깼다. 그런데 시외 전화가 아니었다. 그녀는 내가 사는 도시의 기차역에 그때 막 도착한 참이었다. 내게 전화를 한 이유는 침대칸에서 내릴 때 그녀가 가지고 온 여러 트렁크 중 한 개를 분실했기 때문이었다.

내가 간신히 역에 도착했을 때 그녀가 짐꾼들을 선두에서 거느리고 역에서 나오고 있었다. 불과 몇 분 전 전화에게 내게 전해지던 당황스러움은 그녀의 미소에서 이제 찾아볼 수 없었다. 그녀는 매우 아름답고 우아했다. 그녀를 다시 만날 때마다 나는 그녀의 예전 모습을 하나도 기억을 못하는 사람처럼 깜짝 놀라곤 했다. 이제 그녀는 갑자기 이 도시에 열광하며 칭찬을 했고 내가 여기 와서 살 생각을 한 게 아주 잘한 일이라고 했다. 하늘은 납빛이었다. 클라우디아는 햇빛과 거리의 색깔을 칭찬했다.

그녀는 큰 호텔 스위트룸을 숙소로 잡았다. 나로서는 홀에 들어가서 접수 담당자에게 가서 전화로 내가 왔다는 걸 알리고 벨보이를 따라 엘리베이터를 타는 게 계속 불편하고 당황스러웠다. 클라우디아가 자신의 사업 때문이라고는 하지만 사실은 나를 만나러 와서 여기서 며칠 머무른다는 게 몹시 감동적이었다. 감동스러우면서도 당혹스러웠는데 그녀의 생활 방식과 내 생활 방식 사이에 깊은 심연이 입을 벌리고 있었기 때문이었다.

그렇지만 그녀가 도착한 그 분주한 아침에 복잡한 문제들을 최대한 적절하게 해결할 수 있었고 사무실로 달려가서 내게 준비된 특별한 며칠을 위해 다음 달 월급을 가불도 했다. 그녀를 어디로 데려가서 식사를 할지가 장소 선택의 문제가 있었다. 난 고급 레스토랑이라든가 이 지역의 이름난 곳을 거의 몰랐다. 먼저 그녀를 언덕으로 데려가기로 했다.

택시를 빌렸다. 그제야 나는 이 도시에서는 자신의 월급보다 훨씬 더 비싼 자가용을 모두 다 가지고 있다는 걸 알아차렸다.(내 동료인 아반데로까지 차가 있었다.) 나는 차가 없었다. 그리고 자동차를 운전할 줄도 몰랐다. 그런 게 내게는 전혀 대수롭지 않았지만 지금 클라우디아 앞에서는 부끄러웠다. 하지만 클라우디아는 모든 게 자연스럽다고 생각했다. 내가 핸들을 잡으면 분명 재앙을 불러올 거라고 그녀가 말했다. 그녀는 내 실제적인 능력을 모두 과소평가하고 다른 재능들, 사실 그게 뭔지 알 수 없는 재능을 토대로 나를 평가했기 때문에 나는 몹시 짜증이 났다.

어쨌든 우리는 택시를 탔다. 노인이 운전하는 덜거덕거리는 자동차가 우리 차지가 됐다. 나는 나를 둘러싼 삶에서 피할 수 없게 보이는 이런 잡동사니들의 삐거덕거리는 모습들을 희화시켜 보려 했다. 하지만 그녀는 이런 일들이 그녀에게 영향을 미칠 수 없기라도 한 듯, 이렇게 낡은 택시 때문에 힘들어하지는 않았다. 나는 안도를 해야 할지 아니면 점점 더 운명에 나를 맡겨야 할지 알 수가 없었다.

택시는 도시 동쪽을 감싸는 언덕의 초록 등성을 따라 올라갔다. 날씨는 맑았고 황금빛의 가을 햇살이 비췄으며 들판도 노란빛으로 변해 가고 있었다. 택시에서 클라우디아를 꼭 안았다. 그녀가 내게 보여 주는 사랑에 나를 맡긴다면 혹시 길 양옆으로 지나가는 또렷하지 않은 형체들(그녀와 포옹을 하려고 안경을 벗었다.)과 같은 금빛과 초록색으로 물든 인생이 내 앞에 펼쳐질지도 모른다.

식당으로 가기 전에 내가 늙은 운전수에게 언덕 위의 전망 좋은 곳으로 데려가 달라고 했다. 우리는 차에서 내렸다. 챙이 넓은 검은 모자를 쓴 클라우디아가 빙그르르 돌자 주름치마가 펄럭였다. 나는 여기저기 뛰어다니며 하늘로 우뚝 솟은 곳은 눈 덮인 알프스 산 정상이나(산 이름들을 몰라서 되는대로 아무 이름이나 붙였다.) 끊어졌다 이어지곤 하는 기복이 심한 언덕 능선을 가리키기도 했다. 그 언덕에 마을과 도로가 자리 잡고 있었고 강물이 흘렀다. 그리고 언덕 밑의 불투명한 혹은 반짝이는 작은 비늘들을 꼼꼼하게 이어 붙인 그물 같은 도시들도. 클라우디아의 모자와 치마 때문인지, 눈에 보이는 경치 때문인지 광대하다는 느낌에 사로잡혔다. 가을이어서 공기는 투명하고 청정했다. 그래도 아주 다양하게 응축된 기체들이 그 공기를 가로질렀다. 산발치에는 짙은 안개가, 강물 위에는 하얀 물안개가 끼어 있었고 구름들은 바람에 실려 사방으로 흩어졌다. 우리는 언덕의 작은 돌담에 기댔다. 나는 그녀의 허리를 감싸 안은 채 다양한 풍경들을 바라보았는데 곧 그것을 분석해야 할 필요가 있는 듯했다. 장소나 자연현상들의 명칭을 충분히 알지 못하는 나 자신이 벌써 불만스러웠다. 하지만 그녀는 즉시 감각들을 갑작스러운 사랑의 충동으로, 감정의 유출로, 전혀 상관없는 이야기로 바꿔 버렸다. 내가 그걸 본 건 바로 그때였다. 클라우디아의 손목을 잡아 힘껏 쥐었다. "저기 좀 봐! 저 아래 좀 보라고!"

"뭘?"

"저 아래! 봐! 움직이고 있잖아!"

"뭐가? 뭘 본 건데?"

어떻게 말해야 할까? 차가운 공기층에서 수분이 어떻게 응축되느냐에 따라서 구름이나 안개는 회색빛이 되거나 푸르스름해지거나 하얘지거나 검은색이 되는데 이 구름은 그런 것들과 전혀 달랐다. 밤색인지 역청색인지 모를 불분명한 색깔 때문만은 아니었다. 아니 좀 더 정확히 말하자면 어떨 때는 가장자리가, 어떨 때는 한가운데가 더 짙어지는 듯이 보이는 그 색깔의 음영 때문이었다. 그러니까 간단히 말해 더러운 그림자가 그 구름을 완전히 더럽히고 구름의 밀도도 바꾸어 놓았다.(이런 면에서 그 구름은 다른 구름들과 달랐다.) 밀도가 높아서인듯 땅에서, 여러 색깔의 드넓은 도시에서 많이 떨어져 있지 않았는데 그러면서도 도시 위로 천천히 흘러가면서 도시의 한쪽을 보이지 않게 가려 버렸다가 다른 쪽을 드러내기도 했다. 그러나 구름이 지나간 뒤로는 약간 지저분한 실밥이 끝도 없이 풀린 것 같은 긴 띠가 남았다.

"스모그야!" 내가 클라우디아에게 외쳤다. "저기 보이지? 스모그 구름이라니까!"

하지만 그녀는 내 말을 듣지 않은 채 날아다는 뭔가를 보고, 떼를 지어 나는 새를 보고 넋을 잃고 있었다. 나는 거기 가만히 서서 처음으로 매시간 나를 에워싸던 그 구름 밖에서, 내가 살았고 나를 살아가게 했던 구름 밖에서 그 구름을 바라보았다. 내 주위의 다채로운 세상에서 내게 중요한 것은 그 구름밖에 없다는 걸 알았다.

저녁에 나는 클라우디아를 데리고 '우르바노 라타치' 비어홀에 가서 저녁을 먹었다. 가격이 고정된 식당 이외에는 내가 아는 식당이 없었을 뿐만 아니라 막상 들어간 곳이 너무 비쌀까 봐 걱정이 되었다. '우르바노 라타치'에 클라우디아 같은 여자가 들어간 건 생전 처음 있는 일이었다. 티롤리안 재킷을 입은 종업원들이 모두 부산하게 움직였고 우리에게 좋은 자리를 주었으며 특식들을 왜건에 실어 가까이 가져왔다. 나는 자유분방한 에스코트 흉내를 내보려고 했지만 그와 동시에 내가 뜰 쪽으로 난 셋방에 사는 사람이며 카운터에서 급히 식사를 하고 가는 단골이라는 걸 사람들이 다 알아보는 기분이 들었다. 이런 마음 때문에 난 어리바리하게 행동하고 재미없게 대화를 했다. 곧 클라우디아가 내게 화를 냈다. 우리는 크게 말다툼을 했다. 우리 목소리는 비어홀의 떠들썩한 소리에 잠겨 들어갔지만 클라우디가 손짓만 하면 금방 달려올 준비를 하고 있는 종업원들뿐만 아니라 이렇게 뛰어난 미모에 우아하고 품위 있는 여자가 나같이 초라한 남자와 함께 앉아 있는 사실에 호기심을 느끼던 손님들까지 모두 우리를 쳐다보고 있었다. 그리고 우리의 말다툼을 모두 지켜보고 있었다는 것을 알아차렸다. 클라우디아가 자기 주변 사람들에게 무관심해서 자신의 감정을 숨기려 하지 않기 때문이기도 했다. 나는 모든 이들이 화가 난 클라우디아가 자리에서 일어나 나를 그곳에 혼자 놔둔 채 떠나가 버려 내가 원래의 이름 없는 남자로, 벽 위의 얼룩보다도 더 눈에 띄지 않는 남자로 돌아갈 순간만을 기다리고 있다는 인상을 받았다.

하지만 보통 때처럼 말다툼 뒤에는 서로를 이해하는 다정하고도 사랑이 넘치는 순간이 이어졌다. 저녁 식사를 마친 뒤 내가 근처에 산다는 걸 알게 될 클라우디아가 말했다. "당신 집에 올라가 볼래."

지금 내가 그녀를 '우르바노 라타치'에 데려온 건 내 집 근처여서가 아니라 그런 종류의 식당을 아는 데가 거기 밖에 없어서였다. 아니 그녀가 내가 사는 집을 대문에서 흘깃 본다고 생각만 해도 좌불안석이었다. 그래서 무엇보다 그녀의 변덕을 믿어 보기로 했다.

하지만 그녀는 집에 올라가 보고 싶어 했다. 내 방 이야기를 하면서, 그로테스크한 곳으로 모험하고 싶은 마음을 다 던져 버리게 하려고 그곳이 얼마나 누추한지를 과장되게 말했다. 하지만 그녀는 위로 올라가 베란다를 가로지르면서 좋은 점만을 보았다. 건물은 고풍스럽고 전혀 값싸 보이지 않게 건축이 되었고 오래된 아파트만이 지닌 기능성도 갖추고 있었다. 우리는 안으로 들어갔고 그녀가 말했다. "대체 무슨 말이야? 방이 이렇게 예쁜데! 여기서 뭘 더 원하는 거야?"

내 손이 평상시처럼 더러웠기 때문에 그녀가 외투를 벗을 수 있게 도와 주기 전에 먼저 급히 세면대 쪽으로 돌아섰다. 그녀는 가만히 있지 않았다. 먼지가 뽀얀 가구들 사이에서 깃털처럼 두 손을 흔들며 방 안을 돌아다녔다.

곧 짧은 베일이 달린 모자, 여우털 목도리, 벨벳 원피스, 얇은 모슬린 속치마, 새틴 구두, 실크 스타킹 같은 이상한 물건들이 방 안 곳곳을 침범했다. 이 모든 걸 그냥 그대로 두었다가 시커먼 검댕에 뒤덮일 것만 같아서 옷장과 서랍장에 넣어 두려고 해 보았다.

이제 클라우디아는 하얀 몸을 드러낸 채 침대에 누워 있었다. 한 번 건드리기만 해도 먼지 구름이 이는 그 침대에. 그리고 침대 옆에 있는 책장으로 한 손을 뻗더니 책을 한 권 꺼냈다. "조심해, 먼지가 많아!" 그렇지만 그녀는 책을 펼치더니 책장을 넘겼고 바닥에 떨어뜨렸다. 나는 아직도 소녀 같은 그녀의 가슴과 분홍색 젖꼭지를 보았다. 책에서 떨어진 먼지가 일부 거기에 내려앉았을 수 있다고 생각하니 고통스러웠다. 나는 두 손을 내밀어 그녀를 살며시 어루만졌는데 애무를 할 때와 비슷한 동작이었지만 사실은 거기 떨어졌을 먼지를 닦아 주고 싶어서였다.

하지만 그녀의 살은 매끄럽고 차갑고 깨끗했다. 원뿔 모양의 전등 불빛 속으로 떠다니는 미세한 먼지 비가 서서히 클라우디아의 몸 위로도 내려앉는 것을 본 나는 그녀에게로 달려들어 얼른 꼭 안았다. 무엇보다 그 먼지를 피하게 하고 보호해 주고 먼지를 모두 내가 맞아 그녀를 먼지로부터 구해 주고 싶어서였다.

클라우디아가 떠난 뒤(그녀는 자신만의 빛을 내게 흔들림 없이 고집스레 투사하면서도, 나와 함께 지내는 데 약간 실망을 하고 지루해하다가 갔다.) 나는 두 배로 열심히 편집에 뛰어들었다. 클라우디아의 방문으로 사무실에서 일한 시간이 줄어들어서 다음 호 준비가 늦어지고 있어서이기도 했고 그녀를 생각하지 않으려고, 또 격주로 발행하는 《정화》에서 다루는 주제가 예전처럼 나와 무관한 듯이 느껴지지 않아서이기도 했다.

아직 논설을 쓰지 못했는데 이번에는 엔지니어 코르다가 내게 아무런 지침도 주지 않았다. "당신이 좀 알아서 써 봐요. 부탁합니다." 나는 처음에는 평소와 다름없이 다소 공격적인 글을 쓰기 시작했다. 그러나 차츰차츰, 한 단어 한 단어 옮겨 가면서 내가 언덕 위에서 보았던, 도시 위에 긴 띠처럼 드리워진 스모그를 묘사해야겠다는 생각이 들었다. 돌출 부위와 함몰 부위에 검은 먼지가 겹겹이 쌓인 오래된 집의 외관이나, 반나절도 안 돼서 더러워지는 사무원의 하얀 셔츠 깃처럼, 시커먼 그림자가 흐릿하게 서서히 번져 가고 있는 단색의 매끄러운 현대적 사각형 건물의 외관도 마찬가지였다. 그렇다, 아직 스모그 밖에서 사는 사람이 있고 어쩌면 평생 그렇게 살지도 모른다고 썼다. 그리고 또 구름을 가로질러 가고 그 한가운데에 머물러 있었지만 먼지 하나 석탄 가루 하나 묻히지 않고, 자신의 다른 삶의 리듬과 다른 세계의 아름다움에 전혀 피해를 입지 않은 채, 거기서 벗어날 수 있는 사람이 있다고도 썼다. 그러나 중요한 것은 스모그 밖이 아니라 그 안에 모두 다 들어 있다. 그 구름 속에 빠져 있을 때에만 아침마다(겨울이면 벌써 무차별적인 안개 때문에 길들이 다 사라졌다.) 안개를 호흡할 때에만 진실의 바닥에 닿을 수 있고 자유로워질 수 있다고. 전부 다 클라우디아를 향한 비난이었다. 나는 곧바로 그 사실을 알아차리고 원고를 찢어 버렸다.

아반데로 씨는 내가 아직 잘 이해할 수 없는 유형이었다. 월요일 아침 내가 사무실에 들어섰을 때 그의 모습이 어땠던가? 선탠이 되어 있었다! 그렇다, 평상시의 삶은 생선 같은 얼굴빛이 아니라 불그레하면서도 구릿빛이 도는 얼굴로 이마와 광대 부근은 살짝 탄 것처럼 보이기도 했다.

"무슨 일 있었나?"(최근에 우리는 말을 놓았다.)

"스키 타러 갔었지. 첫눈이었잖아. 완벽하고 가루처럼 곱더군. 자네도 일요일에 갈 생각 있나?"

그날 이후로 아반데로는 나를 신뢰하며 스키에 대한 자신의 열정을 내게 털어놓기 시작했다. 신뢰라고 말했다. 나와 이야기를 나누면서 그가 기교라든가 기학적인 정확한 동작, 기능적인 장비, 하얀 도화지로 변한 설경 이상의 무엇인가를 표현했기 때문이었다. 흠잡을 데 없고 순종적인 직원인 그가 대화 속에 자신의 일에 대한 은근한 비난을 끼워 넣었는데 그것은 우월감을 느끼듯 낄낄거리는 웃음이

나 미묘하게 악의적인 농담 속에서 드러났다. "아,《정화》는 역시 그렇다니까! 난 스모그는 자네들에게 맡길래!" 그러다가 곧 이렇게 말을 정정했다. "그냥 농담한 거야……." 하지만 그렇게 충실한 그 역시 협회와 엔지니어 코르다의 생각은 전적으로 신뢰하지는 않는다는 것을 알게 되었다.

어느 토요일 오후 아반데로를 만났는데 그는 스키 탈 준비를 완벽히 갖추고 검은지빠귀 주둥이 같은 챙이 달린 모자를 쓰고 버스 쪽으로 가는 중이었다. 벌써 여럿 모여 있던 스키어들이 환영 인사를 하며 만족스러운 표정으로 내게도 인사를 건넸다. "시내에 계속 있을 건가?"

"나는 그렇지. 떠나 본들 뭐 뾰족한 수 있어? 내일 밤에는 벌써 진흙탕에 돌아와 있을 텐데 뭐."

그가 검은지빠귀 부리 같은 모자 밑의 이마를 찡그렸다. "주말에 아무 데도 가지 않고 시내에 있어 본들 뭐 뾰족한 수 있어?" 그는 서둘러 버스 쪽으로 갔다. 버스 위에 스키를 배치하는 새로운 방법을 제안하기 위해서였다.

일요일에 달아나기 위해 주중에는 내내 회색빛 업무에 열중하는 수많은 다른 사람들처럼 아반데로에게도 도시는 잃어버린 세계, 거기서 몇 시간이라도 나갔다가 돌아오기 위한 수단을 만들어 내는 기계였다. 아반데로는 스키로 몇 달을 보내고 난 뒤에는 시골 여행이나 송어 낚시로, 그다음에는 여름 산과 바다에서, 그리고 사진 찍기로 몇 달을 보내곤 했다. 그의 인생사는(그와 친해지면서 나는 그의 인생을 한 해씩 재구성하기 시작했다.) 이동 수단의 역사이기도 했다. 처음에는 원동기가 장치된 자전거를, 그다음에는 모터스쿠터, 오토바이를 탔고 지금은 경승용차를 이용했다. 그리고 앞으로 다가올 미래는 훨씬 편하고 빠른 자동차들에 대한 예측으로 수놓아져 있었다.

《정화》 최신호가 인쇄되어야만 했지만 엔지니어 코르다가 아직 원고를 보지 않았다. 그날 EPAUCI에서 그를 기다렸지만 그는 나타나지 않았다. 저녁 무렵에서야 전화가 와서 Wafd에 있는 자신의 사무실로 만나러 오라고 말했다. 그가 움직일 수 없으니 그곳으로 원고를 가져오라고. 뿐만 아니라 나를 데리고 오라고 운전사가 딸린 자가용을 보냈다.

Wafd는 코르다가 전무이사로 있는 공장이었다. 커다란 자가용이 원고가 든 무릎 위의 봉투에 두 손을 올려놓은 채 구석에 앉아 있는 나를 싣고 변두리의 낯선 지역으로 달렸다. 길게 이어진 담을 따라 달리던 자가용이 수위들의 인사를 받으며 넓은 철문 안으로 들어갔고 사장실로 이어지는 계단 발치에 나를 내려놓았다.

엔지니어 코르다는 임원진들에게 에워싸여 자기 사무실 책상에 앉아서, 어마어마한 서류들 위에 잔뜩 펼쳐 놓아 테이블에서 흘러내릴 듯한 계산서인지, 생산 계획서인지를 검토하는 중이었다. "잠깐만 기다려요." 내게 말했다. "곧 가지요."

나는 그의 등 뒤쪽을 보았다. 그의 뒤쪽은 유리벽, 그러니까 넓은 공장을 내려다보는 커다란 유리창이었다. 저녁 안개 속에서 그림자 몇 개가 나타났다. 가장 앞쪽에서 주철 가루 같은 게 담긴 거대한 바구니를 옮기는 체인호스트의 윤곽이 드러났다. 한 줄로 이어진 금속 용기들이 계속 덜커덩거리고 가볍게 흔들리며 올라가는 광경도 보였는데 이것들로 인해 광물 더미의 형체가 조금씩 변해 가는 듯했다. 그리고 짙은 먼지구름이 공중으로 퍼져서 엔지니어 사무실의 유리창에도 내려앉는 듯했다.

그때 엔지니어가 불을 켜라고 명령했다. 갑자기 어두운 외부와 대비된 유리창은 미세한 금강사에 뒤덮인 듯이 보였는데 주철 가루가 분명한 그것들이 은하수의 우주진처럼 반짝였다. 바깥에서 보이던 어두운 그림자들이 흩어졌고 공장 안쪽에 있는 굴뚝들의 형체는 더욱 선명해졌다. 각각의 굴뚝에서 붉은 연기를 뿜어져 나왔고 그 위쪽으로는 붉은색과 대조적으로 잉크 같은 검은 띠들이 선명하게 두드러졌다. 연기는 하늘을 뒤덮었고 거기서 눈부신 하얀 점들이 하늘로 올라가거나 회오리치는 걸 볼 수 있었다.

코르다는 나와 함께 《정화》 원고를 검토했다. 그는 지금까지 몰두하던 것과는 전혀 다른 영역으로 들어와서 금방 EPAUCI 회장으로서의 자신의 활동에 열광하고 정신적으로 자극받으며 나와 함께 원고에 대해 토론하고 Wafd 임원진들과는 보고서 항목을 의논했다. 비록 협회 사무실에서 수도 없이, 머릿속으로 내가 스모그 편이며 적진 본부에 몰래 숨어든 스모그의 비밀 요원이라고 생각하며 고용인으로서의 자연스러운 적개심을 드러내긴 했지만 이제는 나의 게임이 무의미하다는 것을 알게 되었다. 엔지니어 코르다가 스모그의 주인이며 도시에 스모그를 끊임없이 배출하는 게 바로 그였기 때문이었다. EPAUCI는 스모그를 위해 일하는 사람에게 인생이 스모그만으로 이루어진 것은 아니라는 희망을 주는 동시에 그 힘을 찬양하게 만들어야 할 필요성에서 탄생한 스모그의 피조물이었다.

새로 발간될 잡지에 만족한 코르다가 자기 차로 집까지 나를 바래다 주고 싶어 했다. 짙은 안개가 낀 밤이었다. 드문드문 나타나는 불빛 너머로는 아무것도 보이지 않아서 운전수는 조심조심 천천히 운전을 했다. 대체적으로 낙관적이고 충동적인 회장이 이번에도 그런 감정에 사로잡혀 공원 지역과 화단과 잔잔한 호수에 둘러싸인 공장 지역, 공장에서 뿜어내는 연기를 하늘에서 청소하는 로켓 설비가 갖추어진 미래 도시의 윤곽을 그려 나갔다. 그가 창밖의 허공을 가리켰다. 자신이 꿈꾸는 도시가 그곳에 이미 세워져 있기라도 한 듯이. 나는 깜짝 놀란 시늉을 해야 할지 감탄을 해야 할지 몰라서 가만히 듣고만 있으면서 유능한 기업인과 몽상가가 그의 내면에서 어떻게 공존하며 서로를 필요로 하는지를 발견하게 되었다.

그러다가 갑자기 우리 동네에 거의 다 온 기분이 들었다. "세워 주세요, 여기 세워 주셔도 돼요. 다 왔어요." 운전사에게 내가 말했다. 감사 인사를 하고 내렸다. 자동차가 사라지고 나서야 나는 잘못 내렸다는 것 알았다. 내가 내린 곳은 낯선 지역이었고 주변에 아무것도 보이지 않았다.

식당에서 나는 계속 혼자 신문으로 얼굴을 가린 채 식사를 했다. 그러다 다른 손님 하나가 나와 똑같은 식으로 식사를 한다는 걸 알아차렸다. 이따금 다른 빈자리가 없어서 우리는 합석을 하기도 했는데 마주보며 서로 신문을 펼쳐 들고 있었다. 우리가 읽는 일간지는 서로 달랐다. 내가 읽는 신문은 이 도시에서 가장 중요한 신문으로 모두가 이 신문을 보았다. 물론 나는 색다른 신문을 읽어서 사람들 눈에 내가 그들과 다른 사람이라는 걸, 솔직히 말해 (나와 같이 식사를 하게 된 남자의 신문을 읽는다면) 정치적으로 강경파라는 걸 강조할 이유가 전혀 없었다. 나는 정치적 의견이나 당파의 문제에서 항상 멀리 떨어져 있었다. 하지만 저녁때 가끔 식당 테이블에 내가 신문을 내려놓으면 나와 같이 식사를 하게 된 남자가 내 신문을 집으려는 시늉을 하며 물었다. "잠깐 봐도 될까요?" 그리고 내게 자기 신문을 권했다. "원하시면 이걸 읽으셔도 됩니다⋯⋯."

그래서 그의 신문을 흘깃 보았다. 내가 읽는 신문과는 정반대라 할 수 있었는데 신문의 정신뿐만이 아니라 다른 신문들에서는 찾아볼 수 없는 기사들을 싣기 때문이었다. 해고 노동자라든가 기계에 한 손을 잃은 기계공(이런 사람들은 사진도 실려 있었다.), 가족 수당 도표 같은 것들이었다. 그러나 무엇보다 내가 읽는 신문은 항상 재기발랄하게 기사를 작성하려 애쓰고, 예를 들면 아름다운 여자들의 이혼 같은 재미있고 사소한 일들로 독자들의 관심을 끌려고 애쓰는 반면 이 신문은 늘 똑같이 반복되는 우울한 표현의 기사들이 실려 있었고 제목은 사건의 부정적인 측면을 부각시켰다. 신문은 칸과 글씨가 촘촘하고 회색으로 인쇄되어 있었다. 이런 생각이 들었다. '그래, 마음에 들어.'

앞의 남자에게 이런 인상을 말해 보려 했는데 물론 어떤 기사나 견해에 대해 내 의견을 말하지 않으려 주의하면서(그는 벌써 아시아의 어떤 뉴스에 대한 내 의견을 물어보기 시작했다.) 동시에 내 판단에 부정적인 측면이 있으면 그걸 좀 완화시켜 보려 애썼다. 내가 보기에 그는 자신에 대한 비판을 받아들이지 않은 그런 유형의 사람 같았고 나는 토론을 시작할 의도가 없어서였다.

하지만 그는 자기 생각에 골똘히 빠져 있는 듯했는데 이 때문에 신문에 대한 내 평가는 지나치거나 부적절하게 보였던 게 틀림없었다. "아십니까?" 그가 말했다. "이 신문은 아직도 제 길을 가지 못하고 있어요. 제가 원하던 방향의 신문이 아닙니다."

그는 키는 작지만 균형이 있는 체형의 젊은이로 검은 곱슬머리를 정성스레 단정히 빗어 넘겼는데, 아직 소년 같은 얼굴은 창백했으나 볼은 발그레했고 세련되고 반듯한 이목구비에 검은 속눈썹이 길었다. 차분하지만 오만해 보이기도 하는 분위기였다. 옷차림도 다소 지나칠 정도로 신경을 쓴 듯했다. "아직도 너무 막연하고 정확성이 떨어져요." 그가 계속 말했다. "특히 **우리들의** 문제와 관련된 기사에서. 아직도 다른 신문들과 지나치게 유사한 신문입니다. 제 말은 신문은 대부분이 독자들에 의해 만들어져야 한다는 겁니다. 생산 업종에서 일어나는 모든 일에 대해 과학적으로 정확한 정보를 주려고 애써야 합니다."

"공장에서 근무하는 기술자이십니까?" 내가 물었다.

"숙련공입니다."

우리는 인사를 나누었다. 그의 이름은 오마르 바살루치였다. 내가 EPAUCI에서 근무한다는 걸 알자 몹시 흥미로워했고 그가 준비하는 보고서에 사용할 자료를 부탁했다. 나는 그에게 몇몇 출판물을 알려 주었고(사실은 모두가 공유하는 자료였다. 빙그레 웃으며 그에게 말했듯이 나는 직업상의 비밀을 누설할 수 없었다.) 그러자 그가 수첩을 꺼내더니 참고문헌 목록을 채우듯이 차례로 메모를 했다.

"저는 통계학을 공부하고 있습니다." 그가 말했다. "우리 조직에서는 아직 많이 뒤처져 있는 분야죠." 우리는 밖으로 나가려고 외투를 입었다. 그는 약간 활동적이면서도 세련된 외투를 입고 방수천으로 만든 베레모를 썼다. "……많이 뒤처져 있어요." 그가 계속 말했다. "그렇지만 제 생각에는 기본적인 분야 같습니다."

"일을 하면서 그런 공부를 할 시간이 있습니까?" 내가 물었다.

"들어 보세요." 그가 말했다.(그는 계속 위에서 내려다보듯이 약간 잘난 체하며 대답하곤 했다.) "전부 방법의 문제랍니다. 저는 공장에서 여덟 시간 일해요. 그리고 저녁마다 회합이 없는 날이 없습니다. 일요일에도요. 하지만 일을 능률적으로 계획할 줄 알아야 해요. 제가 스터디 그룹을 만들었습니다. 우리 회사의 젊은이들끼리……"

"당신 같은 젊은이가…… 여럿입니까?"

"얼마 안 돼요. 점점 줄어듭니다. 한 사람씩 나가고 있어요. 조만간 여기서 보시게 될 거예요." 그러더니 신문을 가리켰다. "'새로운 보복 해고'라는 제목으로 제 사진이 실릴 겁니다."

우리는 추운 밤거리를 걸었다. 나는 몸을 웅크린 채 코트 깃을 세우고 그 속에 얼굴을 숨겼다. 오마르 바살루치는 목을 똑바로 세우고 차분하게 이야기를 하며 걸어갔는데 보기 좋은 또렷한 윤곽의 입술에서 입김이 하얗게 나왔다. 이따금 자기가 하는 말의 어떤 부분을 강조하기 위해 주머니에서 한 손을 꺼내기도 했다. 그러다가 그 부분을 분명하게 해결하지 않고는 앞으로 걸어갈 수 없는 사람처럼 걸음을 멈추었다.

나는 그의 말을 더 이상 듣고 있을 수가 없었다. 오마르 바살루치 같은 사람은 우리 주위의 회색 연기를 피하려 하지 않고 그것을 도덕적 가치로, 내적인 규범으로 변형시키려 애쓰지 않을 거라는 생각을 했다.

"스모그는……." 내가 말했다.

"스모그요? 아, 코르다가 현대적인 기업가가 되고 싶어 한다고 알고 있습니다……. 대기를 정화한다……. 그 사람 공장의 노동자들에게 가서 한 번 말해 보십시오! 대기를 정화할 사람이 분명 그는 아 닐 겁니다……. 사회 구조의 문제지요……. 사회 구조를 바꿀 수 있다 면 스모그 문제도 해결할 수 있을 겁니다. 그들이 아니라 우리가요."

그가 이 도시 여러 노동조합 대표들의 모임에 같이 가자고 초대 를 했다. 나는 담배 연기가 자욱한 홀의 끝에 앉아 있었다. 오마르 바 살루치는 자기보다 훨씬 나이가 많은 남자들과 함께 연단의 테이블 에 앉았다. 홀은 난방이 되지 않아 모두 외투와 모자를 벗지 않았다.

말할 사람들이 차례로 일어서서 테이블 옆에 섰다. 청중들에게 연설을 하는 방식은 모두 똑같았다. 연설을 시작하고 주제를 연결하 는 공식에 따라 특징 없이 무미건조하게 말을 했는데 그 공식을 모두 사용하는 것으로 보아 그들끼리 약속이 된 게 틀림없었다. 청중석이 웅성거리면 나는 누군가 논쟁을 불러일으키는 발언을 했다는 걸 알 수 있었다. 그러나 항상 이전에 표명된 것을 시인하면서 이야기를 시 작했기 때문에 이런 논쟁은 표면에 드러나 있지 않았다. 의견을 발표 하는 사람들 대부분이 오마르 바살루치와 관계가 있는 듯했다. 연단 의 테이블에 약간 비스듬히 앉아 있는 바살루치가 주머니에서 정교 하게 만든 가죽 담배 파우치와 짧은 영국제 파이프를 꺼냈다. 자그마 한 손으로 느릿느릿 파이프에 담배를 채우더니 눈을 가느스름하게 뜨고 팔꿈치를 테이블에 대고 한손으로 뺨을 받치고 조심스럽게 담 배를 피우기 시작했다.

홀 안은 담배 연기가 자욱했다. 어떤 사람이 잠시 위쪽의 창문을 열자고 제안했다. 차가운 바람에 실내의 연기가 사라졌지만 곧 밖에 서 안개가 들어오기 시작했다. 홀의 끝에서 끝까지 거의 아무것도 보 이지 않았다. 나는 내가 앉은 자리에서, 추위 속에 꼼짝 앉고 앉아 있는 많은 사람들의 뒷모습을 자세히 살펴보았다. 몇몇 사람들은 외투 깃을 세우고 있었고 외투로 몸을 감싼 채 테이블에 한 줄로 앉아 있는 사람들의 형체도 보였다. 곰처럼 뚱뚱한 어떤 사람이 테이블 옆에 서서 말을 하는 중이었다. 안개가 모든 사람을 감싸고 축축이 적셨다. 그들의 말들도, 그들의 완고함까지도.

클라우디아가 2월에 다시 왔다. 우리는 공원의 끝, 강가에 자리 잡은 고급 레스토랑으로 점심 식사를 하러 갔다. 유리창 밖으로 강변과 나무들이 보였다. 대기의 색깔 때문에 나무들은 우아하고 고풍스러운 한 폭의 그림 같았다.

우리는 어떤 주제, 아름다움에 관한 주제로 토론 중이었는데 서로 의견이 달랐다. "인간들은 미적 감각을 잃어버렸어." 클라우디아가 말했다.

"미는 계속 창조되고 있어." 내가 말했다.

"한번 아름다운 건 계속 아름다워, 미는 영원한 거지."

"미는 항상 충돌에서 생겨."

"그래, 그리스인들은!"

"응, 그리스인들이 뭐?"

"미는 문명이잖아!"

"그러니까……."

"그래서……."

우리는 다음 날까지도 그런 식으로 계속 대화할 수 있었다.

"이 공원, 이 강……."

('이 공원, 이 강은 경계일 뿐이고 그저 우리를 위로해 줄 수 있지. 고대

의 미는 새로운 추에 대항할 힘이 전혀 없어.' 내가 생각했다.)

"저 뱀장어……."

레스토랑 한 가운데에 유리 상자, 수족관이 있었는데 그 안에서 커다란 뱀장어들이 헤엄을 쳤다.

"저것 좀 봐!"

손님들이 수족관에 다가갔다. 중요한 인물들로 아버지 어머니, 성년의 딸과 청소년기 아들로 이루어진 부유한 식도락가 가족이었다. 그들 옆에는 풀 먹인 하얀 와이셔츠에 연미복을 입은 키 크고 뚱뚱한 호텔 지배인이 서 있었다. 손에 어린아이들이 나비를 잡을 때 쓰는 사용하는 것과 비슷한 뜰채가 들려 있었다. 그 가족은 진지하고도 주의 깊게 뱀장어들을 살펴보았다. 그러다가 어느 순간 부인이 한 손을 들어 뱀장어를 가리켰다. 지배인이 뜰채를 수족관에 집어넣어 재빨리 한 마리를 잡아 물 밖으로 꺼냈다. 뱀장어가 뜰채 속에서 몸부림을 치며 퍼덕거렸다. 지배인은 펄떡이는 뱀장어가 든 뜰채를 검처럼 앞으로 받쳐 들고 주방 쪽으로 멀어져 갔다, 가족이 지배인을 눈으로 좇다가 자기들 자리로 돌아가 뱀장어 요리를 기다렸다.

"잔인해……."

"문명은……."

"전부 잔인해……."

우리는 택시를 부르지 않고 걸었다. 강에서 피어오르는 축축한 짙은 안개가, 이 안개는 자연이 만들어 낸 것이었는데 베일처럼 초원과 나무 몸통을 감쌌다. 넓은 칼라의 밍크코트에 밍크 머프, 밍크 모자를 쓴 클라우디아는 코트를 여미고 걸었다. 우리 두 연인의 그림자가 나무가 만들어내는 그림의 일부가 되었다.

"미는……."

"당신의 미는……."

"미가 뭐에 필요하지? 그러니까……."

내가 말했다. "미는 영원하지."

"아, 아까 내가 한 말을 하는 거야?"

"아니, 그 반대야……."

"당신하고는 토론을 할 수가 없어." 그녀가 말했다.

혼자 가고 싶은 듯이 가로수 길로 떨어져갔다. 한 줄기 안개가 땅을 스치며 퍼져나갔다. 밍크코트를 입은 실루엣이 땅을 밟지도 않고 걸어가는 듯했다.

저녁에 클라우디아를 다시 호텔로 데려다 주었다. 연미복 차림의 신사와 목이 깊게 파인 드레스를 입은 부인들이 홀을 가득 메우고 있었다. 카니발이었다. 호텔의 홀에서 자선 무도회가 열렸다.

"멋져! 나하고 같이 갈 거지? 빨리 가서 이브닝드레스로 갈아입고 올게!"

나는 무도회에 어울리는 유형이 아니어서 불편했다. "우린 초대장도 없잖아……. 양복도 갈색이고……."

"나는 초대장 같은 건 필요 없어……. 당신은 내 에스코트고……."

그녀는 옷을 갈아입으러 달려갔다. 나는 어디에 있어야 할지 알 수가 없었다. 처음 이브닝드레스를 입은 아가씨들이 여럿 있었다. 그녀들은 홀로 들어가기 전에 파우더를 바르고 들떠서 소곤거렸다. 나는 사람들이 나를 보고 물건을 배달하러 온 상점 종업원이라 생각해 주길 바라며 한쪽 구석에 서 있었다.

엘리베이터 문이 열렸다. 클라우디아가 폭이 넓은 치마와 진주가 박힌 분홍 보디스에 반짝이로 장식된 작은 가면을 쓰고 나왔다. 나는 더이상 종업원 놀이를 할 수가 없었다. 그녀 옆에 가서 섰다.

홀로 들어갔다. 모든 이의 눈길이 클라우디아에게 쏠렸다. 나는 얼굴에 쓸 가면을, 코가 우스꽝스러운 일종의 광대 가면을 찾았다. 우리가 춤을 추기 시작했다. 클라우디아가 빙그르르 돌 때면 다른 커플들이 그녀를 보려고 뒷걸음질을 쳤다. 춤을 정말 못 추는 나는 사람들 속에 있고 싶었다. 그래서 우리의 춤은 일종의 숨바꼭질 같은 모양이 되었다. 클라우디아는 내가 조금도 즐거워하지 않고 즐길 줄도 모른다는 걸 알아차렸다.

춤이 끝난 뒤 우리는 우리 테이블로 가기 위해 무리지어 서 있는 신사들 앞을 지나게 됐다. "아!" 나는 엔지니어 코르다와 정면으로 부딪쳤다. 그는 연미복을 입고 머리에는 오렌지색의 작은 종이 모자를 쓰고 있었다. 난 걸음을 멈추고 그에게 인사를 해야만 했다. "아 정말 당신이었군요, 긴가민가했는데!" 그가 말했지만 눈길은 클라우디아에게로 향해 있었다. 그래서 나는 그의 말이 사무실에서 입던 양복을 입고 평상시와 다름없는 내가 이런 여자와 함께 있으리라고는 예상조차 하지 못했다는 뜻으로 이해했다.

소개를 하지 않을 수가 없었다. 코르다가 클라우디아의 손에 입을 맞췄고 그와 같이 있던 다른 노신사들에게 소개를 했다. 여느 때와 마찬가지로 주의가 산만하고 거만한 클라우디아는 그 신사들의 이름을 제대로 듣지 않았다.(하지만 그들이 모두 거물 기업가들이어서 나는 속으로 생각했다. '맙소사! 지금 그 사람이 누군지 알아!') 잠시 후 코르다가 나를 소개했다. "이 분은 우리 잡지, 여러분들도 잘 아는, 내가 맡고 있는 《정화》 편집자입니다, 사실……." 모두들 클라우디아 앞에서 약간 수줍어한다는 걸 알 수 있었다. 그들은 바보 같은 말들을 주고받았다. 그걸 보니 나는 좀 더 자신이 생겼다.

　　무슨 일인가가 일어나려 한다는 걸 알아차렸다. 코르다가 좋아서 어쩔 줄을 모르며 클라우디아에게 춤을 신청했다. 내가 말했다. "그럼, 자, 맞습니다, 나중에 뵙죠……." 깊숙이 목례를 하고 다시 클라우디아를 데리고 무도장으로 나갔다. 그녀가 말했다. "잠깐만, 당신 이 춤 못추잖아, 무슨 춤인지 알아?"

　　내가 아는 건 다만 클라우디아와 내가 나란히 나타나는 바람에 그들도 그 이유를 분명히 알 수 없게 그들의 파티를 망쳤다는 사실 뿐이었다. 이 춤에서 내가 얻어낼 수 있는 유일한 기쁨은 그것뿐이었다. "차-차-차……." 흥얼거리면서 전혀 모르는 스텝을 밟는 척했다. 클라우디아가 알아서 스텝을 밟을 수 있게 손을 살며시 잡기만 했다.

　　카니발이었다. 나도 당연히 즐길 수 있는 것 아닌가? 작은 장난감 트럼펫이 요란하게 울리자 트럼펫에 달린 장식술이 이리저리 날렸고 한 움큼의 색종이 조각들이 연미복 입은 신사들의 등과 드러난 여인들의 등 위로 석회 조각들처럼 쏟아져 내리고 목덜미가 드러난 드레스와 와이셔츠 칼라 가장자리로 들어갔다. 샹들리에에서부터 바닥까지 색종이들이 쌓인 곳에서는 춤을 추는 사람들의 발길에 밟혀 색종이들이 부드럽게 회오리쳤고 색 테이프들은 그대로 노출된 신경 섬유 다발 혹은 모두 파괴되어 무너진 벽 위에 걸려 있는 전선들처럼 늘어져 있었다.

"당신들은 추악한 세상을 파괴해야 한다는 걸 알기 때문에 그 세상을 있는 그대로 받아들일 수 있는 겁니다." 내가 오마르 바살루치에게 말했다. 나는 약간 그를 자극하기 위해 말했는데 그렇지 않으면 재미가 없었다.

"잠깐만요." 오마르가 입술에 댔던 커피 잔을 내려놓으며 말했다. "우리는 절대 그렇게 말하지 않습니다. 나쁘면 나쁠수록 더 좋은 겁니다. 우리는 개선이 되길 원합니다……. 우리는 점진주의자도 극단주의자도 아닙니다."

나는 내 생각을 따르고 그는 그의 생각을 좇았다. 클라우디아와 공원에 있었을 때 나는 회색빛 우리 세상에 의미를 부여해 주고 사라져 가는 아름다움을 구해 내서 가치 있게 만들어 줄 새로운 세상의 이미지를 찾았다. "세상의 새로운 얼굴."

노동자가 검은 가죽 서류 가방을 열더니 거기서 잡지를 한 권 꺼냈다. "보셨습니까?" 일련의 사진들이 실려 있었다. 가죽 벙거지를 쓰고 장화를 신은 아시아인들이 행복하게 강으로 낚시를 하러 가는 사진이었다. 다른 사진에는 역시 아시아인들이 학교에 가는 모습이 담겨 있었다. 학교에서 교사가 시트에 적힌 이해할 수 없는 문자를 가리켰다. 축제를 찍은 또 다른 사진도 있었는데 사람들이 모두 용 머리 가면을 쓰고 있었다. 용들 사이로 어떤 남자의 초상화를 실은 트랙터가 앞으로 나왔다. 마지막으로는 역시 가죽 벙거지를 쓰고 기중기를 작동하는 두 명의 남자가 찍혀 있었다.

"보셨습니까? 이게 세상의 다른 얼굴입니다." 그가 말했다.

나는 바살루치를 보았다. "당신들은 가죽 벙거지를 쓴 것도 아니고 철갑상어 낚시를 하는 것도 아니고 용들과 노는 것도 아니지요."

"그러니까요?"

"그러니까 이 사람들과 닮은 점이 하나도 없어요. 당신들이 이미 가지고 있는 이것만 빼고." 내가 기중기를 가리켰다.

"아, 아닙니다. 거기처럼 될 거예요. 의식이 바뀌고 있으니 거기나 여기나 마찬가지일 겁니다. 외부보다 먼저 내면이 새로워지고 있어요……." 바살루치가 말을 하며 잡지를 계속 넘겼다. 다른 페이지에 고글을 쓰고 자신 있는 표정으로 용광로에서 일하는 노동자들의 사진이 실려 있었다. "아, 물론 그렇게 돼도 문제가 있겠지요. 다만 조만간……." 그가 말했다. "잠시 힘들 겁니다. 생산이……. 그러나 분명 진보하게 될 거예요. 예를 들어 지금 같은 일들은 절대 일어나지 않겠지요……." 그러더니 그가 항상 언급하는 일들, 하루하루 그에게 중요해지는 문제들을 다시 이야기했다.

그날이 오든 오지 않던, 그게 그에게는 별로 중요하지 않을 수 있다는 걸 알게 되었다. 사람들이 생각하는 것보다 훨씬 대수롭지 않을 수 있었다. 중요한 것은 지금 이게 그의 삶의 방식으로 그건 바뀔 수 없는 게 틀림없었다.

"물론 거기도 늘 문제가 있을 겁니다…… 천국이 아닐 거예요……. 우리가 성인이 아니듯이 말입니다……."

천국이 없다는 걸 알면 성인들은 다른 삶을 살려 했을까?

"지난주에 해고당했습니다." 오마르 바살루치가 말했다.

"그럼 이제?"

"노동조합 활동을 할 겁니다. 아마 올가을쯤에 조합 직원 자리가 날 거예요."

그는 오전에 폭력 시위가 벌어졌던 Wafd 쪽으로 가는 중이었다.

"같이 가시겠습니까?"

"무슨! 거기서 누군가의 눈에 뜨여서는 안 됩니다. 그 이유는 잘 아실 텐데요."

"저도 안 돼요. 동료들을 위태롭게 할 수 있어요. 근처 카페에 들어가 있죠."

나는 그와 같이 갔다. 조그만 카페 유리창 너머로 교대 근무를 마치고 자전거 손잡이를 잡고 철책문에서 나오거나 전차 근처에서 북적이는 노동자들이 보였다. 그들의 얼굴에는 벌써 졸음이 가득했다. 그들 중 몇 몇 사람이, 분명 미리 연락을 받은 듯, 카페로 들어와 곧장 오마르에게 다가왔다. 그렇게 해서 조그맣게 그룹이 만들어졌고 따로 떨어져서 이야기를 나누기 시작했다.

나는 그들의 문제가 뭔지 전혀 이해할 수가 없었다. 그래서 가족이나 일요일 말고는 다른 생각이 전혀 없는, 철책문에서 몰려나오는 수많은 사람들의 얼굴과 여기서 오마르와 함께 서 있는 이 사람들, 그러니까 고집스럽고 딱딱한 얼굴들 사이의 차이점이 뭔지를 연구하기 시작했다. 그들을 구별할 만한 표시가 전혀 없었다. 모두 똑같이 나이든 얼굴이거나 너무 조숙한 얼굴들로, 똑같은 삶의 결과물이었다. 차이는 내면에 있었다.

그리고 '그날이 올 것이다.'라는 생각을 모든 것의 토대로 하는 사람과 오마르처럼 그날이 오던 오지 않던 바뀔 건 아무것도 없다고 생각하는 사람을 구별할 수 있을지 보기 위해서 이 사람들의 말과 얼굴을 연구했다. 구별을 할 수 없었다. 초조함이나 경솔한 언행 때문에 전자처럼 보이는 사람들도 소수 있기는 했지만 모두가 후자이기 때문일 수도 있었다.

나는 이제 어디를 봐야 할지 알 수 없어 하늘을 바라보았다. 초봄이었다. 변두리 집들 위의 하늘은 밝고 파랗고 투명했지만 자세히 살펴보면 그림자 같은 게, 누렇게 변한 오래된 사진 위의 얼룩 같은 게, 분광기 렌즈를 통해 보이는 흔적 같은 게 보였다. 아름다운 계절에조차 깨끗한 하늘을 볼 수 없었다.

오마르 바살루치는 검은 굵은 테 안경을 끼고 그 남자들 속에서 정확하게, 노련하게, 오만하게, 약간 콧소리를 내며 계속 말을 하고 있었다.

나는 해외 신문에서 발견한 원자 방사능에 의한 대기 오염에 관한 뉴스를 《정화》에 실었다. 아주 짧은 기사여서 엔지니어 코르다는 교정쇄에서는 신경도 쓰지 않았다. 하지만 인쇄된 잡지에서 그 기사를 읽고 나를 불렀다.

"맙소사, 사소한 것까지 다 검토를 해야 하다니, 눈이 백 개라도 모자라겠어!" 그가 말했다. "대체 무슨 생각으로 이런 기사를 실은 거죠? 그런 건 우리 협회에서 신경을 쓸 일이 아니에요. 당치도 않아요! 게다가 내게 한 마디 말도 없이! 이건 미묘한 문제입니다! 이제 사람들이 우리가 선전 활동을 시작했다고 말할 거요!"

난 몇 마디 변명을 해 보았다. "아시다시피, 대기 오염을 다룬 거라, 죄송합니다, 제 생각에는……."

내가 그의 방에서 나올 때 코르다가 다시 나를 불렀다. "그런데, 말해 봐요, 당신은 방사능이 위험하다고 생각하는 거요? 그래요, 간단히 말해서, 정말 그렇게 심각한 건지……."

나는 과학자들의 학회 자료를 몇 가지 알고 있어서 그에게 보고를 했다. 코르다는 고개를 끄덕이며 이야기를 들었지만 짜증스러운 표정이었다.

"흠, 우리가 얼마나 끔찍한 시대에 살고 있는지, 참!" 그가 갑자기 말했다. 그리고 내가 잘 아는 코르다로 다시 돌아왔다. "시간을 뒤로 돌리지 않는 한, 우리는 틀림없이 위험합니다. 들어 봐요, 문제가 심각해요, 문제가 심각해요!"

나는 잠시 고개를 숙이고 있었다. "우리는, 우리 분야에서," 그가 다시 말을 했다. "과대평가를 하고 싶지는 않지만 우리 역할을 해야 합니다. 우리가 기여를 해야 하고 상황을 감당할 수 있어야 합니다."

"물론입니다, 회장님. 저도 그렇게 믿습니다, 회장님." 우리는 약간 당황스러워 하기도 하고 위선적인 얼굴로 서로를 보았다. 이제 스모그는 아주 작아진 듯했고 위험한 원자구름에 비교하면 조그만 구름, 새털구름처럼 보였다.

나는 막연하면서도 긍정적인 말 몇 마디를 한 뒤 코르다의 방을 나왔다. 이번에도 구름을 향한 그의 전투의 진정한 향배가 분명하지 않았다.

그때부터 나는 제목에 폭발이라던가, 방사능을 시사하는 단어들을 되도록 피했다. 그러나 매 호마다 과학기술과 관련된 뉴스를 다루는 란에는 그 주제에 관련된 정보를 소개하려 애썼다. 그리고 기사에서도, 도시 대기 중의 석탄이나 나프타 비율과 그로 인한 생리학적 결과를 다룬 자료 가운데에 방사성 물질에 오염된 지역에서 나온 유사한 자료와 예를 끼워 넣었다. 코르다도 다른 사람들도 더 이상 그 문제에 대해 내게 아무 말도 하지 않았다. 그러나 이게 기쁘다기보다는 어쩌면 《정화》를 정말 아무도 읽지 않을지도 모른다는 의심이 확

고해졌을 뿐이었다.

나는 파일을 하나 마련해서 방사능에 관련된 자료들을 보관했다. 필요한 뉴스와 기사를 선택하게 훈련된 눈으로 신문들을 훑어볼 때 그 주제에 관한 자료를 항상 발견하게 되어 그것들을 따로 보관했다. 협회에서 구독하는 클리핑 통신사에서 '대기 오염'에 관해 우리에게 보내 주는 기사들 중 원자폭탄에 관련된 기사는 점점 많아지는 반면 스모그에 대한 기사는 눈에 띄게 줄어들었다.

그렇게 매일 끔찍한 질병 통계들, 치명적인 구름 때문에 대양 한 가운데까지 떠밀려 간 어부들 이야기, 우라늄 실험 이후 머리가 두 개로 태어난 기니피그 등의 기사를 읽게 되었다. 나는 눈을 들어 창문을 보았다. 6월 말이었지만 여름은 시작되지 않았다. 날씨는 답답했다. 하루하루가 우울한 연무에 짓눌려 있었고 정오가 되면 도시는 종말의 빛 속에 가라앉아 있었다. 행인들은 육체가 사라져 버리고 그림자만 땅에 남아 사진에 찍힌 듯했다.

계절이 정상적으로 변하지 않는 듯했다. 강한 저기압이 유럽의 하늘 위로 지나갔고 전류가 강하게 흐르는 나날들이 여름의 시작을 알렸다. 몇 주 전부터 비가 왔고 갑자기 더웠다가 꽃샘추위를 하는 3월처럼 다시 갑자기 추워졌다. 일간지들은 이런 불안정한 대기 변화가 원자폭탄 영향 때문일 거라는 생각을 부인했다. 몇몇 외로운 과학자들과(사실 이들의 말을 신뢰해야 할지를 결정하기가 어려웠다.) 본질적으로 다른 사실들을 언제라도 재빨리 뒤섞어 버리는, 거리에 떠도는 익명의 목소리들만이 그런 주장을 지지했다.

원자폭탄을 들먹이며 그날 아침에도 우산을 가져가야 한다고 바보같이 내게 알려 주는 마르가리티 양의 말을 듣고 있으면 나 역시 화가 났다. 그러나 물론 덧창을 열고 얼룩과 띠의 그물처럼 내 눈앞에 나타나는 창백한 뜰을 보면 눈에 보이지 않는 미립자가 바로 그 순간 하늘에서 쏟아져 내리는 기분이 들어 얼른 몸을 피해 보려 했다.

말로 표현할 수 없는 이런 일들로 인한 중압감은 미신의 형태로 바뀌어서, 예전에는 가장 가벼운 대화로 생각되었던 날씨에 대한 흔한 대화가 불가능해졌다. 이제 사람들은 날씨 이야기를 피했다. 비가 온다거나 날이 맑아졌다고 어쩔 수 없이 말해야 할 경우 일종의 수치심에 사로잡혔다. 마치 우리가 책임져야 할 막연한 어떤 일에 대해 침묵하고 있기라도 한 듯이. 주말 여행을 준비하며 일주일을 사는 아반데로는 날씨에 대해 무관심한 척했는데 그게 내게는 몹시 이기적이고 비굴해 보였다.

방사능 기사로 도배된 《정화》를 발행했다. 이번에도 성가신 일은 일어나지 않았다. 아무도 이 잡지를 읽지 않는 건 아니었다. 여러 사람들이 읽었다. 그러나 이미 이 문제에 일종의 내성이 생겨 버렸다. 인류의 종말이 다가왔다고 쓴다 해도 아무도 그 글에 신경을 쓰지 않았다.

시사 주간지들도 전율할 만한 소식을 전했지만 사람들은 표지에서 웃고 있는 아름다운 아가씨들의 컬러 사진만을 신뢰하는 듯했다. 이런 주간지 표지에 수영복을 입고 수상스키를 타며 방향을 바꾸는 클라우디아의 사진이 실렸다. 나는 내 셋방에 압핀 네 개로 그 사진을 붙여 놓았다.

매일 오전과 오후에 계속 내 사무실이 있는 조용한 가로수 길 지역으로 갔다. 가끔 여기 처음 왔던 가을날이 떠올랐다. 그때 나는 눈에 보이는 모든 것에서 어떤 표식을 찾고 싶어 했다. 그때 내 기분처럼 잿빛이고 황량한 흔적을 어디에서도 찾을 수 없을 듯했었다. 지금도 내 시선은 그런 표식들만을 찾는다. 그 어떤 표식도 찾을 수가 없었다. 어떤 표식이냐고? 무한히 서로 연결이 되는 표식이다.

그러다가 이따금 그 지역에서 노새가 끄는 수레와 부딪히곤 했다. 바퀴가 두 개 달린 작은 수레로 자루를 잔뜩 싣고 가로수 길의 옆으로 난 좁은 길을 따라 갔다. 아니면 어떤 집 대문 앞에 서 있는 노새를 발견하기도 했다. 노새는 끌채 사이에서 고개를 숙이고 있었고 하얀 자루 더미 위에 어린 여자아이가 앉아 있었다.

나는 그 지역을 오가는 그런 수레가 한 대가 아니라 여러 대라는 걸 알게 되었다. 언제 그 사실을 알게 되었는지는 모르겠다. 사람들은 많은 것을 보지만 거기에 별 신경을 쓰지 않는다. 그의 눈에 보이는 것들이 그에게 영향을 남기지만 그가 알아차리지 못했을 수도 있다. 그러다가 한 번에 하나씩 다른 것과 연결을 시키게 되고 그러면 모든 게 의미를 획득하게 된다. 내가 의식해 본 적 없던 이 수레들을 보자 기분이 밝아지는 듯했다. 자동차로 뒤덮인 도시 한가운데에서 시골 분위기가 물씬 나는 수레와의 특이한 만남은, 세상이 한 가지 방식으로만 존재하지 않는 다른 사실을 충분히 상기시켜 주었다.

그래서 나는 수레를 유심히 보기 시작했다. 머리를 땋은 여자아이가 산더미 같이 쌓인 하얀 자루 위에 앉아 어린이 신문을 읽었다. 잠시 후 뚱뚱한 남자가 자루 두 개를 들고 대문에서 나오더니 그 자루도 수레에 싣고 브레이크 핸들을 돌렸다. "우우……." 노새에게 말하자 수레가 움직였다. 여자아이는 여전히 자루 위에서 신문을 읽었다. 그들이 다른 대문 앞에 섰다. 남자가 수레에서 자루 몇 개를 내리더니 집 안으로 가져갔다.

거기서 조금 더가서 반대쪽 옆길에서 또 다른 수레가 보였다. 마부 석에는 노인이 앉아 있었다. 한 여인이 머리에 커다란 보따리를 이고 저택의 계단을 오르내렸다.

나는 그런 수레들을 보게 되면 그날은 아주 즐겁고 자신감에 넘친다는 걸 알게 되었다. 그리고 그런 일은 항상 월요일에 일어난다는 것도. 그러니까 월요일이 세탁부들이 수레를 타고 마을을 돌며 세탁한 물건 보따리를 배달하고 더러운 옷들을 수거해 가는 날이었다.

이제야 세탁물 수레를 항상 보게 되는 이유를 알게 되었다. 아침에 출근을 하면서 수레를 하나 보기만 하면 이렇게 혼자 말했다. '맞아, 월요일이지!' 그러면 곧이어 다른 길로 또 다른 수레가 나타났고 그 뒤로 개가 짖으며 따라왔다. 멀어져 가는 수레도 있었는데 흰색과 노란 줄무늬 자루를 실은 뒷모습만 보였다.

사무실에서 돌아갈 때는 전차를 타고 훨씬 사람들로 북적이고 시끄러운 길을 지났다. 여기서도 교차로에서 차량들이 멈춰서야만 했는데 바큇살이 긴 세탁 수레의 바퀴가 느릿느릿 움직였기 때문이었다. 옆길로 눈길을 돌리기만 해도 금방 인도 옆에 서 있는 세탁물을 실은 노새가 보였다. 밀짚모자를 쓴 남자가 짐을 내리는 중이었다.

그날 나는 집으로 돌아가기 전 계속 세탁하는 사람들과 부딪히며 평상시보다 훨씬 더 오랫동안 산책을 했다. 그 도시에서 그날은 일종의 축제일과 같다는 걸 깨달았다. 모두들 먼지가 쌓인 옷들을 벗어 버리고, 비록 금방 다시 더러워지겠지만, 하얗게 세탁된 린넨 옷을 다시 입을 수 있으니 말이다.

다음 월요일에는 세탁부들이 세탁물을 배달하고 다시 옷을 수

거해서 어디로 돌아가는지 보고 싶어 그들의 뒤를 따라 가보기로 했다. 약간 내 마음 내키는 대로 걸었다. 어떤 수레를 따라 걷다가 금방 다른 수레 뒤로 가기도 했다. 그러다가 어느 순간 모든 수레들이 결국 한 방향으로 가게 되어 있고 어떤 거리들을 지나야만 한다는 걸 알아차렸다. 수레들이 다시 만나거나 한 줄로 나란히 가게 되면 조용히 인사를 나누거나 농담을 주고받았다. 그래서 나는 계속 그들을 쫓아가기도 하고 놓치기도 하면서 지칠 때까지 한참을 걸었다. 그러나 그들을 떠나려고 하다가 거기가 세탁부들의 동네라는 걸 알게 되었다. 남자들은 모두 바르카 베르툴라라는 변두리 동네에서 사람들이었다.

어느 날 오후 난 그 동네를 찾았다. 강 위의 다리를 건넜다. 동네는 사실상 거의 들판 근처에 있었다. 화물 자동차 도로들이 한 줄로 늘어선 집 옆으로 나 있기는 했지만 동네 바로 뒤는 초록의 들판이었다. 여자 세탁부들은 보이지 않았다. 수문으로 드문드문 가로막힌 수로를 따라 서 있는 술집들은 그늘진 퍼걸러[25]에 둘러싸여 있었다. 나는 철책문 너머의 농가마당이나 오솔길을 하나하나 쳐다보며 계속 걸어갔다. 서서히 주거지를 벗어났다. 길 근처에 포플러 나무들이 줄줄이 늘어서서 자주 나타나는 수로의 제방들을 표시해 주었다. 포플러 나무의 끝쪽, 그 너머에서 하얀 천들이 펄럭이는 풀밭이 보였다. 널어 놓은 빨래들이었다. 나는 오솔길로 접어들었다. 사람 키 높이의 빨랫줄들이 넓은 풀밭을 가로질렀고 그 줄에 이 도시 전체의 옷들이 다 널려 있었다. 아직 축축하고 무형인 세탁물들로 햇빛이 만들어 내는 주름이 똑같이 새겨지고 있었다. 주위 풀밭에서도 길고 긴 줄에

---

25 뜰이나 편평한 지붕 위에 나무를 가로와 세로로 얹어 놓고 등나무 따위의 덩굴성 식물을 올리어 만든 서양식 정자나 길.

널린 빨래들이 하얗게 빛났다.(빨래가 하나도 없는 풀밭도 있었는데, 그래도 빨랫줄들은 나란히 매어져 있어서 꼭 포도나무 없는 포도밭 같았다.)

나는 빨래가 널린 하얀 풀밭을 돌아다녔다. 그러다가 갑자기 웃음소리가 터져 나와 얼른 뒤를 돌아보았다. 수로의 제방에, 수문 위에 빨래터가 있었다. 거기서 소매를 걷어붙인 팔과 알록달록한 옷들이 보였다. 거기서, 내 위쪽에서 여자 세탁부들의 상기된 얼굴이 나타났다. 그녀들은 웃고 수다를 떨었다. 젊은 여자들과 머리에 수건을 쓴 뚱뚱한 노파들이었다. 젊은 여자들의 블라우스 밑으로 가슴이 오르락내리락했다. 그녀들은 비눗물 속에서 통통한 팔을 분주히 움직였고 팔을 구부려 팔꿈치를 움직이며 둘둘 만 빨래를 꽉 짰다. 밀짚모자를 쓴 남자들이 그 틈에서 분리된 세탁물 바구니를 내려놓았다. 아니면 단단한 사각 마르세유 빨래비누를 가지고 같이 빨래를 빨거나 방망이질을 했다.

나는 이런 광경을 다 보았지만 그들에게 말을 걸지 않았고 끼어들기도 싫었다. 오던 길로 돌아갔다. 넓은 길가에 잡초들이 삐죽삐죽 자랐다. 구두에 먼지가 앉지 않게 조심스레, 그리고 지나가는 트럭을 피해 걸었다. 풀밭과 관목과 포플러 나무들 사이로 드러나는 우물들과 낮은 건물에 적힌 '증기 세탁, 바르카 베르툴라 세탁 협동조합'이라는 글씨, 수확하는 여자들처럼 빨랫줄에서 걷은 세탁물이 든 바구니를 들고 여자들이 지나다니는 들판을 계속 눈으로 좇았다. 들판은 햇빛을 받으며 그 하얀 세탁물들 사이로 초록의 모습을 이따금 드러냈다. 강물은 파란 거품들을 만들어 내며 흘렀다. 대단한 건 아니었지만 눈에 간직할 만한 이미지를 찾던 내게 이 정도면 충분할 것 같았다.

작품 해설

이탈로 칼비노의 『힘겨운 사랑』은 1부 '힘겨운 사랑'과 2부 '힘겨운 삶'으로 구성되어 있는데 1부에는 열세 편의 단편이, 2부에는 두 편의 단편이 포함되어 있다. 이 단편들 대부분은 1949년부터 1958년 사이에 쓰였고 「어느 운전자의 모험」만 1967년에 발표되었다.

칼비노는 1950년대에 들어서면서 네오리얼리즘에서 벗어나 『반쪼가리 자작』이나 『나무 위의 남작』, 『존재하지 않는 기사』같이 동화적 환상성이 두드러지는 작품을 쓰지만, 그와 동시에 현실과 현실의 문제에 대한 관심을 직접적으로 드러내는 사실적인 작품들도 집필한다. 『힘겨운 사랑』은 후자에 속하는 작품이다. 이 단편들은 모파상이나 체호프의 단편처럼 사실적이지만 칼비노 특유의 아이러니한 '유머'가 가미되어 있었다. 또한 이후 칼비노 소설에서 공통적으로 드러나는 기하학적인 체계, 조합의 유희, 대칭과 대립 구조도 선을 보인다.

『힘겨운 사랑』의 단편들은 모두 '모험'이라는 제목 아래, 군인, 도둑, 해수욕객, 회사원, 사진작가, 여행자, 독자, 근시, 아내, 신혼부부, 시인, 스키어, 운전자의 사랑을 이야기한다. 이 열세 편의 단편의 공통점은 소통의 부재로 인한 사랑의 어려움, 크게는 관계의 어려움이라 할 수 있다. 남자와 여자, 인간과 사회, 인간과 열정은 서로 소통이 되지 않아 욕망은 이해받지 못하고 육체는 소외되며 계획은 성취되지 않는다.

「어느 군인의 모험」에 등장하는 기차 안의 군인은 미동도 하지 않는 미망인에게 접촉을 시도하는데 그의 모험은 때로는 자신감에 넘치기도 하고 때로는 불안하고 일시적인 듯이 보인다. 예상치도 못했던 여인과 하룻밤을 보낸 '회사원'은 마음속에 비밀을 안고 자신의 회색빛 일상으로 돌아가서 지난밤의 행복에 잠겨 있고 싶어 하지만 이미 일상의 언어와 행동이 그 행복을 집어삼켜 버린다. 「어느 여행자의 모험」에서 남자는 사랑하는 여자를 만나기 위해 불편한 2등석 기차에 몸을 싣고 이탈리아 북부에서 중부 로마까지 밤새 달려간다. 기차 속에서 상상하는 애인과의 만남의 순간이 바로 그의 사랑의 전부라고도 할 수 있다. 대부분의 이야기에서 사랑하는 사람들이 서로 만나지 못하는데 칼비노는 이를 통해 절망을 이야기하려는 게 아니라 관계를 만들어 내는 기본적인 요소를 다시 생각하게 만든다.

주인공들은 「어느 해수욕객의 모험」에서처럼 곤란한 상황에 빠져 있는 경우가 많다. 「어느 해수욕객의 모험」은 칼비노가 가장 공을 들인 작품이라고 하는데 여기서 그는 나체 상태가 된 중산층의 심리를 보여준다. 「어느 독자의 모험」도 단순한 독자의 행동 뒤에 숨어 있는 내적인 갈등을 드러내는데, 독자는 책 속의 세상이 실제의 세상보다 훨씬 진실하다고 생각한다. 「어느 사진가의 모험」 역시 자신의 사진을 찍기 위해 광적인 시도를 하는 사진작가의 심리를 예리하고도 세심하게 묘사하는데 이런 이야기들을 통해 칼비노는 독자들에게 그 주인공들의 내면에 숨겨진 생각과 사랑을 향한 욕망을 읽어 내게 유도한다. 즉 아이러니하고 날카로운 언어로 의식의 한 구석에 감추어져 있거나 자신도 알아차리지 못하게 위장되어있는 욕망이나 충동 같은 개인적인 영역에 빛을 비추고 우리 눈앞에 드러내 놓는다.

배우자가 남긴 따뜻한 침대에서만 상대와 접촉할 수 있는 「어느 신혼부부의 모험」은 사랑과 부재(不在)를 생각하게 하는 아름다우면 서도 안타까운 이야기이다. 「어느 스키어의 모험」은 무형을 뒤범벅된 표식 속에 살고 있는 혼란한 세상에서 진정한 '나'를 찾아가기가 얼마나 복잡한지를 생각해 보게 한다. 「어느 시인의 모험」은 아름다움과 행복을 연상시키는 글쓰기에 대한 이야기이다. 칼비노는 여기서 침묵이 모든 인간관계에서 부정적인 요소가 아니라 소중하고 완벽한 가치를 지니고 있음을 보여 준다.

지금 삶이 그에게 베풀어 주는 무엇인가는, 태양의 가장 눈부신 지점처럼, 모두가 다 눈을 크게 뜨고 뚫어지게 본다고 해서 얻을 수 있는 것은 아니라는 걸 그는 알고 있었다. 그리고 태양의 그 지점에는 침묵이 있었다. ── 본문 중에서

이제 침묵은 진정한 이해의 도구가 될 것이다. 시인은 자연의 아름다움 앞에서는 침묵하지만 사회적인 불평등과 관련된 것들에는 많은 말을 한다. 자세하고도 세밀하게, 마치 사진처럼 삶의 힘겨움을 묘사한다.

2부 '힘겨운 삶'의 두 단편 「아르헨티나 개미」와 「스모그」는 살아 가면서 부딪친, 거의 재난에 가까운 상황과 그 상황에 대처하는 여러

인물들의 이야기이다. 「아르헨티나 개미」에서는 그 재난이 자연에서 비롯되었다면 「스모그」는 산업화의 결과이다. 두 단편 모두 공간적인 배경이 밝혀져 있지는 않지만 「아르헨티나 개미」는 이탈리아 북부 리구리아 지방의 리비에라 해안이, 「스모그」는 산업화가 한창 진행되던 대도시 토리노가 배경임을 짐작할 수 있다.

이 단편들은 모두 1인칭 주인공 시점으로 이야기가 전개되는데 주인공의 이름도 얼굴도 묘사되지 않는다. 그러나 두 주인공의 상황은 전혀 다르다. 「아르헨티나 개미」의 주인공이 새로운 지방에 정착해야 하는 한 집안의 가장인 반면 「스모그」는 한 곳에 뿌리내리지 않고 떠도는 지식인이다. 개미와 스모그는 미세하고 그 형체를 뚜렷이 분간하기 어렵지만 인간들이 알아차리지 못하는 사이 서서히 지속적으로 인간의 삶을 갉아먹는다. 또한 열악한 환경에서 궁핍하게 살아가는 사람들은 인간으로서 마땅히 누려야 할 삶을 포기하고 체념한 채, 더 나아질 것도 나빠질 것도 없는 현실 속에서 묵묵히 살아간다.

그러나 두 주인공은 모두 현실을 외면하고 환상 속으로 도피한다거나 자신들의 이상을 포기하려 하지는 않는다. 그들은 문제에 대한 해결책을 제시하는 사람들의 허위와 문제를 회피하려는 태도를 계속 발견한다. 특히 「스모그」의 주인공은 우울한 위기의 한가운데에서 결코 시선을 돌리지 않고 그 상황을 직시하고자 한다. 자신이 일하는 잡지사 《정화》를 통해 환경오염 문제를 해결하지 못한다는 걸 알지만 그래도 고발은 할 수 있다고 믿으며 대다수가 그 잡지를 읽지 않는다 해도 고발을 하는 게 옳다고 확신한다. 태양은 도시에서는 스모그에 가려져 보이지 않으나 그래도 세탁부들의 초원에서는 환히 빛나고 있다. 그러니 어쩌면 다른 가능성이나 희망이 있을지 모른다.

『힘겨운 사랑』은 제목에서 상상하는 것과 달리 사랑 이야기만은 아니다. 오히려 사랑을 만들어 가는 감정의 기본적인 측면에 초점을 맞춘다고 할 수 있다. 이 단편들 속의 사랑은 정신적인 사랑이나 상상 속의 사랑처럼 손에 잡히지 않고 덧없으며 갈망하던 대상을 향한 길고 긴 물리적, 정신적 여행과도 같다. 칼비노는 단순한 상황에서 출발해서 있을 법하지 않은 복잡한 상황으로 자연스레 이야기를 전개시키는데 이야기의 결과는 씁쓸하지만 그래도 미소를 짓게 만든다. 칼비노는 우리가 일상에서 스쳐 지나가 버리는 순간들, 무의식 속의 본능과 욕망을 포착해 아이러니와 유머를 섞어 보여 주며, 잠시 걸음을 멈추고 우리가 놓치고 있는 것들을 되돌아볼 수 있는 시간을 마련해 주는 듯하다.

2016년 2월
이현경

작가 연보

1923년 10월 15일 쿠바의 산티아고데라스베가스에서 출생. 아버지 마리오 칼비노는 이탈리아 북부 산레모의 유서 깊은 가문 출신 농학자로 멕시코에서 이십 년을 보낸 뒤 쿠바에서 농학 연구소와 농업 학교를 맡아 운영. 결혼 당시 어머니 에벨리나 마멜리는 사사리 출신으로 자연과학부를 졸업한 뒤 파비아 대학교에서 식물학 조교로 재직.

1925년 가족 모두 고향인 산레모로 돌아옴. 아버지가 화훼 연구소인 '오라치오 라이몬도'의 소장이 됨. 은행 도산으로 연구 자금을 잃은 뒤 활동을 계속하기 위해 자신의 저택 '라 메리디아나'의 정원을 사용. 이 연구 활동을 통해 수많은 화초를 산레모에 소개.

1927년 동생 플로리아노 출생. 플로리아노는 후에 집안의 과학적 전통을 따라 지질학자가 됨. 칼비노는 부모의 뜻대로 종교 교육을 전혀 받지 않고 자라남. 카시니 중고등학교 시절부터 시를 쓰고 풍자적인 그림과 자화상을 그리기 시작. 학창 시절 칼비노는 까다로운 편이었지만 친구들 사이에서 논쟁이 벌어질 때마다 재미있는 해석을 곁들이며 논쟁에 끼어듦.

1941년　토리노 대학교 농학부에 입학. 단편 몇 편을 쓰지만 출판되지는 않음. 발표되지 않은 단편 가운데 네 편(「가치에 대한 논의들」, 「행복한 사람」, 「자신을 믿지 않는 게 좋다」, 「노새를 탄 재판관」)은 칼비노 사후 1주기 때 고등학교 동창 에우제니오 스칼파리가 일간지《라 레푸블리카》에 발표.

1943년　무솔리니가 이끄는 이탈리아 사회 공화국 군대에 징집되지 않으려고 동생과 함께 알프스로 피신. 그 후 공산주의자 부대 '가리발디'의 제2공격대에 자원.(『거미집으로 가는 오솔길』, 『까마귀는 마지막에 온다』라는 유격대 소설에서 이때의 경험을 찾아볼 수 있음. 특히 「피와 똑같은 것」은 독일군에게 인질로 잡힌 어머니 이야기를 다룸.)

1945년　해방 후《우리들의 투쟁》,《민주주의의 목소리》,《일 가리발디노》에서 저널리스트로 활동. 이탈리아 공산당에 가입해 산레모와 토리노에서 당원으로 활동. 9월 토리노 대학교 문학부에 재등록.《폴리테크니코》,《아레투사》,《루니타》에 기고. 에이나우디 출판사 편집부에 근무하던 파베세, 비토리니, 펠리체 발보 등과 교제. 「지뢰밭」으로 '루니타' 상 수상.

1947년　조셉 콘래드에 관한 논문으로 졸업. 몬다도리 출판사의 공모에 참가하기 위해 썼던 『거미집으로 가는 오솔길(Il sentiero dei nidi di ragno)』출간. '리치오네' 상 수상.

1948년　다음 해까지 에이나우디 출판사 재직. 공산당 일간지《루니타》의 편집자가 됨. 공산당원이자 저널리스트로 활동.

1949년　『까마귀는 마지막에 온다(Ultimo viene il corvo)』출간.

1951년 파베세의 책 『미국 문학과 논문들』의 서문 집필. 아버지 사
       망. 어머니가 화훼 연구소의 책임을 맡아 1959년까지 운영.

1952년 비토리니가 첫 소설의 '리얼리즘적-사회 참여적-피카레스
       크적' 노선을 계속하기보다는 동화 작가의 영감을 따르라고
       충고. 『반쪼가리 자작(Il visconte dimezzato)』 출간. 소련 여행.
       바사니가 주관하는 잡지 《보테게 오스쿠레》에 「아르헨티나
       개미」 발표. 《루니타》에 「마르코발도」 연재 시작.

1954년 『참전(L'entrata in guerra)』 출간. 좌익 지식인들이 주관하는
       《치타 아페르타》에 기고 시작.

1956년 이탈리아 각 지방에 전해 내려오는 이야기를 모아 『이탈리
       아 민담(Fiabe italiane)』 출간.

1957년 《치타 아페르타》에 「나무 위의 남작」 발표. 《보테게 오스쿠
       레》에 「건축 투기」 발표. 8월 공산당을 탈퇴하고 신좌익 사
       회주의자들과의 논쟁에 참여.
       1950년 1월부터 1951년 7월에 걸쳐 써 놓았던 「포 강의 젊은
       이들」을 1957년 1월부터 1958년 3월에 걸쳐 《오피치나》에
       연재.

1958년 「스모그 구름」 발표. 『단편들(I racconti)』 출판. 세르지오 리
       베로비치의 곡에 '독수리는 어디로 날아가는가'라는 제목
       의 가사를 붙임.

1959년 『존재하지 않는 기사(Il cavaliere inesistente)』 출간. 「다리 저편
       에」, 「세상의 주인」이라는 칸초네 작사. 루치아노 베리오의
       음악을 위해 희극 「자 어서」 집필.
       1960년까지 미국과 소련 여행. 두 나라의 지리적, 역사적 중

요성을 강조하면서 문화를 비교하는 글을 《루니타》에 기고. '우리의 선조들(I nostri antenati)' 3부작 출간.

1967년까지 비토리니와 함께 《일 메나보 디 레테라투라》 발행. 이 잡지에 「객관성의 바다」(1959), 「미궁에의 도전」(1962), 「노동자의 안티테제」(1967) 발표.

1963년 세르지오 토파노의 그림을 넣어 『마르코발도 혹은 도시의 사계절(Marcovaldo; ovvero, le stagioni in città)』 출간. 프랑스에서 체류. 『어느 선거 참관인의 하루(La giornata d'uno scrutatore)』 출간.

1964년 '키키타'라는 애칭으로 불리는 통역사이자 번역가인 에스터 싱어와 결혼하여 파리에 정착. 프랑스 아방가르드 예술가들과 교류하고 과학과 문학 사이의 가설에 관한 자신의 이론을 그들의 이론과 비교해 봄. 《카페》에 『우주 만화(Le cosmicomiche)』 중 네 편 발표.

1965년 딸 아비가일 탄생. 「우주 만화」와 함께 「스모그」, 「아르헨티나 개미」를 단행본으로 출간.

1967년 레몽 크노의 『푸른 꽃』 번역 출간.

1968년 밀라노 출판 클럽에서 『세상에 대한 기억과 우주 만화적인 다른 이야기들(La memoria del mondo e altre storie cosmicomiche)』 출간. 《누오바 코렌테》에 논문 「조합 과정으로서의 소설에 대한 메모들」 발표.

1969년 『교차된 운명의 성(Il castello dei destini incrociati)』 출간.

1970년 『힘겨운 사랑(Gli amori difficili)』 출간. 「이탈로 칼비노가 들려주는 루도비코 아리오스토의 광란의 오를란도」 집필. 그림 형제의 『동화들』 소개.

1971년 란차의 『시칠리아의 무언극들』 소개. 샤를 푸리에의 『네 가
      지 운동 이론』, 『새로운 사랑의 세계』 번역.

1972년 『보이지 않는 도시들(Le città invisibili)』 출판. 《카페》에 「흡혈
      귀의 왕국」 발표.

1973년 『교차된 운명의 성』 재출간.(결론 부분을 수정하고 「교차된 운
      명의 선술집」 수록.) 『보이지 않는 도시들』로 '펠트리넬리' 상
      수상.

1974년 「게 왕자와 다른 이탈리아 민담들」 발표. 영화감독 페데리
      코 펠리니를 위해 『한 관객의 자서전(Autobiog rafia di uno
      spettatore)』 집필. 잠바티스타 바실레를 위해 논문 「메타포의
      지도」 집필.

1975년 일간지 《코리에레 델라 세라》에 「팔로마르」를 발표하기 시
      작. 「피에르 파올로 파솔리니에게 보내는 마지막 편지」를 같
      은 신문에 발표.

1976년 독일 '슈타트프라이스' 수상.

1978년 스피나촐라가 편집하는 《푸블리코 1978》에 「1978년과 문
      학, 네 작가에게 보내는 다섯 가지 질문」 발표.

1979년 『어느 겨울밤 한 여행자가(Se una notte d'inverno un viaggiatore)』
      출간. 여러 신문에 여행기 기고. 「나도 한때 스탈린주의자였
      나?」라는 글을 《라 레푸블리카》에 기고하기 시작.

1980년 가족과 함께 파리에서 로마로 이주. 칼비노는 이전부터 에
      이나우디 로마 지사의 자문 역할을 해 왔음.

1981년 어린이를 위한 『숲-뿌리-미궁』 집필. 프랑스의 레지옹 도뇌
      르 훈장 받음.

1982년   베리오와 함께 2막으로 된 오페라 「진실된 이야기」를 라 스 칼라 극장에 올림.

1983년   『팔로마르(Palomar)』 출간. 「오디세이 속의 오디세우스들」, 「나일 강을 거슬러 올라가다」, 「신화, 동화, 알레고리」 발표.

1984년   가르찬티 출판사로 옮겨 『모래 선집(Collezione di sabbia)』 출 간. 베리오와 함께 「이야기를 듣는 왕」을 잘츠부르크에서 공 연. 피렌체에서 '현실의 차원들'이라는 주제로 열린 세미나 에서 「문학과 다양한 차원의 현실들」 발표.

1985년   카스틸리오네델페스카이아에서 뇌일혈로 쓰러짐. 9월 6일 시에나의 산타마리아델라스칼라 병원에 입원. 같은 달 18일 과 19일 사이에 사망.

1988년   미완성 유고 『미국 강의(Lezioni americane)』, 『민담에 대하여 (Sulla fiaba)』 출간.

1991년   『왜 고전을 읽는가(Perché leggere i classici)』 출간.

옮긴이 **이현경**

한국외국어대학교 이탈리아어과를 졸업하고 동 대학원에서 이탈로 칼비노 연구로 비교문학과 박사 학위를 받았다. 현재 한국외국어대학교 이탈리아어 통번역학과에서 학생들을 가르치고 있다. 이탈리아 대사관에서 주관하는 제1회 번역 문학상과 이탈리아 정부에서 수여하는 국가 번역 문학상을 수상했다. 옮긴 책으로 이탈로 칼비노의 『거미집으로 가는 오솔길』, 『반쪼가리 자작』, 『나무 위의 남작』, 『존재하지 않는 기사』, 『모든 우주만화』, 『보이지 않는 도시들』 외에 『이것이 인간인가』, 『침묵의 음악』, 『바우돌리노』, 『권태』, 『단테의 모자이크 살인』, 『미의 역사』, 『애석하지만 출판할 수 없습니다』 등이 있다.

이탈로 칼비노 전집
08

힘겨운 사랑

1판 1쇄 펴냄 2016년 2월 29일
1판 2쇄 펴냄 2020년 3월 25일

지은이 이탈로 칼비노
옮긴이 이현경
발행인 박근섭·박상준
펴낸곳 **(주)민음사**

출판등록 1966. 5. 19. 제16-490호
주소 서울특별시 강남구 도산대로1길 62(신사동)
강남출판문화센터 5층 (우편번호 06027)
대표전화 02-515-2000 | 팩시밀리 02-515-2007
홈페이지 www.minumsa.com

한국어 판 ⓒ **(주)민음사**, 2016. Printed in Seoul, Korea

ISBN 978-89-374-4338-1 (04880)
   978-89-374-4330-5 (세트)

Questo libro è stato tradotto grazie a un contributo alla traduzione assegnato dal Ministero degli Affari Esteri e della Cooperazione Internazionale Italiano.
본 책은 이탈리아 외교 및 국제협력부에서 수여한 번역 지원금으로 번역되었습니다.